Eva Maria Sartori
Die Rheinhagens

Eva Maria Sartori

# Die Rheinhagens

Roman

Bechtermünz Verlag

Genehmigte Lizenzausgabe für
Weltbild Verlag GmbH, Augsburg 1998

Umschlaggestaltung: RME-Grafik, München
Gesamtherstellung: Bercker Graphischer Betrieb GmbH,
Kevelaer
Printed in Germany
ISBN 3-8289-0073-9

# I

Im engsten Familienkreise wurden die Mahlzeiten im Rheinhagener Herrenhaus meistens im sogenannten ›Sälchen‹ eingenommen. Dieser mäßig große, im behaglichen Stil der Biedermeierzeit eingerichtete Raum lag an der Nordseite des Wohntrakts. Daher kam es wohl auch, daß es darin nicht einmal bei hochsommerlichen Temperaturen übermäßig warm wurde. Auch an diesem Abend brannte, obgleich der Mai des Jahres 1914 sich von seiner besten Seite zeigte, ein Feuer in dem nach englischem Vorbild gebauten Kamin.
Der lange ovale Tisch war mit Meißener Zwiebelmusterporzellan gedeckt, altes Familiensilber glänzte im Licht der Kerzen, auf die Johanna von Rheinhagen auch bei weniger feierlichen Anlässen nicht verzichtete.
Wenn der Gardeleutnant Axel von Rheinhagen auf Urlaub zu Hause war, verliefen die abendlichen Tischgespräche besonders lebhaft und anregend. Er verstand es, das Leben in der Reichshauptstadt plastisch zu schildern, berichtete von Theater- und Opernbesuchen, die besonders seine Mutter Johanna, eine gebürtige Berlinerin, sehr vermißte.
Axels Schwester, die zwanzigjährige Edda, interessierte sich hingegen mehr für die augenblickliche Moderichtung.
»Bis wir die Journale bekommen, ist in Berlin schon längst etwas anderes modern«, beschwerte sie sich zwischen Hauptgang und Dessert.
»Ich werde dich künftig in meinen Briefen genau unterrichten, damit du nie das Gefühl hast, in unserem schönen Pommern abseits zu stehen«, versprach Axel lächelnd.

Den Herrn des Hauses, Wolf von Rheinhagen, begannen die typisch weiblichen Gespräche zu langweilen.
»Den Kaffee nehmen wir wohl wie üblich in deinem Salon ein, Johanna«, sagte er sichtlich ungeduldig und gab damit seiner Frau das Signal, die Tafel aufzuheben.
Johanna bedachte ihn mit einem nachsichtig-freundlichen Blick, zögerte dann aber nicht länger, seinen Wunsch zu erfüllen. Oberflächlich betrachtet mochte es so aussehen, als stünde sie ganz im Schatten ihres zur Herrschsucht neigenden Gatten. In Wirklichkeit jedoch gab sie den Ton im Haus an und war der unerschütterliche Pol, um den sich alles drehte.
Während Axel den anderen folgte, sah er verstohlen auf die Uhr. Saßen sie erst einmal im Salon fest und kam der alte Herr auf sein Steckenpferd, die Landwirtschaft, zu sprechen, dann konnte eine Ewigkeit vergehen, ehe er Gelegenheit fand, sich mit einer plausiblen Erklärung zurückzuziehen.
Johannas Salon war der einzige Raum des Herrenhauses, zu dem nur Familienmitglieder Zugang hatten. Bei Anwesenheit von Gästen, die länger als einen Tag blieben, traf man in der Bibliothek zusammen, deren schwere, solide Einrichtung dem Hausherrn mehr zusagte.
»Ein Mann braucht einen ordentlichen Sessel, in dem er bequem sitzen kann und nicht dauernd befürchten muß, daß dieser unter seinem Gewicht zusammenbrechen könnte. In deinen Salon passen eigentlich nur Damen, Johanna. Für meinen Geschmack ist darin alles viel zu zierlich und ordentlich.«
An diesem Abend jedoch schien sich Wolf von Rheinhagen, trotz dieser Behauptung, in dem anmutigen Zimmer sehr wohl zu fühlen. Axel stellte mit sinkendem Mut fest, daß sein Vater offensichtlich die Absicht hatte, sich auf ein längeres Gespräch mit seiner Familie einzurichten.
Fritz, der einstige Bursche des Hausherrn, pflegte bei Tisch zu servieren. Er brachte den Kaffee und stellte den Portwein zurecht, ohne den Wolf keinen Abend beendete.

»Wie bist du eigentlich mit Earl zufrieden, Vater?« erkundigte sich Axel, nur um etwas zu sagen, und versuchte, den Vorstehhund des Vaters zu sich zu locken. Aber Earl wedelte nur wohlwollend mit der Rute; er dachte gar nicht daran, von der Seite seines Herrn zu weichen.

Wolf von Rheinhagen beobachtete die vergeblichen Bemühungen seines Sohnes mit offensichtlicher Befriedigung. Seiner Meinung nach durfte ein gutausgebildeter Hund nur einem einzigen Herrn gehorchen, und Earl entsprach in dieser Beziehung ganz seinen Vorstellungen.

»Er macht sich. Als ich ihn seinerzeit als halb zu Tode geprügelten Köter zu mir nahm, hatte ich keine großen Hoffnungen. Nun ist er ein brauchbarer Jagdhund geworden und dankt mir meine Fürsorge mit einer geradezu rührenden Anhänglichkeit.«

»Du bist ohne Earl gar nicht mehr vorstellbar, Vater«, warf Edda ein. »Ganz gleich, wohin du gehst, er folgt dir. Auch ist mir aufgefallen, daß er ständig Kontakt mit dir sucht. Er scheint nur glücklich zu sein, wenn er deine Nähe fühlt. Entweder schmiegt er den Kopf an dein Knie oder legt ihn, wie eben jetzt, auf deinen Schuh.«

Johanna hörte schweigend zu. Sie wußte, daß Earls Verhalten der Natur ihres Gatten entgegenkam; seiner Meinung nach gehörte alles, was ihn umgab, ihm. Auch in seinen längst erwachsenen Kindern sah er immer noch seine Geschöpfe, die sich getreulich seinen Wünschen zu fügen hatten. Soweit dies Axel betraf, mußte es eines Tages zwangsläufig zu Komplikationen kommen. Denn dessen Lebensauffassung deckte sich in keiner Weise mit der des Vaters.

Bereits rein äußerlich gesehen war Axel mit seinem lockigen braunen Haar und den stets ein wenig schwermütig blickenden Augen ein Träumer und seiner Mentalität nach eher ein Künstler – er besaß ein hübsches Maltalent – als ein angehender Landwirt und Erbe eines großen Rittergutes. Zwischen Vater und Sohn hatte es deswegen schon häufig ernsthafte

Meinungsverschiedenheiten gegeben. Johanna seufzte unwillkürlich auf. Sie riß sich von ihren unerfreulichen Gedanken los, als sie feststellte, daß Wolf sich einem neuen Thema zugewandt hatte.
»Der Schweizer macht sich ganz gut, Hanna«, sagte er eben in seiner knappen, energischen Redeweise, die nie Widerspruch zu erwarten oder gar zuzulassen schien. »Nur sollte er nicht so hinter den Weiberröcken her sein. Das macht bloß böses Blut unter den anderen Burschen. Sie treten ihre Ansprüche ungern an Fremde ab.«
»Vielleicht war es ein Fehler, Pavel einzustellen, Wolf.« Johanna war die einzige, die es wagen durfte, Entscheidungen des Hausherrn sanft zu kritisieren. »Er mag in seinem Beruf recht tüchtig sein, doch in seiner hochfahrenden Weise paßt er schlecht zu unseren durchwegs bescheidenen Leuten. Und was die Sache mit den Weiberröcken betrifft – so kannst du, glaube ich, ruhig schlafen.« Sie hatte den verärgerten Blick des Gatten wohl bemerkt; dieser schöne Abend sollte nicht durch eine Unstimmigkeit verdorben werden. Also fügte sie gelassen hinzu: »Die Mägde haben ihn bestimmt längst durchschaut. Sie machen sich über ihn lustig und lassen sich nicht durch seine Süßholzraspelei einwickeln.«
Wolf von Rheinhagen nickte stumm. Er wußte natürlich, daß seine Frau recht hatte. Nur kam es zwischen den deutschen Knechten und dem in seiner Art recht herausfordernden Polen immer wieder zu Reibereien.
»Na, Hauptsache, er tut seine Arbeit ordentlich«, schloß er das Thema etwas abrupt ab. »Mit seinen Untugenden traue ich mir zu, fertig zu werden.«
Während er sich von dem Portwein nachschenkte, den bereits sein Großvater eingelagert hatte, musterte er Axel fragend.
»Möchtest du auch noch einen Schluck, Axel? Du kennst die Sorte – nach einer guten Mahlzeit gibt es nichts Besseres.«
Axels Stirn rötete sich. Jetzt war der passende Moment gekommen, sich loszueisen.

»Danke, Vater. Ich habe schon bei Tisch mehr als genug getrunken. Außerdem möchte ich euch bitten, mich zu entschuldigen. Mama, erlaubst du, daß ich mich für heute verabschiede?«

Jeder, der die Umstände kannte, hätte die Verlegenheit, die in seiner Stimme mitschwang, spüren müssen. Doch die völlig ahnungslose Johanna blickte nur lächelnd zu dem Sohn auf, der ihr ganzer Stolz war.

Die Jahre hatten der Schönheit der jetzt Zweiundvierzigjährigen nichts anhaben können. Mit ihrem vollen, dunklen Haar, dem makellosen Teint und den leuchtenden blauen Augen wirkte sie noch ausgesprochen jugendlich. Wie so oft schon fragte sich Axel auch jetzt unwillkürlich, ob seine Mutter an der Seite ihres ernsten, fast selbstherrlichen Gatten wirklich das Glück gefunden haben mochte, von dem sie als junges Mädchen geträumt hatte.

Impulsiv neigte er sich über sie und küßte sie auf die Wange. Johanna griff nach seiner Hand, um sie in unbewußter Zärtlichkeit sekundenlang festzuhalten.

»Was hast du denn heute abend noch vor, Axel?« erkundigte sie sich, während sie hastig, als tue sie etwas Verbotenes, über seinen Kopf strich. »Böse Zungen behaupten, es sei dein Ziel, alle Mädchenherzen Pommerns zu brechen.«

Axels Erscheinung mochte diese Behauptung rechtfertigen. Sein Gesicht, in das erneut eine verräterische Röte stieg, war sympathisch und gut geschnitten. Es zeigte jedoch eine Weichheit im Ausdruck, die in krassem Widerspruch zu seiner von ihm selbst gewählten Offizierslaufbahn stand.

›Soldaten müssen schneidig sein, keine Träumer‹, lautete Wolf von Rheinhagens Devise. Der zur Unentschlossenheit, zur Weltfremdheit neigende Charakter seines Sohnes bereitete ihm häufig genug Sorge.

»Man übertreibt – wie meistens in dieser Beziehung. Als ob ich daran interessiert sei, Herzen zu brechen. Dazu hätte ich in Berlin schließlich ausreichend Gelegenheit.«

Als er dem forschenden Blick seines Vaters auswich, bemerkte Axel, daß Eddas blaue Augen auf ihn gerichtet waren. Es stand eine unausgesprochene Frage darin. Vermutete sie etwa mehr, als ihm lieb sein konnte? Er dachte sofort an das Mädchen, von dem seine Gedanken nicht mehr loskamen. Ein tiefer Seufzer hob seine Brust, und er wußte wohl selbst nicht, wie bekümmert er in diesem Moment wirkte.
Wenn er doch nur rückhaltlos sprechen, sich der Familie anvertrauen dürfte! Doch er würde in diesem Fall nur auf Unverständnis, wenn nicht gar auf Empörung stoßen, das war ihm klar. Schließlich war Charlotte Wagner eine Bürgerliche, die den Vorstellungen seiner Eltern von ihrer künftigen Schwiegertochter in keiner Weise entsprach. Als Nichte des Inspektors von Rheinhagen konnte sie nie damit rechnen, seine Frau zu werden. Es sei denn . . .
»Ich möchte gern noch ausreiten«, erklärte Axel nun, um keinen Verdacht aufkommen zu lassen. »Es ist so schön draußen, die Dämmerung hat gerade begonnen . . .«
»Natürlich, mein Junge.« Johanna nickte ihm herzlich zu. »Du bist doch zu Hause und kannst tun und lassen, was du willst. In Berlin steckst du ohnehin zuviel drin. Freue dich also während deines Urlaubs an der Natur. Aber sei bitte vorsichtig. Der Mond ist nicht immer eine sichere Lichtquelle.« Seit Horst, ihr Ältester, vor vier Jahren im Duell gefallen war, galt Johannas ganze Sorge Axel und Edda.
Axel überlegte: Ob sie, wenn es um sein Lebensglück ging, nicht doch auf seiner Seite stehen würde? Oder war sie schon zu sehr eine Rheinhagen geworden, um Verständnis für seine ungewöhnliche Wahl aufbringen zu können?
»Keine Angst, Mama«, versicherte er beruhigend. »Mein Brauner ist lammfromm und sieht nachts wie eine Katze. Außerdem sucht er sich im eigenen Interesse seinen Weg mit der Sicherheit eines Seiltänzers.«
Eigentlich hatte Axel fest mit einem Widerspruch seitens seines Vaters gerechnet. Seltsamerweise blieb dieser aus. Wolf

von Rheinhagen gab sich ausnehmend jovial und voller Verständnis für die Unruhe der Jugend, die sich auf irgendeine Weise ein Ventil für verdrängte Gefühle schaffen mußte.

»Hast recht, Axel, genieße deine Freiheit«, sagte er gut gelaunt. »Später, wenn unsere Gäste aus England eintreffen, wirst du ohnehin angebundener sein. Ich werde dich bitten müssen, dich ihnen zu widmen. Deine Mutter kann nicht zur gleichen Zeit an mehreren Stellen sein, außerdem hat sie genug mit den Vorbereitungen für Eddas Verlobungsfeier zu tun. Und auf deine Schwester können wir schon gar nicht zählen, solange ihr geliebter John da ist.«

Wolf von Rheinhagen erhob sich ächzend. Manchmal begann er doch unangenehm zu spüren, daß er sich den Fünfzig näherte. Hier und da meldeten sich kleine Beschwerden, die ihm bis dahin unbekannt gewesen waren.

Im Gegensatz zu seinem hochgewachsenen und fast überschlanken Sohn wirkte der Gutsherr allein durch seinen kräftigen Körperbau imponierend. Sein eckiger Schädel verriet unerbittliche Willenskraft, dem durchdringenden Blick seiner auffallend blauen Augen standzuhalten war nicht immer einfach, ja sogar ausgesprochen schwierig, wenn man etwas vor ihm zu verbergen suchte.

»Übrigens wirst du auf der Feier auch Gina von Graßmann wiedersehen, Axel. Sie soll als Eddas beste Freundin einige Tage unser Gast sein. Außerdem weißt du, welche Pläne wir, was sie betrifft, mit dir haben. Gina ist auf einem Rittergut aufgewachsen. Wenn Hohenlinden auch nicht annähernd an Rheinhagens Größe heranreicht, so weiß Gina schon heute in der Landwirtschaft gut Bescheid. Eines Tages, wenn du Rheinhagen übernimmst, wird sie dir eine tüchtige Gutsherrin abgeben.«

Axels Gesicht brannte. Er wollte die Worte des Vaters mit einem Lachen abtun, aber es mißlang. Jetzt wäre der richtige Moment gewesen, zu widersprechen, die eigenen Pläne zu

unterbreiten. Doch wieder einmal fehlte ihm der Mut, sich seinem alten Herrn entgegenzustellen.
Ein fast hilfloser Ausdruck lag auf seinem angenehmen Gesicht, als er ausweichend erklärte: »Wer weiß, ob Gina mich überhaupt will! Wir haben uns seit Ewigkeiten nicht mehr gesehen. Außerdem, Vater – als Mutter dich heiratete, war sie überhaupt nicht mit den Aufgaben einer Gutsherrin vertraut. Und wer möchte wohl behaupten, daß Rheinhagen bei ihr nicht in den besten Händen wäre? Was unseren englischen Besuch betrifft, so kannst du dich natürlich auf mich verlassen.«
Axel spürte selbst, daß seinen Worten die rechte Überzeugungskraft fehlte. Er war in seiner Angelegenheit keinen Schritt weitergekommen –. Im Gegenteil: Die Schwierigkeiten hatten eher zugenommen! So küßte er seine Mutter noch einmal liebevoll auf die Stirn und verließ dann mit einem stummen Gruß an Vater und Schwester den Salon.
In der Halle blieb Axel stehen, um sich mit bebenden Händen eine Zigarette anzustecken. Das Gespräch mit dem Vater hatte ihn doch ziemlich mitgenommen. Der alte Herr schien sich wirklich in den Kopf gesetzt zu haben, Gina von Graßmann würde eines Tages in Rheinhagen einziehen. Die Hoffnung, daß er Axels Plan, Charlotte Wagner zu heiraten, billigen würde, wurde dadurch immer aussichtsloser.
Es gab demzufolge nur zwei Möglichkeiten: Entweder er mußte auf Charlotte oder für alle Zeiten auf Rheinhagen verzichten. Axel sah sich schwermütig in der großzügig angelegten Eingangshalle um, die ihm seit seiner Kindheit so vertraut war. Der mit Fellen ausgelegte Steinfußboden, der mächtige alte Kamin, die Ledergarnitur davor und der wuchtige Eichentisch weckten so manche Erinnerung an fröhliche Jagdgesellschaften.
Den Hintergrund der Halle, von der zahlreiche Türen abgingen, füllte die breite Treppe aus, die nach oben führte und sich in halber Höhe auf einem Podest teilte. Das reich geschnitzte

Geländer besaß einen hohen künstlerischen Wert, doch hatte diese Tatsache Axel und seine Geschwister nie daran gehindert, es als Rutschbahn zu benutzen.
Axel seufzte. Er wünschte sich von Herzen, nicht vor eine solche Entscheidung gestellt zu werden. Charlotte konnte er unmöglich aufgeben – aber auch der Verlust Rheinhagens ... Mit einer unwilligen Bewegung drückte er seine kaum angerauchte Zigarette aus. Es mußte einen anderen Weg geben: einen Ausweg, der allen Teilen gerecht wurde! Mit raschen Schritten, zwei Stufen auf einmal nehmend, lief er nach oben, um sich umzukleiden. Er konnte schließlich nicht im Abendanzug, auf dem Johanna stets bestand, in den Sattel springen.
Wieder in der Halle angekommen, berührte Axel mit liebevollem Spott den ausgestopften Hasen, der an der Tür zum eigentlichen Jagdzimmer seinen Stammplatz hatte. Auf den Hinterläufen stehend, die Augen verschmitzt auf den Beschauer gerichtet, war dieses kleine Monster das Entzücken der Rheinhagener Kinder gewesen. Besaß es doch eine Eigenart, die es zu etwas ganz Besonderem stempelte und oft Anlaß zu Schabernack gegeben hatte. Es handelte sich dabei um ein zierliches Geweih, das dem Hasenkopf so geschickt aufgesetzt worden war, daß dies völlig natürlich wirkte. Axel erinnerte sich in diesem Zusammenhang mit Vergnügen an eine hochbetagte Tante seines Vaters, die ihr ganzes Leben in der Großstadt verbracht und wenig Ahnung von den Grenzen hatte, die einem Hasen von der Natur gesetzt worden waren. Ihre Bewunderung für dieses von einem Geweih gekrönte Hasenhaupt war schrankenlos.
Axels düstere, pessimistische Stimmung wich einer stillen Heiterkeit. Plötzlich war ihm, als müsse letzten Endes doch alles gut werden. Seine hohe, schlanke Gestalt straffte sich unternehmungslustig, als er die schwere Eichentür öffnete, um das Herrenhaus zu verlassen. Auf der Freitreppe blieb er, tief einatmend, einen Augenblick stehen. Bestimmt war es klug gewesen, daß er an diesem Abend nicht gesprochen hatte. Eine

gemütliche Tafelrunde eignete sich auch kaum für schwerwiegende Entscheidungen. Bei nächster Gelegenheit würde er mit dem Vater sprechen. Vielleicht schon morgen ...
Vom Wirtschaftshof klangen vertraute Geräusche herüber: das Klappern der Milcheimer, das fröhliche Geschwätz der Mägde, die vor den Burschen großtaten und sich mit ihnen neckten. Dazwischen die tiefe Stimme des Schweizers, in ihrem harten Ton noch immer den Polen verratend. Und dann helles Lachen, in dem ein wenig Schadenfreude mitschwang. Wer weiß, welches der Mädchen dem amourösen Pavel wieder einmal eine Abfuhr erteilt haben mochte!
Axel lächelte nachsichtig. Es war eben Frühling – kein Wunder, daß es an allen Ecken und Enden knisterte und schwelte. Hier auf dem Lande, wo die Natur sich von Tag zu Tag mehr entfaltete und ständig erneuerte, wurde einem dies besonders intensiv bewußt. Er blickte zu dem nahen Verwalterhaus hinüber. In Charlottes Zimmer unter dem tiefgezogenen Dach brannte kein Licht. Bestimmt wartete sie schon ungeduldig auf ihn. Mit einem zufriedenen, vergnügten Pfeifen wandte Axel sich den Stallungen zu, um seinen Braunen satteln zu lassen.

Am sogenannten Herzberg, der kleinen Anhöhe, die hinter dem Wäldchen sanft anstieg, stand, an eine mächtige Eiche gelehnt, ein junges Mädchen. Der Duft des blühenden Klees lag über der Wiese, an deren Rain vorsichtig ein Fuchs entlangschnürte. Auf halbem Wege verhoffte er und spähte zu der reglosen Gestalt hinüber. Als diese plötzlich die Hand hob, um eine Locke, die sich selbständig gemacht hatte, aus der Stirn zurückzustreichen, verschwand er wie ein rotgoldener Blitz in der zunehmenden Abenddämmerung.
Charlotte Wagner seufzte leise auf und schlang mit leidenschaftlicher Zärtlichkeit die Arme um den kühlen Baumstamm. Es ist schön hier, dachte sie sehnsüchtig. Ich möchte immer in Rheinhagen bleiben dürfen ...

Dann wurde ihr Gesicht, das in seiner Ebenmäßigkeit fast etwas Madonnenhaftes hatte, unversehens traurig. Auf dieses Glück zu hoffen war wohl längst sinnlos geworden. Es sei denn, Axel wäre bereit, um sie zu kämpfen. Doch auch gestern war er nicht zum vereinbarten Treffpunkt gekommen; sie hatte vergeblich auf ihn gewartet.

»Wenn er heute wieder wegbleibt«, sagte sie zornig in den Abend hinein, »fahre ich nach Dresden zurück und versuche, ihn zu vergessen. Denn dann hat das Schicksal gegen mich entschieden, und mir bleibt nichts anderes übrig, als mich damit abzufinden.«

Die Worte waren kaum ausgesprochen, als ein leises Wiehern in nächster Nähe Charlotte aufmerken ließ. Sie hob lauschend den Kopf. Doch das Geräusch wiederholte sich nicht – alles blieb still. Roß und Reiter mußten einen anderen Weg eingeschlagen haben.

Charlotte löste sich lustlos von der Eiche und ging entmutigt und mit langsamen Schritten über die Wiese. Noch war der Himmel im Westen hell, ein fast unwirkliches Licht lag über der abendlichen Landschaft.

Ein schnaubendes Geräusch ließ das in seine unerfreulichen Gedanken versunkene junge Mädchen erschrocken herumfahren. Im nächsten Moment aber streichelte es schon den braunen Pferdekopf, der sich ihm vertraut schnuppernd zuneigte.

»O Axel!« rief Charlotte, zwischen Lachen und Weinen schwankend. »Ich fürchtete bereits, du und der Braune, ihr hättet mich schon wieder im Stich gelassen!«

»Verzeih, Liebes, aber gestern war es mir unmöglich, mich loszueisen. Vater hatte Freunde zu Besuch, und es wäre unangenehm aufgefallen, hätte ich mich einfach seitwärts in die Büsche geschlagen, wie man so schön sagt.«

Axel war geschmeidig aus dem Sattel geglitten und nahm Charlotte in die Arme. Wie immer, so fiel es ihm auch jetzt wieder schwer, sich ihr gegenüber zu beherrschen. Ihre Nähe

entflammte ihn stets gleichermaßen – doch er wußte, daß er seine Leidenschaft zügeln mußte, solange die Lage ungeklärt war.
»Ich segne Vaters Gewohnheit, so früh zu Abend zu essen. Dadurch kann ich anschließend den Ausritt zum Vorwand nehmen. Du hast keine Ahnung, wie sehr ich mich nach dir gesehnt habe«, setzte er leise hinzu und neigte sich über ihren Mund, der dem seinen so nahe war.
»Kaum weniger als ich mich nach dir«, gab Charlotte zurück, als Axels Lippen sie nach einem endlosen Kuß freigaben. »Es ist schrecklich, immer nur warten zu müssen und allmählich alle Hoffnung zu verlieren. Mir fehlt die Zuversicht, der Optimismus, daran zu glauben, daß deine Eltern je unserer Verbindung zustimmen werden. Wer bin ich schon? Nur die Nichte des Inspektors von Rheinhagen. Kaum eine passende Partie für den zukünftigen Erben eines riesigen Besitzes.«
Axel blickte schmerzlich bewegt in ihr erregtes Gesicht. Er teilte natürlich Charlottes Zweifel, hätte dies aber um nichts in der Welt offen zugegeben.
»Mutter werde ich mit der Zeit bestimmt für uns gewinnen. Wir müssen uns nur ein wenig gedulden. Wir sind beide jung, das ganze Leben liegt noch vor uns. Etwas zu überstürzen oder mit Gewalt eine Entscheidung herbeizuführen wäre sinnlos. Mein Vater hat in diesen Dingen ganz bestimmte Vorstellungen, von denen man ihn nur allmählich abbringen kann. Sollte er sich jedoch auf die Dauer gegen unsere Verbindung stellen, dann nehme ich einfach meinen Abschied und folge dir nach Dresden. Obwohl das kein leichter Entschluß für mich wäre, wie du dir denken kannst. Ich liebe Rheinhagen, es ist meine Heimat – doch du bedeutest mir weit mehr!«
Charlotte wandte den Kopf, damit er die Tränen in ihren Augen nicht sah. Mutlosigkeit erfüllte sie, und es fiel ihr schwer, vor Axel zu verbergen, wie ihr ums Herz war.
»Und was würdest du in Dresden anfangen?« fragte sie leise.

»Du bist mit Leib und Seele Offizier, hast nie eine andere Art von Leben gekannt, nichts weiter gelernt. Bisher hast du dich nicht einmal für die Landwirtschaft interessiert, obgleich du seit dem Tod deines Bruders der spätere Erbe von Rheinhagen bist. Gewiß, in ein paar Jahren werde ich als Lehrerin unterrichten, doch kann man gerade in diesem verantwortungsvollen Beruf leider keine Reichtümer sammeln. Natürlich würden meine Eltern uns helfen, wir könnten bei ihnen wohnen. Aber ist das die Zukunft, die du dir ausgemalt hast? Du, der verwöhnte Axel von Rheinhagen, müßtest durch ein solches Leben verkümmern.«
Axel schwieg bedrückt. Zu Charlottes trostloser Schilderung ihres zukünftigen gemeinsamen Daseins fielen ihm keine Gegenargumente ein. Ihre Vorstellungen waren tatsächlich wenig verlockend. Warum mußte sie auch stets so vernünftig, so realistisch denken, statt sich des Augenblicks zu erfreuen? Die Frauen seiner Kreise zerbrachen sich nicht die hübschen Köpfchen mit solchen Problemen – sie überließen es den Männern, die Entscheidungen zu treffen.
Er seufzte mißmutig auf. Charlotte konnte oft unerträglich nüchtern sein, und doch hatte er noch nie eine Frau so geliebt wie gerade sie. Sie war schön, anmutig und klug. Vielleicht gelang es ihm doch noch, den Vater davon zu überzeugen, daß sie durchaus dafür geeignet sei, eines Tages Herrin von Rheinhagen zu werden? Er müßte sie lediglich besser kennenlernen und versuchen, nicht nur die Nichte seines Inspektors in ihr zu sehen.
Bei dem Gedanken an das Ehepaar Wagner befiel Axel ein leichtes Unbehagen. Wagner war zwar gebildet und auf seinem Gebiet unersetzlich: Von Landwirtschaft verstand er mehr als jeder andere. Aber seine Frau vermochte Axel sich beim besten Willen nicht an der Tafel von Rheinhagen vorzustellen. Und doch würden die Wagners als Charlottes nächste Anverwandte dann praktisch mit zur Familie zählen . . .
Um dieser Vorstellung auszuweichen, zog Axel Charlotte er-

neut in seine Arme. Das letzte Licht des Tages war vergangen, ihr Gesicht war nur noch ein heller Fleck, in dem die grauen Augen wie zwei tiefe, unergründliche Seen schimmerten. Der Duft ihrer Haare stieg zu ihm auf, weckte Wünsche in ihm, denen er nicht erliegen durfte, obgleich er zu wissen glaubte, daß auch Charlotte sich nach völliger Hingabe sehnte.
»Sobald sich die Gelegenheit ergibt, spreche ich mit meinen Eltern«, beteuerte er nicht zum erstenmal. »Im Moment dreht sich alles nur um Eddas Verlobung. Und wenn erst einmal die Hausgäste da sind, kann man ohnehin kein vernünftiges Wort mehr reden. Doch hinterher nehme ich die Sache sofort in die Hand. Vielleicht läßt Eddas Verbindung mit einem englischen Großgrundbesitzer meinen Vater etwas milder und menschlicher urteilen.«
Charlotte Wagner glaubte nicht an diese Möglichkeit. »Wohl kaum. John Wakefield paßt zu euch, er liebt deine Schwester über alles, da mag dein Vater recht zufrieden sein. Aber du und ich? Bei uns stimmt nur die Liebe – in jedem anderen Punkt führen unsere Wege in zwei völlig verschiedene Richtungen.«

Während der darauffolgenden Tage wurde Axel noch oft an Charlottes Worte erinnert. Er versuchte zwar nach Kräften, sich den Gästen zu widmen, wie er es seinem Vater versprochen hatte. Aber der Gedanke, daß Charlotte drüben im Verwalterhaus saß und von dem festlichen Geschehen ausgeschlossen blieb, während sie doch eigentlich an seine Seite gehörte, ließ ihn nicht zur Ruhe kommen. Axels Zerstreutheit fiel so manchem auf, und häufig fühlte er den Blick des Vaters auf sich gerichtet. Mit einem Ausdruck, der offenes Befremden verriet, musterte Wolf von Rheinhagen seinen Sohn.
Auch Edda von Rheinhagen konnte, obgleich sie der Mittelpunkt dieser Festlichkeit war, das seltsame Wesen des Bruders nicht auf die Dauer übersehen.
Als die Geschwister zufällig auf dem Korridor zusammentra-

fen, fragte sie deshalb freundlich: »Axel, bedrückt dich irgend etwas? Ich hoffte, du würdest dich mit mir freuen – weil ich so unsagbar glücklich bin. Statt dessen trägst du eine wahre Trauermiene zu Schau.« Sie legte die Hand auf seinen Arm und sah den Bruder forschend an.
Einem jähen Impuls folgend, entschloß sich Axel, sie in sein Geheimnis einzuweihen. »Hättest du einen Moment Zeit für mich, Edda?«
Seine Stimme klang erregt und atemlos, als hätte er eine lange Wegstrecke zurückgelegt. Ja, das war ein guter Einfall – der beste, den er momentan haben konnte. Edda war Vaters Liebling. Wenn sie für den Bruder sprach, würde dieser sich vielleicht bereit erklären, zumindest alle Für und Wider zu erwägen, die eine Verbindung mit Charlotte Wagner möglich, erstrebenswert erscheinen ließen.
»Ich möchte etwas mit dir besprechen. Am besten in meinem Zimmer . . .«
Edda war besorgt. So kannte sie ihren Bruder gar nicht, so hektisch und unausgeglichen. Was mochte in ihm vorgehen – was war bloß geschehen?
»Natürlich, Axel. John erwartet mich zwar irgendwo im Garten, aber er hat ja genug Gesellschaft. Also schieß los, ich bin ganz Ohr.«
Trotz ihrer an den Tag gelegten Unbekümmertheit empfand Edda eine unbestimmte Angst. Axel war letzthin so verändert gewesen. Was er dann mit stockender Stimme vorbrachte, bestätigte ihre schlimmsten Befürchtungen. Doch falls ihr Bruder geglaubt hatte, daß sie ihm in allem zustimmen würde, nur weil sie an ihm hing und verstehen mußte, wie ihm zumute war, sah er sich jetzt getäuscht. Edda machte kein Hehl aus ihrem fassungslosen Erstaunen.
»Du mußt völlig den Verstand verloren haben, Axel!« Ihr vorhin noch so blühendes Gesicht wirkte blaß und entsetzt. »Charlotte ist meine Freundin, und ich habe mich stets gefreut, wenn sie nach Rheinhagen kam, um ihre Verwandten

zu besuchen. Aber eine solche Entwicklung wäre mir nie im Traum eingefallen. Wie konntest du dich nur dazu hinreißen lassen, derart sinnlose Hoffnungen in ihr zu wecken! Mir ist unbegreiflich, daß sie dir überhaupt zugehört hat. Sie ist klug – klüger als ich. Ihre Vernunft hätte ihr sagen müssen, daß nie etwas dabei herauskommt, wenn der Sohn des Hauses sich mit der Nichte eines Inspektors einläßt.« Aus Eddas sonst so wohlklingender Stimme sprach der leise Hochmut ihres Standes. Sie mochte Charlotte Wagner gern haben – doch in ihr die Verwandte, die künftige Schwägerin zu sehen, dazu war sie nicht bereit.

Axel starrte die Schwester unglücklich und enttäuscht an. Wenn Edda ihn schon nicht verstehen wollte, wer dann?

»Du reagierst genau wie Vater«, erwiderte er scharf. »Für euch gibt es nur einen Grundsatz: ›Jeder bleibe in dem Kreis, in den er hineingeboren wurde.‹ Der Mensch allein zählt nicht. Ich sehe das anders. Warum sollte unsere Verbindung unmöglich sein? Charlotte ist sehr schön, weiß sich zu benehmen. Ich liebe sie, seit mir zum ersten Male bewußt wurde, daß aus einem unbedeutenden Mädchen eine bezaubernde junge Dame geworden war. Auf sie zu verzichten hieße mein Lebensglück zerstören. Das kann doch keiner von mir erwarten.«

»O Axel.«

Eddas Unmut schlug in Mitleid um. Ihre Liebe zu dem Bruder ließ sie alles andere vergessen. Sie sah nur noch, wie unglücklich er war, und betrachtete ihn mit bekümmert zusammengezogenen Brauen.

Axel erwiderte ihren Blick. Trotz seiner Probleme mußte er unwillkürlich die Attraktivität seiner jüngeren Schwester bewundern. Von ihrer englischen Großmutter hatte sie die zarte Haut und das herrliche blonde Haar geerbt. Schon jetzt war sie, rein äußerlich gesehen, eine echte Britin: warmherzig zwar, aber dennoch alle Vor- und Nachteile ernsthaft gegeneinander abwägend. John Wakefield konnte stolz auf sie sein. Man würde ihn um seine schöne Frau beneiden!

Während Edda angestrengt darüber nachdachte, wie sie Axel von seinem Plan abbringen könnte, trat plötzlich ein erschrockener Ausdruck in ihre tiefblauen Augen.
»Es ist doch nichts zwischen euch vorgefallen, Axel?« fragte sie stockend. »Ich meine, ob Charlotte am Ende . . .«
»Nicht, was du denkst, Schwesterlein.« Eine unwillige Röte war in Axels Gesicht gestiegen. »Obgleich Charlotte bürgerlich ist, worin ihr bereits einen Makel zu sehen scheint, ist sie doch ohne Trauring nicht zu haben. In diesem Punkt unterscheidet sie sich nicht von Euer Hochwohlgeboren.« Mit unüberhörbarem Hohn fuhr er fort: »Du kannst also ganz unbesorgt sein. Weder sie noch ich haben je vergessen, was sich schickt! Charlotte liebt mich zwar über alles – aber das wäre für sie kein Grund, sich mir so ohne weiteres hinzugeben.«
Edda atmete erleichtert auf. »Dann ist es ja gut, Axel. Du brauchst demnach nichts übers Knie zu brechen. Bitte, glaube mir! Ich wäre sehr froh, wenn du, ebenso wie ich, eine Neigungsehe schließen könntest – sollte dein Glück also davon abhängen, dann will ich nichts unversucht lassen, dir dazu zu verhelfen. Charlotte ist ein lieber Mensch, und ich kann verstehen, daß du dich zu ihr hingezogen fühlst. Aber laß bitte wenigstens die Verlobungsfeier ungestört vergehen, ehe du mit Vater sprichst. Wahre mir zuliebe den Frieden! Man verlobt sich nur einmal im Leben, und ich . . .«
In jäh aufwallendem Mitgefühl erhob sie sich auf die Zehenspitzen, um ihren Bruder, der sie um Haupteslänge überragte, auf die Wange zu küssen. »Ich wünsche dir von Herzen Glück, Axel«, flüsterte sie mit feuchten Augen. »Und wenn dieses Glück für dich Charlotte Wagner heißt, so verspreche ich, daß ich dir in diesem Kampf um sie beistehen werde . . .«

Der Ball, den die Rheinhagens anläßlich der Verlobung ihrer einzigen Tochter Edda mit John Wakefield gaben, war das größte und glanzvollste Ereignis des Jahres. Man sprach noch lange über dieses Fest. Wie sich wenige Monate später herausstellen sollte, war es leider das letzte seiner Art vor dem Krieg, der vier Jahre währen und auf mannigfache Weise schmerzhaft in das Leben der Familie Rheinhagen eingreifen sollte. An diesem Abend dachte jedoch noch niemand an die Gefahr, die den Weltfrieden bedrohte. Man kam um sich zu amüsieren.

Während eine Kutsche nach der anderen vorfuhr und alles, was in dieser Gegend Pommerns Rang und Namen besaß, sich vor dem Herrenhaus versammelte, stand Charlotte Wagner mit brennenden Augen an einem Fenster des Inspektorhauses und starrte hinüber.

Auf der breiten Freitreppe empfingen Wolf und Johanna von Rheinhagen ihre Gäste. Die bunte Szene wurde durch die von Jägern gehaltenen Fackeln magisch beleuchtet, und so ließ sich das ständige Kommen und Gehen auch vom Verwalterhaus aus gut beobachten.

Charlotte hing traurigen Gedanken nach. Am Nachmittag war Edda kurz herübergekommen, um mit der Jugendfreundin zu sprechen.

»Axel hat mich in euer Geheimnis eingeweiht, Charlotte«, hatte sie mit freundlichem Ernst gesagt. »Ich gestehe offen, daß ich über seine Eröffnungen erschrocken war. Wie konnte das nur geschehen, ohne daß einer von uns es bemerkte? So etwas kommt doch nicht von heute auf morgen, nicht wahr? Wie dem auch sei – wenn ich dir jetzt sagen muß, daß ich eurer Liebe keine Chance einräume, dann richtet sich das nicht gegen deine Person. Du kennst unseren Vater gut genug und weißt auch bestimmt, daß er für Axel bereits Pläne gemacht hat. In dem Kampf, den es geben wird, müßt ihr zwangsläufig unterliegen, Charlotte!«

»Ich weiß, Edda«, antwortete Charlotte tonlos. Und doch klangen ihre Worte gefaßt; denn sie war mit der Freundin einer Meinung. »Eigentlich habe ich nie etwas anderes erwartet. Doch Axel ist so felsenfest davon überzeugt, daß eine echte, tiefe Liebe sich in jedem Falle und gegen alle Widerstände bewähren muß. Er ist eisern entschlossen, unsere Heirat durchzusetzen.«

Edda senkte den Blick. Es war ihr unmöglich, länger in Charlottes verzweifelte Augen zu schauen. Sollte sie ihr auch diese letzte Hoffnung nehmen, indem sie entgegnete, daß Axel wohl den besten Willen haben mochte, aber niemals den Mut aufbringen würde, sich gegen seinen unbeugsamen Vater zu behaupten?

»Man muß abwarten«, hatte Edda darum nur gesagt und die Freundin herzlich umarmt. »Ich habe Axel jedenfalls versprochen, ihn in jeder Beziehung zu unterstützen.«

An diese Worte mußte Charlotte jetzt denken, während sie reglos und innerlich zu Tode erschöpft am Fenster stand. Nein, sie würde nie zu den Menschen dort drüben gehören. Räumlich gemessen mochte die Entfernung zu ihnen gar nicht so groß sein – dennoch glich sie einem bodenlosen Abgrund, den auch die stärkste Liebe nicht zu überwinden vermochte.

»Ich könnte ewig zuschauen.« Charlottes Tante war neben sie getreten. »Fräulein Edda mit ihrem blonden Haar und dem reizenden Gesicht wird eine wunderschöne Braut abgeben. Freust du dich nicht, gerade jetzt hier zu sein und das alles miterleben zu dürfen, Charlotte?«

»Warum sollte ich mich wohl darüber freuen, Tante?« gab Charlotte herb und abweisend zurück. »Erlebe ich denn tatsächlich etwas mit? Was sind wir schon? Höchstens Zaungäste, die aus sicherem Abstand – um die hohen Herrschaften nicht zu genieren – ein Schauspiel mit ansehen können, das für die anderen zum Alltag gehört. Nein! Ich wünschte mir, weit weg zu sein. Zu Hause, in Dresden, in unserem stillen Garten. Dort käme mir mein eigener Unwert nicht ganz so schmerzlich und demütigend zu Bewußtsein.«

Frau Wagner musterte ihre Nichte befremdet. Sie war über die Heftigkeit dieser Aussage bestürzt.

»Was soll das, Kind?« fragte sie ungehalten. »Ich habe dich

stets als vernünftiges Mädchen eingeschätzt, das genau weiß, wohin es gehört. Deine Freundschaft mit Fräulein Edda hat dir wohl Flausen in den Kopf gesetzt? Deine Worte klangen verdächtig nach Neid. Das will mir gar nicht gefallen.«

»O nein, Tante!« Leidenschaftlich bewegt fuhr Charlotte herum. »Ich gönne Edda wirklich ihr großes Glück, niemand verdient es mehr als gerade sie. Aber das schließt doch nicht aus, daß auch ich gern glücklich werden möchte, daß auch ich mich danach sehne . . .«

Charlotte verstummte abrupt. Sie war auf dem besten Wege gewesen, sich zu verraten, und das hätte ihre sofortige Abreise erforderlich gemacht. Als sie jetzt drüben auf der Freitreppe Axel entdeckte, der lächelnd einem jungen Mädchen den Arm bot, wandte sie sich hastig ab und stürzte in ihr Zimmer hinauf. Dort warf sie sich aufs Bett und starrte mit schmerzenden Augen zur Decke. Je länger sie über alles nachdachte, desto klarer wurde ihr, daß sie sich von Axel trennen mußte, falls sie auch künftig nur heimlich mit ihm zusammentreffen durfte. Sie mochte nicht von altem Adel sein, aber ihr persönlicher Stolz stand dem der Rheinhagens in nichts nach.

An diesem für seine Schwester so bedeutungsvollen Abend war Axel von Rheinhagen seiner Tischdame kein besonders aufmerksamer Partner. Gina von Graßmann, mit ihm seit ihrer Kindheit befreundet, war jedoch zu unbefangen, um aus seiner Schweigsamkeit die richtigen Schlüsse zu ziehen. Mit freundlicher Nachsicht versuchte sie, sein fast unhöfliches Verhalten zu überbrücken.

»Ich weiß genau, daß du gegen jede Art von Glücksspiel bist, Axel. Sonst würde ich unter Umständen vermuten, du hast Schulden gemacht und zerbrichst dir jetzt den Kopf darüber, wie du sie aus der Welt schaffen sollst«, erklärte sie in ihrer frischen, unkomplizierten Art. Axel wandte sich ihr mit einem verlegenen Lächeln zu. Eigentlich war Gina ein Prachtmädel; er hatte sie immer recht gern gehabt. Aber zwischen Gernhaben und Liebe bestand leider ein himmelweiter Unterschied.

»Entschuldige, Gina. Wie konnte ich nur derart unaufmerksam sein! Das ist bei einer so hübschen Tischdame wie dir eine unverzeihliche Sünde. Ich mußte nur immer an Edda denken. Sie wird uns wohl bald verlassen. John hält wenig von einer langen Verlobungszeit, zumal bei einer solchen räumlichen Trennung. Er kann seinen Besitz nur selten allein lassen. Die Möglichkeiten, seine Braut in Pommern zu besuchen, sind also gering. Edda wird mir fehlen! Du weißt, wie sehr ich an ihr hänge, Gina.«

Die kleine Notlüge ging Axel glatt über die Lippen. Natürlich würde er seine Schwester vermissen, aber das war es nicht allein, was ihm momentan auf der Seele lag. Weit mehr beschäftigte ihn der Gedanke, wie er seinem Vater den Entschluß, Charlotte Wagner heiraten zu wollen, beibringen konnte. Das mußte äußerst diplomatisch geschehen, um einen Wutausbruch des alten Herrn zu verhindern. Solange die auswärtigen Gäste noch im Haus weilten, blieb ihm genügend Zeit, seine Rede, mit der er seinen Wunsch begründen wollte, vorzubereiten.

Unterdessen hatte sich Wolf von Rheinhagen erhoben, um einen Trinkspruch auf das Brautpaar auszubringen. Der Gutsherr zeigte sich heute von seiner angenehmsten Seite. Seine launigen Worte verrieten, daß er Humor besaß, den er sonst geschickt zu verbergen verstand. Eben schloß er seine kurze Ansprache, indem er Johanna lächelnd zunickte, um sich dann direkt an John Wakefield zu wenden.

»Du weißt, lieber John, daß du unser unbegrenztes Vertrauen genießt. Trotzdem ist es mir am Anfang nicht leichtgefallen, dieser Verlobung zuzustimmen. Es ist ein weiter Weg von Rheinhagen nach Südengland. Die Zeiten sind unsicher – man weiß nie, was noch kommen kann. Wenn ich Edda trotz aller Bedenken eines Tages mit dir gehen lasse, dann nur, weil ich davon überzeugt bin, sie wird an deiner Seite das erhoffte Glück finden – weil sie dich liebt! Und Liebe sollte in jeder Ehe bestimmend sein. Ich selbst habe seinerzeit meine Frau nur aus ebendiesem Grund geheiratet und weiß daher, wie wichtig eine Herzensneigung für ein gemeinsames Leben ist. In diesem Sinne erhebe ich mein Glas auf das besondere Wohl der Frauen, die den Namen Rheinhagen bereits tragen oder künftig tragen werden . . .«

Bei seinen letzten Worten streifte Wolfs Blick wie absichtslos Gina von Graßmann. Diese reagierte darauf jedoch ganz unbefangen und fühlte sich offensichtlich nicht angesprochen.

Alles Folgende nahm Axel nur im Unterbewußtsein wahr. Die Worte des Vaters hatten ihm neuen Mut gemacht. Konnte ein Mann eine solche Lobeshymne auf die Liebe singen, um dann seinem Sohn ebendiese Liebe zu verbieten? Axel war, als hätte sich eine schwere Bürde von seinen Schultern gehoben. Erst jetzt konnte er diesen wundervollen Abend aus vollem Herzen genießen.

Der festlich erleuchtete Ballsaal, die Blumen, die einen berauschenden Duft verbreiteten, die Herren entweder im Waffenrock oder im Frack, dazu die duftigen Roben der Damen – all das fügte sich zu einem unvergeßlichen Bild zusammen, auf das die Ahnen der Rheinhagens mehr oder minder wohlwollend aus ihrem schweren Goldrahmen herabblickten. Sie hatten einst den Grundstein zum Wohlstand dieses Hauses gelegt und gut mit ihren Pfunden gewuchert; sie hatten Rheinhagen zu einem stolzen Besitz gemacht, mit dem sich in dieser Gegend nur wenige messen konnten.

Wolf von Rheinhagen erwies sich als würdiger Nachfolger. Durch den Einsatz seiner ganzen Persönlichkeit war es ihm gelungen, diesen Besitz noch zu mehren, um ihn eines Tages seinem Sohn und Erben zu übergeben.

Während der nächsten Tage bekam Axel Charlotte nicht zu Gesicht. Sie schien ihm absichtlich aus dem Wege zu gehen, und er verstand ihre Beweggründe. Solange er sich in der Gesellschaft seiner Freunde und Verwandten befand, hätte, da er

sich nicht offen zu ihr bekennen durfte, jede Begegnung etwas Demütigendes für sie haben müssen.
Doch auch diese qualvolle Zeit ging endlich zu Ende. Die letzten Gäste, darunter John Wakefield und dessen Mutter, waren abgereist, das Haus gehörte wieder der Familie.
Sichtlich erschöpft ließ sich Johanna von Rheinhagen in einen Sessel sinken. Ihr Gesicht drückte Zufriedenheit aus.
»So schön es auch war«, bemerkte sie erleichtert, »es ist doch wieder ganz angenehm, allein zu sein. Auf Schritt und Tritt begegnete einem jemand, der unterhalten werden wollte oder sonst irgendwelche Wünsche hatte. Ich komme mir wie durch die Mühle gedreht vor.«
»Na, du bist gut, Mama!« rief Edda in gespielter Entrüstung. »Daß ich mich von John trennen mußte, daran denkst du wohl gar nicht? Er wird mir schrecklich fehlen.«
»Du hast ihn später noch lange genug um dich, mein Kind«, warf Wolf von Rheinhagen gut gelaunt ein. Wohlgefällig betrachtete er Eddas reizendes Gesicht, das deutlich von ihrem Glück kündete. John Wakefield hatte mit seiner Tochter wirklich das Große Los gezogen. Wenn England nur nicht so verflixt weit weg wäre – na ja! Axel würde ihnen bald eine junge Frau ins Haus bringen und damit die Lücke schließen, die durch Eddas Weggehen entstand.
Bei dieser Schlußfolgerung angekommen, wandte er sich unwillkürlich dem Sohn zu. Wieder fiel ihm dessen düster-verschlossene Miene auf, und plötzlich hatte er das Gefühl, als schrille eine Alarmglocke in seinem Innern: Was war bloß mit dem Jungen los?
»Du siehst so komisch aus, Axel. Hat Gina dir etwa einen Korb gegeben? Das würde mich aber enttäuschen! Ich mag und schätze das Mädchen und würde es gern eines Tages als deine Frau auf Rheinhagen begrüßen.«
Axel straffte sich, sein blasses Gesicht zeigte einen angespannten, entschlossenen Ausdruck.
»Nein, Vater, Gina hat mich nicht abgewiesen. Das konnte sie

auch gar nicht – weil ich sie nämlich nicht gefragt habe«, erklärte er und schien selbst über seinen Mut erschrocken zu sein. Ganz ohne sein Zutun war plötzlich die Stunde der Wahrheit gekommen, er hatte den Sprung ins eiskalte Wasser gewagt. Eddas entsetzten, warnenden Blick nahm er nur am Rande zur Kenntnis – nun war es zu spät, er konnte nicht mehr zurück! »Deine Zustimmung voraussetzend habe ich bereits vor Tagen Charlotte Wagner darum gebeten, meine Frau zu werden. Ich liebe sie seit Jahren und sie erwidert meine Gefühle aus ganzem Herzen.«

»Würdest du das bitte noch einmal sagen? Ich habe mich wohl verhört. Solltest du tatsächlich die Nichte meines Inspektors gemeint haben?« Mit gefährlicher Ruhe legte Wolf von Rheinhagen die Zigarre aus der Hand, die er sich eben anzünden wollte. Jeder, der ihn kannte, wußte, daß eben diese Ruhe der Vorbote einer seiner zu Recht gefürchteten Wutausbrüche zu sein pflegte. »Das kann doch unmöglich dein Ernst sein, Axel!«

Während Axel sich vergeblich bemühte, die richtigen Worte zu finden, trat Edda impulsiv neben ihn, als könne sie ihn vor dem Zorn des Vaters schützen. Johanna saß wie erstarrt in ihrem Sessel. Mehr als die anderen spürte sie: Dieser Moment würde das Leben der Familie von Grund auf verändern. Vielleicht nicht gleich, nicht in diesem eben noch so friedlichen Zimmer. Doch das Saatkorn der Zwietracht war gesät – es würde aufgehen und zu einem undurchdringlichen Wall emporwachsen, der Axel für immer von den Seinen trennte.

## 2

Im Salon der Hausherrin herrschte lähmende Stille. Jeder unter den Anwesenden fürchtete sich anscheinend davor, etwas zu sagen, das die Situation nur noch verschlimmern konnte. Die Luft war warm und abgestanden, und Edda trat ans Fenster, um es zu öffnen. Sie wünschte sich, Axel hätte ihre Warnung befolgt und einen günstigeren Augenblick für seine Eröffnung gewählt. Ausgerechnet jetzt mußte er damit herausplatzen, wo der Vater so fest davon überzeugt gewesen war, daß Gina von Graßmann . . .

Vom Hof her trug der Abendwind verwehte Töne herüber. Eine Mädchenstimme setzte zu einem Volkslied an, andere Stimmen fielen ein. Es war alles wie immer – und doch ganz anders. Edda wandte sich fragend der Mutter zu. Irgend jemand mußte doch endlich sprechen. Dieses Schweigen hatte etwas so Bedrohliches an sich.

Johanna verstand die stumme Bitte, die Eddas Augen ihr signalisierten. Ehe sie aber eine passende Beschwichtigung finden konnte, um die Atmosphäre zu normalisieren, wurde sie durch ein qualvolles Stöhnen, das sich aus der Kehle ihres Gatten rang, hochgerissen. Zu aller Entsetzen sank der Gutsherr wie eine gefällte Eiche zu Boden und blieb regungslos liegen.

In diesem Augenblick bewies Johanna, daß sie sämtlichen Situationen gewachsen war. Sie eilte hinzu, kniete neben Wolf nieder, schob ein Kissen unter seinen Kopf und öffnete seinen Kragen. Obwohl sie äußerlich die Ruhe behielt, schlug ihr Herz in dumpfer Angst. Der Arzt hatte Wolf vor jeder Aufregung gewarnt und von der Möglichkeit eines Schlaganfalls gesprochen, falls er sich nicht an diese Richtlinien hielt. Angstvoll fühlte sie seinen Puls. Gottlob, sein Herz arbeitete noch, wenn auch schwach und unregelmäßig.

Wie konnte Axel bloß so verantwortungslos handeln und ohne jede Vorbereitung mit seiner skandalösen Idee herausrücken! Er wußte doch, wie es um seinen Vater stand. Johanna blickte zu ihrem Sohn auf, verzichtete jedoch angesichts seiner offensichtlichen Verzweiflung darauf, ihm Vorwürfe zu machen.

»Du mußt umgehend nach Dr. Heyden schicken, Axel«, sagte sie mit leidlich fester Stimme. »Hoffentlich ist er nicht gerade unterwegs. Vielleicht erreichst du ihn telefonisch. Und du, Edda, sag bitte der Mamsell Bescheid, sie möge das Bett richten ...« Johanna versagten die Worte, als sie sich wieder auf den Kranken konzentrierte. Das Gesicht ihres Gatten zeigte eine bläuliche Verfärbung. Handelte es sich um einen besonders schweren Herzanfall, oder war ein Schlaganfall die Ursache dieses völligen Zusammenbruchs?

»Soll ich ein paar Männer holen, Mama? Sie könnten Papa nach oben tragen«, fragte Edda schon von der Tür her.

»Nein. Jetzt noch nicht. Es ist besser, wenn wir ihn nicht unnötig bewegen. Dr. Heyden soll darüber entscheiden ...«

Der Schlaganfall, den Wolf von Rheinhagen erlitten hatte, kam für keinen seiner Bekannten überraschend. Die Vorliebe des Gutsherrn für gehaltvolle, schwere Rotweine, die seinen Blutdruck von jeher belastet hatten, dazu sein leicht erregbares Temperament – es mußte eines Tages so kommen!

Jetzt lag er, der in seinem ganzen Leben noch keinen Tag krank gewesen war, oben im ehelichen Schlafgemach und strapazierte nicht nur seine Angehörigen, sondern auch das gesamte Hauspersonal mit seiner Ungeduld und seinen oft unvernünftigen Wünschen bis an die Grenzen des Erträglichen.

Johanna hatte ihre Kinder zu einer Aussprache in ihren Salon gebeten. Sie war blaß und von der Krankenpflege sehr erschöpft.

»Dr. Heyden meinte heute, daß euer Vater bald wieder aufstehen dürfe. Der Schlaganfall sei leicht und eine Warnung gewesen, so erschreckend er für uns auch kam. Er muß sich künftig allerdings noch mehr schonen und jede Aufregung meiden. Aber das versteht sich wohl von selbst. Ich weiß nicht, was ich getan hätte, wenn er . . .«

Sie verstummte und schloß sekundenlang die schmerzenden Lider. Die Art und Weise, wie sie auf die Erkrankung ihres Mannes reagiert hatte, verriet Axel, was ihm bisher verborgen geblieben war: Die Mutter liebte den Vater über alles. Trotz ihrer scheinbaren Unterlegenheit in dieser ungleichmäßigen Partnerschaft war sie der Halt, den dieser nach außen hin harte und unbeugsame Mann brauchte.

Daß Johanna es verstand, in besonderen Situationen über sich selbst hinauszuwachsen, bewies die Tatsache, daß sie bisher mit keinem Wort erwähnt hatte, wie es zu diesem Zusammenbruch gekommen, was die Ursache dafür gewesen war. Kein Wort des Vorwurfs gegen Axel hatte ihre Lippen verlassen, obgleich sie wußte, daß er allein alle Schuld daran trug.

Während der junge Offizier am Fenster stand und sich innerlich gegen eine Strafpredigt wappnete, erwachte so etwas wie Trotz in ihm, weil man ihm den Schwarzen Peter zuschieben wollte. Wie konnte er denn ahnen, daß seine Erklärung, er wolle nicht Gina von Graßmann, sondern Charlotte Wagner heiraten, derartige Folgen haben würde! Irgendwann hatte er schließlich mit der Wahrheit herausrücken müssen. Trotz allem verspürte Axel eine leichte Genugtuung. Sein Vater war jetzt über seine Pläne orientiert; nun mußte er sich wohl oder übel mit der Tatsache abfinden, daß sein Sohn eine Bürgerliche zur Frau nehmen wollte. Weitere Debatten erübrigten sich also. Als Axel jedoch auf diesen Punkt zu sprechen kam, reagierte Johanna überraschend heftig. Ihre Worte verrieten, daß sie durchaus nicht so passiv war, wie sie oft wirkte.

»Ich wünsche nicht, daß dieses Thema jetzt oder später noch einmal angeschnitten wird, Axel! Dir scheint nicht bewußt zu sein, mein Junge, daß Rheinhagen mit deinem Vater steht und fällt. Du hast es bisher ja nicht für nötig befunden, dich auch nur annähernd als zukünftiger Landwirt zu bewähren. Der bunte Rock war dir wichtiger als der Wunsch, sich allmählich einzuarbeiten und deinem Vater einige seiner zahlreichen Pflichten abzunehmen. Was verstehst du schon von der Bestellung eines Ackers, von Rinderzucht und allem, was sonst noch dazugehört? Es wird ziemlich lange dauern, bis Inspektor Wagner dir allein die Grundbegriffe dessen beigebracht hat, was du über die Bewirtschaftung Rheinhagens wissen mußt.«

Johanna verstummte abrupt: Der erwähnte Name rief ihr erneut die Probleme ins Gedächtnis zurück, vor denen sie stand. Nur sie allein konnte die Dinge wieder ins Lot bringen. Wolf durfte nicht damit behelligt werden.

Bevor Axel noch etwas erwidern konnte, sprach sie beherrscht weiter: »Was ich vorhin schon sagen wollte – die Genesung eures Vaters macht vielversprechende Fortschritte, und das ist ein gutes Zeichen. Ich hoffe in deinem Interesse, Axel, daß er sich bald wieder der besten Gesundheit erfreuen wird. Eins sollst du erfahren: Er erinnert sich an nichts, das seinem Anfall vorausging. Und das ist gut so! Wir werden so tun, als sei in unserer Familie alles in bester Ordnung. Darum wünsche ich, daß die leidige Angelegenheit vor ihm nie mehr erwähnt wird. Vater bedarf der größten Schonung – ein zweiter Schlaganfall könnte sein Tod sein. Dr. Heyden kann dies jederzeit bestätigen.«

Axels Gesicht hatte sich verfinstert. Seine Augen funkelten hart und entschlossen.

»Das ist Erpressung, Mama«, rief er erregt. »Du verlangst Unmenschliches von mir. Natürlich will ich Vater, den ich liebe und bewundere, nicht schaden. Trotzdem kann ich auf Charlotte nicht verzichten. Es ist ein schrecklicher Gedanke,

mir vorzustellen, daß nur . . .« Axel brach mitten im Satz ab. Ihm war gerade noch rechtzeitig klargeworden, was er beinahe gesagt hätte.
»Daß nur der Tod deines Vaters dir die Heirat mit Charlotte ermöglichen würde. Das war es wohl, was du andeuten wolltest, Axel«, erwiderte Johanna tonlos.
Edda, die dem erregten Zwiegespräch bisher schweigend gefolgt war, hielt erschrocken den Atem an. Wozu sollte das alles gut sein? Warum trieb Axel die Dinge auf die Spitze, statt zu versuchen, die Mutter zu besänftigen und sich ihrer Hilfe zu vergewissern?
»Wie kannst du dergleichen auch nur denken, Junge. Ich fürchte, Charlotte Wagner übt einen schlechten Einfluß auf dich aus. Nur so ist es höchstens zu erklären, daß du dich in solche Gedanken verlieren konntest. Du hast jeden Respekt vor deinem Vater verloren und damit wahrscheinlich auch vor mir.« Johannas Finger verkrampften sich, als spüre sie einen akuten körperlichen Schmerz.
»Laß bitte Charlotte aus dem Spiel, Mama«, fuhr Axel gereizt auf. Seine Nerven waren zum Zerreißen gespannt, er dachte nicht mehr daran, jedes Wort auf die Goldwaage zu legen. »Sie ist an dieser tragischen Verkettung der Dinge schuldlos. Übrigens kannst du beruhigt sein. Charlotte hat von Anfang an nicht daran geglaubt, daß ihr mit meinen Plänen einverstanden sein würdet. Mir ist völlig unbegreiflich, daß ein ›von‹ vor dem Namen wichtiger sein soll als das Glück zweier Menschen. Verzeih, Mama, aber ich habe dich bisher für warmherziger und toleranter gehalten. Jetzt sehe ich, wie sehr Vater dich bereits beeinflußt hat. Du denkst und reagierst genau wie er!«
Damit machte Axel auf dem Absatz kehrt und verließ fluchtartig den Raum. Johanna sah ihm zutiefst bekümmert nach. Sie glaubte noch immer – schließlich war Charlotte ein ausnehmend hübsches Mädchen –, daß es sich bei Axels Zustand lediglich um eine nicht sonderlich ernst zu nehmende Ver-

liebtheit handelte. Je mehr Widerstand man ihm aber entgegensetzte, desto hartnäckiger würde er sich jeder vernünftigen Einsicht verschließen. In dieser Beziehung war er ganz der Sohn seines Vaters: Wolf wollte auch immer mit dem Kopf durch die Wand.

Edda war neben die Mutter getreten. »Nimm es nicht schwer, Mama«, bat sie leise. »Axel kommt schon noch zur Vernunft. Es muß doch nicht alles von heute auf morgen entschieden werden. Er wird nach Berlin zurückkehren, Charlotte nach Dresden. Ich werde mit ihr sprechen und versuchen, sie in eurem Sinn zu beeinflussen. Schade, ich könnte mir keine nettere Schwägerin vorstellen. Doch als deine Nachfolgerin auf Rheinhagen – nein, das geht wohl wirklich nicht!«

Johanna schwieg. Sie war augenblicklich nicht fähig, darüber nachzudenken, was die beste Lösung sein mochte. Möglicherweise besaß Charlotte tatsächlich alle Eigenschaften, einem so großen Besitz als Hausfrau vorzustehen. Doch durfte man ein solches Risiko auf sich nehmen? Einen Menschen in ein Milieu verpflanzen, in dem er sich unter Umständen schon nach kurzer Zeit fehl am Platze und unglücklich fühlen würde?

Noch ehe Johanna sich innerlich über diesen Punkt klarwerden konnte, führte ein Zufall sie mit Charlotte zusammen. Spontan faßte sie den Entschluß, die Angelegenheit auf die – ihrer Meinung nach – einzig mögliche Weise zu regeln.

Charlotte kam eben aus der Gutsküche, wo sie im Auftrag ihres Onkels frisches Gemüse abgeliefert hatte. Seit dem Tag, an dem Axel von Rheinhagen ihr seine Liebe erklärt hatte, fiel es ihr nicht leicht, sich mit der Tatsache abzufinden, daß man sie praktisch zum Personal zählte, obgleich sie nur als Gast ihrer Verwandten hier weilte. Den Redestrom der äußerst tüchtigen Köchin hatte sie demzufolge bedrückt und mit einer steilen Falte abwehrenden Schweigens zwischen den feinen dunklen Brauen über sich ergehen lassen.

Vom Küchentrakt aus schlug Charlotte den Weg zum Verwalterhaus ein, wobei sie einen verstohlenen Blick zu den Fenstern warf, hinter denen der erkrankte Gutsherr lag. Weit davon entfernt zu ahnen, daß sie die indirekte Ursache zu seinem Leiden war, zuckte sie dennoch erschrocken zusammen, als sie plötzlich Johanna von Rheinhagen bemerkte, die ihr von der Freitreppe aus ernst und streng entgegensah.

Nach kurzem Zögern trat Charlotte näher und blickte freimütig zu der Gutsherrin hinauf, die mehrere Stufen über ihr stand.

»Ich habe mit Bedauern von der Unpäßlichkeit Ihres Gemahls gehört, gnädige Frau«, sagte sie mit leiser, aber fester Stimme. »Hoffentlich macht seine Genesung rasche Fortschritte!«

»Danke, Fräulein Wagner.« Nicht der leiseste Anflug eines Lächelns zeigte sich auf Johannas schmal gewordenem Gesicht. Die förmliche Art, wie sie das junge Mädchen anredete, vertiefte noch die Kluft, die sich in letzter Zeit zwischen den beiden aufgetan hatte. Dabei verband sie doch ihre gemeinsame Liebe zu Axel; das hätte alle Zweifel und Mißverständnisse ausräumen müssen.

Eine tiefe Röte überzog Charlottes Wangen. Aus Frau von Rheinhagens Verhalten glaubte sie schließen zu können, daß diese über Axels und ihre Pläne orientiert war.

»Sie haben mich bisher immer Charlotte genannt, gnädige Frau«, gab sie zurück, und eine unüberhörbare Bitte schwang in ihren Worten mit. »Was habe ich verschuldet, daß Sie mir auf einmal Ihre Zuneigung entzogen haben?«

Noch immer stand Johanna regungslos auf der obersten Stufe der breiten, geschwungenen Freitreppe. Diese erhöhte Position unterstrich auf symbolische Weise ihre Überlegenheit. Trotzdem wirkte sie plötzlich nicht mehr ganz so kalt und unnahbar. All ihren Vorsätzen zum Trotz empfand sie jetzt fast Mitleid für Charlotte.

»Muß ich Ihnen das wirklich erst begründen, Kind?« fragte sie ruhig. »Schließlich haben Sie unser Vertrauen gröblichst mißbraucht. Seit Sie zum ersten Male nach Rheinhagen kamen, um Ihre Verwandten zu besuchen, duldeten wir, daß sich zwischen Ihnen und unseren Kindern eine Art Freundschaft entwickelte. Sie durften aus dieser stillen Duldung jedoch nicht Rechte ableiten, die Ihnen – der Nichte unseres Inspektors – nicht zustanden.«

Charlotte zitterte am ganzen Körper. Alles in ihr empörte sich dagegen, daß sie sich auf diese Weise erniedrigen lassen mußte, nur weil ihr Onkel ein Angestellter der Familie Rheinhagen war. Sie bemühte sich tapfer, gegen die Tränen anzukämpfen, die in ihre Augen steigen wollten. Frau von Rheinhagen war ihr stets mütterlich und fast liebevoll begegnet – jetzt aber stand sie wie eine unerbittliche Feindin vor ihr.

»Sie müssen die Dinge wohl anders sehen als ich, gnädige Frau«, konnte sie endlich mit leidlich gefaßter Stimme erwidern. »Wenn Sie mit Ihrem Vorwurf meine Liebe zu Axel meinen – ja, dann habe ich Ihr Vertrauen Ihrer Meinung nach wohl mißbraucht. Leider kann man seinem Herzen nicht befehlen. Es tut letzten Endes doch, was es will! Axel ist Ihr Sohn, Sie lieben ihn sehr – warum verstehen Sie dann nicht, daß auch ich ihn über alles liebe?«

Johanna hob ratlos die Hand. Etwas von der gewohnten Güte war in ihre Augen zurückgekehrt. Dennoch konnte sie dem jungen Mädchen keinerlei Hoffnungen machen.

»Sie und Axel sind noch jung, die ersten Gefühle dieser Art dauern selten an. Aus Verliebtheit wird Gewohnheit, bis sich irgendwann die Vernunft wieder zu Wort meldet. Wenn ich Sie jetzt von der Berechtigung meiner Einmischung überzeugen kann, erspare ich Ihnen vielleicht eine große Enttäuschung. Das Leben liegt noch vor Ihnen. Sollten Sie allerdings hartnäckig darauf bestehen, Axel an sich zu binden, gefährden Sie dadurch unter Umständen das Leben seines Vaters. Eines Tages könnte er Ihnen daraus einen ernsten Vorwurf machen.«

Johanna war langsam die Stufen herabgekommen und blieb

nun vor Charlotte stehen. Bittend und nicht unfreundlich sah sie in das blasse, unglückliche Gesicht des jungen Mädchens.
»Es geht doch bei dieser unseligen Geschichte nicht nur um Ihre Zukunft, Kind. Es geht in erster Linie um den Fortbestand Rheinhagens. Ohne meinen Mann kann der Besitz – einer der größten und ertragreichsten im Lande – nicht gehalten werden. Viele Menschen würden ihre sichere Existenz, ihre Heimat verlieren, auch Ihre Verwandten, die hier heimisch geworden sind. Denn Axel besitzt weder die Fähigkeit noch die Erfahrung, den bisherigen Standard zu garantieren. Gewiß, er ist der Erbe. Momentan aber ist er noch mit Leib und Seele Soldat. Müßte er das Gut von heute auf morgen übernehmen, würde es vermutlich schnell damit bergab gehen. Ihr Onkel mag ein vortrefflicher Inspektor sein, doch das Auge des Herrn, seine weitblickende Umsicht, sind allein entscheidend. Überdenken Sie all das, ehe Sie versuchen, Axel endgültig an sich zu binden.«
Charlottes Blick verlor sich, während sie sich entmutigt abwandte, im Grün des Parkes. Was Johanna von Rheinhagen gesagt hatte, leuchtete ihr ein – so weh es auch tun mochte! Schließlich senkte sie ergeben den Kopf; ein verirrter Sonnenstrahl ließ ihr braunes Haar golden aufglänzen.
»Ich habe verstanden, gnädige Frau.« Während Charlotte die Entscheidung traf, die sie ihr Lebensglück kostete, wollte ihre Stimme ihr kaum gehorchen. »Ich werde abreisen – ohne es Axel vorher zu sagen. Einen Wunsch werden Sie mir hoffentlich erfüllen, da ich nun so vernünftig bin.« Ein bitteres Lächeln zeichnete ihren Mund. »Ich möchte Axel noch einmal sehen, um insgeheim von ihm Abschied zu nehmen. Diese letzte Stunde muß ja dann ein ganzes Leben vorhalten.«
Noch ehe Johanna sich äußern konnte, drehte Charlotte sich jäh um und lief wie gejagt davon. Die Gutsherrin sah ihr beklommen nach. Ein Gefühl sagte ihr, daß sie in dieser Unterredung nicht sonderlich gut abgeschnitten hatte. Durfte man über das Leben eines jungen Menschen bestimmen? Würde

das Schicksal ihr für diese Eigenmächtigkeit am Ende irgendwann eine hohe Rechnung präsentieren?
Johanna seufzte. Im Augenblick war ihr wirklich nichts anderes übriggeblieben, wollte sie die Gesundheit ihres Gatten nicht erneut gefährden. Es war bestimmt am besten so! Charlotte würde nach Dresden zurückkehren, in der gewohnten Umgebung lernen, die Dinge aus der richtigen Perspektive zu sehen. Eines Tages würde sie garantiert auch einen Mann finden, der in jeder Beziehung besser zu ihr paßte als der Erbe von Rheinhagen.

Als Charlotte am gleichen Abend von ihrem letzten Stelldichein mit Axel zurückkehrte, bat sie den Onkel um eine Unterredung. Mit wenigen Worten klärte sie ihn über die augenblickliche Situation auf. Wagner zeigte sich sofort bereit, ihrem Wunsch zu entsprechen und sie zur nächsten Bahnstation zu bringen, wo sie den Frühzug nehmen wollte. Sein offenes, sympathisches Gesicht spiegelte wider, wie unangenehm ihm diese Entwicklung war.
»Ich habe kein Recht, dir Vorwürfe zu machen, Charlotte«, sagte er ernst. »Du weißt vermutlich am besten, wie unbedacht du gehandelt hast. Ich hätte auch den jungen Herrn für vernünftiger gehalten. Einem Mädchen, das er niemals heiraten kann, den Kopf zu verdrehen, ist mehr als gewissenlos! Ich werde versuchen, deiner Tante schonend beizubringen, warum du dich zu dieser plötzlichen Abreise entschlossen hast. Ihr die ganze Wahrheit zu sagen wäre falsch. Sie hat zwar das Herz auf dem rechten Fleck, sieht aber in den Rheinhagens übergeordnete Wesen, zu denen sie kaum aufzublicken wagt. Sie würde dich nie verstehen!«
Wagner strich seiner Nichte sanft übers Haar.
»Es tut mir leid, daß du gehst, Kind – denn es kann jetzt, nachdem Frau von Rheinhagen Bescheid weiß, für dich keine Rückkehr mehr geben. Ich hatte dich gern um mich, du warst mir ein Ersatz für die Kinder, die wir nicht haben konnten.

Andererseits sehe ich ein, daß du fort mußt. Irgendwann wirst du leidenschaftslos zurückblicken und dich wundern, wie es soweit kommen konnte. Das Herz tut nun mal Dinge, gegen die der Verstand vergeblich ankämpft. Halte dich also morgen bereit . . .«

Zu früher Stunde nahm Charlotte neben dem Onkel auf dem Kutschbock des leichten Jagdwagens Platz. Sie mußte allen Mut zusammennehmen, um ruhig und gelassen zu erscheinen. Später werde ich weinen! dachte sie verzweifelt. Später, wenn niemand es sieht. Aber jetzt muß ich die Fassung bewahren und daran denken, daß ich es für Axel tue, für Rheinhagen.
Als die Kutsche in die zur Chaussee führende Birkenallee einbog, legte Charlotte die Hand auf den Arm des Onkels.
»Bitte, halte kurz an«, flehte sie mit erstickter Stimme. »Ich möchte einen letzten Blick zurückwerfen . . .«
Inspektor Wagner tat ihr stumm und mitfühlend diesen Gefallen.
Charlotte wandte sich um. Rheinhagen lag im ersten Licht des Morgens vor ihr. Noch regte sich im Herrenhaus nichts. Mit seinem wuchtigen Mittelbau, den ein mächtiger runder Turm krönte, war es ein fast schloßähnliches Gebäude. Die langgestreckten Seitenflügel hatten vor einigen Jahren neue Kupferdächer erhalten, die im Sonnenlicht grün schimmerten. Hier und da verriet die Anlage, daß die jeweiligen Besitzer Neuerungen durchgeführt und dadurch die Einheitlichkeit zerstört hatten. Dennoch wirkte das Herrenhaus in jeder Linie harmonisch und paßte sich in seiner unbestreitbaren Anmut der heiteren Landschaft an, die es umgab. Über den Rasenplatz führte ein Weg direkt zum Mittelbau, vor dessen hohem Portal die breite Freitreppe lag.
Dort hatte sie noch gestern mit Frau von Rheinhagen gestanden – dort war über ihre Zukunft, über ihre Liebe entschieden worden!
War das wirklich erst gestern gewesen? Charlotte kam es wie

eine Ewigkeit vor. Irgendwo dort, hinter einem der hohen Fenster, schlief Axel: ahnungslos, daß sie sich mit jeder Minute weiter von ihm entfernte.
»Danke, Onkel, wir können fahren.« Charlotte wandte sich abrupt von dem Haus ab, das sie nie wiedersehen würde. Alles, was sie sich erhofft hatte, war endgültig vorbei.
Ihr Gesicht wirkte in diesem Augenblick sehr ernst und älter, als es ihren einundzwanzig Jahren zukam. Um ihren sanftgeschwungenen Mund lag ein Zug, der von Bitterkeit und Resignation kündete.
Inspektor Wagner wollte etwas sagen, preßte dann jedoch die Lippen zusammen. Jedes Wort hätte die Sache für Charlotte nur noch schwerer gemacht. Sie mußte allein damit fertig werden.

Als Axel am späten Vormittag zu den Ställen ging, um sein Pferd satteln zu lassen, trat Wagner auf ihn zu. Er kam sofort zur Sache.
»Es fällt mir nicht leicht, den Boten zwischen einem Mitglied meiner Familie und dem Herrenhaus zu machen, Herr Leutnant. Doch ich konnte Charlottes Bitte, Ihnen diesen Brief zu übergeben, nicht abschlagen. Ich hoffe, daß damit alles nach den Wünschen der Herrschaft geregelt ist.«
Axel nahm den Brief mit fassungslosem Staunen entgegen. Noch ehe er etwas erwidern konnte, war der Inspektor, respektvoll den Rand seiner Mütze berührend, mit langen Schritten davongegangen. Es schien fast, als ergriffe er die Flucht, als fürchte er, man könnte ihm Fragen stellen, die zu beantworten er nicht gewillt war.
Der Briefumschlag mit Charlottes ausdrucksvoller, energischer Handschrift brannte in Axels Hand wie Feuer. Noch ehe er ihn geöffnet hatte, ahnte Axel bereits, welche Nachricht er enthielt.
Wenig später betrat er, ohne anzuklopfen, Johannas Wohnzimmer. Sie glaubte im voraus zu wissen, was geschehen war.

Denn die Augen ihres Sohnes zeigten, daß er zutiefst erregt war, und er atmete heftig, als läge eine große Anstrengung hinter ihm.
»Charlotte ist fort – sie hat mich verlassen«, beantwortete er den stumm forschenden Blick seiner Mutter. »Ich habe es eben erst durch einen Brief erfahren, den Wagner mir überbracht hat. Gestern abend war ich noch mit ihr zusammen, doch sie hat diese überstürzte Abreise mit keinem Wort erwähnt. Sie erschien mir zwar unruhig und verändert, aber ich schob das auf unsere ungeklärte Situation. Jetzt weiß ich, daß Charlotte sich nach einer offensichtlich unerfreulichen Rücksprache mit dir zu diesem Schritt entschlossen hat. Ich bitte dich, mir das Ganze zu erklären. Meinst du nicht auch, daß ich ein Recht darauf habe, zu erfahren, was zwischen dir und Charlotte vorgefallen ist?«
Johannas Herz beschleunigte seinen Schlag. Dennoch blieb sie nach außen hin gelassen und hielt ruhig dem Zorn ihres Sohnes stand. »Wie ich sehe, besitzt das junge Mädchen tatsächlich eine Menge Verstand«, bemerkte sie nachdenklich. »Ich habe Charlotte jedoch nicht zur Abreise gezwungen, falls du das annehmen solltest, Axel. Sie wird vielmehr aus meinen Vorhaltungen erkannt haben, daß ein weiterer Aufenthalt in Rheinhagen dich und uns alle ins Unglück hätte stürzen können. Respektiere ihre Entscheidung, die ihr gewiß schwer genug gefallen sein mag. Ich muß gestehen, ich bewundere sie. Nun sei du bitte auch vernünftig, nimm dir an ihr ein Beispiel. Versetze Charlotte nicht in neue Unruhe, indem du ihr schreibst und versuchst, sie zu etwas zu überreden, mit dem sie inzwischen abgeschlossen hat.«
»Bedaure, Mama.« Axels Augen hatten jede Wärme verloren.
Seine Mutter betrachtete ihn besorgt und bekümmert.
»Ich bin fest davon überzeugt, daß Charlotte nur unter Druck gehandelt hat – mag er auch noch so sanft ausgeübt worden sein. Es war bestimmt niemals ihr freier Entschluß, mit mir

zu brechen. Insgeheim hat sie wohl immer gehofft, ihr würdet eines Tages bereit sein, sie als neues Mitglied der Familie anzuerkennen. Und nach allem, was ich ihr versprochen habe, kann ich sie nicht aufgeben, nur um dir damit einen Gefallen zu tun. Ich täte es nicht einmal für Rheinhagen.«

Mutter und Sohn starrten einander lange stumm an. Da Johanna offensichtlich außerstande war, sofort eine Antwort zu finden, wandte Axel sich entschlossen um und verließ mit einem flüchtigen Kopfneigen den Raum. Er mußte jetzt allein sein, um sich über seine nächsten Schritte klarwerden zu können. Ein scharfer Ritt würde ihm den Kopf freimachen und ihn Abstand gewinnen lassen.

Ganz automatisch schlug er die Richtung zu der alten Eiche ein, wo er und Charlotte sich immer getroffen hatten. Dort würde er das Gefühl haben, ihr näher zu sein. Im langgestreckten Galopp, als könne es Roß und Reiter nicht schnell genug gehen, führte der Ritt über die Wiesen.

Ein Kaninchen, das aufgeschreckt aus seinem Bau kam, ließ Luzifer, Axels Braunen, kerzengrade steigen. Er schlug mit den Vorderbeinen wild in die Luft, verlor plötzlich das Gleichgewicht und kippte um. Axel, mit seinen unerfreulichen Gedanken beschäftigt, reagierte nicht mit der gewohnten Geistesgegenwart. In der nächsten Sekunde flog er aus dem Sattel, während Luzifer sofort wieder aufsprang und seinen Herrn fast schuldbewußt betrachtete.

Minutenlang hatte Axel das Bewußtsein verloren. Dann war auf einmal der blaue, wolkenlose Himmel wieder da, das Schnauben des Wallachs, sein leises, ermunterndes Wiehern. Allerdings fühlte Axel auch den Schmerz, der sich wie ein scharfes Messer in seinen linken Arm bohrte und von dort aus in den ganzen Körper auszustrahlen schien.

»Die Rheinhagens scheinen bemüht zu sein, aus ihrem Hause ein Lazarett zu machen«, bemerkte Dr. Heyden trocken, der gekommen war, den Bruch zu versorgen. »Ein Wunder, daß

Sie sich damit überhaupt zurückschleppen konnten, Axel. Sie müssen höllische Schmerzen ausgestanden haben.«
Axel lächelte mit blassen Lippen. »Das ist nur meinem braven Luzifer zu verdanken. Im Gegensatz zu seinem etwas anrüchigen Namen zeigte er eine wahre Engelsgeduld, als meine Versuche aufzusitzen immer wieder mißlangen. Für Unachtsamkeit im Sattel muß der Reiter eben zahlen. Hätte ich aufgepaßt, wäre mir das nie passiert. Ein Glück, daß der Braune ohne Schaden davongekommen ist. Allzu leicht bricht sich solch ein hochgezüchtetes Pferd die Fessel und muß dann erschossen werden.«
»So ist es richtig. Ein guter Reiter denkt immer zuerst an sein Pferd und dann erst ans eigene Wohl. Nach Berlin können Sie natürlich vorläufig nicht zurückkehren«, erklärte Heyden, während er sich an dem Wein labte, den Johanna ihm hatte servieren lassen. »Der Arm muß, da ich einen komplizierten Bruch befürchte, unbedingt geröntgt werden. Na, Sie werden über eine Verlängerung Ihres Urlaubs nicht böse sein, Axel!«
Dieser Meinung war Axel nicht gerade. Eigentlich hatte er sogar schon früher abreisen wollen, um vor seinem Dienstantritt noch Charlotte in Dresden besuchen zu können.
»Es macht mich ganz nervös, hier so untätig rumzusitzen, Edda«, gestand er seiner Schwester eines Abends unwillig. Diese warf ihm jedoch nur einen liebevoll-spöttischen Blick zu.
»Na, du hast dich noch nie durch übertriebenen Tätigkeitsdrang und Arbeitseifer ausgezeichnet, Brüderlein. An den Zustand des süßen Nichtstuns müßtest du dich also allmählich gewöhnt haben. Dabei wäre es eigentlich recht vernünftig, wenn du dich, solange Vater nicht ganz auf dem Posten ist, mehr um den Gutsbetrieb kümmern würdest. Schließlich wirst du Rheinhagen eines Tages übernehmen und – das laß dir gesagt sein – damit auch eine ungeheure Aufgabe!«
Darauf fiel Axel keine richtige Antwort ein. Daß er sich nicht zum Landwirt eignete, war ihm längst klargeworden. Guter

Wille allein genügte nicht, man mußte zu diesem Beruf geboren sein. Wagner bildete dafür das beste Beispiel. Von irgendeinem seiner Vorfahren mochte Charlottes Onkel die Liebe zum Land geerbt haben. Da ihm die Mittel zum Ankauf eines eigenen Besitzes gefehlt hatten, war er, obgleich aus einer angesehenen Dresdner Familie stammend, kurzerhand Inspektor geworden. Und anscheinend hatte er seinen Entschluß auch niemals bereut.

Er selbst jedoch, Axel von Rheinhagen, dem eines Tages ein Rittergut von etwa zehntausend Morgen buchstäblich in den Schoß fallen würde, spürte keinerlei innere Beziehung dazu. Gewiß, er liebte Rheinhagen – es zu verlieren würde eine tiefe Wunde hinterlassen. Aber was er daran liebte, hatte nichts mit Landwirtschaft zu tun. Es waren das Haus, in dem er aufgewachsen war, die Landschaft, die Ruhe – die Heimat, um seine Empfindungen in einem Wort zusammenzufassen.

Als Axel gerade auf dem Tiefpunkt seiner Stimmung angekommen war, wurde er auf angenehme Weise abgelenkt. Mark von Rheinhagen, sein Vetter zweiten Grades, stattete seinen Verwandten überraschend einen Besuch ab. Er war Marineoffizier, wie sein auf See gebliebener Vater, und brachte frischen Wind in die merklich gedrückte Atmosphäre, die seit der Erkrankung des Gutsherrn auf Rheinhagen herrschte. Axel war viel mit ihm zusammen, die beiden verband eine herzliche Freundschaft. Während einer anregenden Unterhaltung der fast Gleichaltrigen fiel Axel wieder das Gespräch ein, das er neulich mit Edda geführt hatte.

»Hast du nie daran gedacht, Landwirt zu werden, Mark«, tastete er sich behutsam an das für ihn so wichtige Thema heran. »Hast du nie in dir den Wunsch gefühlt, auf eigenem Grund und Boden schalten und walten zu dürfen? Wie allen Rheinhagens müßte das doch auch dir irgenwie im Blut liegen.«

Mark, der sich der Länge nach ins Gras geworfen hatte, blinzelte ehrlich entsetzt zu seinem Vetter auf.

»Sei so gut, Axel! Davon hätte ich doch längst was merken müssen. Nee, die Marine ist genau richtig für mich. Und wenn ich dafür zu alt und pensionsreif geworden bin, beteilige ich mich vielleicht an einer kleinen Reederei. Unser Zweig der Familie hält es nun mal mit der christlichen Seefahrt und dem Wasser überhaupt. Das Festland nimmt man lediglich ab und zu als nette Abwechslung in Kauf.«

Axel senkte den Kopf. Es sah aus, als zähle er angestrengt Grashalme. In Wirklichkeit versuchte er nur, Marks unangenehm forschendem Blick auszuweichen.

»Mir ist das einfach so durch den Sinn gegangen. Ganz so abwegig, wie du meinen magst, Mark, war meine Frage gar nicht. Schließlich ist Rheinhagen Majorat. Nach mir wärst du also der nächste Anwärter darauf. Überleg doch mal! Zuerst Vaters Schlaganfall, danach mein Sturz. Alles hätte viel schlimmer ausgehen können. Man macht sich eben seine Gedanken. Irgend jemand muß den Betrieb schließlich weiterführen.«

Marks Augen wurden schmal, während er Axel aufmerksam musterte. Den Jungen bedrückte doch irgend was! Schon bei seiner Ankunft war ihm klargeworden, daß irgend etwas mit dem Vetter nicht stimmte. Auch jetzt hatte er wieder den Eindruck, als habe dieser aus einem ganz bestimmten Grund ein Thema angeschnitten, das ihn sehr zu beschäftigen schien. Was mochte bloß dahinterstecken?

Mark legte sich ins Gras zurück; man merkte deutlich, daß dieses Gespräch ihm unbehaglich wurde.

»Das mag alles zutreffen, Axel. Aber dein Alter Herr erholt sich zusehends, und du bist schon immer wie eine Katze mit sieben Leben gewesen. Nee, ich sehe mich keineswegs als Herrn dieses schönen, aber auch verantwortungsreichen Besitzes. Du bist beinahe zwei Jahre älter als ich. Heirate, setze Kinder in die Welt – darunter möglichst viele Söhne –, dann bist du die Sorgen um das Majorat ein für allemal los, und ich kann getrost weiterhin zur See fahren.« Von dieser Seite konnte Axel also vorläufig ebensowenig auf Unterstützung hoffen. Außerdem hatte er lediglich einmal vorfühlen wollen, wie Mark über die Angelegenheit dachte. Und diese Reaktion war zu erwarten gewesen. Somit blieb alles beim alten.

Zwischen Axel und seinem Vater schien, oberflächlich betrachtet, bestes Einvernehmen zu herrschen. Der junge Offizier gab sich redliche Mühe wiedergutzumachen, was er durch sein unbedachtes Liebesgeständnis angerichtet hatte. Er besuchte den Vater regelmäßig, las ihm, an seinem Krankenlager sitzend, die neusten Zeitungen vor und versuchte, die Ungeduld des Patienten durch lebhafte Schilderungen des Geschehens in der näheren und weiteren Umgebung zu zerstreuen. Axel war es auch, der die ersten Spaziergänge mit Wolf von Rheinhagen unternahm, ihn dabei führte und stützte. Wenn dieser über die ungewohnte Umsicht und Fürsorge verwundert sein mochte, so ließ er sich jedenfalls nichts anmerken. Im Gegenteil – er bemühte sich, Rücksicht auf den noch nicht völlig geheilten Arm seines Sohnes zu nehmen, indem er ihn sowenig wie möglich beanspruchte.

»Es ist ein merkwürdiges und ziemlich unheimliches Gefühl, mein Junge«, bemerkte er einmal grübelnd, »wenn man plötzlich feststellen muß, daß einem eine bestimmte Zeitspanne in der Erinnerung fehlt. Und genau das ist bei mir der Fall. Ich weiß zum Beispiel, daß wir kurz vor dem leidigen Schlaganfall recht vergnügt beisammensaßen und ich sogar ausnehmend guter Laune war. Eddas Verlobung, die Gewißheit, sie so glänzend untergebracht zu haben, war schließlich Grund genug, sich zu freuen.«

Wolf wandte sich lebhaft Axel zu, ohne dessen Verlegenheit zur Kenntnis zu nehmen.

»Dann geschah etwas«, fuhr er hastig fort. »Aber was bloß? Ich muß mich irgendwie heftig aufgeregt haben, das spüre ich noch heute in allen Nerven. Wie konnte es geschehen, daß ich mich nicht im geringsten an diesen Zeitpunkt zu erinnern vermag?«

Axel schwieg betreten und zuckte nur stumm mit den Achseln. Sein Gesicht rötete sich. Wie gern hätte er doch gesprochen, sich dem Vater anvertraut. Der alte Herr war seit seiner Erkrankung weicher, nachgiebiger geworden. Vielleicht würde er seinen Plänen, seinen Wünschen jetzt wohlwollender gegenüberstehen. Wenn man knapp dem Tod entronnen ist, sieht man die wahren Werte des Lebens möglicherweise aus einem anderen Blickwinkel.
»Das bildest du dir sicher nur ein, Vater«, antwortete Axel endlich ausweichend. Er durfte das Wort nicht brechen, das er der Mutter gegeben hatte. »Wir sprachen bestimmt nichts Weltbewegendes. Jedenfalls erinnere ich mich an keine aufregende Debatte. Es bestand ja gar kein Grund dazu.«
»Wenn du meinst, mein Junge.« Wolf von Rheinhagen wirkte alles andere als überzeugt. Da er aber unnützes Grübeln für reine Zeitverschwendung hielt, vergaß er die Angelegenheit schnell und widmete sich bald wieder intensiver seinem Besitz.

Else Wagners Blick lag forschend und besorgt auf Charlottes blassem Gesicht. Die Tochter war so verändert aus Pommern zurückgekehrt, zudem früher als ursprünglich beabsichtigt. Folglich mußten schwerwiegende Gründe sie dazu bewogen haben!
Welche Nachrichten mochte wohl der Brief enthalten, der eben für Charlotte eingetroffen war. Else Wagner hätte ihn am liebsten ungelesen verbrannt; denn sie fürchtete, daß nichts Gutes darin stehen würde. Doch dazu hatte sie natürlich kein Recht. Seufzend legte sie ihn auf den Tisch, und Charlotte errötete unwillkürlich, als sie die ihr so vertraute, geliebte Handschrift erkannte. Dennoch zögerte sie, das Kuvert zu öffnen.
»Danke, Mutter. Ich dürfte dieses Schreiben eigentlich gar nicht annehmen, nachdem ich Frau von Rheinhagen versprochen habe, jede Verbindung zu Axel abzubrechen. Doch einen

Brief zu lesen, kann ja kein Unrecht sein. Beantworten werde ich ihn jedenfalls nicht.«

Else Wagner schwieg bedrückt. Das war es also! Charlotte entsprach nicht den Vorstellungen, die sich die Rheinhagens von ihrer zukünftigen Schwiegertochter machten. Aber das hätte das Mädchen eigentlich von vornherein wissen müssen.

»Du solltest Rheinhagen und vor allem Axel vergessen, Liebes«, sagte sie ernst; sie war weit davon entfernt, Charlotte einen Vorwurf zu machen. »Dein Stolz muß dir dabei helfen, auf ein Glück zu verzichten, das für dich wahrscheinlich gar keines gewesen wäre. Selbst wenn die Familie der Verbindung zwischen euch zugestimmt hätte, wärst du dort niemals ganz heimisch geworden. Ihre Welt ist nicht die deine, glaube mir! Es gibt so viele Möglichkeiten, jemanden zu demütigen, ihm zu zeigen, daß er nicht ebenbürtig ist. Obwohl du dich deiner Familie keineswegs zu schämen brauchst: Dein Vater ist ein angesehener Mann. Aber du bist bürgerlicher Abstammung und kein reiches Mädchen. Das allein ist in diesem Fall ausschlaggebend.«

»Natürlich, Mutter.« Charlottes Stimme klang müde und resigniert. »Ich weiß das alles. Nur darum habe ich freiwillig das Feld geräumt. Auch möchte ich nicht, daß wegen mir das gute Einvernehmen zwischen Axel und seinen Eltern getrübt wird. Es wäre ja wirklich nicht gegangen. Die künftige Herrin von Rheinhagen kann unmöglich die Nichte des Inspektors sein . . .«

»Dein Onkel, der schließlich ein Studium auf der Landwirtschaftlichen Hochschule absolviert hat, dürfte nicht das eigentliche Hindernis sein – schon eher seine Frau. Die gute Helene ist eine Seele von Mensch! Leider ist es ihr nie gelungen, sich weiterzubilden und dem geistigen Niveau ihres Mannes anzupassen.«

Charlotte arbeitete in der Laube, die dem geräumigen Gartenhaus angebaut war, für ihr Examen. Die Bemerkung ihrer Mutter nötigte ihr ein Lächeln ab; ihre schönen grauen Augen blieben allerdings ernst. Man konnte sich Tante Helene wirklich nicht im Herrenhaus vorstellen. Bereits in frühester Kindheit hatte man ihr die Ehrfurcht vor der Herrschaft eingeimpft. Selbst nach ihrer Heirat mit Inspektor Wagner, dem die hübsche, gesunde Bauerntochter gefallen hatte, änderte sich nichts an ihrer unterwürfigen Haltung, die sie sämtlichen Rheinhagens ausnahmslos entgegenbrachte.

Charlotte versuchte, von dem für sie schmerzlichen Thema abzulenken. »Wenn ich fleißig arbeite, dann kann ich schon nach Ablauf der Sommerferien die erste Klasse einer Volksschule übernehmen. Darauf freue ich mich sehr. Ich mag Kinder gern und werde mir große Mühe geben, ihnen etwas Brauchbares beizubringen. Lehrerin zu sein ist eine lohnende Aufgabe, und heiraten werde ich ohnehin nie.«

Während Charlotte von dieser Tatsache überzeugt war – denn für sie gab es nur Axel, und ihn durfte sie nicht haben –, beschäftigte sich Edda sehr intensiv mit Heiratsgedanken.

Ihr Vater hatte sie zu sich gebeten. Als sie sein Arbeitszimmer betrat, erkannte sie an seiner Miene, daß sich irgend etwas äußerst Wichtiges ereignet haben mußte. Er blickte ihr ernst, fast mißbilligend entgegen. Auch die Mutter wirkte irgendwie anders als sonst.

»Dein geliebter John hat mir einen Brief geschrieben, Edda, der mir mächtig gegen den Strich geht«, kam Wolf von Rheinhagen sofort zur Sache. »Ich verstehe nicht, warum er nicht anläßlich eurer Verlobung offen mit mir darüber gesprochen hat. Heute setzt er mir einfach die Pistole auf die Brust, indem er mir ganz unverblümt mitteilt, er beabsichtige, dich so bald wie möglich zu seiner Frau zu machen!«

Eddas leisen Überraschungsruf ignorierend, fuhr der Gutsherr aufgebracht fort: »Seinen Wunsch begründet er damit, daß sich am Himmel Europas Wolken zusammenziehen. Als ob das ein triftiger Grund wäre – irgendwo kriselt es immer! Natürlich ist John durch seinen Sitz im britischen Parlament besonders gut unterrichtet. Er scheint jedenfalls der Meinung zu sein, daß du in England und unter seinem Schutz besser aufgehoben seiest, falls es tatsächlich zum Krieg kommen sollte. Einfach lächerlich! Ich, als dein Vater, dürfte wohl ebensogut in der Lage sein, dich zu beschützen. Was meinst du dazu, Edda? Sicher ist das alles nichts Neues für dich, John wird dich in seinen Briefen längst orientiert haben.«

Wolfs blaue Augen hefteten sich durchdringend auf das reizende Gesicht seiner Tochter, das eine gewisse Ratlosigkeit widerspiegelte.

Edda suchte vergebens nach einer unbefangenen Antwort und wurde zusehends nervöser. Sie liebte John Wakefield von Herzen und sehnte sich danach, seine Frau zu werden. Aus diesem Grunde – und weil sie sich völlig einig waren – hatten sie beschlossen, eine baldige Hochzeit durchzusetzen. Was John jetzt von einer drohenden Kriegsgefahr schrieb, verstand sie allerdings nicht ganz. Glaubte er, dadurch ihren Vater eher zu einer Zusage zu bewegen?

Ein Krieg – war so etwas in diesem aufgeklärten Zeitalter überhaupt noch möglich? Hatten die Menschen denn nicht längst eingesehen, daß politische Meinungsverschiedenheiten nicht durch Waffengewalt allein gelöst werden konnten? Nein, John irrte sich bestimmt. Oder er versuchte lediglich, mit diesem Argument Wolf von Rheinhagens Widerstand zu brechen.

Edda wußte genau, daß dieser ihr auf die Dauer einen Wunsch nicht abschlagen konnte, und sie entschloß sich zur vollen Attacke auf sein ihr liebevoll geneigtes Vaterherz.

»Wenn John das schreibt . . . Ach, Papa!« Sie warf die Arme stürmisch um Wolf von Rheinhagens Hals, wobei ihr langes blondes Haar wie ein Schleier um ihr feines Gesicht wogte. »Du darfst nicht denken, daß ich leichten Sinnes aus Rheinhagen weggehe. Aber John bedeutet mir sehr viel! Ich möchte ihn nicht unnötig lange warten lassen.«

»Du bist sehr jung, Edda«, warf Johanna mahnend ein. Ihr wäre es von Anfang an lieber gewesen, hätte Edda sich mit einem der jungen Männer aus dieser Gegend verlobt. »Das ganze Leben liegt doch noch vor dir. Wenn du uns verläßt, werden wir sehr einsam sein. Dein Bruder Axel ist so selten zu Hause.«

»Als du Papa heiratetest, warst du knapp achtzehn, Mama«, widersprach Edda lebhaft. »Und du hast diesen Schritt bestimmt nie bereut. Ich möchte, daß meine Kinder auch einmal mit ihrer jugendlichen Mutter prahlen können – so wie wir mit dir!«

Wolf lächelte seiner Frau zu, und Edda erkannte daraus, daß er zur Kapitulation bereit war.

»Diesem Argument müssen wir uns wohl beugen, Johanna. Ich werde also deinem John schreiben, daß eure Hochzeit im Herbst stattfinden kann, Edda. Wenn die Ernte eingebracht ist, haben wir wieder mehr Zeit für große Festlichkeiten. Es soll eine Hochzeit werden, von der man noch lange sprechen wird. Darauf haben sich die Rheinhagens von jeher gut verstanden.«

Edda strahlte den Vater dankbar an, während Axel ein leises Neidgefühl nicht zu unterdrücken vermochte. Warum gewährte man der Tochter so reichlich, was man dem Sohne verwehrte? In dieser Beziehung war offensichtlich ganze Arbeit geleistet worden: Charlotte hatte bisher keinen einzigen seiner zahlreichen Briefe beantwortet. Wie in der Liebe, so war sie auch darin konsequent bis zur Selbstzerstörung. Sie hatte ihr Wort gegeben und hielt sich an ihr Versprechen. Daß sie unter den gegebenen Verhältnissen genauso litt wie er, setzte er als selbstverständlich voraus.

Enger als je zuvor schloß Axel sich dem Vater an. Sie waren einander, schon vom Temperament her, immer ein wenig fremd geblieben. Eine Änderung dieses Zustandes, eine Annäherung konnte nur von Vorteil sein. Wenn der Vater lernte, ihn besser zu verstehen, würde er sich eines Tages vielleicht auch davon überzeugen lassen, daß Charlotte die einzige Frau war, die sein Sohn lieben und heiraten konnte.

Während eines Rundgangs durch die Stallungen trafen Wolf und Axel mit Inspektor Wagner zusammen, der respektvoll, aber keineswegs unterwürfig grüßte. Es war das erstemal seit Charlottes Abreise, daß Axel ihrem Onkel gegenüberstand, und eine leichte Befangenheit befiel ihn. Wagners ruhige graue Augen – Charlottes Augen – sahen ihn ohne jeden Vorwurf an. Eher stand ein tiefes Mitgefühl mit diesem jungen Menschen darin geschrieben, der nicht nach seinem eigenen Herzen wählen durfte.
»Ich habe Ihnen noch gar nicht danken können, Wagner«, begann Wolf von Rheinhagen lebhaft, »daß Sie mich in der Zeit meiner Krankheit so vortrefflich vertreten haben. Gute Arbeit – das muß man Ihnen bescheinigen. Ich werde das nicht vergessen. Für mich gibt es jetzt eine Menge nachzuholen. Als erstes wollen wir die Remonten für Berlin aussuchen, dabei kann uns mein Sohn eine gute Hilfe sein. Sie wissen ja, er hat mit seinen Pferden so manchen Preis erritten. Wir sollten also bei der Auswahl sein Urteil nicht unberücksichtigt lassen.«
Axels Gesicht rötete sich. Es war lange her, seit der Vater ihn in irgendeiner Beziehung gelobt oder gar anerkannt hatte. Natürlich waren seine Erfolge im Reitsport im wesentlichen auf die guten Zuchtergebnisse und das vorzügliche Pferdematerial der Rheinhagener Ställe zurückzuführen. Es ließen sich leicht Pokale sammeln, wenn man jederzeit darauf vertrauen konnte, von zu Hause die besten Pferde zu bekommen. Trotzdem freute er sich über die Worte des Vaters.
»Die Schweine möchte ich mir auch noch ansehen, Wagner«, fuhr Wolf fort. »Ich bin ganz froh, daß ich mich von Ihnen dazu überreden ließ, die Zucht weiter auszubauen. Dagegen möchte meine Frau das Federvieh etwas reduzieren. Die Viecher fressen eine Menge und bringen uns nicht ein, was wir in sie hineinstecken. Wie weit sind Sie mit der Drainage?«
So befaßte der Gutsherr sich nacheinander mit allen anliegenden Problemen. Axel hörte kaum noch hin, was die beiden miteinander sprachen. Er schlenderte hinter ihnen her und

kam sich irgendwie fehl am Platze vor. Erst als ein Name sein Ohr erreichte, dessen Klang seinen Herzschlag umgehend beschleunigte, war seine Aufmerksamkeit wieder hellwach.

»Übrigens habe ich Ihre reizende Nichte, die kleine Charlotte, lange nicht mehr gesehen, Wagner«, hatte Wolf plötzlich in der Unterhaltung festgestellt. »Hilft wohl ihrer Frau fleißig in der Wirtschaft?«

Das sympathische, gutgeschnittene Gesicht des Inspektors rötete sich unmerklich. Nach einem flüchtigen Blick in Axels Richtung erwiderte er höflich: »Meine Nichte ist nach Dresden zurückgekehrt, Herr von Rheinhagen, um sich intensiv ihrem Studium zu widmen. Trotz ihrer Jugend hat man ihr bereits einen Posten als Lehrerin an einer Volksschule angeboten.«

Wagner war ganz beruhigt und gleichzeitig froh: Der Gutsherr schien tatsächlich keine Ahnung davon zu haben, was sich dicht vor seinen Augen zwischen seinem Sohn und Charlotte abgespielt hatte. Denn andernfalls hätte er seine Stellung aufgeben und weiterziehen müssen. Rheinhagen war ihm zur zweiten Heimat geworden, die er nicht wegen einer unbedachten Liebelei – und dafür hielt er das Ganze – verlieren wollte.

»Prächtig, prächtig.« Wolf von Rheinhagen gab sich heute recht wohlwollend. »Es ist gut, wenn ein Mädchen einen handfesten Beruf erlernt. Wo kein Vermögen vorhanden ist, sind die Freier meist rar.« Mit dieser Bemerkung, die eine Welle des Unwillens in Axel aufsteigen ließ, war das Thema für den Gutsherrn erschöpft, und Wagner zog sich mit einer leichten, jedoch beileibe nicht servilen Verbeugung zurück.

# 3

Mit der Zeit lernte Axel Inspektor Wagner so unbefangen zu begegnen, als wisse dieser nichts von seiner Beziehung zu Charlotte. Trotzdem blieb ein kleiner Vorbehalt zurück. Wenn die Augen des intelligenten Mannes gelegentlich auf ihm ruhten, kam Axel sich klein und irgendwie schuldig vor. Wolf von Rheinhagens scharfem Blick war diese Verlegenheit seines Sohnes nicht entgangen, wenn er auch keine Ahnung hatte, welchen Gründen sie entsprang.

»Dieser Wagner hat manchmal etwas unerträglich Hoheitsvolles an sich«, bemerkte er einmal trocken, während sie die Felder inspizierten. Noch war sein Gang unbeholfen, und hier und da mußte er sich auf Axel stützen, dessen Genesung Fortschritte machte. »Natürlich versteht er eine Menge von seinem Beruf, umsonst hat er das Geld für sein Studium jedenfalls nicht ausgegeben. Obgleich mit irdischen Gütern nicht gesegnet, scheint er aus einem guten Stall zu stammen.«

»Scheint er das nur?« wiederholte Axel bitter. Der Standesdünkel seiner Familienangehörigen ging ihm zeitweise sehr gegen den Strich, weil er dabei immer sofort an Charlotte denken mußte. »Weißt du so wenig über den Mann, dem du Tag und Nacht deinen Besitz anvertraust, auf den du dich stets verlassen kannst? Gewiß, du bist hier der Herr. Trotzdem könnte es nichts schaden, wenn du auch einmal in ihm den Menschen und nicht nur den Angestellten sehen würdest.«

Wolf von Rheinhagen hob die buschigen Brauen und musterte seinen Sohn aufmerksam von der Seite. Dann lachte er plötzlich, und dieses Lachen wirkte ehrlich belustigt.

»So, nun habe ich meine Abreibung weg! Du sprichst wie ein Reformer. Die Jugend führt dem Alter vor Augen, wie sehr die Welt sich verändert hat. Man zeigt sich menschlich, interessiert sich für das Wohl und Wehe der Seelen, die für einen schuften. Hast wohl recht, Axel! Man sollte tatsächlich umlernen – es zumindest versuchen.«
Wolf blieb stehen. Sie waren ein ganzes Stück gewandert, und sein Atem ging mühsam. Sein Blick flog über die Felder, deren Zustand ihn befriedigte.
»Trotzdem meine ich, daß es unseren Leuten relativ gutgeht. Jedenfalls denkt keiner von ihnen daran, in die Stadt abzuwandern. Zur offenen Rebellion, zu überhöhten Lohnforderungen, wie auf anderen Gütern, ist es bei uns noch nicht gekommen. Das beweist, daß im großen und ganzen Zufriedenheit herrscht. Ja, ich weiß«, wehrte Wolf Axels Einwand im voraus ab: »Das ist vermutlich mehr der ausgleichenden Art deiner Mutter zu verdanken als mir. Und wohl auch, weil die meisten unserer Leute bereits in der zweiten und dritten Generation auf Rheinhagen leben und arbeiten. Da bildet sich ein Zusammengehörigkeitsgefühl, das auf Vertrauen und Sicherheit aufgebaut ist. Keiner braucht zu fürchten, im Alter unversorgt zu sein. Das ist alles schriftlich festgelegt, und ich bin sicher, du – als mein Nachfolger – wirst es bei dieser Regelung belassen.«
Ein alter Mann, mit von Wind und Wetter gegerbtem Gesicht, ging, höflich die Mütze ziehend, vorbei. Wolf nickte ihm freundlich zu.
»Sieh dir zum Beispiel den alten Weruleit an, Axel. Schon sein Großvater gehörte zu unserer Familie. Weruleit ist weit über Achtzig, aber noch immer legt er die erste Reihe Kartoffeln aus, nach der das ganze Feld ausgerichtet wird. Da stimmt der Abstand genau, die Linie ist schnurgerade – und wehe, wenn die übrigen Reihen nicht auch so sind! Dann solltest du den Alten mal wettern hören. Er übertrifft an Präzision jede Maschine. Überhaupt, das Kartoffelgeschäft lohnt sich für uns

schon seit Jahren. Im Augenblick könnten wir ganz Sachsen mit Saatkartoffeln beliefern. Ach ja, Wagner stammt ja auch aus Sachsen, nicht wahr? Du wolltest mich über seine Herkunft aufklären.«

Axel starrte geistesabwesend zu der Eiche hinüber, an der Charlotte ihn sooft erwartet hatte. Als er jetzt über ihren Onkel sprach, war ihm, als rechtfertigte er mit seinen Worten auch die Frau, die er liebte.

»Wagners Bruder – Charlottes Vater«, sagte er langsam, »ist Ministerialrat in Dresden. Er, als der ältere, erbte seinerzeit das väterliche Grundstück. Ein schönes, großes Haus und etwa dreitausend Quadratmeter Garten mit altem, herrlichem Baumbestand, meistens Edelobst. Inspektor Wagner soll von einem Ahnen – man spricht von der Einheirat einer Rittergutsbesitzerstochter – die Liebe zum Land geerbt haben. Von seinem Erbteil, das sein Bruder ihm auszahlte, studierte er Landwirtschaft. Da seine Mittel für den Kauf eines eigenen Besitzes nicht ausreichten, entschloß er sich eben, als Inspektor zu gehen. Das ist alles, was ich weiß.«

»Eigentlich merkwürdig, daß er nicht in seiner Heimat Sachsen geblieben ist«, sinnierte Wolf von Rheinhagen. »Wie kam er ausgerechnet auf Pommern?«

»Kannst du dir das wirklich nicht denken, Vater?« Axels sonst so weiche Stimme klang hart, fast höhnisch. »Vielleicht gibt es nicht nur bei uns Rheinhagens Standesvorurteile. Sein Bruder an einem Ministerium – er nur ein einfacher Verwalter. Nein, da war es doch wohl klüger von ihm, halb Deutschland als Distanz zwischen sich und seine Familie zu legen.«

Wolfs Blick streifte forschend und etwas befremdet das Gesicht seines Sohnes. Warum ereiferte sich der Junge so? Überhaupt war dies ein seltsames Gespräch. Was ging ihn die Herkunft des Inspektors an? Der Mann war brauchbar – alles andere konnte nicht interessieren. Man kümmerte sich nicht um die Privatverhältnisse seiner Angestellten.

»Mag sein«, gab er daher nur kurz zurück. »Jedenfalls steht

eins fest. Wagner hat sich durch seine Heirat geschadet. Seine Frau stammt aus einfachsten Kreisen, obgleich sie als junges Ding recht ansehnlich war und auch jetzt noch eine hübsche Person ist. Nur fehlt ihr eben jede Bildung. Ohne sie könnte Wagner eine andere Stellung in der Gesellschaft einnehmen. Nicht in Adelskreisen natürlich, doch unter den Gutsbeamten und so. Es tut nie gut, wenn einer unter seinem Stand heiratet. Irgendwann rächt sich das und trennt ihn von allem, was er sich einmal vom Leben erhofft hat.«

Da Axel verbissen schwieg, fuhr Wolf nach einer kurzen Pause bedeutungsvoll fort: »Darum bin ich auch so froh, daß du eines Tages Gina von Graßmann zur Frau bekommst. Sie steht auf der gleichen Stufe wie du, ist auf einem Rittergut groß geworden. Außerdem bringt sie was in die Ehe mit. Bei den Rheinhagens kam immer Geld zu Geld, wenn geheiratet wurde. Nur so konnte der Besitz zu dem heutigen Mustergut werden, das auch einmal Mißernten und andere Schicksalsschläge überdauern kann. Wer Rheinhagen besitzt, muß natürlich jederzeit bereit sein, Opfer dafür zu bringen. Für die Heimat, für das Land, das allein wertbeständig ist, sollte einem das wohl nicht schwerfallen.«

Wolf von Rheinhagen, dem es nie leichtfiel, seine Gefühle zu zeigen, der meistens sogar allzu beherrscht wirkte, vergaß seine sonstige Zurückhaltung und sah stolz über die Felder hin, die ihm gehörten, so weit er blicken konnte. Deswegen bemerkte er auch nicht, daß sein Sohn diese lange Rede mit äußerst gemischten Gefühlen aufgenommen hatte. Warum, dachte Axel bedrückt, kann man nicht beides besitzen – die Heimat und die Frau, die man liebt? Ist totes Gut denn wertvoller als ein Mensch?

Wolfs Begeisterung war noch lange nicht erschöpft, zu sehr lag ihm das Thema am Herzen.

»Du darfst Rheinhagen nie aufgeben, Axel, mußt es mit all deiner Kraft so erhalten, wie es augenblicklich ist. Horst, dein Bruder, kannte diese Liebe zur eigenen Scholle nicht. Hätte

er damals mehr daran gedacht und sich nicht mit leichtfertigen Frauenzimmern verplempert, könnte er heute noch leben. Vor ihm war nie ein Rheinhagen im Duell gefallen – welch eine Verschwendung, für eine solche Lappalie zu sterben. Meine ganze Hoffnung ruht nun auf dir, mein Junge ...«
Wolf nahm Axels Schweigen für Zustimmung, und das genügte ihm. Er ahnte nicht, daß sein Sohn sich vorgenommen hatte, während dieses Spazierganges endlich offen mit dem Vater zu sprechen. Doch die letzten Worte des Gutsherrn machten es Axel unmöglich. Er mußte eine bessere Gelegenheit abwarten.

Wie immer vor dem Schlafengehen, nahm Wolf von Rheinhagen auch an diesem Tag seinen Schlummertrunk in Johannas kleinem Wohnzimmer ein. Er brauchte diese besinnliche Stunde nach der Hetze des Alltags, um – wie er zu sagen pflegte – sein seelisches Gleichgewicht zu erhalten. Die intimen Gespräche mit seiner Frau befreiten ihn von unliebsamen Gedanken, und er schlief danach fest und ruhig, um am nächsten Morgen wieder seinen zahlreichen Pflichten nachgehen zu können.
Johanna hatte bereits ihr Kleid gegen einen leichten Schlafrock vertauscht, dessen weiche, schimmernde Seide sie jung und begehrenswert erscheinen ließ. Daß auch ihr Gatte davon nicht unberührt blieb, verrieten ihr das Aufleuchten seiner blauen Augen und der Kuß, den er in jäh aufflammendem Gefühl auf ihren Nacken drückte. Noch ehe er sich wieder aufrichten konnte, wandte Johanna den Kopf. Ihre Blicke trafen sich. Ein Lächeln flog um Wolfs energischen Mund, das sein strenges Gesicht seltsam veränderte.
Johannas Augen spiegelten wider, was sie immer in Wolfs Armen empfand. Sie mochten viele Jahre verheiratet sein, doch bis zum heutigen Tage gelang es ihm stets aufs neue, ihre Gefühle zu entfachen. Seine Nähe, seine kraftvolle Männlichkeit hatten etwas angenehm Beunruhigendes.

Als verstünde er in ihrer Seele zu lesen, neigte sich Wolf über sie, um ihre Lippen zu küssen. Nein, Axel konnte seine Bedenken in den Wind schlagen – Johanna und Wolf von Rheinhagen führten eine Ehe, wie sie nicht hätte glücklicher sein können.

Später trank Wolf dann sein Bier, das Johanna ihm, seit er den Schlaganfall erlitten hatte, statt des bisher so bevorzugten schweren Portweins kredenzte.

»Es mag zwar besser für mich sein, aber ich kann dem Zeug nun mal keinen Geschmack abgewinnen, Hanna!« murrte er. »Nun gut, man gewöhnt sich an alles – auch daran, daß man allmählich alt wird.«

Johannas bedeutungsvolles Lächeln bewog ihn, hinzuzufügen: »Na ja, hin und wieder flackert das Lämpchen der Jugend noch auf, aber man muß den Tatsachen ins Auge blicken. Die Kinder sind erwachsen, gehen ihre eigenen Wege. Da wir gerade davon sprechen – kommt Axel dir nicht auch irgendwie verändert vor? Er gibt sich zwar redliche Mühe, Interesse für die Landwirtschaft zu zeigen, doch ich habe ständig das Gefühl, daß er mit dem Herzen anderswo ist. Du weißt am besten, wie hart ich mein ganzes Leben lang für Rheinhagen gearbeitet habe, um es zu dem zu machen, was es heute ist. Edda wird bald nach England gehen und dort ihren eigenen Aufgabenbereich finden. John Wakefield kann sich freuen, eine so tüchtige und umsichtige Frau zu bekommen. Aber Axel – was meinst du, Hanna?«

Johanna wich dem eindringlich fragenden Blick ihres Mannes aus. Was sollte sie antworten, ohne sich allzu weit von der Wahrheit zu entfernen? Sie glaubte zu wissen, daß Charlotte ihr Versprechen halten und keine Verbindung mit Axel aufnehmen würde. Sein bedrücktes Wesen sprach dafür, daß er nichts mehr von ihr gehört hatte. Johanna erhob sich, trat neben Wolf und berührte sanft seine Schulter.

»Du machst dir zu viele Gedanken um Rheinhagen, mein Lieber! Letzten Endes kommt immer alles so, wie es kommen muß. Wir haben nicht die Macht, dem Rad des Schicksals in die Speichen zu greifen. Es würde höchstens über uns und unsere Wünsche hinwegrollen. Doch da du mich um Rat gefragt hast: Sprich doch einmal ein offenes Wort mit Axel und lege ihm nahe, den Dienst zu quittieren. Je eher er sich in seine Pflichten hineinfindet, desto besser. Er war schon viel zu lange in Berlin. Das lustige Leben dort läßt ihn vergessen, wofür er eigentlich bestimmt ist.«

Wolf betrachtete seine Frau grübelnd. Was sie sagte, hatte Hand und Fuß. Ihm war bereits der gleiche Einfall gekommen, er hatte es jedoch bisher nicht übers Herz gebracht, Axel diesen Schritt zu empfehlen.

»Du hast wohl recht – wie immer, Hanna. Mein Gesundheitszustand ist eine Tatsache, der er sich nicht verschließen darf. Ich muß künftig kürzer treten. Wer wäre also besser dazu geeignet, mich zu entlasten, als der eigene Sohn? Wagner hat schon genug zu tun, ihm kann ich unmöglich noch zusätzliche Pflichten aufhalsen.«

Ehe Wolf jedoch dazu kam, mit Axel über diesen Punkt in allen Einzelheiten zu sprechen, geschah das, was John Wakefield in seinem Brief an den zukünftigen Schwiegervater angedeutet hatte. Die Komplikationen in Fragen der Weltpolitik machten Wolf von Rheinhagens Pläne, soweit sie Axels Abschied von seinem Regiment betrafen, weitgehend hinfällig.

Es war am 28. Juni 1914, als der Gutsherr sichtlich erregt Johannas Wohnzimmer betrat, in dem sich außer ihr noch Axel und Edda befanden. Die beiden waren eben von einem Tennismatch in der Nachbarschaft zurückgekehrt: Axel hatte allerdings, wegen seines Armes, nur als Schiedsrichter fungiert. Gutgelaunt wie selten waren die Geschwister gerade dabei, eine lebhafte, von ständigen Neckereien unterbrochene Schilderung abzugeben.

Als der Vater eintrat, wollte Edda sich bei ihm ebenfalls scherzhaft über Axel beschweren – doch als sie sein Gesicht

sah, verstummte sie. Es spiegelte eine Erschütterung wider, die durch seine Erklärung verständlich wurde.
»Etwas Unerhörtes ist geschehen«, berichtete er atemlos. Johanna wandte sich ihm besorgt zu. Sie wußte, wie gefährlich jede neue Aufregung für ihn war. »Eben habe ich erfahren, daß der österreichische Thronfolger Franz Ferdinand und seine Gemahlin in Serajewo einem Attentat zum Opfer gefallen sind. Nicht auszudenken, was das für uns alle für Folgen haben kann. Wir müssen jedenfalls auf das Schlimmste gefaßt sein!«
Axel war aufgesprungen, während Johanna und Edda nach dieser Hiobsbotschaft Wolf entsetzt anstarrten. Plötzlich schien es in dem sonnendurchfluteten Raum kühler geworden zu sein.
»Dann muß ich natürlich sofort nach Berlin zurückkehren, um mich bei meinem Regiment zu melden.« Axels Stimme besaß nicht die gewohnte Festigkeit, zu ungeheuerlich war das, was er eben erfahren hatte. »Gottlob ist mein Arm fast wieder in Ordnung. Ich werde eine Depesche an meinen Kommandeur aufgeben, um meine baldige Ankunft zu melden. Du entschuldigst bitte, Mama. Ich möchte Fritz Bescheid sagen, daß er meine Sachen packt . . .«
Johanna sah Axel nach, bis die Tür hinter ihm ins Schloß gefallen war. Eine dumpfe Angst stieg in ihr auf. Welche Konsequenzen konnte dieses Attentat für sie alle haben? Es betraf schließlich in erster Linie Österreich und nicht Deutschland.
»Glaubst du, es könnte Krieg geben, Wolf? Auch wenn wir nicht mit hineingezogen würden – allein die Vorstellung, daß irgendwo gekämpft werden könnte, hat schon etwas Beklemmendes.«
Falls sie auf eine verneinende Antwort gehofft hatte, so wurde sie enttäuscht. Das Gesicht ihres Gatten verriet, daß er sogar fest damit rechnete.
»Wir müssen abwarten, Hanna. Vielleicht geschieht ein Wunder, und es kommt nicht zur Katastrophe!«

Eddas feines Gesicht war ganz blaß geworden. Wie würde John auf diese Nachricht reagieren? Gleich darauf schämte sie sich ihres Gedankens. Es war nicht recht, in einem gewiß sehr schicksalhaften Augenblick die eigenen Interessen in den Vordergrund zu rücken. So oder so – auch in dieser Beziehung mußte bald eine Entscheidung fallen. Bis dahin war sie gezwungen, geduldig abzuwarten.

Für Axel führten die politischen Ereignisse ebenfalls eine Wende herbei. Er wünschte sich zu diesem Zeitpunkt mehr denn je, Klarheit darüber zu gewinnen, wie Charlotte zu ihm stand. Hatte auch das erniedrigende Gespräch mit seiner Mutter ihre Liebe zu ihm nicht erschüttern können, dann würde er dem Vater ein Ultimatum stellen. Entweder er durfte Charlotte mit dem Einverständnis beider Elternpaare heiraten, um danach mit ihr in Rheinhagen zu leben, oder er nahm seinen Abschied und baute sich eine Existenz auf, die ihn von dem Vater unabhängig machte.

Wie er dies bewerkstelligen wollte, diese unangenehme Frage klammerte Axel vorläufig aus. Er hätte sie vermutlich auch gar nicht auf Anhieb beantworten können.

Im Moment stand er, reichlich nervös, in dem geräumigen und äußerst geschmackvoll eingerichteten Wohnzimmer der Familie Wagner in Dresden. Ein kaum der Schule entwachsenes blutjunges Dienstmädchen hatte ihn hereingeführt.

Während er sich ungeduldig umsah, dachte er unwillkürlich, daß nicht einmal sein Vater an diesem Raum etwas hätte aussetzen können. Alles war aufeinander abgestimmt, die wenigen Gemälde verrieten Kunstverstand. Er trat ans Fenster und blickte in den großen gepflegten Garten hinunter, von dem Charlotte ihm in Rheinhagen so oft vorgeschwärmt hatte: zu Recht, wie er jetzt zugeben mußte. Wenige Minuten noch, und er würde ihr gegenüberstehen, sie in die Arme nehmen dürfen . . .

Seine Augen verrieten herbe Enttäuschung, als statt des geliebten Mädchens eine Dame in den Vierzigern erschien, die ihn ernst, aber nicht unfreundlich ansah. Die Ähnlichkeit verriet, daß es sich um Charlottes Mutter handelte, und er verneigte sich stumm und ein wenig aus dem Konzept gebracht. Obwohl diese Begegnung naheliegend war, hatte er doch versäumt, sich innerlich darauf vorzubereiten.

»Herr von Rheinhagen?«

Auch die Stimme erinnerte an Charlotte, obgleich sie im Moment einen merklich reservierten, wenn nicht gar abweisenden Klang angenommen hatte. Der forschende Blick der grauen Augen nahm Axel den letzten Rest seiner gewohnten Selbstsicherheit.

»Verzeihen Sie diesen Überfall, gnädige Frau«, begann er schließlich, leidlich gefaßt. »Schwerwiegende Gründe, von deren Berechtigung ich Sie gewiß überzeugen werde, haben mich dazu gezwungen, unangemeldet hier zu erscheinen. Ich bitte Sie, mir eine kurze Unterredung mit Ihrem Fräulein Tochter zu gestatten. Da mir nur die Zeit zwischen zwei Zügen bleibt und ich noch heute nach Berlin weiterreisen muß . . .«

»Es tut mir leid, Herr von Rheinhagen.« Else Wagner deutete auf einen Stuhl und nahm selbst Axel gegenüber Platz. »Charlotte ist mit ihrem Vater aufs Land gefahren und wird nicht vor dem Wochenende zurückkehren.« Der enttäuschte Ausdruck auf Axels hübschem, offenem Gesicht weckte spontanes Mitleid in ihr; sie unterdrückte es jedoch und fuhr gelassen fort:

»Ich hätte Ihnen diese Rücksprache mit meiner Tochter ohnehin nicht gewähren dürfen. Die Richtlinien ihrer Frau Mutter waren in diesem Punkt recht klar und eindeutig.«

Da Axel betroffen schwieg, sprach Else Wagner nach einer kurzen Pause weiter: »Ich weiß, wie sehr Charlotte unter dieser unglückseligen Geschichte leidet. Darum sollten Sie sie von nun an in Ruhe lassen, Herr von Rheinhagen! Bitte, kommen Sie nie wieder hierher, und versuchen Sie auch nicht, meiner Tochter zu schreiben. Sie würden sie dadurch nur in neue schmerzliche Gewissenskonflikte stürzen. Wie Sie wissen, sind Ihre Eltern gegen eine legale Verbindung, und etwas anderes käme für mein Kind nicht in Frage. Bitte, richten Sie sich danach, damit Charlotte endlich ihr seelisches Gleichgewicht wiederfindet.«

Axel erkannte, daß er auf verlorenem Posten stand. Jedes weitere Wort wäre reine Zeitverschwendung gewesen. Er mußte den Versuch wagen, Charlotte irgendwann allein zu sprechen, um sie davon zu überzeugen, daß seine Absichten nach wie vor die allerehrlichsten waren.

»Dann gestatten Sie bitte, daß ich mich verabschiede, gnädige Frau. Vielleicht sind Sie so gut und richten Charlotte aus, daß meine Schwester Edda schon nächste Woche heiratet, um dann ihrem Gatten nach England zu folgen. Die beiden Mädchen waren immer gute Freundinnen.«

Else Wagner musterte Axel mit heimlichem Bedauern. Er gefiel ihr – sie verstand jetzt, daß Charlotte ihn über alles liebte. Warum war das Schicksal so grausam, unüberwindliche Hindernisse zwischen zwei Menschen zu stellen, die füreinander bestimmt zu sein schienen!

»Fräulein Edda hat es versäumt, meine Tochter von dieser Tatsache zu unterrichten. Sie wird daher auch keinen Wert auf Charlottes Gratulation legen. Ich danke Ihnen jedenfalls für Ihren Besuch, Herr von Rheinhagen, und wünsche Ihnen sowie Ihren Angehörigen für die Zukunft alles Gute.«

Diese Verabschiedung war mehr als deutlich.

Während Axel entmutigt und ratlos seine Reise nach Berlin fortsetzte, um sich dort bei seinem Regiment zu melden, erfuhr Charlotte zunächst nichts von seinem Besuch in ihrem Elternhaus. Sie liebte Axel unvermindert und wußte, daß sie ihn nie vergessen würde – aber sie begann sich doch allmählich damit abzufinden, daß die Trennung von ihm endgültig gewesen war.

Obgleich die offizielle Kriegserklärung noch ausstand, vermochte nicht einmal der größte Optimist mehr daran zu glauben, daß dieser bittere Kelch an Deutschland vorübergehen würde. Alles schien höchstens eine Frage der Zeit zu sein.
Wolf von Rheinhagen, der stets für geordnete Verhältnisse war, bestand nun von sich aus darauf, daß Eddas Hochzeit nicht erst im Herbst, sondern schon jetzt gefeiert wurde. Sonst mußte seine Tochter unter Umständen mehrere Jahre warten, ehe sie die Frau ihres geliebten John werden konnte.
»Vielleicht – hoffentlich – sehen wir zu schwarz, und die Kriegswolken über Europa zerteilen sich wieder.« Seine Miene verriet jedoch, daß er trotz dieser zuversichtlichen Worte nicht mehr an diese Möglichkeit glaubte. »Im Augenblick halte ich es jedenfalls für ganz vernünftig, auf Johns früheren Wunsch einzugehen. Kommen wir noch einmal mit einem blauen Auge davon, dann holen wir die Hochzeit im großen Rahmen nach. Du wirst sicher einsehen, Edda, daß unter den gegebenen Umständen eine stille, unauffällige Zeremonie angebrachter ist als ein rauschendes Fest.«
Edda bedauerte die Entscheidung des Vaters zwar, fügte sich aber ohne Widerrede. Sie war über Nacht vom unbeschwerten Mädchen zu einer der Zukunft zugewandten jungen Frau herangereift. Der Schritt, den sie in Kürze tun würde, beschäftigte ihre Gedanken ununterbrochen. Zum ersten Male in ihrem Leben würde sie ihre Familie verlassen, das alte Herrenhaus, an dem sie mit allen Fasern ihres Seins hing.
Noch einmal schritt sie an Axels Seite durch die vertrauten Räume. Der Bruder, der spürte, was in ihr vorging, war für diesen Abschiedsrundgang der beste und einfühlsamste Begleiter.
Vor dem Bild ihrer Großmutter blieb Edda stehen und sah nachdenklich zu dem schönen Gesicht auf, das dem ihren so glich.
»Eigentlich merkwürdig, nicht wahr, Axel?« sagte sie leise. »Bald werde ich nun in dem Haus leben, in dem Großmutter

Jane einst geboren wurde und ihre Kindheit verbrachte. Ihr verdanke ich es letzten Endes, daß ich John kennenlernen durfte. Was für Zufälle es doch manchmal gibt . . .«

»War es Zufall – oder Fügung? Schwer zu sagen. Ich mag deinen John und finde, es war sein bester Einfall, uns seinerzeit zu besuchen, als er herausfand, daß der einstige Besitzer seines Elternhauses Mortimer hieß und eine Tochter besaß, die nach Pommern geheiratet hatte. Seine Neugier war geweckt, er folgte den Spuren der schönen Jane und fand auf Rheinhagen sein Glück.«

»Vielleicht würde Großmutter sich freuen, wüßte sie, daß ich nun in ihrem lieben alten Haus in Cornwall leben werde.«

Axel lachte auf. »Ich glaube, die Anrede ›Großmutter‹ würde sie nicht sehr gern hören. Wenn ich richtig orientiert bin, war sie ihrer Zeit weit voraus und eine Vorkämpferin der Emanzipation. Da ihre Mutter jung gestorben war, nahm ihr Vater, der als Gouverneur nach Indien ging, seine Tochter natürlich mit. Jane stand seinem Haushalt vor und wurde zum leuchtenden Stern der Gesellschaft. Eine Art Königin in Kleinformat, die wunderbar zu herrschen verstand.«

»Und doch gab sie all das ohne zu zögern auf, um unseren Großvater zu heiraten, der sie auf einer seiner ausgedehnten Reisen kennen- und liebengelernt hatte.« Edda fand die Geschichte sehr romantisch. Die beiden mußten ein umwerfend schönes Paar gewesen sein.

Axel nickte. Manches, was er zufällig gehört hatte, ließ ihn wünschen, seine Großmutter noch persönlich gekannt zu haben.

»In unserem verträumten Pommern kam man ihr anfangs sehr reserviert entgegen. Sie schien den braven Hausfrauen zu wild und fortschrittlich. Wenn sie mit ihrem Vierergespann, das sie selbst lenkte, nur von ihrem englischen Groom begleitet, durch die Gegend brauste, soll es unter unseren Damen förmlich zum Aufruhr gekommen sein. Aber mit der Zeit lernte man ihre Hilfsbereitschaft und ihren Weitblick schätzen. Ich

hoffe, du wirst dich in deiner neuen Heimat ebenso durchsetzen wie damals Großmutter Jane sich bei uns.«
An diese Worte mußte Edda denken, als Johanna ihr den Brautschleier umlegte, den einst bereits Jane Mortimer getragen hatte. Seither war es Sitte, daß alle Frauen der Rheinhagens mit diesem kostbaren Wunderwerk aus feinster Spitze vor den Altar traten. Eddas ganze Hoffnungen konzentrierten sich auf diesen Tag, an dem sie John Wakefields Frau werden sollte.

Obgleich die Hochzeit noch im Frieden stattfand, glich die Zeremonie fast schon einer Kriegstrauung, und nur das Gesinde vergnügte sich so fröhlich, wie es auf dem Lande bei solchen Anlässen seit eh und je üblich gewesen war.
Edda sah in ihrem schlichten weißen Brautkleid sehr jung, wenn auch ungewohnt ernst aus. Ihre gewohnte liebenswerte Heiterkeit vermochte sich an diesem Tage nicht Bahn zu brechen. Sie verließ ja nicht nur ihr geliebtes Rheinhagen, sondern auch Deutschland, um von nun an in Großbritannien zu leben. Plötzlich war ihr, als könne dies ein Abschied für immer sein, und sie tastete nach Johns Hand, um sich bei ihm Trost und neuen Mut zu holen.
»Ich liebe John natürlich sehr«, vertraute sie Axel in ihrem letzten Gespräch unter vier Augen an. »Nur darum ist es mir überhaupt möglich, der Heimat ausgerechnet zu diesem kritischen Zeitpunkt den Rücken zu kehren. Ich wünsche dir, Axel, daß du eines Tages ebenso zuversichtlich in die Ehe gehst wie ich heute. Höre nur auf dein Herz, denn sonst findest du nie das Glück, das für uns alle lebenswichtig ist!«
Axels Mund wurde herb. Eddas Worte waren ihm unbegreiflich. Sie wußte doch über ihn am besten Bescheid – er verstand daher nicht, daß sie jetzt so sprechen konnte. Erst viel später fiel ihm ein: Vielleicht hatte Edda auf Charlotte angespielt und ihm mit ihrem Rat andeuten wollen, er solle sich in seinen Gefühlen nicht beirren lassen. Er konnte die Schwester nicht

mehr fragen, doch hatte dieses letzte Gespräch mit ihr ihn in seinem Vorsatz bestärkt, Charlotte niemals aufzugeben.
Kaum war Axel nach Berlin zurückgekehrt, als auch schon Österreich Serbien den Krieg erklärte; dies wiederum zog den Kriegseintritt Rußlands nach sich. Axels Regiment gehörte mit zu den ersten, die zum Einsatz kamen. Das Wohlwollen seines Kommandeurs ermöglichte ihm jedoch noch vor dem Einrücken einen kurzen Abstecher nach Dresden.
Diesmal hatte er mehr Glück. Der Zufall wollte es, daß er Charlotte allein zu Hause vorfand.
Sie öffnete ihm selbst die Tür und starrte ihn an wie eine Erscheinung. Bevor sie etwas sagen konnte, trat Axel an ihr vorbei in die geräumige Diele und zog die Tür hinter sich zu. Dann riß er sie wortlos in die Arme. Sie hielten sich umfangen und überließen es ihren Lippen all das zu sagen, was zwei liebende Menschen einander nach langer, unfreiwilliger Trennung zu sagen haben.
»Liebling, meine Zeit ist knapp bemessen.« Axel fürchtete, Charlottes Mutter könnte zurückkehren und diese Unterredung verfrüht beenden. »Es ist Krieg, wir wissen nicht, wann wir uns wiedersehen! Willst du meine Frau werden – noch heute? Das einzig Gute, was dieser Umsturz der Welten uns bringt, ist eine Kriegstrauung ohne große Formalitäten. Von meiner Seite aus bedarf es keiner Überlegung. Es war nie meine Absicht, auf dich zu verzichten. Meine Eltern werden einfach vor die vollendete Tatsache gestellt, und du . . .«
Charlottes Vernunft meldete sich zu Wort. Sanft, aber bestimmt löste sie sich aus Axels Armen. In ihren grauen Augen schimmerten sowohl Schmerz als auch Entschlossenheit.
»Gott allein weiß, wie gern ich lieber heute als morgen deine Frau würde, Axel«, erklärte sie mit bebender Stimme. »Aber ohne das Wissen, ohne den Segen deiner Eltern – nein, das kann ich nicht. Du mußt selbst einsehen, daß uns daraus kein Glück erwachsen würde. Bitte, sprich nie wieder davon, Axel!«

Axel strich sich mit einer hoffnungslosen Bewegung über die Stirn. Er hatte fest angenommen, daß Charlotte auf seinen Wunsch eingehen würde.

»Ich muß schon morgen an die Front – wo immer das auch sein mag. Wenn du mich zurückweist, was bindet mich dann noch ans Leben? Worauf kann ich hoffen, woran denken? Wenn du mich nicht haben willst, lohnt sich das Heimkommen nicht mehr.«

Charlotte schlang die Arme um Axels Hals. Sie kannte ihn besser, als er ahnte – wußte, wie leicht er die Flinte ins Korn warf, wenn nicht alles nach seinem Willen ging. Indem sie ihm fest in die Augen blickte, erwiderte sie vorwurfsvoll: »Wer die Hoffnung verliert, hat sich bereits selbst aufgegeben, Axel. Dieser Tage erscheint einem alles unwirklich und bedrohlich, weil die ganze Welt irgendwie aus den Fugen zu gehen droht. Aber gerade aus diesem Grund sollte man keine überstürzten Entschlüsse fassen. Dann braucht man später, wenn wieder Ruhe im Lande eingekehrt ist, auch nichts zu bereuen. Du fragst, was dich noch ans Leben bindet? Meine Liebe, möchte ich meinen. An ihr wird sich nie etwas ändern. Ein wenig will ich dir entgegenkommen, obgleich ich dadurch mein Wort breche. Ich werde dir schreiben, Axel. Unsere Briefe sollen über alle Grenzen, die uns heute noch trennen mögen, eine Brücke schlagen.«

»Der verdammte Krieg! Lange kann er nicht dauern. Sobald er zu Ende ist – willst du es dir dann noch einmal überlegen, Charlotte? Falls meine Eltern auch zu diesem Zeitpunkt gegen unsere Verbindung sind, werde ich eben endgültig auf Rheinhagen verzichten. Aus mir wird doch nie ein brauchbarer Gutsherr. Das Leben mit dir würde alles andere in reichem Maße aufwiegen.«

Charlottes Lächeln zeigte mehr Zuversicht, als sie empfand. »Warten wir ab, Axel. Wer weiß, ob du mich dann noch ebenso lieben wirst wie heute ...«

Axels zahlreiche Briefe aus dem Felde bewiesen, daß Charlottes Zweifel jeder Grundlage entbehrten. Doch trotz der hoffnungsvollen Prophezeiung des jungen Offiziers zog sich der Krieg in die Länge. Ein baldiges Ende war nicht abzusehen.
Charlotte arbeitete mittlerweile als Lehrerin. Sie brachte sehr viel natürliche Begabung für diesen schwierigen Beruf mit, und die ihr anvertrauten Kinder hingen mit abgöttischer Verehrung und Liebe an ihr.
»Sie haben eine bewundernswerte Art, mit den Kleinen umzugehen, werte Kollegin.« Harald Reger, der die Oberklassen unterrichtete, betrachtete Charlotte lächelnd. Obgleich ihre Gedanken unaufhörlich um den fernen Axel kreisten, war ihr natürlich längst klar, daß der junge sympathische Lehrer sie heimlich verehrte. »Sollte ich – was jeden Tag geschehen kann – eingezogen werden, kann ich meine Schüler getrost Ihrer Obhut anvertrauen.«
Reger, um dessen Gesundheit es nicht besonders gut bestellt war, glaubte zwar nicht an diese Möglichkeit, da er bisher bei der Musterung immer wieder zurückgestellt worden war. Wer konnte jedoch wissen, was die nächsten Wochen bringen würden? Die Verlustlisten wurden immer umfangreicher, es wurde Ersatz gebraucht . . .
Charlotte mochte Reger. Er war ihr in seiner stillen, unaufdringlichen Art ein guter Freund geworden, und sie hatte das Gefühl, ihm in jeder Beziehung vertrauen zu dürfen. Er allein wußte von ihrer Verbindung zu Axel, und es kam oft vor, daß sie ihm aus seinen Briefen vorlas.
»Ich hoffe, daß Sie uns nicht auch noch verlassen, Harald«, erwiderte sie jetzt besorgt. »Mit meinen kleinen Trabanten mag ich es aufnehmen können; aber mit den großen Lümmels, die am liebsten auf der Stelle Soldat werden möchten – nein, dafür danke ich! Auf die verzichte ich gern. Es fiele mir bestimmt nicht leicht, mich bei ihnen durchzusetzen.«
»Sie schaffen das schon, Charlotte.« Harald Regers Blick ruhte mit bewußter Zärtlichkeit auf dem Gesicht der jungen

Lehrerin. »Ihr ruhiges Auftreten müßte die hartgesottensten Burschen überzeugen, und die Rasselbande würde Ihnen schon bald aus der Hand fressen. Außerdem kann ich Ihnen unter dem Siegel der Verschwiegenheit anvertrauen, daß einige unter meinen Schülern Sie heimlich andichten.«

Charlottes Erröten erheiterte ihn. Taktvoll ging er auf ein anderes Thema über, von dem er voraussetzte, daß es ihr weit mehr Freude machen würde.

»Hat der Herrlichste von allen wieder geschrieben? Und wie ist es ihm inzwischen ergangen? Die Nachrichten von den Fronten sind so widersprüchlich.«

Harald Reger wußte nichts Genaues über den geheimnisvollen Briefeschreiber, er kannte nicht einmal dessen Vornamen. Ihm war lediglich bekannt, daß Charlottes Liebe mit Schwierigkeiten verbunden war, die kein offenes Bekennen erlaubten, und er respektierte ihren Wunsch nach Diskretion.

»Ja, ich bekam heute erst einen Brief.« Charlotte lebte sofort auf, ihre Augen verrieten, was sie empfand.

Wieder einmal bedauerte Reger, daß ihre Liebe nicht ihm gehörte!

»Er schreibt fast wie ein Dichter. Es mag an den erschütternden Erlebnissen an der Front liegen, an der ständig nahen Gefahr, daß dieses Talent in ihm geweckt wurde. Ich will Ihnen einmal einen Abschnitt draus vorlesen.«

Sie holte den Brief aus ihrer Handtasche, entfaltete ihn, suchte die betreffende Stelle und begann bewegt: »›Vielleicht ist es dieses sinnlos scheinende Morden, das einem Tag und Nacht gegenwärtig ist, daß ich mich so mit allen Fasern meines Seins ans Leben klammere, Geliebte. Du weißt, daß ich nie gern auf die Jagd gegangen bin. Die Waffe gegen ein lebendig atmendes Wesen zu erheben kam mir grausam und wider meine Natur vor. Jetzt gar, im Bewußtsein Deiner Liebe zu mir, muß ich viel an die anderen, an meine sogenannten Feinde, denken. Auch sie haben Mädchen, Frauen, die um sie weinen. Auch sie hängen, genau wie ich, am Leben. Gebe Gott, daß dieser

Krieg bald ein Ende hat, damit ich dich in die Arme nehmen und . . .‹«
Charlotte verstummte abrupt. Alles, was folgte, war nur für sie allein bestimmt. Mit einer verlegenen Geste strich sie sich das braune Haar aus der Stirn zurück und betrachtete Harald forschend.
»Schön, wie er sich ausdrückt, nicht wahr? Dabei spricht aus jedem seiner Worte die beklemmende Angst, dies könnte sein letzter Brief an mich sein.«
Harald lächelte ihr beruhigend zu, obgleich er insgeheim ihre Meinung leider teilen mußte. Doch war seine Zuneigung uneigennützig genug, um ihr die gesunde Rückkehr des geliebten Mannes zu wünschen.
Auch nach Rheinhagen schrieb Axel natürlich regelmäßig. Doch es wollte ihm nie recht gelingen, mit seinen Eltern so unbefangen zu korrespondieren wie früher. Das Verbot, das seine Mutter bezüglich Charlottes ausgesprochen hatte, wirkte auf ihn wie ein klarer Trennungsstrich und beeinflußte seine Einstellung ihr gegenüber. Trotzdem glaubte Johanna, seinen Briefen entnehmen zu können, daß er seine unglückliche Liebe überwunden hatte.
»Axel scheint sich gottlob damit abgefunden zu haben, daß Charlotte Wagner wirklich nicht zu ihm gepaßt hätte«, sagte sie eines Mittags nach dem Durchlesen der Post. Irgendwie war ihr die Rolle, die sie in dieser Affäre gespielt hatte, peinlich gewesen. Da aber Axel seiner ersten Liebe nicht nachzutrauern schien, hatte sie wohl recht daran getan, sich einzumischen. »Gina von Graßmann erwähnte neulich, daß er ihr wiederholt geschrieben habe . . .«
Johanna verstummte jäh. Zu spät war ihr bewußt geworden, daß sie damit ein Thema angeschnitten hatte, das für ihren Mann absolutes Neuland war.
Wolf von Rheinhagen reagierte denn auch ausgesprochen erstaunt. Er machte aus der Verwunderung über die Worte seiner Frau kein Hehl.

»Ich verstehe nicht ganz, Hanna.« Seine Brauen waren zusammengezogen, als bemühe er sich angestrengt, etwas wachzurufen, das in seinem Unterbewußtsein lebte und dennoch für ihn hinter einem dichten Schleier zu liegen schien. Seit Kriegsbeginn – und mittlerweile waren über zwei Jahre vergangen – schimmerte sein Haar silbergrau. Er verdankte der Angst um Axel, der Sorge um Edda, von der schon lange jede Nachricht fehlte, manche schlaflos verbrachte Nacht. »Was hatte Charlotte Wagner, die Nichte meines Inspektors, mit unserem Sohn zu tun?«

Johanna betrachtete ihren Mann bekümmert. Nach wie vor war sie bemüht, alle Aufregungen von ihm fernzuhalten. Nun aber sah sie sich durch ihre unbedachte Äußerung gezwungen, ihm wenigstens in groben Umrissen über die Geschehnisse zu unterrichten.

»Es war während deiner Erkrankung im Frühjahr 1914, Wolf«, begann sie stockend zu erzählen: »Damals bildete Axel sich allen Ernstes ein, ernsthaft in Charlotte Wagner verliebt zu sein. Er dachte sogar daran, sie zu heiraten, und wurde recht ausfallend, als ich der Sache einen Riegel vorschob. Natürlich habe ich versucht, die fatale Angelegenheit gütlich zu regeln, und ich muß zugeben, daß Charlotte sich ausgesprochen vernünftig gezeigt hat. Ihre Haltung nötigte mir großen Respekt ab. Sie verließ Rheinhagen bereits am nächsten Morgen, und die Verbindung zwischen ihr und Axel riß endgültig ab. Du warst leidend und durftest mit der dummen Geschichte nicht behelligt werden.«

»Danke – das war sehr umsichtig von dir, Hanna.« Wolfs Blick schweifte grübelnd ins Leere. Eine Erinnerung – vage und schemenhaft – kam und ging: Johannas Salon, Axel, der irgendwie zornig vor ihm stand . . . und dann jähes Dunkel. Eine für mehrere Jahre ausgelöschte, unerquickliche Szene, der er bisher vergeblich nachgespürt hatte, gewann an Gestalt.

»So war das also«, sagte er leise. »Die kleine Charlotte – ein

hübsches, adrettes Ding mit guten Umgangsformen. Du hast mir damals also eine Entscheidung abgenommen. Nun, dafür danke ich dir, Hanna! Das Ganze hätte für Rheinhagen von Nachteil sein können. Ich hätte Wagner ungern einer unbedachten Liebesgeschichte geopfert – aber es wäre mir wohl nichts anderes übriggeblieben, als ihn daraufhin zu entlassen. Denn natürlich konnte Axel die Kleine nicht heiraten. Na, alles ist ja noch mal gutgegangen, wie mir scheint. Apropos Wagner: Der Krieg wird hoffentlich nie in eine Phase treten, wo man auch die gesundheitlich nicht so stabilen Männer, zu denen ich ja jetzt zähle, zu den Waffen rufen müßte. Sollte mir – so oder so – etwas zustoßen, dann hast du in Wagner einen zuverlässigen Helfer. Er wird Rheinhagen über Wasser halten, bis Axel nach Hause kommt, um den Besitz zu übernehmen.«
Johannas Hände verkrampften sich unwillkürlich. Die Worte ihres Gatten, in denen so viel Resignation lag, flößten ihr Angst ein. Er sah in letzter Zeit auffallend blaß aus. Fühlte er sich, obgleich er nie davon sprach, wirklich so elend, um ans Sterben zu denken?
»Keine Sorge, Hanna.« Wolf mußte ihren Blick richtig verstanden haben; er trat neben sie und legte zärtlich die Arme um ihre schlanke Gestalt. Seine Lippen glitten über ihre Stirn, suchten ihren Mund. »Ich bleibe dir schon noch ein Weilchen erhalten. In letzter Zeit fühle ich mich sogar ausgesprochen wohl. Trotzdem sollte man die Augen nicht verschließen und sein Haus bestellen, ehe es dafür zu spät geworden ist.«

Edda Wakefield, geborene Rheinhagen, kamen die Kenntnisse, die sie einst auf dem väterlichen Rittergut in Pommern erworben hatte, in England gut zustatten. Denn John, ihr Mann, war bereits wenige Tage nach der Kriegserklärung Englands an Deutschland einberufen worden, und Edda sah sich gezwungen, ihn einigermaßen würdig zu vertreten. Man stand ihr, der gebürtigen Deutschen, anfangs zwar höflich,

doch sichtlich zurückhaltend gegenüber. So verging geraume Zeit, bis sie sich – dank ihrer Tatkraft und Energie und nicht zuletzt aufgrund ihres freundlichen, sympathischen Wesens – bei den Angestellten durchgesetzt hatte.
»Wenn die wenigen Landarbeiter, die uns noch geblieben sind, auch zu den Soldaten müssen, Mama«, informierte sie ihre Schwiegermutter, mit der sie eine innige Zuneigung verband, »dann werde ich selbst aufs Feld fahren und pflügen müssen. Nur gut, daß Vater mich alles gelehrt hat, was eine tüchtige Landwirtin wissen muß. So kann ich in wichtigen Fragen mit bestem Beispiel vorangehen.«
Edda verstummte, ihr Blick trübte sich. Sie meinte, die Eltern vor sich zu sehen, das Herrenhaus, die lange, schattige Allee, die darauf zuführte. Als sie John damals nach England gefolgt war, hatte sie nicht geahnt, wie sehr sie die Heimat vermissen würde. Wäre John jetzt da, würde er ihr helfen, das Heimweh zu überwinden, zu dem inzwischen auch noch die Sorge um ihn kam.
Joan Wakefield beobachtete die junge Frau mitfühlend. Die Wahl ihres Sohnes war ihr sehr recht gewesen, John hätte gar keine bessere Lebensgefährtin finden können. Schade, daß Eddas Sturz vom Pferd bei einer Treibjagd jede Hoffnung auf Nachwuchs zunichte gemacht hatte: Sie würde nie Kinder haben können!
Joan nickte ihrer Schwiegertochter herzlich zu. »Ich bin froh und dankbar, Edda, daß du dich so für uns Wakefields einsetzt. Ich wäre dazu nicht fähig. Mein Mann hat mich stets wie ein kostbares, aber ziemlich nutzloses Ornament behandelt. Nicht einmal eine Tasse Tee durfte ich mir selbst zubereiten. Er fürchtete, meine schönen Hände könnten dadurch Schaden erleiden. In Notzeiten wie diesen erkennt man schließlich, wie falsch es ist, in einer Frau nur ein Wesen zu sehen, das maßlos verwöhnt werden muß. Man kommt sich angesichts der Tüchtigkeit anderer dann so unendlich überflüssig vor.«
Edda, die auch nach fast dreijähriger Ehe noch wie ein junges

Mädchen wirkte, umarmte und küßte die Schwiegermutter zärtlich.
»Du bist alles andere als überflüssig, Mama. Was sollte ich wohl ohne dich anfangen? Du bist wie eine Mutter zu mir, und nur dir habe ich es zu verdanken, daß mich die Sehnsucht nach meinen Eltern, nach der Heimat, nicht unterkriegt. Das ist viel wichtiger, als wenn du dich jetzt plötzlich aufs Pferd schwingen wolltest, um die Felder abzureiten.«
Die bloße Vorstellung, ihre zarte, damenhafte Schwiegermutter auf einem feurigen Rappen zu sehen, vertrieb im Nu Eddas düstere Gedanken, und sie lachte herzlich darüber.
Joan stimmte in das Lachen mit ein. Edda war für ihr Alter ohnehin viel zu ernst. Wahrscheinlich sorgte sie sich auch um ihren Bruder. Ein schrecklicher Zufall konnte es fügen, daß er irgendwann einmal dazu gezwungen war, gegen Eddas Mann, seinen Schwager, zu kämpfen. Einst die besten Freunde – jetzt Feinde wider Willen. Joan seufzte verstohlen. Hoffentlich hatte dieser Wahnsinn bald ein Ende!

Anläßlich eines Kurzurlaubs von wenigen Tagen fuhr Axel nach Rheinhagen. Um nach Dresden zu reisen, reichte die Zeit einfach nicht aus. Zu Hause traf er zufällig mit seinem Vetter Mark zusammen, der sich bei seinen Verwandten von einer leichten Verwundung erholte.
Trotz seiner Laufbahn als Marineoffizier war Mark ein leidenschaftlicher Reiter. Jetzt nutzte er jede freie Minute zu ausgedehnten Ritten durch die verträumte Heidelandschaft. Seine Begeisterung für die schöne Natur bewog Axel, auf das Thema zurückzukommen, das ihm besonders am Herzen lag. Schon einmal hatte er mit seinem Vetter darüber gesprochen.
Als sie, eine Rast einlegend, von einer Anhöhe auf das Herrenhaus herabblickten, zündete er sich erst mit nervösen Fingern eine Zigarette an, ehe er entschlossen fragte: »Erinnerst du dich noch an unsere Unterhaltung seinerzeit im Frühsommer 1914, Mark? Hast du inzwischen mal darüber nachge-

dacht, daß dieser unselige Krieg die Möglichkeit, daß du eines Tages Herr auf Rheinhagen werden könntest, in greifbare Nähe gerückt hat? Ich stehe schließlich an der Ostfront und weiß nie, was der nächste Tag für mich bereithält.«

Axel verstummte mitten im Gedankengang. Da Mark annahm, der Vetter habe noch nicht zu Ende gesprochen, verhielt er sich abwartend. Es war sehr friedlich hier oben. Insekten summten, es schien absurd, sich vorzustellen, daß irgendwo – und zwar gar nicht sonderlich weit von hier entfernt – blutige Schlachten tobten. Die Frühjahrssonne schien so warm, daß man glauben konnte, es herrsche Hochsommer. Unten auf der Koppel grasten die mit Recht so berühmten Rheinhagener Pferde, deren Bestand durch die ständigen Nachforderungen des Heeres stark reduziert war.

Mark legte sich zurück, schloß die Augen und döste vor sich hin, während Axel mit zusammengezogenen Brauen das ihm so vertraute Bild in sich aufnahm. Sein Wallach war in der Nähe stehengeblieben, um ein Maulvoll Gras abzurupfen. Er schien sich zu langweilen und spielte mit dem Gebiß.

Axels Gesicht entspannte sich. Gut, daß der Vater es bisher geschafft hatte, Luzifer dem Zugriff der Behörden zu entziehen. Es wäre ihm ein schmerzlicher Gedanke gewesen zu wissen, daß sein treuer Gefährte sich irgendwo im Felde durch Dreck und Kugelhagel quälen mußte. Darum hatte er ihn auch nicht für den eigenen Bedarf an die Front mitgenommen, sondern sich mit Derrick begnügt, einem anderen Fuchswallach, der zwar ebenfalls über gute Qualitäten verfügte, ihm aber nicht so ans Herz gewachsen war. Das aus John Wakefields Zucht stammende Tier war aufgrund seiner Ausdauer auch für Patrouillenritte besser geeignet.

Axels Gedankengang wurde unterbrochen. Hunderte von Staren hoben sich wie eine dunkle Wolke in die Lüfte. Das Rauschen ihrer Schwingen brachte Axel in die Wirklichkeit zurück. Nach dem vorangegangenen minutenlangen Schweigen nahm er jetzt den Faden wieder auf.

»Darum habe ich eine Bitte an dich, Mark. Falls mir etwas zustoßen sollte, hoffe ich, daß du dich um Rheinhagen kümmern wirst. Mir geht es vor allem um Vater. Er ist in letzter Zeit recht hinfällig geworden. Die Gewißheit, daß du ihm beistehen würdest, käme ich aus dem Krieg nicht zurück, hätte etwas Beruhigendes für mich. Versprichst du es mir?«
Mark hatte sich aufgesetzt. Auf seinem hübschen, fröhlichen Gesicht lag ein Schatten. Schon oft hatte er die Tatsache, daß Rheinhagen Majorat und er nach Axel der nächste Anwärter darauf war, insgeheim verflucht. Aber was nützte das? Außerdem legte einem der alte Name gewisse Rücksichten auf. Er schluckte krampfhaft und wandte sich dann mit einem schiefen Lächeln dem Vetter zu.
»In Ordnung, Axel. Darüber bedarf es eigentlich keiner großen Worte. Ich weiß, was ich Rheinhagen schuldig bin. Du kannst dich jedenfalls auf mich verlassen – immer vorausgesetzt, daß es mich nicht vor dir erwischt. Mir wäre es am liebsten, wir würden beide den Krieg unbeschadet überstehen. Also sei so gut und spring zur Seite, wenn eine Kugel auf dich zufliegt. Du weißt ja, ich bin nun einmal mit dem Meer verheiratet, und Salzwasser hat fruchtbarem Ackerboden noch nie gut getan . . .«

Ehe Axel abreiste, ging er noch einmal durch das ganze Haus. Seit Kriegsbeginn war ihm bei seinen kurzen Aufenthalten in Rheinhagen stets, als sähe er dies alles zum letztenmal. Irgend etwas Unbestimmtes, eine uneingestandene Angst zwang ihn dazu, jede Einzelheit in sich aufzunehmen, um sie immer vor Augen zu haben. Vor allem der gemütliche Salon seiner Mutter verband sich für ihn mit zahllosen Erinnerungen aus seiner Kinderzeit. Hier hatten er und Edda oft gespielt und die alten Familienbilder betrachtet. Die geborene Mortimer, ihre englische Großmutter, hatte jedesmal einen besonderen Zauber auf sie ausgeübt. Versonnen blickte Axel zu dem Porträt der schönen Tochter Albions auf. Sie erinnerte ihn mit ihrem

blonden Haar und der hellen, klaren Haut sehr an Edda. Wie mochte es der Schwester gehen – jetzt, da ihr neues Vaterland mit dem ihrer Kindheit in Fehde lag?
»Du denkst an Edda, nicht wahr, Axel?« Johanna war leise hinter ihn getreten. Axel drehte sich um und legte zärtlich den Arm um ihre schmalen Schultern. Bisher hatte er kaum darüber nachgedacht; aber plötzlich wurde ihm bewußt, daß seine Mutter in ihrem bisherigen Leben sehr viel Schweres durchgemacht und mit großer innerer Tapferkeit getragen hatte.
Viel von seinem Groll, den er Johanna gegenüber wegen ihrer damaligen Einmischung in die Sache mit Charlotte gehegt hatte, schwand in diesem Augenblick der Gemeinsamkeit und des nahen Abschieds dahin. Es war wohl unmöglich, einer Mutter auf die Dauer etwas nachzutragen, was sie aus ihrer Sorge heraus und aufgrund der Tradition des Hauses als selbstverständlich und berechtigt gehalten haben mochte.
»Ja, Mama«, beantwortete er nun ihre Frage, »ich hoffe, sie ist in England glücklich geworden. Ob es eigentlich richtig war, damals die Hochzeit vorzuverlegen? Schließlich wußten wir von der drohenden Kriegsgefahr. Wie mögen die Engländer sie wohl behandeln? John wird sicher an der Front sein. Eigentlich schrecklich, diese absolute Trennung von Edda. Sie könnte schon Kinder haben, oder – welch fürchterlicher Gedanke – John ist vielleicht längst gefallen.«
Johanna schwieg. Die Angst lag in letzter Zeit wie ein schweres Gewicht auf ihrem Herzen. Die Angst um Edda, um Axel.
Noch stand er neben ihr, sie spürte seine warme, lebendige Nähe. Aber bereits morgen – nein, sie wollte jetzt nicht daran denken. Dafür blieb Zeit genug, wenn sie allein war. Wolf durfte sie nicht mutlos und verzagt sehen. Einen Sohn hatte er bereits verloren, seine Tochter war durch das Kriegsgeschehen für ihn unerreichbar. Gott würde gnädig sein und ihnen nicht auch noch Axel nehmen.

Beim endgültigen Abschied am nächsten Morgen kostete es sie übermenschliche Kraft, ein heiteres, zuversichtliches Gesicht zu zeigen. Erst als Axel in die Kutsche stieg, drohte die Fassung sie zu verlassen. Eine Wolke schob sich über die Sonne und verdunkelte sekundenlang die heitere Landschaft. Es war wie ein böses Omen, und Johanna warf sich in Wolfs Arme, als könne er allein ihr in diesem trostlosen Augenblick helfen.

Doch auch er konnte nicht mehr tun, als mit geistesabwesender Zärtlichkeit über ihr Haar zu streichen, während der Wagen, der Axel davontrug, in einer Staubwolke im Schatten der Allee verschwand.

# 4

Axel von Rheinhagen drückte die Mütze tiefer in die Stirn und faßte die Zügel fester. Seine blauen Augen blitzten verwegen.
»Vorwärts, Kamerad«, rief er beinahe übermütig. »Dann wollen wir uns mal nach altbewährter Indianerweise durch die feindlichen Linien mogeln und ausbaldowern, was der gute Iwan demnächst für Pläne mit uns hat.«
Klaus Engelmann, Oberleutnant wie Axel auch, rückte sich im Sattel zurecht. Dieser risikoreiche Erkundungsritt war, wie er innerlich ehrlich zugeben mußte, nicht ganz nach seinem Geschmack. Sein etwas jüngerer Begleiter dagegen schien bei solchen waghalsigen Unternehmen erst richtig aufzuleben.
»Wünschen wir uns also gegenseitig Glück, Rheinhagen. Wir werden es bestimmt nötig haben.« Wie Pfeile flogen die Pferde nach vorn. Noch waren die beiden Offiziere vor Beobachtung sicher und konnten ein gutes Tempo vorlegen. Dennoch hielt Axel nach beiden Seiten hin aufmerksam Ausschau. Man wußte nie, wo die Gefahr auf einen lauerte. Unwillkürlich erinnerte ihn diese russische Landschaft stark an die Gegend um Rheinhagen. Auch hier Birken, Weite – doch es lag auch eine seltsame Schwermut darüber, der man sich einfach nicht zu entziehen vermochte. In der Heimat dagegen war alles sonnige Heiterkeit gewesen.
»Als 1914 der Krieg begann, glaubte ich, wir würden in ein paar Wochen schon wieder zu Hause sein«, bemerkte Axel während einer kurzen Rast, die sie unter einer schattigen Birkengruppe abhielten. Er war froh, empfand es als eine Art Erleichterung, sich jemandem anvertrauen, sein Herz ausschüt-

ten zu können. »In der Heimat wartet ein Mädchen auf mich, das ich liebend gern und baldmöglichst heiraten möchte. Leider kann das erst der Fall sein, wenn dieser Schlamassel vorüber ist. Sie werden also verstehen, wie sehr ich das Ende des Krieges herbeisehne. Und wie steht es mit Ihnen, Kamerad? Wartet auch auf Sie ein liebendes Herz?«

Klaus Engelmann, ein sympathischer, jedoch äußerlich eher unscheinbarer Mann, schüttelte fast wehmütig den Kopf, wobei er Axel mit einem schiefen Lächeln bedachte.

»Nein, Rheinhagen. Auf mich wartet weder ein weibliches Wesen, noch sonst jemand. Meine Eltern starben, als ich noch ein halbes Kind war. Ich wuchs in einem Heim auf. Durch mein kleines Erbteil blieb es mir gottlob erspart, in einem Waisenhaus leben zu müssen. Mein einziger Onkel – er kümmerte sich ganz anständig um mich – ist leider ebenfalls vor ein paar Jahren gestorben.«

»Es wundert mich, Engelmann, daß Sie kein Mädchen haben. Sie sehen gar nicht so übel aus, haben ein gewinnendes Wesen . . .«

»Das finden Sie als Mann, Rheinhagen. Unter Kameraden braucht man nicht schön zu sein. Mädchen denken da anders. Ich war wohl auch immer zu gehemmt, hatte Kommunikationsschwierigkeiten. Ich fand einfach nie den Mut, mich zu erklären. Einmal wäre es beinahe dazu gekommen – aber als ich mir endlich ein Herz faßte, hatte das Mädchen sich eben mit meinem besten Freund verlobt, der nicht so lange fackelte wie ich. Er ist übrigens, wie ich zufällig erfuhr, gleich am Anfang des Krieges gefallen.«

»Versuchen Sie es doch noch einmal bei ihr, wenn Sie demnächst Heimaturlaub haben, Engelmann.« Axel stand auf und reckte die schlanke, durchtrainierte Gestalt. »Ich glaube, es ist Zeit aufzubrechen. Schließlich sind wir nicht hier, um über Mädchen zu plaudern.«

Als plötzlich die Schüsse fielen, erstarrte das Lächeln auf Axels Gesicht. Er verspürte einen brennenden Schmerz am linken

Oberarm, der sekundenlang jeden anderen Gedanken auslöschte. Doch gleich darauf konnte er wieder klar denken, entdeckte ganz in seiner Nähe Klaus Engelmanns leblosen Körper. Das Gesicht des Freundes war eine blutige Masse, von einer feindlichen Kugel zerfetzt.

Engelmanns Waffenrock war noch geöffnet, er hatte es nicht mehr geschafft, ihn nach der kurzen Rast zu schließen. Die Erkennungsmarke war deutlich sichtbar. Während der Benommenheit, die der jähe Tod des immer freundlichen Kameraden in ihm ausgelöst hatte, mußte Axel unvermittelt an Charlotte denken.

Eigentlich bloßer Zufall, daß nicht er, sondern Engelmann tot war. Die tödliche Kugel hätte ebensogut ihn treffen können! Als Axel die Tragweite dieses Gedankens bewußt wurde, schien sich alles um ihn zu drehen. Mit zitternden Händen zog er sein Taschentuch aus der Hosentasche und legte es über den zerschmetterten Kopf des Toten. Dann neigte er sich wie unter einem Zwang und tauschte Engelmanns Erkennungsmarke gegen die seine aus. Zwei Brieftaschen wechselten den Besitzer. Axel war wie von einem Fieber gepackt. Nun würde man glauben, *er* sei gefallen! Falls er den Krieg überlebte, konnte er unter einem anderen Namen zu Charlotte gehen, immer bei ihr bleiben . . .

Aber das war doch heller Wahnsinn! Wie aus einem bösen Traum erwachend, fuhr Axel sich über die Stirn. Man durfte einem Toten nicht seine Identität rauben – egal aus welchen persönlichen Gründen auch immer! Entschlossen streckte er die Hand aus, um seine Tat rückgängig zu machen.

Da peitschen erneut Schüsse auf. Axel griff hilflos tastend in die Luft, als er mit Wucht getroffen wurde. Dann verlor er das Gleichgewicht und stürzte zu Boden. Sekundenlang war ihm, als blende ihn ein grelles Licht; doch das Dunkel, das dieser Helligkeit folgte, war so undurchdringlich, daß alles, was ihn eben noch bewegt hatte, ausgelöscht wurde.

An dem Tag, da Axel in Rußland lebensgefährlich verletzt worden war, hielt Wolf von Rheinhagen in seinem Arbeitszimmer eine Lagebesprechung ab. Alle auf dem Gut Beschäftigten, die bisher der Einberufung entgangen waren, nahmen daran teil. Die jüngeren und körperlich gesünderen Leute standen in diesem dritten Kriegsjahr ausnahmslos an einer der zahlreichen Fronten, an denen sich Deutschland nach wie vor mit feindlichen Übermächten herumschlug.

Zu den sonst von Männern ausgeführten Arbeiten mußten seit geraumer Zeit Frauen hinzugezogen werden. Auch die Rheinhagens faßten überall, wo dies notwendig war, mit an und gingen jederzeit mit gutem Beispiel voran.

»Ich wünschte, du würdest einen Teil deiner Pflichten an mich abtreten, Wolf«, sagte Johanna ernst, nachdem die Leute wieder an die Arbeit gegangen waren. »Ich fühle mich kräftig genug, noch intensiver als bisher mitzuschaffen. Du mußt unbedingt etwas kürzertreten. Wenn du dich nicht schonst, schadest du deiner Gesundheit, und was soll dann aus Rheinhagen werden? Vergiß bitte nicht, was dir der Arzt seinerzeit nach deinem ersten Schlaganfall dringend geraten hat.«

Wolf von Rheinhagen streichelte beruhigend Johannas Haar, in das sich, obgleich sie noch keine fünfundvierzig Jahre alt war, bereits die ersten weißen Fäden zu mischen begannen.

»Im Frieden hätte ich seine Mahnung natürlich befolgen können, Hanna. Aber jetzt, wo jede Hand so dringend gebraucht wird? Ich käme mir recht komisch vor, wollte ich mich darauf beschränken, nur zu befehlen und gemütlich zuzuschauen, wie alle anderen sich abrackern. Trotzdem, sei unbesorgt. Ich weiß selbst, wie unentbehrlich ich im Moment für die Wirtschaft bin. Weißt du . . .«

Er verstummte mitten im Satz. Johanna schien seine Worte überhaupt nicht gehört zu haben. Ihre Augen zeigten plötzlich einen wachsamen Ausdruck, ihre Hände waren verkrampft, als kämpfe sie verzweifelt gegen einen starken körperlichen Schmerz an.

»Axel«, flüsterte sie wie in Trance, »Axel – ich fühle es – ihm ist etwas Schreckliches zugestoßen!« Johannas Gesicht war geisterhaft bleich.

Erschrocken legte Wolf den Arm um sie, weil er fürchtete, sie sei einer Ohnmacht nahe. Sein krankes Herz schlug beängstigend schnell. Er wußte aus früheren Erfahrungen, wie ernst die Ahnungen seiner Frau genommen werden mußten. Von ihrer aus Westfalen stammenden Mutter hatte sie die Gabe geerbt, bestimmte Ereignisse vorauszusehen. Das Zweite Gesicht, so nannte man das wohl. Und alles, was sie in der Vergangenheit im voraus gesehen hatte, war später eingetroffen, manchmal sogar zur gleichen Zeit wie das eigentliche Geschehen. Auch damals, als Horst, ihr Ältester, im Duell gefallen war, hatte Johanna zur gleichen Stunde auf ganz besondere Weise reagiert.

Trotz seiner eigenen Angst, die ihr Verhalten in ihm wachrief, versuchte er jetzt, sie zu beruhigen. Noch während er nach den passenden Worten suchte, hatte er plötzlich das Gefühl, als habe der Raum sich verdunkelt. Auch bei Axels Abreise war eine Wolke über die Sonne gezogen . . .

Gleich darauf rief Wolf sich zur Ordnung. Begann auch er auf einmal an übernatürliche Kräfte zu glauben? Unsinn! Wenigstens einer von ihnen mußte einen klaren Kopf behalten.

»Deine Sorge um Axel ist jetzt, im Krieg, eine ganz natürliche Reaktion, Hanna. Ich mache mir selbstverständlich ebenfalls Gedanken, wenn die Post mal länger als sonst ausbleibt. Allen Eltern, die einen Sohn an der Front haben, wird es so ergehen.«

Johanna hatte noch immer jenen nach innen gerichteten, lauschenden Ausdruck im Blick. Auf ihrer Stirn begannen sich winzige Schweißtröpfchen zu sammeln.

»Nein, Wolf, nein! Ich irre mich bestimmt nicht. Damals, als Horst starb, spürte ich es fast auf die Minute genau. Axel ist in großer Gefahr. Er wurde verwundet, wenn nicht gar . . .«

Johanna verstummte erschöpft und warf sich verzweifelt in

die Arme ihres Gatten, der sie, selbst zutiefst beunruhigt, an sich drückte. Ein dumpfer Druck lag auf seinem Herzen, drohte ihm den Atem abzuschnüren. Nur der Wunsch, Johanna in ihrer Angst nicht noch zu bestärken, ließ ihn seine Schwäche überwinden.
Gebe Gott, dachte er inbrünstig, daß Hanna sich nur dieses eine Mal irrt, daß Axel lebt, uns erhalten bleibt . . .

Mehr als zwei Wochen waren seit jenem unglücklich verlaufenen Erkundungsritt vergangen, als Axel von Rheinhagen zum erstenmal wieder die Augen aufschlug und versuchte, sich in der ihm ungewohnten Umgebung zurechtzufinden. Sein Blick irrte umher; blieb dann auf der hohen, weißgekleideten Gestalt liegen, die neben seinem Bett aufragte. Dieser steril anmutende Raum, der Arzt – es gab keinen Zweifel darüber, wo er sich befand.
»Freut mich, daß Sie endlich zu sich gekommen sind, Oberleutnant Engelmann. Sie haben uns ganz schön zu schaffen gemacht. Dachten nicht daran, aus Ihrer Ohnmacht zu erwachen. Na, jetzt sind Sie offensichtlich über den Berg, und es wird Ihnen von Tag zu Tag bessergehen.«
»Engelmann?« Axel fiel das Sprechen schwer. Ihm war, als habe er während seiner langen Bewußtlosigkeit die Fähigkeit verloren, Worte zu formen. Mit grübelnd zusammengezogenen Brauen starrte er in das vor Übermüdung grau wirkende Gesicht des noch jungen Militärarztes. »Engelmann?« wiederholte er zweifelnd. Und plötzlich erinnerte er sich.
Er sah den Freund vor sich liegen, das Gesicht von der feindlichen Kugel zerschmettert. Engelmann – tot! Er selbst war mit einem Streifschuß davongekommen. Die Wunde hatte zwar höllisch geschmerzt, ihn aber nur wenige Minuten vom Geschehen abgelenkt. Und dann . . .?
Wie ein elektrischer Schock fuhr es durch Axels Körper, seine Wangen färbten sich unnatürlich rot, und der Arzt berührte sofort prüfend seine Stirn. Axel wandte fast unwillig den Kopf

zur Seite. Er hatte kein Fieber. Nein, er schämte sich nur so grenzenlos vor sich selbst. Er mußte von Sinnen gewesen sein, als er die Erkennungsmarken austauschte, einem Toten seinen ehrlichen Namen nahm!

Gewiß, seine aussichtslose Liebe zu Charlotte war dabei die treibende Kraft gewesen. Denn wenn er als gefallen galt, konnte keiner ihn daran hindern, als Klaus Engelmann zu Charlotte zurückzukehren und sie unter diesem Namen zu heiraten. Vorausgesetzt natürlich, daß sie sich mit diesem Betrug einverstanden erklärte. Fast zweifelte er daran; er hatte das unbestimmte Gefühl, daß sein wahnsinniger Plan nicht Charlottes Beifall finden würde.

Wahrscheinlich zerbrach er sich jetzt völlig unnötig den Kopf, und die wahren Zusammenhänge waren längst bekannt. Er mußte sich Gewißheit verschaffen – so oder so!

»Rheinhagen – Axel von Rheinhagen – was ist aus ihm geworden?« fragte er erregt und versuchte, sich im Bett aufzurichten, um das Gesicht des Arztes besser zu erkennen. Dieser hinderte ihn sofort sanft, aber bestimmt daran.

»Was fällt Ihnen ein, Engelmann! Sie dürfen sich nicht bewegen, müssen Geduld haben und stillhalten. Tja – für Ihren Kameraden konnten wir leider nichts mehr tun. Er muß auf der Stelle tot gewesen sein. Das wird für Sie ein Schock sein, denn vermutlich wurden Sie noch vor ihm verwundet. Eine andere Patrouille hat sie beide gefunden. Dies war nur einem verrückten Zufall zu verdanken, sonst hätte es wohl auch für Ihr Leben keine Rettung mehr gegeben. Etwas später, und Sie wären verblutet.«

»Tot – Axel ist tot!« Ein seltsamer Ausdruck stand in den weitgeöffneten Augen des Verwundeten. »Es war anders, Doktor. Er starb, noch ehe ich zum zweitenmal verwundet wurde. Ich erinnere mich jetzt genau. Sein Gesicht – überall Blut . . .«

Ohne jeden Übergang begann Axel zu weinen, lautlos und verzweifelt. Dieses stumme Weinen hatte für den Arzt, der

die wahren Zusammenhänge nicht ahnen konnte, etwas unendlich Erschütterndes. Er störte Axel nicht. Vielleicht halfen dem jungen Offizier diese Tränen, seinen Schock leichter zu überwinden.
Endlich berührte er behutsam seinen Arm.
»Sie dürfen nicht mehr daran denken, müssen versuchen, es zu vergessen. In Ihrem Zustand ist jede Aufregung Gift für Sie, Engelmann. Sie sind Berufssoldat, da muß man eben solch schreckliche Dinge in Kauf nehmen. Jeder von uns hat wohl im Verlauf des Krieges einen guten Freund sterben sehen. Für Ihre Genesung ist jetzt einzig und allein die Tatsache wichtig, daß Sie selbst leben. Auch wenn Sie künftig versuchen müssen, nur mit einer Lunge auszukommen. Das ist nicht so schlimm, wie es klingen mag. Ich kenne viele Menschen, die trotz dieses drastischen Eingriffes ein hohes Alter erreicht und sich körperlich wohl gefühlt haben.«
Axels Hand tastete über den Verband, der dicht an seinem Körper anlag. Plötzlich wirkte er wieder ruhig und gefaßt. Es gab schwerere Schicksalsschläge als den, unter dem er jetzt litt, und diese Erkenntnis half ihm, schneller mit seinem Schock fertig zu werden.
»Ein Schuß traf mich in die Brust, ich weiß. Wie geht es nun weiter, Doktor?«
»Mit dem Soldatenleben ist es vorerst natürlich vorbei, Engelmann. Den bunten Rock werden Sie wohl für immer an den Nagel hängen müssen. Bis zu Ihrer Transportfähigkeit behalten wir Sie hier. Danach werden Sie in ein Lazarett in der Heimat verlegt. Leider konnten wir bisher nicht feststellen, ob Sie Angehörige besitzen, die benachrichtigt werden müßten. In Ihren Papieren fand sich kein diesbezüglicher Hinweis.«
»Nein!« Axel sagte es fast heftig. »Auf mich wartet niemand. Weder ein Mädchen noch irgendwelche Verwandte.« Unbewußt wiederholte er, was Engelmann ihm anvertraut hatte. »Aber Rheinhagen – bei ihm liegt – lag der Fall anders.«
Verwundert stellte Axel fest, wie schwer es ihm fiel, von sich

selbst wie von einem Fremden zu sprechen. Ihm war, als sei er tatsächlich gestorben und müsse nun seltsamerweise dafür sorgen, daß die Kunde von seinem Heldentod nach Rheinhagen gelangte.

»Seine Eltern müssen erfahren, daß er . . .«

»Ist bereits geschehen. Ihre alte Einheit, zu der Sie nun nicht mehr zurückkehren können, hat dies in der üblichen Form besorgt.«

Axel schloß die Augen. Er glaubte, alles vor sich zu sehen: Das Herrenhaus, den Postboten, der die Nachricht brachte. Das Gesicht der Mutter, in fassungslosem Entsetzen erstarrt, das des Vaters, bemüht, nach außen hin keinen Schmerz zu zeigen.

Aufmerksam beobachtete der Arzt den Verwundeten, der so still und blaß vor ihm lag. Die kurze Unterhaltung schien ihn enorm angestrengt zu haben. Nachdem er Axel noch einmal den Puls gefühlt hatte, entfernte sich der vielbeschäftigte Mediziner lautlos. Während er den langen Korridor des Feldlazaretts, das in einer alten Schule eingerichtet worden war, entlangging, dachte er unwillkürlich, daß es einem Wunder gleichkam, daß dieser Engelmann überhaupt noch lebte. Er hatte es wohl nur seiner kräftigen Konstitution zu verdanken; denn manchmal waren auch dem Können eines Arztes Grenzen gesetzt. Hoffentlich trat kein Rückschlag ein!

Charlotte Wagner hatte, während Axel in Rußland stand, sehr viel Schweres durchgemacht. Erst war ihr Vater in Frankreich gefallen, bald danach wütete in Dresden eine Grippeepidemie, der die Menschen scharenweise zum Opfer fielen. Else Wagner, durch den frühen Tod ihres Gatten zutiefst erschüttert, befand sich nicht in der körperlichen Verfassung, der heimtückischen Krankheit genügend Abwehrstoffe entgegenzusetzen. Sie verfiel zusehends und verlöschte eines Tages wie eine Kerze, die einem rauhen Luftzug ausgesetzt gewesen war.

Charlotte, plötzlich verwaist, stand ihrem doppelten Verlust zunächst fassungslos gegenüber. Ihr war zumute, als habe ihr Leben jeden Sinn verloren. Es gab nur noch Axel – aber je länger der Krieg dauerte, desto geringer wurde ihre Hoffnung, daß sie ihn noch einmal lebend wiedersehen würde. In allen ihr bekannten Familien herrschte Trauer: Väter, Söhne waren gefallen. Durfte ausgerechnet sie an Axels glückliche Rückkehr glauben, nachdem das Schicksal sich immer wieder grausam gegen sie gestellt hatte?

Sobald dann ein Brief von Axel eintraf, schöpfte sie neuen Mut, der sie jedoch sehr schnell wieder verließ, wenn einmal längere Zeit keine Nachricht von ihm kam. Ihr einziger Trost waren jetzt die Kinder, die sie unterrichtete, und sie versuchte, sich ganz auf ihren Beruf zu konzentrieren. Nur so war es ihr möglich, die ständige Ungewißheit zu ertragen.

Neben dem gewohnten Schulunterricht hatte Charlotte es auf sich genommen, eine Art Kinderhort in ihrem Haus einzurichten. Sie opferte ihre freien Nachmittage, um sich der Jungen und Mädchen anzunehmen, deren Mütter kriegsverpflichtet waren und die Arbeitsplätze der im Felde stehenden Männer übernommen hatten.

»Sie haben den reinsten Kindergarten hier, Charlotte«, stellte ihr Berufskollege Harald Reger fest. Er war ihr bester Freund geworden und fand stets irgendeinen Vorwand, um auf einen Sprung vorbeizukommen. Charlottes schönes Heim, das sie von ihren Eltern geerbt hatte, und der wunderbare Garten hatten es ihm schon lange angetan. Außerdem fühlte er sich in ihrer Nähe wohl und hoffte, daß seine Besuche sie ein wenig von ihrem Kummer ablenkten.

Indem er sie besorgt betrachtete, setzte er hinzu: »Bürden Sie sich nicht zuviel auf? Den ganzen Tag kommen Sie kaum zur Besinnung.«

»Vielleicht wünsche ich mir das auch gar nicht.« Charlotte schenkte dem Freund ein wehmütiges Lächeln. »Seit ich meine Eltern in kurzem Abstand verloren habe, brauche ich doch etwas, woran ich mein Herz hängen kann. Die Kinder lenken mich von meinen trüben Gedanken ab, und allein dafür bin ich ihnen überaus dankbar.«

Haralds Augen schweiften zum Fenster und kehrten dann zu Charlotte zurück, die einen müden, abgespannten Eindruck machte.

»Haben Sie Nachricht aus dem Felde?« fragte er. Zu seiner Genugtuung hellte ihr Gesicht sich auf.

»O ja. Erst gestern bekam ich einen Brief. Er war natürlich wieder eine Ewigkeit unterwegs, und vieles darin mag mittlerweile überholt sein. Aber schon morgen kann der nächste eintreffen . . .«

Es kam tatsächlich ein Brief. Diesmal allerdings nicht von Axel, sondern von ihrem Onkel Wagner aus Rheinhagen. Charlotte half eben den Kindern, die bis zum Abend bei ihr bleiben mußten, bei den Schularbeiten, als die Spätpost eintraf.

Ungeduldig riß sie den Umschlag auf. Obgleich sie Rheinhagen nie mehr wiedersehen würde, so war für sie doch alles, was sich dort ereignete, noch immer von größtem Interesse. Sie hatte jedoch kaum zu lesen begonnen, als sie auch schon einen leisen Schrei ausstieß und sich in ihrem Sessel zurücklehnte.

»Was haben Sie, Fräulein Lehrerin? Sie sehen auf einmal so schrecklich blaß aus. Ist Ihnen nicht gut?« Eins der älteren Mädchen war aufgesprungen und hatte angstvoll Charlottes kraftlos herabhängende Hand ergriffen. »Sind Sie etwa krank?«

»Nein – nein!« wehrte Charlotte beinahe heftig ab, und das Mädchen trat beklommen zurück. »Bitte, Kinder, geht in die Küche hinaus. Dort stehen Brote für euch bereit. Ich möchte diesen Brief gern allein zu Ende lesen.«

Die Kinder ließen sich das nicht zweimal sagen und liefen, unbekümmert schwatzend, aus dem Zimmer. Hunger hatten sie in diesen mageren Zeiten eigentlich ständig.

Charlotte brauchte einige Minuten, ehe sie den Mut aufbrachte, die wenigen Zeilen noch einmal zu lesen, die ihr Onkel, offensichtlich zutiefst erregt, hastig niedergeschrieben hatte.

»Ich denke, Du hast vor allen anderen ein Recht darauf, es umgehend zu erfahren, liebes Kind«, stand da. »Unser junger Herr Axel ist an der Ostfront den Heldentod gestorben. Ich weiß, daß es in einer solchen Situation kein Wort des Trostes geben kann; aber es wird Dich gewiß beruhigen zu wissen, daß er nicht gelitten hat. Er war – und darüber besteht nicht der geringste Zweifel – auf der Stelle tot . . .«

. . . auf der Stelle tot – Axel nicht mehr am Leben! Charlotte war es, als habe die Welt allen Glanz verloren, als seien alle Lichter, die bisher ihren einsamen Weg erhellt hatten, unvermutet verloschen. Was sie, ohne es sich selbst einzugestehen, seit Wochen befürchtet hatte, war nun eingetroffen!

Sie würde Axel nie wiedersehen, nie mehr sein sorgloses, vergnügtes Lachen hören. Seine schönen blauen Augen hatte der Tod für immer geschlossen, seine Hand würde nie mehr zärtlich ihr Haar, ihr Gesicht berühren. Der Klang seiner Stimme war wie ein verwehtes Lied, dessen Melodie ihr fast nicht mehr gegenwärtig war.

Obgleich Charlotte die Aussichtslosigkeit, je Axels Frau werden zu können, längst eingesehen hatte, traf sein Verlust sie doch so grausam, als wäre sie ein ganzes Leben lang mit ihm verheiratet gewesen. Blicklos ins Leere starrend, versuchte sie, mit dieser unfaßbaren Nachricht fertig zu werden. Könnte ich doch bloß weinen, dachte sie unglücklich. Es würde mich erleichtern, den unerträglichen Druck von meinem Herzen nehmen!

Ihre Augen blieben jedoch trocken. Zu viele Tränen hatte sie im Verlauf des letzten Jahres bereits vergossen: zuerst um den Vater, dann um die Mutter – und nun war auch Axel . . .

»Die Herrschaft ist wie versteinert«, schrieb Onkel Wagner weiter. »Der einzige Sohn – und Fräulein Edda weit weg in

England. Von ihr fehlt schon lange jede Nachricht, keiner weiß, wie es ihr, der gebürtigen Deutschen, in der Fremde geht. Dort drüben soll der Haß gegen uns hohe Wellen schlagen. Gebe Gott, daß sie nicht darunter zu leiden hat. Was wird nun aus Rheinhagen? Sollte auch Herr Mark noch fallen – ich habe keine Ahnung, wer den Besitz dann eines Tages erben wird, wenn der alte Herr von Rheinhagen die Augen für immer schließt.«

Diese schwerwiegende Frage beschäftigte auch Johanna und Wolf von Rheinhagen pausenlos. Doch im Vordergrund standen die Gewissensbisse, mit denen Axels Mutter sich noch immer herumquälte. Einmal gestand sie ihrem Gatten unter Tränen: »Ich denke jetzt oft, daß es unrecht von mir war, Axel von Charlotte Wagner zu trennen. Du hast ja diese Briefe gelesen, die man uns mit den wenigen Habseligkeiten unseres Sohnes geschickt hat. Aus jedem ihrer Worte ist zu erkennen, wie sehr Charlotte ihn geliebt haben muß. Keine Spur von Berechnung, auch nicht – und das trifft mich am schwersten – ein einziges Wort des Vorwurfs gegen mich. Charlotte hat mich mit ihrer Großmut zutiefst beschämt.«
»Du darfst dich nicht ständig mit solchen Gedanken belasten, Hanna.«
Wolf betrachtete mitfühlend seine Frau, die in ihrem düsteren Trauerkleid zart und zerbrechlich wirkte. Auch er schien über Nacht um Jahre gealtert zu sein. Seit ihm bewußt geworden war, daß Rheinhagen eines Tages an eine Seitenlinie fallen würde, war sehr viel von seiner mitreißenden Vitalität, seiner Spannkraft verlorengegangen. Wofür hatte er geschuftet, wofür jeden persönlichen Wunsch nach Ruhe und Erholung zurückgestellt?
»Axels Uhr war abgelaufen«, sagte er schwer, »das müssen wir uns immer wieder vor Augen führen, Hanna. Das wäre auch der Fall gewesen, hättest du damals anders gehandelt. Selbst Charlottes Liebe konnte nichts daran ändern.«

»Gewiß nicht. Doch wären Axel Jahre des Glücks mit ihr beschieden gewesen. Ich, seine eigene Mutter, habe ihn darum gebracht. Darüber komme ich nicht hinweg. Wir hätten jetzt vielleicht, nein bestimmt sogar, einen Enkel – den Erben für Rheinhagen. Was immer du auch sagen magst, ich werde bis an mein Ende mit dieser Schuld leben müssen, Wolf.«
Fast die gleichen Worte verwendete Johanna, als sie an Charlotte schrieb. Diese las den sehr herzlich gehaltenen Brief mit einem bitteren Lächeln und beantwortete ihn mit einigen höflich bedauernden Worten. Sie trug Axels Mutter nichts nach, zumal sie spürte, wie schwer diese mit ihrem Schicksal fertig wurde. Drei Kinder hatte sie geboren, zwei Söhne waren gestorben, die Tochter für sie unerreichbar ...
Trotz ihres Mitgefühls verzichtete Charlotte darauf, Axels Heldentod dazu zu benutzen, eine neue Verbindung zu seinen Eltern zu suchen. Die Vergangenheit war nunmehr endgültig abgeschlossen, es gab nichts mehr hinzuzufügen oder daran zu ändern.
Und so erlosch vorläufig die Verbindung zwischen den beiden Frauen. Wie hätten sie auch ahnen können, daß zwei Jahrzehnte vergehen würden, ehe das Schicksal sie noch einmal zusammenführte: dann aber unter völlig veränderten Voraussetzungen, die Charlotte einen deutlichen Vorteil der alten Dame gegenüber verschaffen würden.

Auch für Edda war das Leben in England nicht immer leicht gewesen. Das einst so fröhliche, lebenslustige Mädchen hatte sich in eine ernste, pflichtbewußte junge Frau verwandelt, die trotz ihrer knapp dreiundzwanzig Jahre den Gutsbetrieb ihres im Felde weilenden Gatten mit fester Hand leitete. In den wenigen Ruhepausen, die ihr blieben, weilten ihre Gedanken oft in ihrem geliebten pommerschen Rheinhagen. Auch an Axel mußte sie viel denken. Wie mochte es ihm gehen – war er gesund und noch am Leben? Das mörderische Ringen der Völker dauerte nun schon drei Jahre, und fast so lange war es

auch her, seit sie Rheinhagen verlassen hatte, um John nach England zu folgen.
Ihren Kummer darüber, daß ihre so glückliche Ehe kinderlos geblieben war und es nach ärztlicher Meinung auch immer bleiben würde, versuchte Edda durch rastlose Tätigkeit zu überwinden. Hatte man ihr, der Deutschen, bei Kriegsbeginn äußerst reserviert gegenübergestanden, so war es ihr mittlerweile gelungen, den Widerstand des Personals allmählich in respektvolle Zuneigung zu verwandeln.
In Helen Ashcroft, die auf dem Nachbargut verheiratet war, hatte sie eine gute Freundin gewonnen. Ihr verdankte sie es nicht zuletzt, daß die englische Gesellschaft sie akzeptierte und nicht als Feindin behandelte. Um so größer war dann Eddas Schmerz, als Helen – nach einer komplizierten, schweren Geburt – im Kindbett starb.
Ohne helfen zu können, wurde Edda Zeugin dieses verzweifelten Sterbens einer jungen Mutter, die ihr neugeborenes Kind allein in einer Welt zurücklassen mußte, in der es zur Zeit keinerlei Sicherheit, kein zuverlässiges Morgen mehr zu geben schien.
Als Edda mit tränenüberströmtem Gesicht neben dem Bett der Sterbenden saß, bemerkte sie deren letzten bittenden Blick. Edda nickte, als habe sie die wortlose Botschaft empfangen.
»Es wird alles gut«, stammelte sie, mühsam um Fassung ringend. »Stephen wird mir wie ein eigenes Kind sein – mein einziges Kind. Ich könnte ihn nicht mehr lieben, hätte ich ihn selbst geboren. Und ich weiß genau, daß John ebenso denken wird.«
In diesem Moment löste sich die Angst, die Helen Ashcroft wie eine eiserne Klammer umfangen gehalten hatte. Ihre Züge entspannten sich, ihre Gestalt wirkte plötzlich leicht und entkrampft, als wolle sie jeden Augenblick aufstehen und durchs Zimmer gehen. Doch als sie die dunklen Wimpern noch einmal aufschlug, schien sie bereits in eine andere Welt zu

schauen. – In eine Welt, wo Stephen, ihr an der Somme gefallener Gatte, sie erwartete ...

»Ich hatte das Gefühl«, berichtete Edda später bewegt ihrer Schwiegermutter, »daß sie Stephen wirklich vor sich sah. Sie lächelte, und alle Liebe, deren eine Frau fähig ist, lag in diesem Lächeln. Übrigens habe ich vor, den kleinen Stephen zu adoptieren!« setzte sie resolut hinzu. »Was soll das arme Würmchen auch allein anfangen? Verwandte hat es keine. Ich bin überzeugt, John wird mit meinem Plan einverstanden sein.«

Für Joan kam dieser Entschluß nicht überraschend. Als sie von Helen Ashcrofts Tod hörte, hatte sie bereits diese Möglichkeit erwogen. Sie liebte Edda wie eine eigene Tochter und stellte erfreut fest, welche Veränderung mit ihr vorging, seitdem das Baby Einzug bei ihnen gehalten hatte.

Stephen war ein kräftiger kleiner Bursche, der sein Recht, einen Platz in dieser seltsamen Welt zu beanspruchen, mit lauter Stimme bekräftigte. Edda war mehr als vernarrt in ihn und vergaß über diesem kleinen Wunder völlig, daß sie es nicht selbst geboren hatte.

Eines Tages stürzte sie ganz aufgelöst in das Wohnzimmer ihrer Schwiegermutter. Erschrocken blickte Joan Wakefield von ihrer Arbeit auf. Wenn jemand so außer Rand und Band geriet, neigte man heutzutage dazu, irgendwelche schlechte Nachrichten vorauszusetzen. Doch Eddas strahlendes Gesicht beruhigte die alte Dame sehr schnell wieder.

»John bekommt Urlaub«, rief sie, atemlos vor Freude.

Man konnte ihr ansehen, wie glücklich sie war. Mit ihrem langen blonden Haar glich sie im Moment eher einer Achtzehnjährigen als einer Frau, die seit mehreren Jahren den Gutsherren ersetzen mußte und oft schwer genug an ihren mannigfaltigen Pflichten zu tragen hatte.

»Der Brief ist natürlich uralt – John muß bereits unterwegs sein und kann jeden Augenblick hier auftauchen. Du lieber Himmel«, setzte sie, nach einem flüchtigen Blick in den Spiegel, der über dem Kamin hing, hinzu, »ich bin ja noch in dem alten Reitanzug, der auch schon bessere Zeiten gesehen hat. Und meine Haare sind vom Wind zerzaust. Außerdem könnte ich darauf wetten, daß ich nach Schafen und allem anderen möglichen Getier dufte. Es wird höchste Zeit, daß ich etwas dagegen unternehme!«

Auf dem Absatz kehrtmachend, wollte Edda auf den Korridor hinausstürzen. Da sie während ihrer fröhlich komischen Rede die nahenden Schritte völlig überhört hatte, landete sie plötzlich in John Wakefields Armen, die sie auffingen und festhielten, als dächte er nicht daran, sie je wieder freizugeben.

»John!« Edda verschlug es sekundenlang den Atem. Dann aber vergaß sie alles andere und umarmte ihn stürmisch, um sich auf die einzig richtige Weise zu vergewissern, daß sie nicht träumte – daß John tatsächlich bei ihr war.

Joan Wakefield ging hinaus und zog behutsam die Tür hinter sich ins Schloß. Die beiden sollten nach der langen Trennung die ersten Minuten ungestört sein. Sie konnte noch ein Weilchen damit warten, den Sohn zu begrüßen. Hauptsache, John war gesund und wieder einmal zu Hause.

Schließlich gelang es Edda, sich aus Johns Armen zu befreien. »Liebling, ich muß dir unbedingt etwas erzählen«, flüsterte sie. »Jetzt gleich auf der Stelle! Sonst könntest du auf seltsame Gedanken kommen, sobald du unser Schlafzimmer betrittst. Hast du meinen Brief erhalten, in dem ich dir mitteilte, daß Helen Ashcroft bei der Geburt ihres Kindes gestorben ist?«

John nickte ernst.

Für einen Moment befürchtete Edda, ihr Mann könnte mit ihrem impulsiven Vorgehen nicht einverstanden sein. Schließlich hätte sie zuerst seine Entscheidung abwarten müssen, ehe sie eigenmächtig handelte.

Sie sprach deshalb hastig weiter: »Es ist also folgendermaßen: Du weißt noch nicht, daß ich mich entschlossen habe, Helens kleinen Sohn zu mir zu nehmen, um ihn später zu adoptieren. Natürlich nur, wenn du nichts dagegen hast«, fügte sie kleinlaut hinzu, als sie den Ausdruck auf Johns Gesicht bemerkte.

Daß sie keine eigenen Kinder haben konnten, war für John Wakefield ein ständig gegenwärtiger Schmerz; denn es fehlte der Erbe für den Besitz, den er selbst bereits von seinem Vater übernommen hatte. Ein Baby zu adoptieren – zumal, wenn es noch so klein war – schien eine akzeptable Lösung dieses Dilemmas zu sein.
Plötzlich lächelte John Wakefield. Sein heiteres, zu allen Zugeständnissen bereites Lächeln ließ Edda aufatmen. Sie wußte nun, daß ihre Pläne bei ihrem Gatten auf keinen Widerstand stoßen würden, hängte sich bei ihm ein und zog ihn mit sich fort. Am besten zeigte sie ihm gleich seinen kleinen Sohn – denn das sollte Stephen von diesem Tage an ohne jede Einschränkung für ihn sein.
»Ein prächtiger kleiner Bursche«, bestätigte Stephen dann auch zu Eddas Freude und berührte behutsam eines der zu einem Fäustchen geballten winzigen Händchen des Kindes. »Ich werde mir alle Mühe geben, ihm den Vater zu ersetzen. Daß du eine fabelhafte Mutter sein wirst, daran zweifle ich keinen Moment, Liebling.«
Am späten Nachmittag, als die Familie dann im Salon der Schwiegermutter beim Tee zusammensaß, kam Edda sofort auf das Thema zu sprechen, das sie zur Zeit am meisten beschäftigte.
»Es ist nie zu früh, Pläne zu schmieden«, erklärte sie resolut. »Was Stephen betrifft, meine ich. Das kleine väterliche Gut war eher ein Landsitz und brachte kaum etwas ein. Wir sollten es verkaufen und das Geld für das Kind in festverzinslichen Papieren anlegen. Stephen kann später Wakefield übernehmen, doch müssen wir erst einmal abwarten, wie er sich entwickelt und wo seine Begabungen liegen. Gelingt es uns nicht, einen brauchbaren Landwirt aus ihm zu machen, bleibt ihm immer noch die Werft seines verstorbenen Vaters, die momentan von einem sehr zuverlässigen Prokuristen weitergeführt wird.«
»Ich würde eher vorschlagen, sie günstig zu verkaufen«, warf

John bremsend ein; er begann zu ahnen, worauf Edda hinauswollte. »Auch dieser Erlös käme Stephen später zugute. Vielleicht will er eines Tages studieren oder sich sonst etwas Eigenes aufbauen. Zum Landwirt muß man geboren sein. Außerdem denke ich nicht daran, ihn zu einem Beruf zu zwingen, der ihm nicht liegt.«

Edda hob rasch den Kopf und musterte ihren Mann entrüstet. In diesem Moment erinnerte sie stark an ihren Vater Wolf von Rheinhagen. Wenn es darum ging, Erstrebenswertes zu erkämpfen, hatte sie viel von dessen Beharrlichkeit geerbt.

»Wie finde ich das denn! Verkaufen?« wiederholte sie ungläubig. »Die schöne Werft verkaufen! Wie kannst du das auch nur in Betracht ziehen, John. Kommt gar nicht in Frage! Jedenfalls so lange nicht, bis Stephen selbst über ihr Schicksal entscheiden kann. Vielleicht schlägt er seinem Vater nach. Dann wird er bestimmt froh sein, gleich ins richtige Metier einsteigen zu können. Bis dahin kümmere ich mich nebenbei darum – obgleich Gott allein weiß, wie ich es schaffen soll. Und was unseren Besitz betrifft, so könnte ich mir vorstellen, daß mein Bruder Axel sich im Lauf der Jahre einen ganzen Stall voll Kinder zulegen wird. Doch nur eins von ihnen kann Rheinhagen erben. Ergo findet sich unter den restlichen Sprößlingen sicher ein landwirtschaftliches Genie, dem wir Wakefield anvertrauen können, wenn wir selbst ein rüstiges Greisenalter erreicht haben. Ich bin überzeugt, es wird sich auf diese Weise alles bestens regeln.«

Durch die Anwesenheit des kleinen Stephen abgelenkt, nahm Edda diesmal leidlich gefaßt von John Abschied, als dieser nach wenigen Tagen bereits wieder an die Front zurückkehren mußte. Beide waren jedoch voller Zuversicht, daß sie einander schon bald wiedersehen und dann hoffentlich für immer zusammenbleiben würden. Dann erst konnte ihr gemeinsames Leben wirklich beginnen; denn seit ihrer Hochzeit kurz vor Kriegsbeginn war ihnen immer nur ein kurzes Wiedersehen beschieden gewesen.

»Die folgende Nachricht wird Sie freuen, Engelmann. Sie verlassen dieses nicht sonderlich gemütliche Lazarett. Von hier aus gehen Sie zunächst in ein Erholungsheim, um sich vollkommen auszukurieren.« Der Oberarzt, der Axel diese Mitteilung machte, mußte unwillkürlich bei sich denken, daß ihm selbst ein Erholungsurlaub auch recht guttun würde – mehr noch: Er hatte ihn, nach der Überbelastung der vergangenen Monate, sogar dringend nötig. Solange jedoch die Offensive anhielt, kam das vorläufig überhaupt nicht in Frage. »Falls Ihnen etwas daran liegt, in eine ganz bestimmte Stadt verlegt zu werden, sagen Sie es ruhig. Ich will dann versuchen, Ihnen durch meine Beziehungen dabei ein wenig behilflich zu sein.«

Das Gesicht des jungen Offiziers, das noch die Spuren seines schweren Leidens trug, strahlte bei den freundlichen Worten des Arztes auf.

»Wenn Sie mich so offen fragen, Herr Oberarzt – ich würde sehr gern nach Dresden gehen. Dort habe ich etwas zu erledigen, für – für den gefallenen Kameraden, mit dem ich seinerzeit den Patrouillenritt unternahm. Sie erinnern sich vielleicht? Oberleutnant Axel von Rheinhagen!«

So, jetzt war es endlich heraus. Noch immer fiel es Axel nicht leicht, diesen Namen – seinen eigenen Namen – unbefangen auszusprechen. Und doch hatte er das Gefühl, er müsse es ab und zu tun, um die Komödie, in die er sich verstrickt hatte, glaubhaft erscheinen zu lassen. Man hätte es vielleicht nicht verstanden, würde er seinen weniger glücklichen Gefährten jenes tödlichen Abenteuers auf die Dauer unerwähnt gelassen haben.

»Ja, natürlich erinnere ich mich. Ich verstehe, daß Sie sich gewissermaßen verpflichtet fühlen. Vermutlich handelt es sich um ein Mädchen – na, ich denke, das mit Dresden wird sich machen lassen. Melden Sie sich in Dresden bei Doktor Melzer. Ich kenne ihn von früher her sehr gut. Obgleich er nur für das dortige Lazarett zuständig ist, wird er Ihnen sicher gern behilflich sein, von dort aus in ein Heim zu kommen. Die genaue Adresse schreibe ich Ihnen noch auf. Sie können meinem alten Freund auch gleich ein paar Zeilen von mir mitnehmen, ich bin ihm schon lange eine Antwort schuldig.«

Dr. Hartwig und Dr. Melzer hatten seinerzeit an der gleichen Universität studiert und sich auch später nie ganz aus den Augen verloren. Aufgrund einer leichten Verwundung war Melzer vor einigen Monaten in die Heimat geschickt worden und nach vollständiger Heilung schließlich in Dresden gelandet. Diese Stadt war das Wunschziel vieler Frontsoldaten, die eine Nachbehandlung nötig hatten.

»Werde ich in absehbarer Zeit wieder einsatzfähig sein?« Axels Augen waren fragend auf den Arzt gerichtet. In ihren Tiefen lag eine gewisse Unruhe, deren Ursprung und Berechtigung Dr. Hartwig unmöglich ahnen konnte. Ein Frontkommando barg so manche Gefahren, die Axel leicht zum Verhängnis werden und seine wahre Identität verraten konnten.

Es brauchte ihn nur ein Zufall mit jemandem zusammenführen, der ihn bereits kannte, und dann würde sein mühsam aufgebautes neues Leben in sich zusammenstürzen wie ein Kartenhaus. Andererseits widerstrebte es ihm, sich irgendwo in der Heimat zu verstecken, während andere tagtäglich dem Feind gegenüberstanden.

»Ich meine, man kann doch in der augenblicklich so ernsten Lage nicht einfach Zivilist spielen.«

Dr. Hartwigs Blick ging über Axel hinweg. Wie sollte er dem jungen Offizier klarmachen, daß er wohl nie mehr ganz gesund werden würde. Mit dem Soldatenleben war es für ihn jedenfalls für immer vorbei. Doch schien es dem Arzt noch zu früh, sich endgültig zu dieser wichtigen Frage zu äußern.

»Ein Weilchen werden Sie schon noch privatisieren müssen, Engelmann. Ihre Verwundung war schwer. Sich in einem solchen Fall starken körperlichen Anstrengungen auszusetzen hieße das Schicksal herauszufordern. Lassen Sie die Dinge an sich herankommen, mein Freund. Wenn Sie auch keine Familie haben – gibt es nicht irgendwo wenigstens ein hübsches Mädchen, das sehnsüchtig auf Ihre Heimkehr wartet? Liebe war seit jeher die beste Medizin gegen Depressionen, und darunter haben Sie in letzter Zeit nicht zu knapp gelitten. Wir sehen uns jedenfalls vor Ihrer Abreise. Ein paar Tage bleiben Sie uns ja noch erhalten.«

Axel erhob sich und ergriff die Hand, die der Arzt ihm gereicht hatte. Dieser stellte erstaunt fest, wie stark die blauen Augen des Oberleutnants Engelmann plötzlich leuchteten. Also gab es doch ein Mädchen, das irgendwo auf ihn wartete. Um so besser! Er würde sich dadurch schneller mit der neuen Situation, kein gesunder Mann mehr zu sein, abfinden.

Axel trat aufatmend auf den Korridor hinaus. Ja, er würde in der Heimat nicht allein sein. Das Schicksal hatte ihm eine Chance gegeben, die er nicht ungenützt lassen würde. Die Vergangenheit zählte nicht mehr, es gab für jeden, der dazu den Mut aufbrachte, einen neuen Anfang. Man mußte nur den festen Willen haben und alle Skrupel, die sich immer wieder unangenehm bemerkbar machen wollten, energisch zur Seite schieben.

Während Axel mit einem fast triumphierenden Lächeln in seine Unterkunft zurückkehrte, beschäftigten sich Dr. Hartwigs Gedanken noch geraume Zeit mit diesem Oberleutnant Engelmann: Ein merkwürdiger junger Mensch; verschlossen und kaum bereit, persönliche Fragen zu beantworten. Etwas schien ihn zu bedrücken, das nichts mit seinem Gesundheitszustand zu tun hatte. Vielleicht wurde er innerlich nicht mit dem Kriegsgeschehen fertig, war von Natur aus zu vernünftig, um in diesen mörderischen Auseinandersetzungen zwischen den Völkern einen Sinn zu erkennen.

Nach der ersten Freude bei dem Gedanken an ein Wiedersehen mit Charlotte kam für Axel der Katzenjammer, der ihn vorübergehend daran zweifeln ließ, ob er richtig handelte, erneut und auf nicht besonders ehrenhafte Weise in ihr Leben zu treten. Sie mochte inzwischen aus Rheinhagen von seinem vermeintlichen Heldentod gehört und sich allmählich damit abgefunden haben, daß er nie zu ihr zurückkehren würde. An sie zu schreiben hatte er nicht gewagt – aus Angst, damit etwas zu verderben.

War es fair, ihre Seelenruhe aufs neue zu erschüttern, sie sogar darum zu bitten, die Frau eines Mannes zu werden, der ihr nichts mehr zu bieten hatte – nicht einmal seinen richtigen Namen?

Den Anstoß zu Axels trübsinnigen Gedanken hatte sein Bettnachbar gegeben, ein blutjunger Leutnant, dem vor einiger Zeit ein Bein amputiert worden war. Er trug sein Gebrechen zwar mit einer Art Galgenhumor, machte sich aber auch keinerlei Illusionen über sein künftiges Leben.

»Na gut«, hatte er während eines vertraulichen Gesprächs mit Axel resigniert gesagt. »Ich bin noch da – aber wie! Man kann es drehen und wenden, wie man will, ich bin und bleibe ein Krüppel. Meine Braut kennt mich nur als flotten Offizier, der in seiner schicken Uniform eine gute Figur machte und um den sie von ihren Freundinnen beneidet worden war. Wenn sie mich jetzt noch heiratet, beginnt für sie ein Leben voller Opfer – denn etwas anderes kann ich ihr nicht mehr bieten. Ein lahmer Ehemann an Krücken, dessen Beinstumpf kein schöner Anblick ist, ständig schmerzt und auch sonst allerhand Böses mit sich bringt. Trübe Stimmungen, Auflehnung gegen das Schicksal. Manchmal wohl sogar den Wunsch, am besten gleich irgendwo in Rußland geblieben zu sein – nichts mehr davon zu wissen, wie schön das Leben einmal war. Wie schön es auch jetzt noch sein könnte, wenn dies nicht geschehen wäre.«

Axel hatte dazu geschwiegen. Was gab es darauf auch zu antworten? Leere Phrasen über Opfer fürs Vaterland – daß man hoffen und das Beste aus der Situation machen mußte? Nein, damit war in einem solchen Fall keinem gedient. Auch ihm nicht. Die Worte des Leutnants hatten ihm vor Augen geführt, daß auch er zu der Heerschar jener gehörte, denen der Krieg einen nicht wiedergutzumachenden Schaden zugefügt hatte.

Zwar waren Dr. Hartwigs Ausführungen an diesem Punkt vorbeigegangen, er hatte sich bemüht, ihm die bittere Pille recht verzuckert zu überreichen. Trotzdem war Axel klargeworden, daß er mit einer Lunge ein Leben mit Rücksicht auf seine Gesundheit führen mußte. Wenn Charlotte dies erfuhr, würde sie schon aus Mitleid bereit sein, seine Frau zu werden. Und damit übernahm sie die Verpflichtung, ihn zu pflegen und für ihn zu sorgen. War das mit seinem Gewissen vereinbar?

Wenn Axel ehrlich sein wollte, dann mußte er diese Frage energisch verneinen; aber sein Herz übertönte alle Zweifel. Es blieb einem immer die Hoffnung, und an sie klammerte er sich mit allen Fasern seines Seins. Er mußte Charlotte wiedersehen und die Entscheidung in ihre Hände legen können. Auf sie zu verzichten, jetzt, wo er sein Ziel in nächste Nähe gerückt sah, hieße über die eigenen Kräfte hinauszugehen. Nein, er würde nicht die Flinte ins Korn werfen – noch nicht!

## 5

Seit der Nachricht, daß Axel nie mehr zu ihr zurückkehren würde, war Charlotte in sich gekehrt und ernster als je zuvor. Zwar mußte man in einem Krieg immer mit dieser Möglichkeit rechnen, doch hatte sie nie recht daran glauben wollen, daß ihr das Schicksal auch den letzten Menschen nehmen würde, der noch zu ihr gehörte.

Manchmal hatte sie das Empfinden, mit Axels Tod sei auch ihr eigenes Leben zu Ende gegangen, und sie neigte dann dazu, sich völlig gegen ihre Umwelt abzukapseln. Nur mit den Kindern, die nichts von ihrem Kummer ahnten, lachte sie zuweilen, aber ihr Herz blieb von dieser zur Schau gestellten Fröhlichkeit unberührt und kalt.

Es war ein wunderbarer Sommerabend des Jahres 1917, als die junge Lehrerin durch die vom hektischen Getriebe einer Großstadt verschonten Straßen des Dresdner Schweizer Viertels nach Hause ging.

Ringsum herrschte solche Stille, daß Charlotte fast das Gefühl hatte, allein auf der Welt zu sein. Die Sonne war noch nicht untergegangen, ihre letzten Strahlen berührten warm die Wipfel der Kirschbäume, die die Straße säumten. In den Vorgärten der schönen alten Villen in der Kaitzer Straße blühten die Rosen in verschwenderischer Pracht. Zum erstenmal seit Monaten fühlte Charlotte sich merkwürdig unbeschwert und entspannt. Ihr war, als müsse heute noch etwas Wunderbares geschehen. Nur was? Sie erwartete vom Leben keine Freuden mehr.

Es mochte an dem sommerlich milden Wetter liegen, an der

weichen Luft, die sanft wie eine liebende Hand ihr Gesicht zu berühren schien. Plötzlich hob Charlotte den Blick und blieb wie angewurzelt stehen.
Vor dem schmiedeeisernen Tor zum elterlichen Grundstück stand ein Soldat. In der zunehmenden Dämmerung wirkte er übernatürlich groß. Selbst auf diese Entfernung – und obgleich seine Gestalt eher einem verschwommenen Schatten glich – hatte Charlotte den Eindruck, daß er irgendwie gespannt auf etwas zu warten schien. Und dann war ihr auf einmal, als habe ihr Herz ein geheimes Signal empfangen, und die Erkenntnis traf sie wie ein elektrischer Schock. Sie wußte jetzt, was sie schon den ganzen Tag über gespürt hatte – das Wunder war geschehen!
Leicht wie eine Feder flog sie die Straße entlang, die Arme nach vorn gestreckt, die Augen weit aufgerissen und voller Erwartung.
Als Axel sie auffing und, vor innerer Bewegung zutiefst erschüttert, wortlos an sich drückte, fand Charlotte die Tatsache, daß er zu ihr zurückgekehrt war, gar nicht mehr verwunderlich, sondern ganz selbstverständlich. Sie fragte auch nicht danach, wie dies möglich sein konnte – daß Axel lebte, daß sie ihm so nahe sein durfte. Er war da! Das genügte ihr, und sie wollte dem Schicksal für diese große Gnade bis an ihr Lebensende danken.
Und doch – es war ein ganz anderer, sehr veränderter Axel, der vor ihr stand und sie umfangen hielt. Sein Gesicht, schmal und blaß, zeigte Spuren einer schweren, kaum überstandenen Krankheit. Der Blick seiner einst so strahlenden blauen Augen wirkte matt und verriet Unsicherheit. Was mochte geschehen sein, um aus einem fröhlichen jungen Offizier einen solch ernsten Mann zu machen, dem man die Härten des Lebens ansah?
Mit ihrer einfühlsamen Intelligenz begriff Charlotte, daß diese Veränderung nicht allein auf die üblichen Kriegserlebnisse zurückzuführen war. Sie mußte in erster Linie mit der

mysteriösen Meldung, er sei gefallen, zusammenhängen. Gewiß, keiner, der ständig von Sterben und Tod umgeben war, ging daraus hervor, ohne unauslöschbar davon gezeichnet zu sein; doch das, was Axel quälte, die Angst, die nach der ersten Wiedersehensfreude sofort wieder sein Gesicht ernst und fast düster erscheinen ließ, mußte einen anderen, rein persönlichen Grund haben.

Charlotte entschloß sich, diese Frage im Moment zurückzustellen. Vorläufig war es für sie weit wichtiger, sich an den Gedanken zu gewöhnen und mit dem ungeheuren Glücksgefühl fertig zu werden, daß Axel nicht irgendwo in Rußland begraben lag, wie sie bisher angenommen hatte. Nein, er stand vor ihr, gesundheitlich zwar sehr angegriffen, aber doch atmend und so lebendig wie eh und je.

Wortlos gingen sie Arm in Arm den breiten, mit bunten Fliesen gepflasterten Weg am Haus entlang. Sie betraten es über die Loggia mit ihren farbenfrohen Glasfenstern, zu der einige Stufen hinaufführten.

»Ich war schon zweimal hier – vor dem Krieg, wie du weißt«, bemerkte Axel, um die Stille zu überbrücken, die sie plötzlich zu trennen schien. Zuviel Ungeklärtes lag zwischen ihnen, um sofort den früheren unbefangenen Ton zu treffen. »Einmal war nur deine Mutter da, sehr zu meiner Enttäuschung. Später, als ich es wieder versuchte, zeigte sich das Schicksal gnädiger, ich traf dich an. Es ist . . .«

Axel verstummte, und Charlotte respektierte seine Unsicherheit. Später, wenn er seine innere Ruhe wiedergefunden hatte, würde er von selbst weitersprechen.

Er aß mit wahrem Heißhunger, was sie ihm vorsetzte, schien jedoch kaum zu bemerken, was er zu sich nahm. Schließlich legte er beinahe erleichtert das Besteck weg und sah Charlotte entschlossen an.

»Es gibt so viel zu berichten. Ich weiß gar nicht, womit ich beginnen soll.« Seine Stimme klang erregt.

In Charlotte begann mit der Ahnung auch die Furcht zu kei-

men, daß seine Eröffnungen ihr Schicksal – so oder so – drastisch beeinflussen würden.
»Wir können in den Garten gehen«, schlug sie beruhigend vor, da sie glaubte, es würde ihm leichterfallen, in der kühlen Dämmerung seine Beichte – denn nur um eine solche konnte es sich handeln – abzulegen. Bereitwillig sprang er auf und folgte ihr. Auch in dieser Bewegung lag eine gewisse Hektik, die sein ganzes Wesen zu beeinflussen schien.
»Das Haus wurde im Jahre 1893 gebaut, es ist also kaum älter als ich«, erläuterte Charlotte, während sie Axel in den großzügig angelegten, fast parkartigen Garten führte, in dessen Baumkronen der Abendwind flüsterte. »Den schönen Obstbaumbestand hatte mein Großvater damals gleich in den Bebauungsplan mit einbezogen. Das Gartenhaus wird dir bestimmt gefallen. Vater pflegte dieses grüne Fleckchen am Rande der Großstadt ›unser Paradies‹ zu nennen. Noch ist Plauen nur ein Vorort von Dresden, aber ich könnte mir vorstellen, daß eines Tages die ganze Gegend bebaut sein wird . . .«
Die Umrisse eines fast quadratischen Gebäudes, dem eine Laube aus kunstvoll geschnitzten grüngestrichenen Holzteilen angebaut war, tauchten aus der Dunkelheit auf, nahmen Gestalt an.
»Es ist warm genug, draußen zu sitzen.« Charlotte zündete die an der Rückwand befestigte Petroleumlampe an. Ihr gelbliches Licht warf einen milden Schein über die umliegenden Blumenbeete und ließ die Farben der Rosen unwirklich und geheimnisvoll zu nächtlichem Leben erwachen.
Weder Axel noch Charlotte schenkten dieser Schönheit der Natur Beachtung. Gebannt lauschte die junge Frau Axels dramatischem Bericht, den er mit stockender Stimme, immer wieder Pausen einlegend, abgab. Als er die makabre Szene schilderte, die es ermöglicht hatte, daß er jetzt bei ihr war, rückte Charlotte unwillkürlich ein wenig von ihm ab.
Plötzlich wurde sie sich der nächtlichen Kühle bewußt, und

ein Schauder überlief sie. Ja, der Mann, nach dem sie sich mit so verzweifelter Intensität gesehnt hatte, war ihr wiedergegeben – aber um welchen Preis! Er war nicht als Axel von Rheinhagen zu ihr gekommen, sondern unter dem Namen eines anderen, der seine Heimat nie mehr sehen würde.
Axel, der ihre Betroffenheit bemerkte, unternahm den verzweifelten Versuch, seine Handlungsweise zu rechtfertigen.
»Du mußt mir glauben, Charlotte, daß nach diesem Überfall aus dem Hinterhalt mein erster Gedanke Klaus galt. Zwar war ich selbst verwundet und kaum einer klaren Überlegung fähig, doch hoffte ich, daß auch er nur mit einem Streifschuß davongekommen sei. Als ich jedoch dann sein Gesicht sah – das, was davon übriggeblieben war –, wußte ich, daß ich ihm nicht mehr helfen konnte. Er muß auf der Stelle tot gewesen sein. Nachdem mir das klargeworden war . . .«
». . . brachtest du, trotz deiner eigenen Verwundung, noch die Kraft auf, eure Erkennungsmarken und Papiere auszutauschen«, ergänzte Charlotte tonlos. »Du beraubtest einen Toten, nahmst ihm seinen Namen, um darauf dein eigenes Glück aufzubauen. Bist du wirklich der Meinung, kannst du davon überzeugt sein, Axel, daß aus einer solchen Tat für uns beide Segen erwachsen wird?«
Axel fuhr sich mit einer nervösen Bewegung über die Stirn. Seine Hände zitterten, er war am Ende seiner Kräfte angelangt. Die anstrengende Reise in überfüllten Waggons, das mehrmalige Umsteigen unterwegs, seine körperlichen Beschwerden – und nun auch noch Charlottes kühle Reaktion, die erkennen ließ, daß sie mit seinem Verhalten nicht einverstanden war . . . Er hatte sich dieses Wiedersehen mit ihr anders ausgemalt.
»Wenn man so etwas selbst erlebt, sieht man die Dinge wohl anders. Berichtet man darüber, mag es einfach unglaublich klingen. Ich sah in dieser Schicksalsfügung nichts weiter als die glückliche Lösung all meiner Probleme.«
Das viele Sprechen hatte Axel angestrengt, seine Stimme klang

belegt, fast heiser. Ab und zu befiel ihn ein lästiger Hustenreiz. Noch wußte Charlotte nicht die ganze Wahrheit, ahnte nichts von seiner zweiten, weit schwereren Verwundung und der nachfolgenden Operation mit all ihren unangenehmen Konsequenzen.

»Klaus Engelmann war tot, durch eine einzige Kugel ausgelöscht – ihm war nicht mehr zu helfen. Und da kam mir der Gedanke: Hätte dies nicht auch Axel von Rheinhagen passieren können? Obgleich sich mein Magen bei dem grausigen Anblick umdrehte, erschien mir plötzlich dein Bild, Charlotte. Der Wunsch, den Rest meines Lebens mit dir verbringen zu dürfen, wurde übermächtig. Inmitten des Krieges, angesichts des sinnlosen Todes meines Kameraden, sehnte ich mich nach Liebe und Geborgenheit. Und diese Sehnsucht trieb mich dazu, etwas zu tun, woran mein klarer Verstand nicht beteiligt war. Ich wurde Klaus Engelmann – Axel von Rheinhagen hatte aufgehört zu existieren.«

Charlotte berührte mitleidig seine Hand, spürte deren Eiseskälte. Schmerzlich bewegt blickte sie in sein Gesicht, bemühte sich ehrlich, ihn zu verstehen. War es denn nicht ihre Pflicht, Verständnis für seine Handlungsweise aufzubringen? Doch Axel hatte ihretwegen ein Opfer gebracht, das sie unmöglich annehmen durfte. Denn wenn sie es tat, war Rheinhagen ihm für immer verschlossen, ging sein Erbe verloren. Was sie ihm bieten konnte, war zu wenig, gemessen an dem, was er von früher her gewöhnt gewesen war. Nein – sie mußte all ihre Beredsamkeit aufbieten, ihm seinen Plan auszureden und ihn zur Vernunft zu bringen.

»Du hast es dir wohl zu leicht vorgestellt, Axel, einen Traum Wirklichkeit werden zu lassen.« Charlottes Stimme klang kühler und nüchterner als beabsichtigt. »Du wolltest unser Glück auf einem Unrecht, einem Betrug aufbauen. Eines Tages müßte sich diese Lüge rächen. Du dachtest nur an uns – warum nicht auch an deine Eltern, an deine Mutter, die dich über alles liebte und die dich nun als tot beweint . . .«

Axel schwieg bedrückt. Der Duft der Kletterrosen, mit denen die Laube berankt war, lag betäubend in der warmen Luft. Die friedliche Stille, die diese beiden Menschen umgab, die um ihr gemeinsames Schicksal, ihre Zukunft rangen, stand in krassem Widerspruch zu ihrer inneren Erregung.

Axel wandte sich Charlotte zu und packte beschwörend ihre Hände. Ihre Augen spiegelten das Licht des Mondes wider, der Duft ihres Haares war ebenso unwirklich wie die ganze verworrene Situation.

»Bitte, versteh mich doch, Liebling! Als ich im Lazarett endlich zu mir kam, waren zwei Wochen vergangen. Ich erinnerte mich kaum noch an das Geschehene. Alles lag wie unter einer dichten Nebeldecke. Man hatte mich operiert, denn ich war nicht nur einmal getroffen worden. Die zweite Kugel hatte meine rechte Lunge zerstört, diese mußte entfernt werden. Mein Leben hing buchstäblich tagelang an einem seidenen Faden. Und dann, als ich aus meiner Bewußtlosigkeit erwachte und versuchte, meine Gedanken zu ordnen, wurde ich mit dem fremden Namen angeredet. Ich hieß von nun an Klaus Engelmann, und zwar aufgrund der Erkennungsmarke und der Papiere, die man bei mir gefunden hatte. Beiläufig erfuhr ich auch, daß mein – Axel von Rheinhagens – Tod meinen Eltern gemeldet worden war, die sich wahrscheinlich mittlerweile mit dieser traurigen Tatsache einigermaßen abgefunden hatten. Mit meiner Rückkehr wurde also nicht mehr gerechnet. Es lag auf der Hand, daß es demzufolge für mich keinen Ausweg mehr gab – ich mußte Klaus Engelmann bleiben. Etwas anderes wollte ich auch gar nicht mehr. So kam es, daß ich beschloß, die Identität, in die ich in einem Moment der geistigen Verwirrung geschlüpft war, weiterzutragen.«

Als Charlotte nur stumm den Kopf senkte und Axel ihre Hände entzog, um sie fröstelnd unter ihre Jacke zu schieben, fuhr er drängend fort: »Ich weiß, daß Klaus Engelmann keinen Menschen besaß, der zu ihm gehörte. Nicht einmal ein Mädchen wartete auf ihn. Er hat mir das auf jenem Todesritt selbst erzählt. Ich nahm ihm also nichts als seinen Namen. Willst du unter diesen Umständen noch meine Frau werden, Charlotte? Einen Adelstitel kann ich dir nicht mehr bieten, dafür aber meine Liebe, für die ich alles andere aufs Spiel gesetzt habe: Familie, Heimat und meine Ehre als Offizier. Denn du hattest vorhin durchaus recht: juristisch gesehen bin ich ein Betrüger.«

Als Axel später in das Genesungsheim zurückkehrte, in das er eingewiesen worden war, hatte er wenig Hoffnung, daß es ihm gelingen würde, Charlotte von der Richtigkeit seiner Handlungsweise zu überzeugen. Jedenfalls war sie zu keiner festen Zusage zu bewegen gewesen. Zu groß schien ihr die Verantwortung, um eine so wichtige Entscheidung ohne angemessene Bedenkzeit fällen zu können.

Axels unbedacht ausgesprochene Äußerung, seine Eltern könnten sich mittlerweile mit seinem Tod einigermaßen abgefunden haben, traf natürlich nicht zu – im Gegeneil! Die Trauer Johannas und Wolfs nahm an Intensität zu, je mehr Zeit darüber hinwegging. Es gab nichts, sie zu lindern, nichts, um davon abzulenken.

Johanna stellte besorgt fest, wie krank und deprimiert ihr Gatte aussah, seit die Unglücksbotschaft von Axels Regiment eingetroffen war. Zwei Söhne hatte der Gutsherr verloren. Seine Hoffnung, den Besitz eines Tages in direkter Linie weitervererben zu können, würde sich nicht erfüllen, Rheinhagen mit allen Liegenschaften an die Seitenlinie fallen.

Als Wolf wenige Wochen nach Axels Tod erregt ihr Zimmer betrat, fragte Johanna sich unwillkürlich, was jetzt noch geschehen konnte, neues Unglück über sie zu bringen. Der Brief, den er in der Hand hielt, kam ihr wie eine weitere Bedrohung ihres an Freuden ohnehin so arm gewordenen Daseins vor.

»Es scheint mein Los zu sein, dir dauernd schlechte Nachrichten überbringen zu müssen, Hanna.« Wolfs Stimme fehlte die gewohnte Festigkeit. Als er Johannas Erschrecken bemerkte, fügte er hastig hinzu: »Mark – nein, er ist nicht tot. Es besteht kein Zweifel, daß er am Leben und unverletzt ist, allerdings in amerikanischer Gefangenschaft. Der Krieg ist für ihn also praktisch beendet, und wir dürfen hoffen, daß er eines Tages zu uns zurückkehrt. Hoffentlich bin ich dann noch da, um ihn mit seinen Aufgaben vertraut zu machen. Schließlich ist er nun der künftige Besitzer von Rheinhagen.«

Johannas blasses Gesicht zeigte wieder etwas mehr Farbe. Sie atmete erleichtert auf und legte mit einer zärtlichen Bewegung die Arme um den Hals ihres Mannes. Ihre ernsten Augen sahen fragend zu ihm auf. »Wann wird Mark wohl nach Hause kommen, Wolf? Die Jahre vergehen so schnell, und ein Ende des Krieges ist immer noch nicht abzusehen. Axel tot, Mark in Gefangenschaft. Von Edda in all den Jahren nur ein einziges Mal ein schriftliches Lebenszeichen. Damals ging es John noch gut – aber was kann seitdem alles geschehen sein. Wer weiß, ob Edda unsere Nachricht von Axels Tod überhaupt erhalten hat? Ich sehne mich so nach ihr. Von drei Kindern ist sie das einzige, das uns geblieben ist . . .«

Nein – Johanna und Wolf von Rheinhagen waren alles andere als ruhig, obgleich sie sich bemühten, ihren Schmerz vor Außenstehenden zu verbergen.

An dem Morgen, der Axels unerwarteter Rückkehr folgte, fiel es Charlotte Wagner schwer, sich auf den Unterricht zu konzentrieren. Die Nacht hatte sie schlaflos und in größter Unruhe verbracht; es war ihr nicht gelungen, sich zu einem Entschluß durchzuringen. Auch in den Pausen war sie so geistesabwesend, daß Harald Reger, ihr langjähriger Kollege und Freund, aufmerksam wurde. Da sich keine Gelegenheit für ihn ergab, allein mit ihr zu sprechen, um sie nach dem Grund ihrer Niedergeschlagenheit zu fragen, entschloß er sich, ihr nachmittags einen Besuch abzustatten. Vielleicht erfuhr er dann, was mit ihr los war.

Zur vereinbarten Zeit betrat Axel den schönen alten Garten, den er noch nie im hellen Tageslicht gesehen hatte. Charlotte erwartete ihn bereits. Während sie beobachtete, wie er langsam näher kam, wurde ihr bewußt, daß sie noch immer keinen Entschluß gefaßt hatte. Was sollte sie tun? Sie liebte Axel – und doch zögerte sie, seinen Plan zu akzeptieren. Denn wenn sie es tat, unterstützte sie ein Unrecht. Möglicherweise bereute Axel eines Tages, ihretwegen ein sorgenloses, unabhängiges Leben auf einem der schönsten Güter Pommerns aufgegeben zu haben. Ihre Liebe mußte dann allmählich zu einem verbitterten Nebeneinander zweier von Reue geplagter Menschen werden.

Axels bittender Blick bewog sie, aufzustehen und ihm entgegenzugehen. Als sie vor ihm stehenblieb, hob er ihr blasses Gesicht zu sich auf und zwang sie auf diese Weise, ihn anzusehen.

»Charlotte«, sagte er so leise, daß sie ihn kaum verstand, »bitte, schicke mich nicht weg! Du kannst es ja auch gar nicht. Nicht einmal dann, wenn es dir vernünftig erscheinen sollte. Wir haben doch von Anfang an zusammengehört, du liebst mich . . .«

Er senkte den Kopf und küßte zum erstenmal seit seiner Rückkehr ihre Lippen, die unter seinem Kuß weich und nachgiebig wurden. Charlottes Widerstand verflog. Ja – das Schicksal hatte es wohl so gewollt, daß sie und Axel beisammen blieben!

Da fiel klirrend die Gartenpforte ins Schloß. Die beiden fuhren auseinander, als hätte man sie bei etwas Verbotenem ertappt. Charlottes Gesicht rötete sich; sie sah jetzt wieder so jung aus wie damals in Rheinhagen.

Harald Reger kam zögernd näher. Seine Augen lagen befremdet auf dem gutaussehenden Offizier; Charlotte widmete er nur einen kurzen, fast mißbilligenden Blick. Gestern noch hatte sie um einen Toten getrauert, ihn schmerzlich beweint. Heute aber ließ sie sich von einem anderen küssen. Wie war das zu verstehen? Zudem war seine Kollegin, die noch am Morgen einen so ernsten und sorgenvollen Eindruck auf ihn gemacht hatte, plötzlich wie verwandelt. Sie wirkte gelöst, aufgeschlossen und glücklich – als habe sie sich endlich zu einem Entschluß durchgerungen, der alles bisher Erlittene gegenstandslos machte.

Charlotte lächelte, löste sich aus Axels Armen und ging mit beschwingten Schritten auf den Freund zu.

»Sie brauchen mich gar nicht so entrüstet anzusehen, Harald. Es hat schon alles seine Richtigkeit«, sagte sie bewegt. »Ein schicksalhafter Irrtum hat sich aufgeklärt. Fast über Nacht ist alles wieder gut geworden. Kommen Sie – ich möchte Sie mit meinem Verlobten Klaus Engelmann bekannt machen, an dessen Tod ich monatelang geglaubt hatte.«

Axel ignorierte den dumpfen Schmerz in seiner Brust, der ihm den Atem abzuschnüren drohte. Seine Lunge machte sich dauernd auf diese unangenehme Weise bemerkbar. Mit einem Lächeln ergriff er die Hand des jungen Lehrers, um sie herzlich zu schütteln. Seine Augen leuchteten. Charlotte hatte sich offiziell zu ihm bekannt – und damit auch zu seinen Plänen. Er kannte sie lange genug, um zu wissen, daß ihre Entscheidung endgültig war.

Tatsächlich erhielt Edda die Nachricht von Axels angeblichem Heldentod reichlich verspätet. Der Unglücksbrief war auf dem Umweg über die Schweiz erst nach monatelangen Irrwegen in England eingetroffen und hatte bei der jungen Frau fassungslosen Schmerz ausgelöst.

Ein glücklicher Zufall wollte es, daß John Wakefield am gleichen Tage für wenige Stunden aus London nach Hause gekommen war – gerade rechtzeitig, um Edda in ihrem Kummer zu trösten.

Major Wakefield war erst kürzlich – seiner besonderen Fähigkeiten und Verdienste wegen – dem Kriegsministerium zugeteilt worden. Obgleich er darüber ungehalten gewesen war, plötzlich am Schreibtisch sitzen zu müssen, statt an der Front zu sein, hatte Edda ihre Genugtuung über diese Regelung offen gezeigt. Sie wußte ihren John damit außer Gefahr und in der Nähe, falls sie seine Hilfe brauchte. Noch nie war sie jedoch über seinen unerwarteten Besuch so froh gewesen wie an diesem Tag.

»Glaube mir, John, es kommt mir wie ein böser Traum vor. Axel und ich standen uns immer so nahe, und jetzt soll er auf einmal nicht mehr am Leben sein«, sagte sie leise, während John den Brief mit der Hiobsbotschaft immer wieder las, als könne sich dadurch etwas am Inhalt ändern. »Natürlich muß man im Krieg auf solche Schicksalsschläge gefaßt sein – aber irgendwie ist man dann wieder Optimist und hofft, der bittere Kelch ginge an einem vorüber. Ich bin so froh, daß ich im Augenblick wenigstens um dich nicht bangen muß, Liebling.«

Johns Arme schlossen sich fester um sie. Er hatte Axel gut gekannt und in ihm seinen besten Freund verloren. Mitfühlend dachte er an Johanna und Wolf von Rheinhagen, deren Hoffnungen sich seit dem frühen Tod ihres ältesten Sohnes ausschließlich auf Axel konzentriert hatten. Und nun war mit einem Schlag alles zunichte gemacht worden.

»Ich wünschte, die Menschen würden endlich zur Vernunft kommen«, sagte er, sanft über Eddas tränenfeuchtes Gesicht streichend. »Wir sprechen immer vom Fortschritt, dabei haben wir aber durch die blutige Geschichte vergangener Jahrhunderte nichts dazugelernt. Kaum hat sich die Menschheit von einem Krieg erholt und beginnt, erleichtert aufzuatmen, kommt bereits der nächste auf sie zu. Gebe Gott, daß es der letzte der jetzigen und kommender Generationen ist. Stephen soll in eine friedliche Zukunft hineinwachsen, in der es weder kriegerische Auseinandersetzungen noch schwerwiegende politische Umwälzungen gibt.«

John hatte das beste Thema gewählt, Edda von ihrem Schmerz um den Bruder abzulenken. Denn alles, was sich um Stephen drehte, war für sie wichtig und interessant. Sie hing mit großer Liebe an ihrem Adoptivsohn und vergaß zuweilen völlig, daß sie ihn nicht selbst geboren hatte. Jetzt trat sie leise an das Gitterbettchen, um das zufrieden schlummernde Baby zu betrachten.

»Ja, mein Schatz, das wollen wir uns für Stephen und alle Kinder dieser gequälten Welt wünschen. Du findest stets die richtigen Worte, mich zu trösten. Ich bin froh und dankbar, daß ich ausgerechnet dich zum Mann bekommen habe.«

Charlottes und Axels Hochzeitstag war klar und wolkenlos. Fast hätte man vorübergehend vergessen können, daß der Krieg überall in Europa mit unverminderter Heftigkeit weitertobte.

Die verschwenderisch mit Blumen geschmückte Auferstehungskirche des Dresdner Vorortes Plauen faßte kaum die Zahl derer, die gekommen waren, um die schöne Braut und den interessanten, stattlichen Bräutigam zu sehen. Die Kinder der Schule, in der Charlotte nach wie vor unterrichtete, erschienen vollzählig, um dem Brautpaar ein Ständchen zu bringen, das von Harald Reger komponiert und auch einstudiert worden war.

Charlotte schien alle Zweifel vergessen zu haben, ihre grauen Augen blickten ruhig und spiegelten das Glück wider, das sie in diesem für jede Frau so bedeutsamen Moment empfand. Ihr größter Wunsch, bis an ihr Lebensende mit Axel zusammensein zu dürfen, hatte sich erfüllt.

Als jedoch der greise Pfarrer, der sie bereits konfirmiert hatte, die Frage an sie stellte, ob sie die Frau des hier anwesenden Klaus Engelmann werden wolle, überzog eine tiefe Blässe ihr Gesicht. Vergeblich formten ihre Lippen eine Antwort. Es war, als sträubten sie sich dagegen, diesen Betrug mitzumachen – einen Betrug, der sich irgendwann rächen mußte.

Ihre Hand, die Axel fest in der seinen hielt, zitterte, als sie sich ihm zuwandte und ihn fragend, gleichsam um Hilfe hei-

schend, ansah. Man erwartete von ihr, daß sie vor Gott ein Gelübde abgab, das sie für immer an den Namen eines Toten band. War nicht der Gedanke allein schon Frevel?
Axels Gesicht, irgendwie unglücklich und verloren, half Charlotte ihre Bedenken zu überwinden. Sie hatte keine andere Wahl – es gab nur diese einzige Lösung, wollte sie für immer mit dem Mann zusammenbleiben, den sie liebte.
Mit leiser, aber fester Stimme gab sie ihr Jawort, und Axels Augen dankten ihr mit einem rührend liebevollen Blick dafür. Seine Gestalt straffte sich, als sei eine schwere Last von ihm genommen.
Als das junge Paar dann die Glückwünsche entgegennahm und alle Charlotte als Frau Engelmann titulierten, entschloß sie sich spontan dazu, in diesem fremden Namen etwas ganz Normales und Selbstverständliches zu sehen. Der Traum von einst – eines Tages Rheinhagen zu heißen – war ohnehin für immer ausgeträumt.

Später saß sie dann neben Axel in der Laube und genoß das bunte Bild, das ihr Garten an diesem Nachmittag bot. Unwillkürlich dachte sie bei sich, daß es ihr nie möglich sein würde, Axel ›Klaus‹ zu nennen – nicht einmal vor anderen Leuten. Als sie es ihm sagte, entspannte sich sein bisher auffallend ernstes Gesicht.
»Ach, auf den Vornamen kann ich gut und gern verzichten«, erwiderte er fast übermütig. »Es gibt so viele hübsche Möglichkeiten, ihn zu umgehen. Und solltest du einmal etwas an mir auszusetzen haben, dann sagst du ganz einfach ›Mann‹ zu mir!«
Charlotte lachte auf, und ihre Fröhlichkeit wirkte ansteckend auf alle Anwesenden. Man war der einhelligen Meinung, daß dies eine besonders nette Hochzeit mit einem ausnehmend hübschen Brautpaar war, und vergnügte sich nach Herzenslust.
Die Eltern von Charlottes Schülerinnen hatten gemeinsam die

Ausrichtung des Festes übernommen. Sie wollten ihr damit ihren Dank ausdrücken, daß sie sich so aufopfernd um die Kinder kümmerte, deren Mütter im Kriegsdienst tätig waren. Auf diese Weise war allerhand Eßbares zusammengetragen worden, so daß die Hochzeitsgäste trotz der Rationierung der Lebensmittel voll auf ihre Kosten kamen. Erst am Abend kehrte Ruhe im Hause ein.

»Schade, daß unsere Eltern diesen Tag nicht miterleben durften«, sagte Charlotte nachdenklich. Sie hatte Schleier und Kranz abgelegt, stand nun am Fenster und blickte in den stillen Garten hinab. Eine ihr bisher unbekannte Unruhe erfüllte sie. Zum erstenmal war sie mit Axel allein – mit ihrem Gatten . . .

Axel nickte nur stumm, trat zu ihr und legte den Arm um sie. Er wollte jetzt nicht an die Vergangenheit erinnert werden. Er liebte Charlotte, er begehrte sie seit Jahren. Dies war die Nacht der Erfüllung, nach der er sich so lange und, wie es zeitweilig schien, hoffnungslos gesehnt hatte. Charlotte wandte sich ihm zu. Ihr Blick verriet, daß sie ebenso empfand wie er. Als sie ihn küßte, war es nicht mehr der Kuß eines unerfahrenen jungen Mädchens, sondern der einer sich in leidenschaftlicher Liebe verströmenden jungen Frau.

Am Hochzeitstag hatte Axel die Erlaubnis erhalten, vorerst einmal in die Kaitzer Straße 77, zu Charlotte, zu ziehen. Der Leiter des Genesungsheims, in dem er sich bis zu diesem Zeitpunkt aufgehalten hatte, war nur zu gern bereit gewesen, ihn in die Obhut seiner jungen Ehefrau zu entlassen. Solange täglich Verwundete in die Stadt gebracht wurden, war man froh über jedes frei werdende Bett.

»Das Haus meiner Frau liegt in einem wunderschönen großen Garten, in dem ich ruhen und mich ergehen kann«, hatte Axel erklärt. »Die vielen herrlichen Obstbäume sorgen für gute, reine Luft. Dann gibt es noch etwas, das von besonderem Reiz ist. Im äußersten Winkel des Gartens steht ein solide gebautes

Gartenhaus mit einer rosenbewachsenen Laube. Dort hinten will ich mir ein Atelier einrichten. Ich möchte meine Kriegserlebnisse, die Landschaften und Menschen, die ich gesehen habe, in Bildern festhalten. Natürlich werde ich keine riesigen Schinken, keine Schlachtengemälde malen. Nur kleine, anspruchslose Aquarelle. Jedenfalls so lange, bis ich wieder ins Feld gehe. Wann wird das wohl der Fall sein, Herr Oberarzt?« Axels Blick verriet eine ängstliche Spannung.

Dr. Weber zögerte mit seiner Antwort. Engelmann schien noch immer nicht begriffen zu haben, wie es wirklich um ihn stand. Eine Lunge entfernt, die andere überfordert und dadurch angegriffen. Gewiß, bei sorgsamster Pflege und Schonung konnte er durchaus noch eine Reihe von Jahren leben. Aber auf seine Gesundheit würde er immer Rücksicht nehmen müssen.

»Ich weiß gar nicht, warum Sie sich so danach drängen, wieder hinauszugehen, junger Freund«, erwiderte er endlich ausweichend. »Sie haben schließlich Ihre Pflicht getan, Ihr Leben mehr als einmal aufs Spiel gesetzt. Lassen Sie jetzt ruhig erst mal die anderen ran.«

Axel atmete unmerklich auf. So gern er Soldat gewesen war, so sehr fürchtete er doch Begegnungen, die zu seiner Entlarvung führen könnten. Hier in Dresden fühlte er sich einigermaßen sicher.

Eines Tages sollte er, anläßlich einer Routineuntersuchung, jedoch ein Erlebnis haben, das ihm noch später, wenn er daran zurückdachte, den kalten Angstschweiß auf die Stirn trieb.

Er war einen Korridor entlanggegangen, als irgendwo hinter ihm eine Tür aufging und er eine nur allzu bekannte Stimme vernahm. Sie gehörte Oberleutnant Kayser, einem Kameraden, mit dem er vor dem Krieg in Berlin zusammen gewesen war. Es lag auf der Hand, daß dieser ihn als Axel von Rheinhagen identifizieren und sein sorgsam gehütetes Geheimnis preisgeben würde.

Axel beschleunigte sofort seine Schritte und versuchte, den

Seitenkorridor zu erreichen, noch ehe der frühere Kamerad ihn gesichtet hatte. Doch er war nicht schnell genug. Kayser, inzwischen Hauptmann geworden, trat auf den Gang und blieb verblüfft stehen.

»Axel – Axel Rheinhagen!« rief er laut, um sich dann verwundert ins Zimmer zurückzuwenden: »War das eben nicht Rheinhagen? Wir haben in Berlin im gleichen Regiment gedient. Komisch! Soviel ich weiß, ist er in Rußland gefallen. Aber die Haltung, die Art zu gehen – also, ich hätte schwören mögen . . .«

Dr. Weber, der eben noch einen flüchtigen Blick auf den sich hastig entfernenden Axel erhascht hatte, schüttelte den Kopf.

»Sie müssen sich geirrt haben. Die Uniform macht uns alle gleich. Ich weiß jedenfalls mit Sicherheit, daß wir keinen Rheinhagen bei uns haben. Der Mann, den Sie gesehen haben, heißt Oberleutnant Engelmann. Ein ziemlich aussichtsloser Fall, fürchte ich – Lunge, verstehen Sie?«

»Schlimm, so etwas.« Der Hauptmann war nun selbst davon überzeugt, sich geirrt zu haben. »Na ja, man kann sich täuschen. Schade – dieser Rheinhagen war ein guter Offizier und prachtvoller Kamerad.«

Axel kam lange nicht von der Erinnerung an diesen gefährlichen Augenblick los. Von nun an fürchtete er jeden seiner Besuche im Genesungsheim und war jedesmal, wenn er von dort zurückkehrte, zu Tode erschöpft. Um Charlotte nicht zu ängstigen, hatte er ihr diesen Zwischenfall verschwiegen. Sie hatte ohnehin lange dazu gebraucht, sich mit diesem Betrug – denn um einen solchen handelte es sich nun einmal – abzufinden.

Da für ihn eine Rückkehr an die Front nicht mehr in Frage kam, bewarb Axel sich um den Posten eines Instrukteurs an der Dresdner Kriegsschule. Seine dreijährige Fronterfahrung wirkte sich günstig auf seine Bewerbung aus, und er bewährte sich in allen Fächern, die keinen Einsatz seiner körperlichen Kräfte verlangten.

Der Herbst des Jahres 1918 brachte unmißverständliche Anzeichen, daß der Krieg, der vier Jahre lang Europa und auch die übrige Welt erschüttert und zahllose Menschenopfer gefordert hatte, sich dem Ende zuneigte. Die Unsicherheit der Zukunft ließ auch Axel innerlich nicht zur Ruhe kommen. Er litt unter Depressionen, die seiner Sorge um den Fortbestand des Vaterlandes entsprangen, und kam sich oft, da er keine richtige Aufgabe mehr hatte, irgendwie überflüssig vor.

Charlotte mußte in solchen Fällen ihre ganze Überredungskunst aufbieten, um ihm diese fixe Idee auszureden und ihn vom Gegenteil zu überzeugen. War er denn nicht unendlich wichtig für sie, seine Frau? Genügte es nicht, wenn man in diesen unsicheren Zeiten wenigstens wußte, wohin man gehörte? Mußte man nicht allein dafür schon dankbar sein? Die Erinnerung an Rheinhagen hatten beide zu bannen versucht und sprachen, wie in gegenseitiger Abmachung, nie davon. Trotzdem wußte Charlotte, daß Axels Gedanken häufiger denn je in Pommern weilten.

Mit der Zeit stellte sich heraus, daß Charlottes Kräfte durch ihren Beruf als Lehrerin und die Pflege des großen Grundstücks überfordert wurden. Die Mittel, die ihnen zur Verfügung standen, reichten halbwegs aus, um ihnen einen annehmbaren Lebensstandard zu sichern.

»Ich habe die kleine Wohnung im Souterrain an ein älteres Ehepaar vermietet«, verkündete Charlotte eines Tages. Sie hatte sich zu diesem Entschluß durchgerungen, weil ihr nicht entgangen war, wie sehr Axel sich zu Hause abrackerte, um ihr einige ihrer zahlreichen Pflichten abzunehmen. Diese Art von Arbeit wirkte sich natürlich auf seinen Zustand ungünstig aus, und er fühlte sich oft müde und abgeschlagen. »Die Vierigs werden sich um den Garten kümmern und das Haus sauberhalten. Sie sind froh, mietfrei wohnen zu können, und machen einen netten, zuverlässigen Eindruck.«

Axels Lächeln, mit dem er diese Nachricht quittierte, mißlang. Charlottes Maßnahme führte ihm wieder einmal demütigend vor Augen, daß er zu nichts mehr taugte. Jeden Handgriff

mußte er mit einem gesundheitlichen Rückschlag bezahlen. Er zweifelte nicht daran, daß Charlotte nur aus Rücksicht darauf den Entschluß gefaßt hatte, fremde Leute ins Haus zu nehmen. Bisher war es ihr lieber gewesen, mit ihm allein zu sein.
Trotz Axels Vorbehalt erwiesen sich die Vierigs als ein Segen für das junge Paar und waren ihm bald von Herzen zugetan.

Das Kriegsende kam dann wohl für keinen mehr überraschend. Wer jedoch der Meinung gewesen sein sollte, damit würde auch völlige Ruhe im Lande einkehren, der sah sich bitterlich enttäuscht. Politische Meinungen prallten mit zunehmender Heftigkeit aufeinander, es wurde allerorts demonstriert, und randalierende Gruppen zogen durch die Straßen. Sogar in den stillen Vorort, in dem Axel und Charlotte wohnten, verirrten sich immer häufiger Hitzköpfe, die es sich zur Aufgabe gemacht zu haben schienen, alle anzupöbeln, die nicht ihrer Meinung waren.
Die ersten Heimkehrer wurden bereits am Bahnhof mit riesigen Transparenten empfangen, deren Wortlaut, WILLKOMMEN KAMERADEN IN DER ROTEN REPUBLIK, einen Vorgeschmack dessen gab, was sie in der Heimat erwartete.
Axel, der von nun an mit keinerlei Einnahmen mehr rechnen konnte, sah sich plötzlich auf Charlottes bescheidenes Lehrerinnengehalt angewiesen. Es mußte für sie beide ausreichen, bis er selbst irgendeine Verdienstmöglichkeit fand. Der Gedanke, seine Frau für sich arbeiten zu lassen, bedrückte ihn nicht wenig, obgleich Charlotte seine Einwände jedesmal lachend abwehrte. Als er wieder einmal auf diesen leidigen Punkt zu sprechen kam, tröstete sie ihn: »Liebling, die Dinge müssen sich allmählich normalisieren. Nun gut, wir haben den Krieg verloren – aber irgendwann wird man dir als ehemaligem Berufsoffizier eine Pension zahlen. Damit wären wir dann vor allen finanziellen Sorgen geschützt.«
Axel hob den Kopf. Sein Blick, der liebevoll auf Charlottes lächelndem Gesicht lag, verriet Ratlosigkeit.

»Was das betrifft, muß ich dich leider enttäuschen, Charlotte. Wir werden nie mit einer Pension rechnen können. Ich müßte dann nämlich erst einmal Anträge ausfüllen und Auskünfte über Dinge geben, die ich einfach nicht weiß. Schließlich war ich nur wenige Wochen mit Engelmann zusammen – seine frühere Laufbahn ist für mich ein Buch mit sieben Siegeln. Und mit falschen Angaben könnte ich mich ganz schön in die Nesseln setzen. Ehe der Staat etwas zahlt, zieht er Erkundigungen ein. Du kannst dir vorstellen, welche Folgen das für uns haben würde. Brächte ich wirklich den Mut auf, ein einziges Formular auszufüllen, müßte ich danach ständig in Angst leben. In Angst vor der Entdeckung, vor . . .«

Hastig und innerlich froh, endlich mit ihr über jenes Erlebnis im Genesungsheim sprechen zu können, schilderte Axel seiner Frau, was er empfunden hatte, als ein früherer Kamerad drauf und dran gewesen war, ihn zu entlarven. Tiefe Schatten lagen unter seinen Augen, und Charlotte beobachtete ihn sorgenvoll. Sie enthielt sich jeden Kommentars. Es würde Axel guttun, sich all das von der Seele zu reden.

»Und dabei blieb es nicht«, fuhr er erregt fort. »Eines Tages wurde ich von einem fremden Arzt untersucht. Er erwähnte, einen Klaus Engelmann näher gekannt zu haben, und wunderte sich über die Namensgleichheit. Du weißt nicht, Liebling, wie mir zumute war. Denn natürlich meinte er Klaus, der neben mir gestorben und von mir um seinen Namen gebracht worden war. Ich mußte alle Energie aufbieten, mich nicht zu verraten, die Wahrheit nicht hinauszuschreien. Weißt du, man verspürt in einer solchen Situation den Wunsch, endlich ein Ende zu machen. Nur der Gedanke an dich bewahrte mich vor einer Dummheit. Seitdem lebe ich jedenfalls in ständiger Furcht vor der Entdeckung, gerate in Panik, sobald jemand auftaucht, der möglicherweise entweder Axel von Rheinhagen oder Klaus Engelmann persönlich gekannt haben könnte . . .«

Charlotte ließ Axel nicht merken, wie sehr seine Erzählung

sie erschütterte. Was hatte er um seiner Liebe willen alles auf sich genommen! Voller Mitgefühl umarmte sie ihn und hielt ihn umfangen.
»Unter diesen Umständen müssen wir natürlich auf eine Pension verzichten, falls es so etwas in Deutschland je wieder geben wird, mein Schatz«, erklärte sie lächelnd.
Axels ernstes Gesicht entspannte sich. Er drückte Charlotte fest an sich. Ihre Nähe verlieh ihm Kraft, gab ihm das Gefühl, es mit allen Widrigkeiten des Daseins aufnehmen zu können. Ohne sie wäre er hoffnungslos verloren gewesen.
Charlotte lehnte den Kopf an seine Brust und schloß die Augen. Er durfte nicht sehen, wie verzagt sie oft war. Sie hatte sich nie eingebildet, eine Kämpfernatur zu sein, und doch hatten die Verhältnisse sie jetzt in ebendiese Rolle gedrängt. Irgendwie mußte es ihr gelingen, finanzielle Engpässe zu überwinden. Axel, bisher nicht daran gewöhnt, jeden Pfennig umdrehen zu müssen, verstand wenig von Geldfragen. Er würde es vermutlich gar nicht merken, wenn sie ihr von den Eltern geerbtes kleines Kapital angriff, um damit gelegentliche Ebben in der Haushaltskasse auszugleichen. Nein, sie durfte ihn nie fühlen lassen, wie knapp ihre Geldmittel waren, damit er nie auf den Gedanken verfiel, sich doch noch um eine Pension zu bewerben.
Als Charlotte sich einigermaßen gefaßt hatte, hob sie den Kopf und strich mit einer zärtlichen Bewegung über Axels schmalgewordenes Gesicht.
»Warum hast du mir das nicht schon früher erzählt? Ich hätte es doch gern mit dir getragen. Von nun an kannst du ohne Angst leben, Liebling. In unserem kleinen Paradies wird dich keiner suchen und entdecken.«
Axel neigte sich stumm, um ihren Mund zu küssen. In dieser Stunde, die sie noch enger als bisher aneinanderband, gelobte sich Charlotte, alles menschenmögliche zu tun, um Axel die Jahre, die ihm noch blieben, sorglos zu gestalten. Denn ganz so ahnungslos, wie er annahm, war sie keineswegs. Charlotte

wußte längst, wie schlecht es um seine Gesundheit bestellt war.

»Übrigens solltest du deinen Wappenring wieder tragen, Axel«, bemerkte sie später. »Trotz allem, was geschehen ist, hast du ein unvermindertes Recht darauf. Du magst zwar einen anderen Namen führen, aber in deinem Herzen bist du ein Rheinhagen geblieben.«

Axel schob sie leicht von sich und musterte sie fragend.

»Wie kommst du jetzt darauf?«

»Ich fand den Ring zufällig, als ich deine Schublade aufräumte. Natürlich verstand ich, warum du ihn vorübergehend abgelegt hattest.«

Axels Lächeln fiel ziemlich gequält aus.

»Das war der einzige Kunstfehler in meinem Plan, unterzutauchen«, gestand er offen. »Als ich im Feldlazarett endlich wieder klar denken konnte, bemerkte ich erschrocken, daß ich völlig vergessen hatte, dem Toten meinen Ring an den Finger zu stecken. Sehr leicht hätte mir dieser Fehler zum Verhängnis werden können. Der Betrug wäre entweder gleich entdeckt oder ich als Dieb gebrandmarkt worden. Eins wäre so furchtbar gewesen wie das andere. Ich bin sehr froh, daß alles so gut ausgegangen ist . . .«

Erst seit Ende des Krieges hatte Charlotte das Gefühl, tatsächlich mit Axel verheiratet zu sein. Von nun an konnte keiner ihn ihr wegnehmen, er gehörte jetzt uneingeschränkt ihr. Seit die Angst vor der Entdeckung von ihm genommen worden war, schien auch sein Befinden sich sichtlich gebessert zu haben. Wohl sah er noch immer leidend und angegriffen aus, aber seine Augen zeigten einen wachen und lebensbejahenden Ausdruck. Die Depressionen der ersten Zeit nach seiner Heimkehr hatten sich fast völlig verloren.

»Es ging schließlich nicht nur um den Betrug, mit dem ich meinen Eltern großen Schmerz zugefügt habe«, sagte Axel einmal nachdenklich. »Man hätte mich außerdem mit Schimpf und Schande aus dem Offizierskorps ausgestoßen, der Name Rheinhagen wäre für alle Zeiten mit einem Makel behaftet gewesen. Betrug, Urkundenfälschung – die Liste meiner Vergehen ist lang.«

Charlotte hatte darauf keine Antwort gewußt. Im Grunde ihres Herzens, das ihn natürlich von jeder Schuld freisprach, mußte sie ihm allerdings recht geben.

In der Nachkriegszeit fand Axel dann ein Interessengebiet, das ihn, wie er hoffte, von den Erinnerungen an die Vergangenheit genügend ablenken würde: Er begann sein Maltalent weiter auszubauen und brachte es darin allmählich zu einer gewissen Perfektion. Seine in zarten Farben gehaltenen Aquarelle fanden Anklang, so daß es ihm bald, trotz seiner labilen Gesundheit, möglich wurde, einen Teil der Haushaltskosten zu bestreiten. Stundenlang saß er im Garten oder, wenn es regnete, im Gartenhaus, und malte, was ihm gerade in den Sinn kam.

An einem dieser ausnehmend milden Vorfrühlingstage des Jahres 1920 überraschte Charlotte ihn mit der freudigen Nachricht, daß sie ein Baby erwarte. Axels Freude kannte keine Grenzen.

»Es wäre schön, wenn wir ein Mädchen bekämen«, sagte er nachdenklich. »Dann wird es eines Tages heiraten und den Namen Engelmann ablegen. Bei einem Sohn müßte ich stets daran denken, daß ich ihn um sein Recht gebracht habe, der künftige Erbe von Rheinhagen zu sein.«

# 6

Axels Wunsch sollte sich erfüllen. Im Herbst schenkte Charlotte einem kräftigen kleinen Mädchen das Leben. Das Kind war eine echte Rheinhagen, blond, wie Axels Schwester Edda. Sie tauften es Johanna, nach seiner Großmutter.
Für Axel war seine Tochter ein richtiges Wunder, und er wurde nie müde, sie zu beobachten. Der Maler in ihm sah mehr als nur ein winziges Baby, von dem man noch nicht sagen konnte, in welche Richtung es sich entwickeln würde. Für ihn gab es eine Fülle zu entdecken. Eine kleine Hand, die suchend in die Luft griff, ein kaum wahrnehmbares Verziehen des rosigen Mündchens, das dereinst ein freundliches Lächeln zu werden versprach.
Die Augen – ohne jeden Zweifel *seine* Augen – wechselten den Ausdruck so häufig, wie die Wolken am Himmel die Form wechselten. Einmal blickten sie klar und aufmerksam, als versuchten sie schon jetzt den Sinn des Lebens zu ergründen, dann wieder waren sie verhangen und von angenehmen Träumen erfüllt.
»Dein Beruf als Lehrerin macht es dir vielleicht zur Pflicht, anderer Meinung als ich zu sein, Liebling«, bemerkte er behaglich, nachdem er seine Tochter stundenlang skizziert hatte, wobei Charlotte ihm mit nachsichtigem Lächeln zusah. »Ich beabsichtige jedenfalls, dieses kleine Ding gehörig zu verwöhnen. Es kommt mir noch immer wie ein Wunder vor. Du, das Kind – und ich. Wir sind eine Familie. Wie schön das klingt!«
Charlotte nickte ihm liebevoll zu. Sie freute sich, wenn Axel

in dieser Stimmung war. Seine Bilder bekamen dann eine besondere Tiefe und Qualität. Er verstand es wie kaum ein anderer, seine Motive nicht nur mit dem Verstand zu erfassen. Sein ganzes Herz lag in jedem der Aquarelle, das er schuf, und weil Charlotte dies fühlte, trennte sie sich nur sehr ungern davon. War ihr doch, als müsse sie diese Bilder sorgsam aufbewahren, weil sie eines Tages – vielleicht bald schon – das einzige sein würden, was ihr von ihm blieb. Doch nein! Jetzt hatte sie das Kind – sein Kind. Für jedes weitere Jahr, das sie als Familie gemeinsam erleben durften, wollte sie Gott dankbar sein.
Charlotte nahm das Baby auf den Arm und trat ans offene Fenster. Gegen das von draußen einfallende Licht hoben sich die Umrisse ihrer schlanken Gestalt klar ab, ein verirrter Sonnenstrahl verlieh ihrem braunen Haar goldene Akzente und ließ es Funken sprühen.
Axels künstlerisch geschultem Blick war das reizvolle Motiv, das sich ihm bot, nicht entgangen.
»So möchte ich dich malen, Liebling – dich und Johanna.«
»Wenn es dir Freude bereitet, warum nicht, Axel?« Charlotte erwiderte sein Lächeln zärtlich. Als er neben sie trat und den Arm um sie legte, schloß sie verträumt die Augen, um das Glücksgefühl zu genießen, das sie stets in seiner Nähe empfand.
Axels Lippen streiften ihr Haar, ihre Wangen. Unter seiner Hand spürte er Charlottes raschen Herzschlag, und er zog sie jäh fester an sich. Wie am ersten Tag ihrer Liebe vermochte sie auch heute noch seine Sinne zu wecken, sie verlangten ebenso heftig nach ihr wie sein Herz. Nein, die Jahre hatten ihren Gefühlen nichts nehmen können – im Gegenteil! Immer öfter entflammten sie sich aneinander, suchten und fanden Hingabe. Charlotte wurde von Tag zu Tag schöner. Axel stöhnte leise auf, sein Mund suchte ihre weichen Lippen . . .
Ein unwillig protestierender Aufschrei des Babys rief die beiden selbstvergessenen Menschen in die Wirklichkeit zurück.

Charlottes Gesicht glühte, ihre Augen zeigten einen erregten Glanz. Beruhigend strich sie über das feine helle Haar der kleinen Jo, wie das Kind von seinen Eltern zärtlich genannt wurde.

»Ja, ja, mein Liebling«, schmeichelte sie. »Du hast wahre Rabeneltern. Sie küssen sich und drücken dich dabei halb zu Tode. Hast recht, Protest dagegen einzulegen.« Axel behutsam zurückschiebend, küßte sie ihre Tochter in überströmender Liebe auf die glatte, runde Stirn.

»Findest du nicht auch, daß sie deiner Schwester Edda immer ähnlicher wird?« fragte sie nachdenklich. »Ich werde dauernd an sie erinnert.«

»Unsinn.« Axel war ganz väterliche Überlegenheit. »Bei einem so kleinen Baby sind Ähnlichkeiten überhaupt noch nicht feststellbar. Und wenn, dann handelt es sich nur um Zufälligkeiten.« Er berührte zart Johannas Händchen, und sein Gesicht verklärte sich förmlich, als sie nach seinem Zeigefinger griff und sich fest daran klammerte.

»Ein tolles Mädchen«, kommentierte er stolz. »Viel weiter als andere Kinder in diesem Alter. Man glaubt gar nicht, wieviel Kraft in einer solchen Babyhand steckt. Jo macht jedenfalls nicht den Eindruck, als würde sie mir nachschlagen. Sie wirkt energisch und scheint zu wissen, was sie will. Ich war von jeher labil . . .«

Jäh verdüsterte sich Axels Gesicht. Charlotte lenkte ihn sofort geschickt von seinen negativen Selbstbetrachtungen ab.

»Ich fände es erfreulich, wenn Jo eines Tages so wie Edda aussehen würde.« Es stimmte natürlich – Axel war es nie gegeben gewesen, sich durchzusetzen. Vielleicht würden sie jetzt in Rheinhagen leben, hätte er es damals gewagt, den Kampf mit seinem Vater um sein Lebensglück aufzunehmen. »Du mußt doch zugeben, Axel, daß Edda eine ausgesprochene und von allen bewunderte Schönheit war. Wie mag es ihr wohl während des Krieges ergangen sein?«

Charlotte bekam auf ihre Frage keine Antwort. Axel hatte

sich bereits abgewandt und machte sich an seinem Malkasten zu schaffen. Sosehr er sich auch bemühte, die Erinnerung an die letzten Jahre in Rheinhagen zu verdrängen – jede Unterhaltung führte doch unweigerlich dorthin zurück. Dann wurde sein Heimweh nach dem schönen alten Herrenhaus – von den Dorfbewohnern meistens stolz ›das Schloß‹ genannt – nach den Wiesen und Feldern unerträglich. Dennoch kam es Axel nie in den Sinn zu bereuen, was er getan hatte. Um Charlotte heiraten zu können, war er gezwungen gewesen, in die Haut eines anderen zu schlüpfen und die Vergangenheit endgültig zu begraben. Nur seit der Geburt seines Kindes bedauerte er hin und wieder, daß es nicht in der Umgebung aufwachsen durfte, in der er selbst seine Jugend verbracht hatte. Charlotte unterbrach seine trüben Gedanken mit einem Vorschlag. »Wenn du deine beiden Frauen also für die Nachwelt konservieren willst, dann wären wir bereit dazu, nicht wahr, kleine Jo?« sagte sie unbefangen und heiter. Auf diese Weise gelang es ihr erneut, Axel über ihre wahren Gefühle hinwegzutäuschen – daß sie genau wußte, wie ihm oft zumute war. Während das Baby zufrieden vor sich hin krähte, erwärmte Charlotte sich von Minute zu Minute mehr für diese Idee: In letzter Zeit malte Axel viel zu häufig Motive aus Rheinhagen – als helfe ihm das, die Sehnsucht nach der fernen Heimat zu stillen!

»Du mußt Geduld mit mir haben, Charlotte. Bisher habe ich mich nur mit Landschaften befaßt. Ein Porträt ist ein Experiment für mich, dessen Ausgang ich nicht voraussagen kann. Möglicherweise erkennst du dich gar nicht wieder.«

In Axels sonst krankhaft blasses Gesicht war ein Hauch von Röte gestiegen. Er machte sich über seinen Zustand keine Illusionen. Der ihm auferlegte Zwang, sich ständig schonen zu müssen, brachte ihn, den noch immer jungen Mann, oft an den Rand der Verzweiflung. Deswegen reizte ihn der Gedanke, Charlotte und das Baby zu malen und ein neues Feld auf dem Gebiet der Kunst zu erobern, er gab ihm neuen Mut.

Charlotte beobachtete ihn beunruhigt, als er damit beschäftigt war, alle erforderlichen Vorbereitungen zu treffen. Sie hatte gehofft, ihr Vorschlag werde ihn ablenken, dabei jedoch nicht berücksichtigt, welche Auswirkungen das noch für ihn haben konnte. Auf Energieanwandlungen dieser Art pflegte meistens ein Rückschlag zu folgen, von dem Axel sich dann nur mühsam wieder erholte.

Während Axel in Dresden ein seinen Eltern unbekanntes neues Leben führte, das zwar still und fast ereignislos, aber dennoch sehr beglückend für ihn verlief, weilte Edda zum erstenmal seit der Beendigung des Krieges wieder in der alten Heimat.

Noch im letzten Kriegsjahr war John Wakefield aus dem Kriegsministerium wieder an die Front versetzt worden – auf seinen dringenden Wunsch und sehr gegen Eddas Willen – und schwer verwundet nach England zurückgekehrt. Es vergingen über zwei Jahre, bis er als völlig geheilt angesehen werden konnte. Edda hatte ihn weiterhin mit gewohnter Energie und Umsicht auf dem Gut vertreten. Allerdings war es ihr in dieser Zeit nicht möglich gewesen, nach Pommern zu reisen. So kam also Johanna von Rheinhagen zweimal nach Cornwall, um sich von dem Wohlergehen ihrer Tochter zu überzeugen.

Edda, die ihren Vater all die langen Jahre nicht mehr gesehen hatte, mußte nun feststellen, welche Veränderung mit dem einst so vitalen Manne vorgegangen war. Sie war tief erschüttert darüber, bemühte sich jedoch, ihn dies nicht fühlen zu lassen.

»In Rheinhagen hat sich nichts geändert, Mama«, erklärte sie, nachdem die ersten Wogen der Erregung sich einigermaßen geglättet hatten. »Ich habe mich unendlich nach der Heimat gesehnt und konnte es kaum erwarten, euch zu besuchen. Leider gab es in Johns Befinden immer wieder Rückschläge, und ich mußte meine Reise mehrmals verschieben.«

Stephen Ashcroft, der mittlerweile dreijährige Adoptivsohn der Wakefields, war selbstverständlich mitgekommen. Die Oma kannte er ja bereits von England her, aber auf den Opa war er mächtig gespannt gewesen. Der kleine, kräftige Junge, ein sehr fröhlich veranlagtes Kind, gewann das spröde Herz des Gutsherrn im Handumdrehen. Wolf von Rheinhagen zeigte sich vom ersten Moment an ungewohnt aufgeschlossen und freundlich.

Als er Stephen auf den Arm nahm und Edda bemerkte, wie forschend sein Blick auf dem hübschen, offenen Knabengesicht lag, trat sie impulsiv neben ihn und legte sanft die Hand auf seinen Arm.

»Es tut mir leid, Vater, daß ich euch keinen leiblichen Enkel schenken konnte«, sagte sie leise. »Du weißt nicht, wie dankbar ich dir für deine Bereitwilligkeit bin, unseren kleinen Adoptivsohn so zu lieben, wie du mich einst geliebt hast.«

Wolf von Rheinhagen berührte mit verlegener Zärtlichkeit ihren blonden Scheitel. Es fiel ihm noch immer schwer, seine Gefühle zu zeigen.

»Das Kind gehört zu dir, Edda. Du hast ein gutes Werk getan, indem du es zu dem deinen machtest. Was ist schon ein Name? Seit Axel tot ist . . .«

Wolf von Rheinhagens Gesicht bekam einen gequälten Ausdruck.

Der kleine Stephen streckte erschrocken die Arme nach seiner Mutter aus, als fürchte er sich plötzlich vor dem alten Mann, der eben noch mit ihm gescherzt und gelacht hatte. Edda nahm dem Vater das Kind ab und sah ihm bekümmert nach, während er mit schwerfälligen Schritten hinausging.

»Er kommt nicht über Axels Tod hinweg.« Johannas Augen schimmerten feucht. »Anfangs konnte er sich gar nicht daran gewöhnen, in Mark seinen Nachfolger zu sehen. Allmählich wurde ihm dann der Gedanke vertraut, er begann Pläne zu schmieden. Als aber keine Nachricht mehr von Mark kam und auch nichts über ihn zu erfahren war, verlor er fast über Nacht jede Hoffnung. Wer weiß? Möglicherweise lebt Mark gar nicht mehr, ist in amerikanischer Gefangenschaft gestorben. Der Krieg ist doch schon so lange vorbei.«

Edda drückte Stephen an sich. Das Kind schien die Trauer der beiden Frauen zu spüren, denn es wurde unruhig. Erst als die Mutter ihm zulächelte, hellte sich das kleine Gesichtchen wieder auf.

»John hatte wiederholt Erkundigungen eingezogen. Es kommt in letzter Zeit immer häufiger vor, daß Kriegsgefangene, die man schon aufgegeben hatte, unvermutet zurückkehren. In Kanada soll es noch Lager geben, in denen Entlassungen nur zögernd vorgenommen werden. Ich würde die Hoffnung nicht aufgeben, Mama.« Edda hatte das Gefühl, der Mutter gut zureden zu müssen, obgleich sie selbst kaum noch an Marks Rückkehr glauben konnte. »Wer würde Rheinhagen eines Tages übernehmen, falls Mark wirklich verschollen bleibt?«

»Es gibt da noch eine Seitenlinie – sie geht auf den Vetter deines Vaters zurück. Er starb schon vor dem Krieg, hat aber zwei Söhne. Leider fielen die Auskünfte, die Wolf kürzlich erhielt, nicht sonderlich gut aus. Ernst und Herbert Rheinhagen sollen rechte Nichtsnutze sein.« Johanna seufzte. »Gebe Gott, daß dein Vater uns noch recht lange erhalten bleibt, Edda.«

Der kleine Stephen ließ im Herrenhaus keine Trübsal aufkommen. Der lebhafte, gescheite Bursche war überall und nirgends, und wo er auftauchte, schien alles heller und freundlicher zu werden, so, als sei die Uhr um eine Generation zurückgestellt worden und in das alte Gemäuer neues Leben eingekehrt. Auch Edda wirkte reizend in ihrer Mutterwürde – kaum älter als damals, als sie in der Schloßkapelle John Wakefield ihr Jawort gegeben hatte.

Mit Augen, deren Ausdruck man nur als verklärt bezeichnen konnte, beobachtete sie Stephen, der angelegentlich damit beschäftigt war, einen Regenwurm zu betrachten. Dieser lag rund und fett auf dem Rasen und ließ sich von der Sonne wärmen. Stephen hatte sich daneben auf dem Bäuchlein ausgestreckt. Ab und zu berührte er das seltsame rosige Wesen mit dem winzigen Zeigefinger, und brach in hellen Jubel aus, wenn der Wurm sich ringelte und versuchte, sein Heil in der Flucht zu suchen, die jedoch immer wieder auf zwar sanfte, aber unmißverständliche Weise vereitelt wurde.

»Stephen scheint in dir wirklich seine leibliche Mutter zu sehen«, bemerkte Johanna. Sie legte ihre Handarbeit weg und konzentrierte ihre Aufmerksamkeit jetzt ebenfalls auf den Kleinen. »Das ist auch gut so. Später, wenn er zu denken anfängt, wird er es leichter haben und sich nicht mit Zweifeln und Problemen herumschlagen müssen.«

Edda wandte sich lebhaft der Mutter zu. Zum erstenmal fiel ihr auf, daß deren Haar einen weißen Schimmer zeigte. Johanna war zwar noch immer eine ausnehmend schöne Frau, aber die Schicksalsschläge der vergangenen Jahre hatten unmißverständliche Spuren auf ihren Zügen hinterlassen. Nur wenn sie sich mit Stephen beschäftigte, wirkte sie wieder so frisch und heiter wie einst.

»Du irrst dich Mama. Stephen weiß, daß wir nicht seine wirklichen Eltern sind.« Als Johanna verwundert die Brauen hob, fuhr Edda leise fort: »Gerade weil wir ihm Konflikte ersparen wollten, haben wir uns damals für die Wahrheit entschieden. Ich bin der Meinung, daß ein kleines Kind mit so etwas eher fertig wird, als wenn man es später vor die vollendete Tatsache stellt. Sieh mal, für Stephen sind die Umstände seiner Adoption mit keinerlei Tragik verbunden. Er ist glücklich bei uns und fühlt sich ganz dazugehörig. Es gab mehrere Gründe, die uns zur Offenheit bewogen haben. Da ist zum Beispiel die Werft seines verstorbenen Vaters. Sie gehört Stephen – wir verwalten seinen Besitz für ihn. Später soll er selbst darüber entscheiden, ob er sie behalten und weiterführen oder bei uns auf dem Gut bleiben will. Darum ließen wir ihm auch seinen

Namen. Wir fanden, daß wir das seinen toten Eltern, unseren Freunden, schuldig waren.«
Johanna schien nicht ganz überzeugt. Besorgt, als müsse sie doch einen Beweis dafür finden, daß das Kind mit seiner Situation nicht fertig wurde, beobachtete sie Stephen, der sein Interesse mittlerweile einem großen und sehr bedrohlich wirkenden Hirschkäfer zugewandt hatte.
»Ich weiß nicht«, murmelte sie skeptisch, »wie man einem so kleinen Kerlchen eine solche Sache erklären kann . . .«
»Ach, Mama.« Edda schaute gelassen und sorglos drein. »Auf dem Lande ist das sogar ziemlich einfach. Natürlich habe ich mir anfangs auch den Kopf darüber zerbrochen, wie ich es anfangen sollte, Stephen reinen Wein einzuschenken. Dann kam mir ein Zufall zu Hilfe. Unsere Jagdhündin Bessie schloß eine merkwürdige Freundschaft. Ein verwaistes Entlein erkor sie als Muttterersatz und folgte ihr auf Schritt und Tritt. Die sonst eher zurückhaltende und allem anderen Getier hochmütig gegenüberstehende Bessie adoptierte das gelbe Federbällchen von einer Minute zur anderen. Stephen war natürlich enorm beeindruckt. So viel wußte er bereits – daß ein Hund und eine Ente eigentlich nicht zusammengehörten. Ich packte die Gelegenheit beim Schopf und erklärte ihm an diesem schönen Beispiel unsere komplizierten Beziehungen zu ihm.«
Johanna lächelte. Auf einmal sah sie sehr jung und froh aus. »Ja. Ich kann mir vorstellen, daß dies die richtige Methode war, die einem Kinde einleuchten und keine Wunden schlagen würde. Darauf wäre ich nie gekommen. Ich freue mich für dich, Edda, und hoffe, daß du immer so viel Freude an Stephen haben wirst wie jetzt.«

Mehrere Wochen waren seit Eddas Abreise vergangen. Im alten Herrenhaus war es sehr still geworden, seit darin das fröhliche Lachen des kleinen Stephen fehlte.
Eddas Worte, Mark könne eines Tages zurückkehren, hatten Johanna nicht wirklich zu überzeugen vermocht. Zu lange

glaubte sie schon an keine Wunder mehr. Und doch sollte eines geschehen und die Lebensgeister der Menschen, denen Rheinhagen zum Schicksal geworden war, neu entfachen.
Als eigentlich niemand mehr darauf zu hoffen wagte, stand Mark von Rheinhagen plötzlich vor seinen fassungslosen Verwandten. Wolf starrte seinen Neffen an wie einen Geist. Johanna ermannte sich zuerst und schloß Mark, der selbst ein wenig verlegen und sehr gerührt dreinsah, zärtlich in die Arme. Ihr war, als sei einer ihrer totgeglaubten Söhne heimgekehrt. Alle Liebe, die sie Axel nicht mehr schenken konnte, wollte sie nun auf Mark übertragen.
Mark wirkte älter, als es seinen Jahren zukam. Nichts an ihm erinnerte mehr an den so forschen und lebenslustigen Marineoffizier von einst. Der schäbige Zivilanzug, den er trug, schien einige Nummern zu groß für ihn zu sein; sein hübsches, jetzt recht ernstes Gesicht verriet die Strapazen der jahrelangen entbehrungsreichen Gefangenschaft.
»Ich glaube, man hatte uns ganz einfach vergessen«, berichtete er später beim Essen, als Johanna ihm die besten Bissen vorlegte. »Wir wurden zwar nicht ausgesprochen schlecht behandelt, waren aber völlig von der Außenwelt abgeschnitten. Allmählich verloren wir die Hoffnung, daß sich an diesem Zustand je etwas ändern würde. Ich habe euch mehrmals geschrieben, hörte dann aber, daß die Briefe gar nicht weitergeleitet wurden. Nur wer noch etwas besaß, womit er die Wachen bestechen konnte, hatte Aussicht darauf, daß seine Post befördert wurde.«
Mark senkte den Blick. In sein hageres, blasses Gesicht stieg eine leichte Röte, und die folgenden Worte fielen ihm sichtlich schwer.
»Mit der Seefahrt ist es für mich jedenfalls vorerst Essig. Wer weiß, wie lange es dauern wird, bis wir wieder eine richtige Marine haben. Hinzu kommt, daß ich nicht weiß, wohin. Seit meiner Kadettenzeit lebte ich nur auf Schiffen. Darum wollte ich dich bitten, Onkel Wolf, ob ich eine Weile bei euch bleiben

und dir zur Hand gehen darf, bis ich einen Posten gefunden habe, den ich auszufüllen vermag. Die Möglichkeiten sind für mich, da ich die Voraussetzungen für einen Zivilberuf nicht erfülle, recht beschränkt.«

»Darüber brauchst du dir nicht den Kopf zu zerbrechen, Mark. Der Posten, den du suchst, ist bereits vorhanden. Er ist dein verbrieftes Recht«, gab der Gutsherr nach längerer Pause, die Mark unruhig werden ließ, zurück; seine Stimme wollte ihm dabei nicht recht gehorchen. »Ich hoffe zwar zuversichtlich, noch ein paar Jährchen durchzuhalten, aber es kann nichts schaden, wenn du dich langsam auf deine Pflichten als künftiger Herr von Rheinhagen vorbereitest.«

Mark legte das Besteck aus der Hand und starrte seinen Onkel betroffen an.

»Axel! Er ist . . .?«

Das war es also, was er gleich bei seiner Ankunft gespürt hatte – die Tragödie, die über diesen wundervollen Besitz einen Schatten geworfen hatte, den auch der hellste Sonnenstrahl nicht zu erhellen vermochte. Als Wolf nickte, glitt Marks Blick mitfühlend zu Johanna hinüber, die mit brennenden Augen vor sich auf das weiße Tischtuch starrte. Er wußte, wie sehr sie ihren Sohn geliebt hatte, und fühlte mit ihr.

»Ja«, bestätigte Wolf leise. »Axel ist im vorletzten Kriegsjahr an der Ostfront gefallen. Während eines Patrouillenrittes.«

Er umriß mit wenigen Worten, was er durch Axels Kommandeur über die Ereignisse jenes Tages erfahren hatte.

»Somit ruht also jetzt unsere ganze Hoffnung auf dir, Mark. Ich mag, nach Jahren gerechnet, kein alter Mann und längst noch nicht zum Abtreten bereit sein. Aber mit meiner Gesundheit steht es seit 1914 nicht besonders. Du wirst dich erinnern, daß ich damals einen leichten Schlaganfall erlitten habe. Darum möchte ich schon jetzt einen großen Teil der Verantwortung auf jüngere – auf deine Schultern abwälzen. Auch wäre es mir lieb, wenn du bald heiraten würdest, damit auf Rheinhagen ein neues Geschlecht heranwächst. Unser

Beispiel beweist, daß zwei Söhne nicht ausreichen, um den Besitz in direkter Linie weitervererben zu können. Unfälle, Kriege – man weiß nie, was noch auf einen zukommt!«
Wolf erhob sich und klopfte Mark mit einem herzlichen Lächeln auf die Schulter.
»Erst einmal mußt du dich körperlich erholen, mein Junge. Wir haben viel Zeit. Du wirst am besten wissen, wann du dich stark genug fühlst, um diese Aufgabe anzupacken.«
Mark schien die Aussicht, eines Tages der Besitzer eines der schönsten Güter Pommerns zu werden, eher zu deprimieren, als fröhlich zu stimmen.
Als er später mit Johanna allein war, schnitt er dieses Thema offen an. Seinem Onkel gegenüber hätte er sich kaum so frei ausgesprochen, dazu flößte dieser ihm denn doch zuviel Respekt ein. »Ich weiß, was so etwas bedeutet, Tante Hanna. Und darum – ich sage es ganz offen – habe ich direkt Angst vor einer solchen Verantwortung. Schließlich verstehe ich nicht die Bohne von der Landwirtschaft. Gewiß, ich reite gern und dächte es mir ganz hübsch, eine schöne Pferdezucht zu haben. Aber sonst? Kartoffeln, Schweinemästerei – du lieber Himmel, was hängt doch alles an einem Mustergut dieser Größenordnung! Das Meer war immer mein eigentliches Element, das steckte mir schon von meinem Vater her im Blut. Ich habe das seinerzeit Axel . . .«
Mark fiel das Gespräch wieder ein, das er während Axels Kurzurlaub mit diesem geführt hatte.
»Komisch. Wenn ich jetzt zurückdenke, kommt es mir fast so vor, als habe Axel sein Schicksal vorausgeahnt. Nein, ich bin sogar – so lächerlich das klingen mag – fest davon überzeugt. Mehr als einmal hat er mich gebeten, Rheinhagen nicht im Stich zu lassen, falls ihm etwas zustoßen sollte.«
»Das halte ich durchaus für möglich«, bestätigte Johanna lebhaft. Alles, was mit übernatürlichen Dingen zusammenhing, interessierte sie. »Axel war ein äußerst sensibler Mensch. Natürlich konnte er nicht wissen, daß er in Rußland bleiben

würde. Aber irgendwie mag er gespürt haben, daß seine Uhr abgelaufen war.«
Sie legte die Hand auf Marks Arm und sah ihn freundlich an.
»Was dich betrifft, Mark, so bin ich fest davon überzeugt, daß du es schaffen wirst. Du bist ein Mann, der sich seiner Pflichten bewußt ist. Die letzten Jahre haben dir den Blick für das wirkliche Leben geschärft. Glaube mir, du wirst Freude daran haben, Rheinhagen für dich und deine Erben weiter auszubauen. Eigenes Land unter den Füßen zu haben, sich nicht den Launen und Befehlen anderer beugen zu müssen – klingt das nicht verlockend? Axel wäre bestimmt froh, wüßte er, daß du an seine Stelle getreten bist.«
»Ja. Das glaube ich auch, Tante Hanna. Onkel Wolf scheint sich ehrlich über meine Rückkehr gefreut zu haben, und ich werde mich redlich bemühen, ihn nie zu enttäuschen. Es wäre wirklich ein gräßlicher Gedanke, sich vorzustellen, daß Ernst und Herbert Rheinhagen eines Tages großspurig durch dieses schöne alte Haus stapfen und den Besitz allmählich verwirtschaften könnten. Nicht einmal der Krieg dürfte läuternd auf ihren Charakter gewirkt haben; denn natürlich erfreuen sich die beiden der besten Gesundheit – stimmt's?«
»Das war nicht anders zu erwarten gewesen«, erwiderte Johanna verbittert. Mark, der ihre Gedanken lesen konnte, neigte sich stumm über ihre Hand. Als er den dunklen Kopf wieder hob und sie offen ansah, lag in seinen hellen blauen Seemannsaugen fast der alte Übermut von einst.
»Verlaß dich getrost auf den guten alten Mark, liebstes Tantchen«, meinte er lächelnd. »Obgleich ich nicht dafür garantieren kann, daß ich auf Anhieb den Vorstellungen entsprechen werde, die sich mein Onkel von einem tüchtigen Landwirt macht. Was jedoch das Heiraten betrifft . . .«
Marks Gesicht wurde unvermutet ernst, ein resignierter Zug lag um seinen gutgeschnittenen energischen Mund.
»In dieser Beziehung müßt ihr mir Zeit lassen. Die Gefangenschaft hat mich um ein Glück gebracht, mit dem ich fest ge-

rechnet hatte. Ich habe mich an diese Hoffnung geklammert, wenn ich am Schicksal verzweifeln wollte und nicht mehr an eine Heimkehr glaubte. Du kennst die alltägliche Geschichte: Ein Mädchen, das nicht warten konnte und sich dem ersten besten schenkte, der Sicherheit und Wohlstand zu vergeben hatte. Ich will nichts mehr mit der Liebe zu tun haben – jedenfalls vorläufig nicht!«

»Das verstehe ich, mein Junge. Niemand verlangt von dir, daß du deinem Herzen Zwang antust. Eins solltest du darüber allerdings nicht vergessen: Auch nach der größten Enttäuschung bleibt einem die Fähigkeit erhalten, noch einmal zu lieben! Du brauchst ja nichts zu überstürzen. Ich bin jedenfalls sehr froh, dich hier zu haben.«

Über ihren Onkel Wagner erfuhr Charlotte von Marks verspäteter Heimkehr. Sie atmete, wie von einer Last befreit, auf. Die Sorge, was eines Tages aus Rheinhagen werden würde, hatte ihr schwer auf der Seele gelegen; schließlich war sie an diesem Dilemma nicht ganz unschuldig. Doch Mark würde sich zweifellos gut einarbeiten, eines Tages ein guter Landwirt werden und der Familie Ehre machen.

Auch Axel vernahm die Neuigkeit sichtlich erleichtert.

»Ich bin froh, Charlotte«, bemerkte er nachdenklich, »daß deine Verwandten nie etwas von deiner Eheschließung erfahren haben. Sie wären unter Umständen auf den Gedanken gekommen, dich zu besuchen, um deinen Ehemann kennenzulernen. Nicht auszudenken, was daraus hätte entstehen können. So aber bist du für sie nach wie vor Charlotte Wagner, und sie . . .«

». . . bedauern mich vermutlich, weil ich langsam, aber sicher ein altes Mädchen – nein, alte Jungfer heißt es wohl – zu werden drohe«, beendete Charlotte seinen Satz lächelnd. »Schade, ich mochte meinen Onkel sehr. Es würde ihn beruhigen, wenn er wüßte, wie glücklich ich in Wirklichkeit geworden bin.«

Aus Rücksicht auf Axel hatte die junge Frau den Verkehr mit

ihren Verwandten auf ein Mindestmaß beschränkt, und man tauschte nur bei besonderen Anlässen kurze Grüße aus. Lediglich wenn sich etwas sehr Wichtiges ereignete – wie Marks jetzige Heimkehr aus der Gefangenschaft – schrieb der Onkel ausführlich. Er setzte bei seiner Nichte nach wie vor starkes Interesse für alles, was sich in Pommern ereignete, voraus. Da Wagner von Charlottes unglückseliger Neigung zu dem jungen Axel wußte, glaubte er, sie habe sich nach dessen Tod dazu entschlossen, unverheiratet zu bleiben, um ganz seinem Andenken zu leben.

»Auch wenn sie auf einen Besuch nach Dresden verzichtet hätten«, spann Axel den Faden seiner Gedanken weiter aus, »lag die Gefahr nahe, daß der Name Engelmann Komplikationen heraufbeschworen hätte. Möglicherweise hatte man meinen Eltern seinerzeit mitgeteilt, daß ich mit einem Oberleutnant dieses Namens unterwegs gewesen war, als ich – als es geschah. Darum ist es wirklich besser, wenn man dich weiterhin für unverheiratet hält. Eigentlich komisch! Ich kann mir Mark sehr gut als Besitzer von Rheinhagen vorstellen. Er paßt bestimmt besser als ich für diese Aufgabe. Ich war im Grunde kein echter Rheinhagen und wohl sehr oft eine herbe Enttäuschung für meinen Vater.«

Charlotte, der Axels düsterer Gesichtsausdruck verriet, daß er mit seiner Vergangenheit noch lange nicht abgeschlossen hatte, lenkte ihn geschickt von diesem Thema ab.

»Onkel Wagner will sich, sobald Mark ihn nicht mehr braucht, ein Häuschen an der Ostsee kaufen, um sich dort zur Ruhe zu setzen. Die Gefahr, daß er irgendwann hinter unser Geheimnis kommen könnte, verringert sich dadurch beträchtlich.«

Trotz ihrer Liebe zu Axel machte Charlotte sich keine Illusionen. Sie kannte seine Schwächen, seine Unfähigkeit, sich starken Naturen gegenüber durchzusetzen. Obgleich sie nie darüber sprach, war sie noch immer der Meinung, daß all diese Verwicklungen eigentlich gar nicht nötig gewesen wären. Es

hätte sich bestimmt ein Weg gefunden, die Dinge auf normale Weise zu regeln.
Zum Beispiel hätte Axel – auch ohne diese makabre Komödie in Szene gesetzt zu haben – zu ihr nach Dresden fahren können, um von hier aus ein Ultimatum zu stellen, daß er nur Charlotte Wagner und keine andere zu heiraten gedachte. Wäre es ihm gelungen, seine Eltern von der Ernsthaftigkeit dieses Entschlusses zu überzeugen, hätten diese vermutlich eingelenkt; denn eine negative Entscheidung wäre einer endgültigen Trennung gleichgekommen.
Axel lächelte seiner Frau plötzlich resigniert zu, gerade als sei es ihm gelungen, ihre Gedanken zu lesen.
»Ich weiß, mein Liebling. Vieles, was ich getan habe, war falsch – zum Beispiel, dich zu etwas zu überreden, was sich mit deiner Ehrlichkeit nie und nimmer vereinbaren ließ. Es war gewiß sehr demütigend für dich, mich unter einem fremden Namen zu heiraten. Hätte ich den Mut, die innere Kraft besessen, wäre es mir wohl auch gelungen, mich gegen meinen Vater durchzusetzen, ihm klarzumachen, daß ich niemals auf dich verzichten würde. Wie anders sähen dann die Dinge für alle Beteiligten heute aus – vor allem für dich. Ich war feige ... Nein, widersprich mir nicht, Liebling! Ich weiß es ja, habe es immer gewußt.«
»Da du nun einmal davon angefangen hast, Axel, laß mich auch noch etwas dazu sagen. Ja – wir hätten damals natürlich ohne die Zustimmung deiner Eltern heiraten können.« Charlottes ausdrucksvolles Gesicht war frei von Vorwurf. »Vielleicht hätte sich dann der Widerstand deiner Eltern gegen meine Person allmählich in stille Duldung verwandelt. Oder auch nicht. Dann stünden wir genau dort, wo wir jetzt stehen. Ich könnte mir in diesem Zusammenhang vorstellen, daß es für Eltern leichter ist, ein Kind an den Tod statt an das Leben zu verlieren. An ein Leben nämlich, das, durch Konventionen geprägt, keinerlei Gemeinsamkeiten mehr zuläßt. Ob ich recht habe, werde ich erst wissen, wenn unsere Tochter er-

wachsen ist und eigene Wege geht. Vielleicht bin ich dann auch in der Lage, die Haltung deiner Eltern zu verstehen.«
Charlotte trat an das Bettchen, in dem die kleine Jo friedlich schlummerte. Nein! Sie durfte nie erfahren, was ihr Vater getan hatte, um sich dieses nicht ganz problemlose Glück zu sichern. Jo sollte niemals schlecht von Axel denken, was durchaus im Bereich des Möglichen lag, falls eines Tages die volle Wahrheit ans Licht kam.

Die Inflation, die im Jahre 1923 die Wirtschaft Deutschlands erschütterte und grenzenloses Elend über Tausende von Menschen brachte, verschlang auch Charlottes kleines geerbtes Vermögen, das sie als Reserve für Notzeiten ängstlich gehütet hatte. Da im Augenblick niemand Geld für Gemälde übrig zu haben schien, lebte die kleine Familie ausschließlich von Charlottes Lehrerinnengehalt und das war nicht eben viel.
Später dann, als die Lage sich wieder normalisierte, arbeitete Axel fleißiger denn je, um den Menschen, die er liebte, Sorgen fernzuhalten. Die heranwachsende Jo sollte nichts entbehren und eine standesgemäße Erziehung erhalten.
Das kleine Mädchen, äußerlich ein genaues Ebenbild Edda von Rheinhagens, bereitete seinen Eltern viel Freude, und seine angeborene Fröhlichkeit ließ in dem schönen, hellen Haus in der Kaitzer Straße keine trüben Stimmungen aufkommen.
Doch wenn der Vater malte, dann saß Jo still und andächtig neben ihm und sah zu, wie unter seinen schlanken Fingern Landschaften entstanden – so natürlich und voller Leben, daß man meinte, die Blätter der Bäume im Winde rascheln zu hören und das Wasser des Baches dahinströmen zu sehen.
Für das sensible Kind glich das einem Wunder. Es wurde nie müde zu fragen, wieso der Vater das konnte und wo denn diese Gegend läge, die er ohne jedes Vorbild malte?
Eine Antwort auf die letzte Frage bekam Jo jedoch nie. Axel

strich ihr dann nur mit einem wehmütigen Lächeln über das dichte blonde Haar und schüttelte den Kopf, als sei dies ein Geheimnis, das er keinem anvertrauen dürfe. So gelangte Jo allmählich zu der Überzeugung, daß der Vater ein Zauberland kannte, das nur von ihm zuweilen betreten werden konnte, und sie fragte ihn nie wieder danach. Möglicherweise fiel sonst die große Pforte zur Strafe zu, und der liebe Papa stand draußen in der Kälte und durfte sein Zauberreich nicht mehr sehen.

Mit ihren Phantasien traf Jo unbewußt die Wahrheit. Denn es war Rheinhagen, die Erinnerungen an seine dort verbrachte Jugend, die Axel auf die Leinwand zu bannen versuchte . . .

Der Zufall wollte es eines Tages, daß Johanna von Rheinhagen, die nach Berlin gekommen war, um dort mit ihrer Tochter Edda zusammenzutreffen, ein seltsames Erlebnis hatte. Die beiden Damen gingen den Kurfürstendamm entlang, als Johanna plötzlich vor einer Kunsthandlung stehenblieb, um Edda auf ein zauberhaftes Aquarell aufmerksam zu machen.

»So hat Axel früher gemalt, erinnerst du dich noch, Edda?«

Johannas Herz schlug erregt, ihr noch immer jugendlich frisches Gesicht war jäh erblaßt. »Diese zarten, fast verfließenden Konturen. Und doch scheinen die Birken zu leben – man kann den Windhauch darin förmlich spüren.«

Edda lächelte nachsichtig: Sie war nicht bereit, dieses kleine Meisterwerk mit den dilettantischen Malversuchen ihres Bruders auf eine Stufe zu stellen.

»Wenn dir das Bildchen so gut gefällt, Mama, möchte ich es dir gern schenken«, bot sie an, stets von dem Wunsch erfüllt, der Mutter eine Freude zu machen. »Die Welt wird es ja nicht kosten.«

»Können Sie mir vielleicht den Namen des Künstlers nennen, von dem dieses Aquarell stammt?« erkundigte Johanna sich zögernd, während dieses eingepackt wurde. Der Verkäufer hob jedoch bedauernd die Schultern.

»Leider nicht, gnädige Frau. Seit der Inflation ist mancher Amateur gezwungen, sein Talent in klingende Münze umzuwandeln. Diese Art von Malerei läßt sich gut absetzen, wir beziehen die kleinformatigen Arbeiten über eine Agentur. Selbstverständlich bin ich gern bereit, mich zu erkundigen, falls Sie daran interessiert sind, gnädige Frau . . .«
Johanna dankte freundlich. »Nein, das ist wirklich nicht nötig. Mir gefiel das Aquarell nur so sehr, weil es mich an eine Baumgruppe in unserem Park erinnert. Du weißt sicher, welche ich meine, Edda. Aber Birken gibt es schließlich überall. Diese hier stehen, wie der Vermerk verrät, irgendwo in Rußland.«
Trotzdem kamen Johannas Gedanken nicht mehr von dem Bild los. Am Abend untersuchte sie es daher noch einmal aufmerksam.
»Die Signatur ist unleserlich«, stellte sie enttäuscht fest. »Es kann ebenso ›K. L.‹ wie ›K. E.‹ heißen. Einerlei, du hast mir mit diesem Geschenk jedenfalls eine große Freude bereitet, Edda.«
Unvermutet und scheinbar zusammenhanglos ging Johanna auf ein anderes Thema über.
»Eigentlich merkwürdig, daß Axel mir noch nie im Traum erschienen ist, findest du nicht auch? Seit seinem Tod, meine ich. Bei Horst liegt der Fall ganz anders. Ihn sehe ich bis zum heutigen Tage in regelmäßigen Abständen. Also warum nicht auch Axel? Dabei würde ich es mir so sehr wünschen.«
»Das Bild und die unleugbare Ähnlichkeit mit Axels früherer Maltechnik – das alles hat dich in die Vergangenheit zurückversetzt, Mama.« Edda betrachtete ihre Mutter mitfühlend. »Vielleicht hätte ich es nicht kaufen sollen. Es weckt Erinnerungen in dir, entfacht deine Phantasie und verleitet dich zum Träumen. Komm, setzen wir uns noch ein Weilchen unten in die Hotelhalle. Der lebhafte Betrieb dort wird dich ablenken. In Rheinhagen geht es ohnehin viel zu ruhig zu. Der Mensch braucht schließlich ab und zu neue Eindrücke.«

Johanna fügte sich widerspruchslos, beschäftigte sich jedoch innerlich weiter mit dem Gemälde, das sie ständig vor sich zu sehen glaubte. Warum berührte es sie so – warum kam sie einfach nicht mehr davon los?
Es war tatsächlich Axels Bestreben gewesen, die hübsche Birkengruppe neben dem Witwenschlößchen im Rheinhagener Park wiederzugeben. Doch trotz aller Bemühungen hatte ihn sein Gedächtnis bezüglich einiger Details im Stich gelassen. Diese kleinen Abweichungen von der Wirklichkeit überzeugten Johanna schließlich davon, daß nur ein Zufall sie vorübergehend genarrt haben konnte. Denn sowohl Motiv als auch die Maltechnik – beides hätte sehr gut von Axel stammen können . . .

Axels Gesundheitszustand schien sich im Verlauf der Jahre gebessert zu haben, so daß es Charlotte zeitweise gelang, die Ängste zu verdrängen, die sie um seinetwillen schon durchgemacht hatte. Doch ihre Sorge, ihn viel zu früh zu verlieren, blieb.
»Das Glück, mit dir leben zu dürfen, Charlotte, hat mir sehr geholfen. Jeder Tag beweist es mir aufs neue. Natürlich ist es auch unserer Tochter zu verdanken, daß ich mich wohler fühle.«
Axel und Charlotte saßen im Garten unter dem riesigen Apfelbaum, der in diesem Herbst besonders reichen Obstsegen versprach. Während Charlotte Schulhefte korrigierte, schweifte Axels Blick immer wieder von seiner Malerei hinüber zu Jo, die eifrig in einem kleinen Blumenbeet wühlte. Sie war mittlerweile sieben Jahre alt geworden, groß für ihr Alter und eine begabte, fleißige Schülerin.
»Der Gedanke an das Kind verleiht mir ungeahnte Kräfte«, sprach er nach einer Pause weiter. »Das ist sicher ganz natürlich. Ich weiß, daß es den Vater braucht, ich kann es mir also gar nicht leisten, krank zu werden. Du hattest damals übrigens recht – wie stets.« Axels Lächeln, das von besonderem

Charme war, ließ Charlottes Herz noch immer schneller schlagen. »Jo ähnelt meiner Schwester Edda auf eine geradezu beängstigende Weise. Man ist fast geneigt, an ein Wunder zu glauben.«

»Du hast bestimmt schon gemerkt, daß Jo sich über ihr Aussehen Gedanken macht. Neulich hat sie mich ganz ernsthaft gefragt, wieso ihr Haar so blond ist, während wir beide doch dunkel sind«, erwiderte Charlotte nachdenklich. »Da sie der Sache unbedingt auf den Grund gehen wollte – du kennst ja ihre Beharrlichkeit –, habe ich ihr eine lange Geschichte von einer wunderschönen blonden Urahne erzählt. Damit gab sie sich endlich zufrieden.«

»Ja. Sie will immer alles ganz genau wissen. Ich fürchte, es steckt eine kleine Gelehrte in ihr. Vielleicht wird sie eines Tages eine berühmte Psychologin oder so.«

»Diese ehrgeizige Hoffnung wirst du wohl begraben müssen, Liebling. Ihre Begabung liegt auf einem anderen Gebiet. Mit allem, was wächst und blüht, ist sie vertrauter als mit Bücherweisheit. Kein Wunder – schließlich steckt ihr die seit Generationen überkommene Liebe zum Land im Blut. Ihr kleiner Garten, den sie ganz allein betreut, zeigt gärtnerisches Genie. Unser alter Vierig gestand mir neulich, er habe das Gefühl, von der jungen Dame noch eine Menge lernen zu können, obgleich er selbst ein ganz brauchbarer Gärtner ist.«

Während die Eltern von ihr sprachen, blickte Jo unvermittelt hoch, und ihre Augen wandten sich aufleuchtend Axel zu. Sie liebte ihren Vater abgöttisch und zögerte nie, es ihm offen zu zeigen – als wisse sie bereits, wie hart das Leben ihm mitgespielt hatte, und erachte es darum als ihre Pflicht, ihn zu lieben und zu verwöhnen, um einiges an ihm gutzumachen. Natürlich hing Jo auch an Charlotte, schien jedoch bei ihrer Mutter eher der Meinung zu sein, diese sei kräftig und gesund und habe es nicht nötig, getröstet zu werden. Die Händchen an der grünen Gartenschürze abstreifend, kam sie jetzt gelaufen, um dem Vater ein paar Blumen zu bringen.

»Es sind die ersten von meinem Beet«, erklärte sie mit großer Wichtigkeit. »Außer dir würde ich sie keinem schenken.«
Es war Eddas Blick, der aus den großen blauen Augen strahlte, Eddas Mund, der ihm ein Lächeln schenkte. Sie war eine echte Rheinhagen. Liebevoll nahm Axel die Kleine in die Arme. Sein Glück machte ihm fast Angst.

Im Herbst des Jahres 1927 schloß Wolf von Rheinhagen für immer die Augen. Er hatte bereits seit Tagen über Müdigkeit geklagt und öfter sein Zimmer aufgesucht, um sich auch während der Arbeitszeit auszuruhen. Johanna beobachtete ihn dabei sorgenvoll. Zwar gab er sich die größte Mühe, ihr nicht zu zeigen, wie krank und elend er sich fühlte – aber sie kannte ihn zu gut, um sich täuschen zu lassen.
»Du arbeitest zuviel, Wolf. Jetzt, wo Mark da ist, solltest du wirklich alles, was du nicht unbedingt selbst tun mußt, ihm überlassen. Er hat sich bewundernswert in die neue Materie hineingefunden. Wer hätte das anfangs für möglich gehalten? Inzwischen habe ich erkannt, daß auch er – trotz der erblichen Belastung väterlicherseits – nicht nur zum Seemann geeignet ist. Rheinhagen liegt ihm sehr am Herzen, und das freut mich ganz besonders. Nicht zuletzt seiner Tatkraft ist es zu verdanken, daß der Besitz die Folgen der Inflationszeit relativ gut überstehen konnte.«
Wolfs Finger schlossen sich kraftlos um Johannas Hand. Unwillkürlich rechnete sie nach: Ihr Mann war noch keine zweiundsechzig Jahre! Die meisten Rheinhagens waren hochbetagt und in guter körperlicher Verfassung für ihr Alter gestorben. Wie eine Uhr, die ihre Pflicht getan hatte, waren ihre Herzen ohne vorherige Beschwerden eines Tages stehengeblieben.
Als könne er ihre Gedanken lesen, nickte Wolf seiner Frau mit einem resignierten Lächeln zu.
»Nein, ich bin wahrhaftig noch nicht alt. Eigentlich sollte ich es gut noch ein paar Jährchen schaffen. Materielle Sorgen ha-

ben wir zwar nie gekannt, aber Sorgen anderer Art lassen die Jahre doppelt zählen. Zuerst Horsts sinnloser Tod – ein Duell um einer wertlosen Frau willen –, dann der Krieg ... Daß Axel nicht an meine Stelle treten wird, schmerzt mich noch immer, obgleich ich Mark ins Herz geschlossen habe und mir keinen würdigeren Nachfolger wünschen könnte. Das alles nagt an den Kräften eines Mannes – eines Vaters. Du hast völlig recht, Hanna. Ich muß mich künftig mehr schonen.«

Dieser Entschluß, die Zügel endgültig in jüngere Hände zu legen, kam dennoch etliche Jahre zu spät. Eines Morgens fand Johanna ihren Gatten tot auf. Sein Gesicht zeigte einen gelösten Ausdruck – fast schien es, als schliefe er nur.

»Glaub mir, Mama, er hat es sich bestimmt so und nicht anders gewünscht«, versuchte Edda, die telegrafisch herbeigerufen worden war, ihre Mutter zu trösten. »Ein langes Dahinsiechen wäre für Vater, dem seine Pflichten über alles gingen, eine unerträgliche Qual gewesen. Ich weiß noch, wie unglücklich er damals war, als er den ersten Schlaganfall überstanden hatte. Seine Ungeduld trieb uns andere schier an den Rand der Verzweiflung.«

Doch Johanna war keinem Trost zugänglich; sie machte den Eindruck, als sei jedes Gefühl in ihr abgestorben. Obgleich sie in dieser Ehe die Tonangebende und Führende gewesen war – jetzt, ohne den geliebten Lebensgefährten, wirkte sie hilflos wie ein Kind.

In diesen schweren Tagen war Mark den beiden Frauen eine große Stütze. Er übernahm die Erledigung aller Trauerformalitäten, empfing die Honoratioren, die kamen, um ihr Beileid zu übermitteln. Durch diese Aufgaben, die ihn von einem Tag zum anderen zu völlig selbständigem Handeln zwangen, wuchs Mark, ohne es zunächst selbst zu merken, automatisch in seine Stellung als neuer Herr von Rheinhagen hinein.

Aufgrund seines entschiedenen Wesens wußte er sich bei seinen Untergebenen Respekt zu verschaffen. Da seine Anordnungen stets Hand und Fuß hatten, lief alles ziemlich in den gleichen Bahnen weiter wie zu Lebzeiten des alten Herrn. Inspektor Wagner stand dem jungen Gutsherrn mit Rat und Tat zur Seite und war ihm unentbehrlich. Durch ihn erfuhr Charlotte auch von dem jähen Ableben Wolf von Rheinhagens, und sie bemühte sich, diese Nachricht ihrem Mann auf möglichst schonende Weise beizubringen.

Trotzdem war Axel zutiefst erschüttert; es dauerte lange, bis er sich einigermaßen gefaßt hatte. So vieles ging ihm in diesen schweren Tagen durch den Kopf. Er empfand Reue darüber, daß er damals mit einer Lüge aus dem Leben des Vaters gegangen war, ohne auch nur den geringsten Versuch zu wagen, sich mit ihm zu arrangieren. Gleichzeitig befiel ihn Mitgefühl für die Mutter, die nun allein war. Ein Ansturm von Gefühlen bewegte ihn.

»Du hättest jetzt die Möglichkeit, den zerrissenen Faden neu zu knüpfen, Axel.« Jo schlief bereits, ohne erfahren zu haben, warum Tränen in den Augen des geliebten Vaters gestanden hatten, als er sie vor dem Schlafengehen zärtlich küßte. Jetzt machte das Paar einen letzten Rundgang durch den nächtlichen Garten. Die Blüten der Rosenbäumchen hatten sich für die Nacht geschlossen; noch immer lag ihr betäubender Duft über den Beeten. Als Axel stehenblieb und Charlotte in die Arme nahm, sah er im Licht des Mondes ihre glänzenden Augen bittend auf sich gerichtet. »Vielleicht hast du damals richtig gehandelt, und es stimmt, daß dein Vater deinen Wünschen nie entsprochen hätte. Aber deine Mutter – es wäre unendlich wichtig für sie, dich jetzt zur Seite zu haben.«

Axels Lippen berührten sanft Charlottes weiße Stirn, doch sein energisches Kopfschütteln verriet, daß er von diesem Vorschlag nichts hielt.

»Nein, Liebling. Dafür ist es zu spät. Seit sieben Jahren sieht jeder in Mark den künftigen Herrn von Rheinhagen. Er war für den Besitz pausenlos im Einsatz, hat sich bewährt. Ich habe damals freiwillig auf alles verzichtet. Es wäre unfair, wollte ich nun erneut Komplikationen heraufbeschwören.

Vielleicht hat das Schicksal die Dinge so und nicht anders bestimmt. Nimm beispielsweise meine Verwundung – ich hätte ihr nicht ausweichen können. Daraus entstand die Idee, mit dir ein neues Leben anzufangen. Sei doch ehrlich, Liebling: Einen tüchtigen Landwirt hätte ich nie abgegeben, ich eignete mich einfach nicht dazu. Und mit meiner angegriffenen Gesundheit wäre ich den Anstrengungen ohnehin nicht gewachsen gewesen.«

»Aber es wären doch genügend Menschen da, die dir helfen könnten, Axel«, widersprach Charlotte, in einem letzten Versuch, ihm die Entscheidung zu erleichtern. »Jeder würde verstehen, daß deine Kräfte für schwere Arbeit nicht ausreichen, und dich tatkräftig unterstützen.«

Obgleich Charlotte sich nichts weniger wünschte als eine so drastische Veränderung, hielt sie es dennoch für ihre Pflicht, ihn auf alle Möglichkeiten aufmerksam zu machen.

Axel blieb jedoch fest. Er sprach zwar nie darüber, zweifelte aber daran, daß ihm ein hohes Alter beschieden sein würde. Die Frist, die ihm bei größter Schonung blieb, wollte er in der ihm mittlerweile vertrauten und von ihm geliebten Umgebung verbringen. Charlottes Dresdner Haus mit dem herrlichen Garten – den er ebenso wie ehedem ihr Vater ›unser Paradies‹ nannte – war ihm zur zweiten Heimat geworden. Und diese wollte er nicht gegen neue Unruhe und seelische Aufregungen eintauschen, die seiner Gesundheit nur schaden konnten.

# 7

Mark fiel aus allen Wolken, als Inspektor Wagner ihm bald nach Wolf von Rheinhagens Ableben den Dienst aufkündigte. Während er sich krampfhaft bemühte, die passenden Worte zu finden, um den ihm unentbehrlichen Mann zum Bleiben zu bewegen, überlegte er gleichzeitig, wie der Betrieb weitergehen sollte, falls es ihm nicht gelang, Wagner umzustimmen.

»Ich dachte immer, Sie fühlten sich bei uns wohl, Wagner. Sie wissen, wieviel ich von Ihnen halte. Es wäre ein schwerer Schlag für mich, Sie zu verlieren. Glauben Sie denn wirklich, ich könnte ohne Ihre Hilfe auskommen? Es geht ja nicht nur um mich, es geht um den Fortbestand Rheinhagens. Sie hängen doch auch an dem Besitz, er ist Ihr Lebensinhalt geworden. Wie lange sind Sie eigentlich schon hier?«

Inspektor Wagners helle Augen erwiderten offen den besorgten Blick seines neuen Herrn. Erst jetzt wurde Mark bewußt, daß dieser Mann nicht mehr so jung war, wie er dank seiner Tatkraft und rüstigen Erscheinung wirken mochte.

»Na, gut dreißig Jahre werden es wohl schon sein, Herr von Rheinhagen.« Im Gegensatz zu den übrigen Angestellten hatte Wagner seinen Vorgesetzten nie, wie hierzulande noch üblich, mit ›gnädiger Herr‹ angesprochen, sondern ihn beim Namen genannt. Und dieses Recht war ihm von Wolf von Rheinhagen aufgrund seiner Leistungen auch anstandslos zugebilligt worden. »Ich bin ja noch ein paar Jährchen älter als unser seliger Herr. Allmählich beginne ich mein Alter zu spüren, hier und da zwickt es mich ganz schön.«

Mark schwieg bedrückt. Nach einer Denkpause fuhr der Inspektor mit viel Verständnis für die Lage des jungen Gutsherrn fort: »Was Ihre Befürchtung, nicht ohne mich auszukommen, betrifft, so kann ich Sie, glaub ich, beruhigen. Sie haben das Zeug dazu, ein guter Landwirt zu werden. Ihnen entgeht so leicht nichts, und Sie halten das Heft fest in der Hand. Wenn es Ihnen aber lieber ist, bleibe ich eben noch ein paar Monate und helfe Ihnen, einen Ersatzmann für mich einzuarbeiten. Wie ich gehört habe, möchte Inspektor Wrede aus Klein-Bergen sich verändern. Das Gut ist nach der Inflation einem Spekulanten in die Hände gefallen, und seitdem geht es dort drunter und drüber. Der Besitzer will alles selbst bestimmen, versteht nichts von der Sache und spielt sich obendrein noch auf. Dort ist kein Auskommen für einen ehrlichen Mann.«

Mark stand auf und reichte Wagner erleichtert die Hand. Ein Stein war ihm vom Herzen gefallen. Solange seine Tante ihren Schmerz über den jähen Tod ihres Gatten noch nicht überwunden hatte, konnte er kaum mit ihrem Rat oder gar mit einer aktiven Mitarbeit ihrerseits rechnen. Darum war er froh, vorläufig noch mit Wagners Unterstützung eine neue Kraft einarbeiten zu können.

»Dann bringen Sie mir diesen Wrede mal, damit ich mich mit ihm unterhalten kann«, sagte er, Wagner einen Klaren einschenkend. »Wollen Sie nun in Ihr Häuschen an der Ostsee ziehen, das Sie kurz vor der Inflation gekauft haben? Onkel Wolf hat mir davon erzählt. Das war ein guter Einfall, sonst hätten Sie Ihre sämtlichen Ersparnisse verloren.«

Wagner äußerte sich in seiner ruhigen Art zu dieser Frage. Durch seine gebildete Redeweise wurde Mark plötzlich an frühere Zeiten erinnert, als er hier noch Gast gewesen war. Damals hatte sich häufig ein hübsches junges Mädchen auf dem Gut aufgehalten – wie hieß sie doch gleich wieder? Jedenfalls war sie die Nichte des Inspektors gewesen.

Wagner schwieg einen Moment, ehe er darauf antwortete.

Forschend betrachtete er dabei den sympathischen jungen Gutsherrn. Ob dieser ahnte, daß seinerzeit eine mehr als freundschaftliche Beziehung zwischen dem Erben des Besitzes und Charlotte bestanden hatte?
Doch Mark schien ahnungslos; nichts in seiner Miene verriet, daß er über diese Dinge informiert war. Folglich gab ihm Wagner nur die nötigste Auskunft.
»Ganz richtig, Herr von Rheinhagen. Es handelte sich um Charlotte, die Tochter meines älteren Bruders – ein hübsches kleines Persönchen. Geheiratet hat sie trotzdem nie. Meines Wissens ist der Mann, den sie liebte, gefallen, und sie hat ihm bis zum heutigen Tage die Treue gehalten.«
Das war seiner Meinung nach nicht einmal gelogen, sondern kam der Wahrheit am nächsten: Charlotte hatte Axel geliebt und ihn nie vergessen. Trotzdem klangen ihre so rar gewordenen Briefe ganz zufrieden. Sie schien sich mit ihrem Schicksal abgefunden zu haben und nichts zu entbehren.

Auch während der nächsten Jahre erfüllte Mark alle Hoffnungen, die Johanna in ihn gesetzt hatte. Sie wohnte nach wie vor bei ihm im Herrenhaus; auf ihren Vorschlag, ins Witwenschlößchen ziehen zu wollen, hatte Mark sehr heftig reagiert.
»Soll ich etwa ganz allein in diesem Riesenbau hausen, Tante Hanna?« hatte er ausgerufen. »Doch ich weiß genau, worauf du wieder einmal diskret anspielst. Seit Jahren liegst du mir in den Ohren, wann ich denn endlich heiraten würde? Ich bitte dich – wer käme überhaupt für mich in Frage? Alle hübschen Mädchen aus der Nachbarschaft sind längst in festen Händen, und ich denke nicht daran, eine Vernunftehe zu schließen. Schön, auch die Liebe kann ihre Tücken haben, wie ich aus bester Erfahrung weiß. Aber mit der Zeit wird sich alles einrenken. Oder meinst du, ich wäre mit meinen reichlich siebenunddreißig Jahren schon zu alt dazu, ein Mädchenherz zu entflammen?«
Aus Marks Vorhaltungen sprach unverhüllter, aber gutmüti-

ger Spott, mit dem er stets auf Johannas Bemühungen, ihn zu einer Heirat zu bewegen, zu reagieren pflegte.
Johannas anfänglicher Schmerz um ihren verstorbenen Gatten war einer stillen, gefaßten Trauer gewichen. In letzter Zeit gelang es Mark zunehmend häufiger, ihren Sinn für Humor zu wecken; auch zeigte er ihr offen, daß er sie noch immer für eine schöne, in ihrer Art einmalige Frau hielt. Seine Worte waren keine leere Schmeichelei. Johanna war in der Tat ein erfreulicher Anblick.
Sorgfältig frisiertes weißes Haar umgab in weichen Wellen das zartgetönte ovale Gesicht der Endfünfzigerin, deren blaue Augen in jugendlichem Glanz strahlten. Man sah ihr an, daß sie sich mit ihrem Schicksal abgefunden hatte und bereit war, die letzten Jahre ihres Lebens in aller Ruhe zu genießen.
Johanna hing mit dankbarer Liebe an Mark, der für sie zu einer Art Ersatzsohn geworden war. Wie gern hätte sie ihn angemessen verheiratet – aber wieder einmal hatte er ihr unmißverständlich klargemacht, daß er in dieser Beziehung freie Hand behalten wollte! Johanna dachte jedoch nicht daran, bis in alle Ewigkeit auf den Einzug einer jungen Frau zu warten, und entschloß sich spontan, ihr Scherflein dazu beizutragen, um auf Rheinhagen die Wende herbeizuführen. Wenn sie schon keine eigenen Enkel haben sollte, so wollte sie wenigstens für Marks Kinder eine echte Großmutter sein.
Wenige Wochen nach diesem Gespräch betrat Johanna mit einem Brief in der Hand Marks Arbeitszimmer. Er war gerade mit einer schwierigen Abrechnung beschäftigt und hörte nur halb hin, was seine Tante ihm mitzuteilen hatte. Als ihm dies bewußt wurde, versuchte er sofort, sich auf Johannas Rede zu konzentrieren.
». . . darum dachte ich, daß es nett für mich wäre, das Kind eine Zeitlang um mich zu haben«, sagte sie eben; es hatte den Anschein, als wiche sie Marks Blick aus. Nun erst begriff Mark, daß es sich um etwas Wichtiges handeln mußte.
»Verzeih, Tante Hanna.« Mark schob die Papiere auf seinem

Schreibtisch beiseite und lehnte sich entspannt zurück. »Ich war beschäftigt. Aber jetzt bin ich ganz Ohr. Von welchem Kinde sprichst du eigentlich?«

Johanna seufzte verstohlen. Sie hatte gehofft, Mark würde keine Fragen stellen. Nun kam sie doch nicht darum herum, deutlicher zu werden. Sie kannte ihren Neffen – mit Andeutungen gab er sich nie zufrieden!

»Ich sprach von Ingrid von Platen, der Tochter meiner verstorbenen Freundin.« Johanna folgte Marks Bitte und nahm ihm gegenüber Platz. Ihr Blick konzentrierte sich beharrlich auf den Brief, der eine zierliche, doch recht energische Handschrift zeigte. »Sie lebt in Berlin, ihr Vater ist Berufsoffizier. Das Leben in der Großstadt sagt dem Kind nicht zu. Folglich kam mir der Gedanke, man könnte zwei Fliegen mit einer Klappe schlagen. Da ich mich ohne weibliche Gesellschaft oft sehr einsam fühle – meine gute alte Hilde läßt sich wohl kaum noch als sonderlich unterhaltsam bezeichnen –, täte ein bißchen junges Blut mir recht gut. Ingrid kann sich gleichzeitig bei uns erholen. Wie ich hörte, ist sie zart und anfällig.«

Ein mißtrauisch wacher Ausdruck trat in Marks Augen.

»Sag einmal, Tante Hanna«, fragte er energisch, »wie alt ist dieses überzarte ›Kind‹ eigentlich?«

»So genau weiß ich das nicht.« Johanna zuckte mit keiner Wimper; sie bemühte sich tapfer, Marks scharfem Blick standzuhalten. »Ingrid müßte meiner Berechnung nach etwas über Zwanzig sein . . .«

»Aha!« Mark zündete sich mit grimmiger Umständlichkeit eine Zigarre an. »Ein ziemlich ausgewachsenes Kind also. Eins laß dir jedenfalls gesagt sein, Tantchen! Falls du vorhaben solltest, mich mit diesem anfälligen, mondsüchtigen Großstadtpflänzchen zu verheiraten, dann kannst du diese Hoffnung schnellstens begraben. Lade dir das Mädchen ruhig ein – zu *deiner* Gesellschaft wohlgemerkt. Rheinhagen ist dein Haus so gut wie das meine. Bei dem geringsten Versuch deinerseits, dir einen Kuppelpelz zu verdienen, verfrachte ich

dich allerdings mitsamt deinem Gast ins Witwenschlößchen – und zwar umgehend! Kapiert?«
»Wie kommst du denn darauf? Ein solcher Gedanke liegt mir gänzlich fern!« wandte Johanna würdevoll ein und spielte talentvoll die Gekränkte: Doch ihre lachenden Augen verrieten sie.
Mark zwinkerte ihr übermütig zu. »Das glaube, wer will, Tantchen – ich kann es nicht. Außerdem weißt du, daß ich mir meine zukünftige Frau selbst aussuchen möchte. Dies nur, damit es keine Mißverständnisse und peinlichen Situationen gibt. Klar?«
»Wie du meinst. Du solltest dich aber etwas beeilen. In drei Jahren wirst du vierzig, mein Junge. Ich brauche wohl nicht zu betonen, daß es hier keineswegs nur um persönliche Belange geht. Die Erbfolge muß gesichert sein, sonst ziehen eines Tages doch die Erben Herberts und Ernsts von Rheinhagen hier ein – und davor soll uns der liebe Gott bewahren! Wofür hättest du dann all die Jahre so geschuftet?«
Mark nickte nachdenklich. Dieses Problem war ihm natürlich bekannt und lag ihm oft schwer genug auf der Seele. Deswegen jedoch eine ungeliebte Frau zu heiraten – nein! Trotzdem zwang er sich zu einem beruhigenden Lächeln. Er liebte Johanna wie seine eigene Mutter und wollte keinesfalls ihre Sorge um Rheinhagen noch vergrößern.

Ingrid von Platen folgte Johannas herzlicher Einladung und traf eines schönen Tages in Rheinhagen ein. Ihr überschäumendes Temperament ließ das alte Haus in seinen Grundfesten erzittern. Es war, als wehe ein frischer Wind durch die bisher so stillen Räume. Selbst die Gemälde der Urahnen wirkten nicht mehr so düster, die Gesichter der längst verblichenen Herrschaften schienen aufgeschlossener und fast ein wenig darüber verwundert, daß auf Rheinhagen plötzlich wieder gelacht wurde.
»Das ist also dein zartes, anfälliges Kind«, stellte Mark ausge-

sprochen bissig fest, während er mit widerstrebendem Wohlgefallen das zwar schlanke, aber doch kräftige junge Mädchen betrachtete, aus dessen goldbraunen Augen ihn der reine Übermut herausfordernd anfunkelte. »Ich fürchte, der beschauliche Friede unseres ehrwürdigen Hauses ist für immer im Eimer!«

Erschreckend schnell wurde Mark jedoch klar, daß nicht nur der Friede des Hauses bedroht war, sondern auch sein Seelenfriede in arger Gefahr schwebte. Ständig ertappte er sich zu seinem Ärger dabei, daß er – aus Zufall oder Absicht? – in unmittelbare Nähe des jungen Gastes geriet. Es war wie verhext! Seine Schritte schienen dauernd Ingrids Spuren zu folgen. Warum das so war, wußte Mark sich nicht zu erklären; denn sobald sie zusammentrafen, prallten ihre Meinungen aufeinander, daß die Funken nur so stoben. Johanna wurde es oft angst und bange, wenn die beiden sich wegen der geringfügigsten Ursachen in die Haare gerieten.

»Hört auf, Kinder!« pflegte sie dann energisch einzugreifen. »Ihr seid ja die reinsten Kampfhähne. Muß es denn zwischen euch immer gleich zu solchen Auseinandersetzungen kommen. Dieser ewige Streit macht einen ganz kaputt!«

Während Mark sich zu diesem berechtigten Vorwurf in allen toten und lebenden Sprachen ausschwieg, blitzten Ingrids Augen übermütig. Ihr langes goldbraunes Haar flatterte, als sie herumwirbelte und ihre Tante verblüfft betrachtete.

»Aber wir streiten doch gar nicht, Tantchen«, erklärte sie mit der Miene eines Unschuldsengels. »Wir sind lediglich verschiedener Meinung. Mark ist so unerträglich von sich eingenommen – um nicht zu sagen, eingebildet. Er glaubt, nur er verstünde etwas von der hohen Kunst der Landwirtschaft. Dieser Mann ist eine Nervensäge und überhaupt keinem guten Rat zugänglich.«

»Ach! Und Sie mickriges Berliner Pflänzchen meinen also, mehr davon zu verstehen als ich. Immerhin leite ich Rheinhagen seit Jahren, und zwar sehr zu Tante Hannas Zufriedenheit.« Marks Finger schlossen sich in gespieltem Zorn um eine der Locken, die wie glänzende Schlangen auf Ingrids weißer Bluse lagen. Dabei streifte er zufällig die blühende Wange des jungen Mädchens. Schon dieser flüchtige Kontakt hatte auf ihn die Wirkung eines elektrischen Schlages.

Sekundenlang tauchten zwei Augenpaare – ein braunes und ein blaues – ineinander. Es dauerte mehrere Sekunden, bis Ingrid mit merklich verringerter Selbstsicherheit konterte:

»Aber vorher waren Sie Marineoffizier, Mark, und zwar mit Leib und Seele. Das beweist, daß man umlernen kann. Warum sollte es mir also nicht auch möglich sein? Nun gut, ich stamme aus der Großstadt, aber das ist doch im Grunde völlig unwichtig, wenn einem sehr viel daran liegt, Neuland zu erobern.«

»Und warum sind Sie so scharf darauf, sich ausgerechnet in der Landwirtschaft zu bewähren?« In Marks gelassener Frage schwang etwas mit, das Ingrid vorübergehend die Rede verschlug. Mit einer heftigen Bewegung streifte sie seine Hand ab, die noch immer ihre Haarlocke festhielt. Dann wendete sie sich ihrer Tante zu. Die Antwort auf seine Frage blieb sie ihm jedoch schuldig.

Nach dieser stürmischen und nicht ganz ungefährlichen Szene herrschte zwischen Mark und Ingrid von Platen eine Art Waffenstillstand. Das junge Mädchen weilte bereits mehrere Monate in Rheinhagen, und Mark mußte offen zugeben, daß es sich, wo immer möglich, nützlich machte.

Dem Rendanten ging Ingrid ebenso zur Hand wie der Mamsell, die sich sehr für die lebhafte junge Dame erwärmte.

»Das wäre eine Gutsherrin nach meinem Geschmack«, vertraute sie dem alten Karl an, der bereits der dritten Generation der Familie diente. »Fräulein von Platen versteht es, sich zu benehmen, sie hat ein scharfes Auge für alles, was getan werden muß. Dabei scheut sie keine Arbeit. Ich glaube, sie würde nicht einmal etwas dabei finden, den Kuhstall selbst auszumisten. Na ja, im Moment haben wir ja ausreichend Personal. Aber wenn ich an die Kriegsjahre zurückdenke – man weiß nie, was noch kommen kann! Dann braucht ein Rittergut eine tüchtige Hausfrau, die überall, wo Not am Mann ist, mit zupackt.«

Karl nickte mit gerunzelter Stirn. Die Mamsell mochte durchaus recht haben. Ob aber der junge Herr auch dieser Meinung war, bezweifelte er stark. Nein, daraus würde wohl nichts werden, sinnierte er, während er den starken Grog schlürfte, den die Mamsell ihm hingestellt hatte. Zu oft hatte er beobachtet, wie die beiden jungen Herrschaften sich in die Haare gerieten. Nein, mit einer Verlobung war wohl kaum zu rechnen – obgleich es für Herrn Mark höchste Zeit wurde, an die Ehe zu denken und eine Familie zu gründen.

Ingrids Wesen, ihrer offenen, sympathischen Art war es zuzuschreiben, daß sie die Herzen aller, die mit ihr in Berührung kamen, im Sturm gewann. Sie drängte sich nie auf, nichts in ihrem Benehmen ließ darauf schließen, daß sie damit rechnete, eines Tages Herrin von Rheinhagen zu werden. Johannas diskrete Hinweise ignorierte sie ebenso beharrlich wie die seltsam forschenden Blicke, mit denen Mark sie traktierte, sobald er sich unbeobachtet glaubte. Daß ihr Herz dann jedesmal unruhiger zu schlagen begann, wußte nur sie allein.

Sie zeigte sich fröhlich und äußerst charmant. Gab es etwas an der Arbeit der Hausangestellten zu tadeln, dann steckte sie sich jedoch nicht etwa hinter den Gutsherrn, sondern machte dem betreffenden Sünder ruhig, aber bestimmt klar, was falsch gemacht worden war.

Während die Leute sich immer häufiger an sie wandten, wenn sie einen Rat oder Hilfe brauchten, und insgeheim schon die junge Herrin in ihr sahen, wurde Mark von Tag zu Tag wortkarger. Ingrid, der längst bewußt geworden war, wie sehr sie ihn liebte, hatte nicht selten Grund, sich über ihn zu ärgern. Daß er ihr nicht gleichgültig gegenüberstand, glaubte sie zu wissen, auch wenn er sich noch so widerborstig gab.

Es war zum Aus-der-Haut-Fahren! Warum wehrte er sich so gegen ein Gefühl, dem er auf die Dauer doch nicht ausweichen konnte? Warum zögerte er und ließ die Zeit unnütz verstreichen? Spürte er denn nicht, wie sinnlos verschwendet jeder Tag war, den sie auf diese Weise innerlich voneinander getrennt verbrachten? Hätten sie ihn denn nicht gemeinsam leben können?

Noch ehe Ingrid ihren Entschluß, nach Berlin zurückzukehren, in die Tat umsetzen konnte, führte sie rein zufällig die ersehnte Entscheidung herbei. An einem frostklirrenden Wintertag kamen sie und Mark aus der nahegelegenen Kreisstadt Belgard zurück, wo sie Einkäufe gemacht hatten. Der Wald war tief verschneit, die Zweige der hohen Tannen bogen sich fast bis zur Erde unter ihrer Schneelast. Nur das Knarren der Geschirre, das Prusten der Pferde und das helle Klingeln der Trensenringe durchbrach die Stille. Irgendwo krächzte eine Krähe, in der Ferne bellte ein Hund. Die winterliche Landschaft wirkte wie verzaubert. Ein Reh trat aus dem Unterholz, verhoffte und äugte zu dem langsam fahrenden Schlitten herüber. Dann zog das Tier gemächlich weiter, als wisse es, daß ihm von dort keine Gefahr drohte.

Es war sehr kalt, obgleich die matte Abendsonne den Schnee auf den Ästen wie funkelnde Brillanten aufsprühen ließ. Ingrid, die eine solche Schlittenfahrt zum erstenmal erlebte, genoß sie aus vollem Herzen. Marks unmittelbare Nähe hatte keine beunruhigende Wirkung auf sie – im Gegenteil: Sie fühlte sich geborgen, wie schon lange nicht mehr. Die Dämmerung begann sich herabzusenken, und sie verspürte ein jähes Bedauern darüber, daß diese wunderschöne Fahrt so bald schon beendet sein würde.

»Ach bitte, Mark«, sagte sie und sah ihn dabei strahlend an, »lassen Sie mich mal die Zügel nehmen. Ich kann es bestimmt. Sie haben selbst gesagt, daß ich mit einem Gespann gut umgehen kann. Wenn es mit einer Kutsche geht – warum sollte es mir dann nicht auch mit dem Schlitten gelingen?«

Mark reagierte auf diesen Wunsch mit seinem gewohnten überlegenen Lächeln. »Aber schön langsam, Ingrid«, konnte er gerade noch warnen, als sie auch schon die Peitsche über die Rücken der beiden Füchse tanzen ließ. Das leichte Gefährt schoß vorwärts. Ingrid, ein wenig aus der Fassung gebracht, zog prompt am falschen Zügel. Das hatte zur Folge, daß die nicht an solche Fehler gewöhnten Rösser statt geradeaus in eine dicke Schneewehe hineinliefen, die der Wind am Straßenrand aufgetürmt hatte. Mark, zu verblüfft, um helfend eingreifen zu können, unterdrückte nur mühsam einen nicht gesellschaftsfähigen, saftigen Fluch.

»Na, das haben Sie ja wieder mal prima hingekriegt!« fuhr er die erschrockene Ingrid an. »Immer wollen Sie alles besser wissen – jetzt sehen Sie, was dabei herauskommt. Wir sitzen mitten im Wald fest, noch dazu bei dieser Saukälte. Ich kann mich nun abmühen, den Schlitten wieder flottzumachen. Am liebsten würde ich Sie auf der Stelle übers Knie legen und gründlich versohlen. Das wäre gar kein schlechter Einfall – dazu habe ich schon öfters die größte Lust verspürt.«

Ingrids Augen blitzten empört: Obgleich sie sich alles andere als wohl in ihrer Haut fühlte, dachte sie doch nie im Leben daran, jetzt klein beizugeben. Das könnte ihm so passen, sich als der Überlegene aufzuspielen!

»Du kannst Gift darauf nehmen, daß es mir mit dir ebenso geht.« Im Eifer des Gefechtes fiel Ingrid spontan ins Du; vielleicht auch, weil sich bei einer vertraulichen Anrede leichter auf die üblichen Höflichkeitsfloskeln verzichten läßt. »Ich möchte dir manchmal jedes Haar einzeln ausreißen. Wer meint denn dauernd, allwissend zu sein? Es genügt aber nicht, sich überlegen zu geben. Man muß auch die Großmut aufbringen können, für die Fehler anderer Verständnis zu haben. Das wäre nämlich eine Tugend, auf die du stolz sein dürftest. Sie scheint dir jedoch offensichtlich zu fehlen. Zugegeben, ich habe mich furchtbar dämlich angestellt, aber mußt du denn immer gleich so losbrüllen, du – du . . .«

Marks helle Augen weiteten sich, veränderten ihren Ausdruck. Der Zorn, der eben noch darin gestanden hatte, wich jähem Verstehen. Trotz der klirrenden Kälte wurde ihm angenehm warm ums Herz.

»Du hast völlig recht, mein armes, kleines Mädchen«, sagte er mit weicher Stimme; verblüfft hob Ingrid den Kopf. »Es ist wirklich verrückt, daß wir uns ewig angiften und bekämpfen. Im Grunde sind wir nämlich aus dem gleichen Holz geschnitzt und müßten daher besonders gut miteinander auskommen.«

Mark verstummte, und sein Blick wurde unvermittelt ernst.

»Würdest du eventuell den Mut aufbringen, die Frau eines ungehobelten, brüllenden Landwirts zu werden, Ingrid? Vorausgesetzt, er verspräche hoch und heilig, in Zukunft andere, liebevollere Töne anzuschlagen?«

»Wie kannst du bloß fragen, Mark? Ich bin so glücklich, daß ich es mit jedem Ungeheuer aufnehmen würde, und um dich zu heiraten, bedarf es gar keines besonderen Mutes. Du tust nämlich nur so hart und überlegen. Im Grunde deines ungestümen Herzens bist du lieb und nett.« Ingrid warf so stürmisch die Arme um seinen Hals, daß sie beinahe aus dem Schlitten gerutscht wäre; nur Marks rascher Zugriff hinderte sie daran. »Vom ersten Tage an habe ich dich geliebt. Und du hast das partout nicht merken wollen! Tante Hanna war eine gute Fee, als sie mich nach Rheinhagen einlud. Alles andere ergab sich dann rein auto . . .«

Marks Mund legte sich energisch auf den ihren und schnitt ihr das Wort ab. Erst als die unbarmherzige Kälte sogar unter die pelzgefütterten Decken zu kriechen drohte, gab er sie wieder frei, um die armen Füchse endlich aus ihrer unbequemen Lage zu befreien. Ohne weitere Zwischenfälle ging es nun dem warmen Stall zu.

Johanna war kaum überrascht, als die jungen Leute strahlend bei ihr eintraten, um ihr von der in Schnee und Eis zustande gekommenen Verlobung zu berichten.

»Marks ablehnende Haltung habe ich längst nicht mehr ernst

genommen. Daß sein Widerstand langsam, aber sicher dahinschmolz, mußte ein Blinder erkennen«, erklärte sie in ihrer freundlichen Art und umarmte die beiden herzlich. »Seine dumme Angewohnheit, den brummigen Seebären rauszukehren, hätte wohl manches andere Mädchen entmutigt und zur baldigen Abreise bewogen. Ich freue mich, daß du dich nicht beirren ließest, Ingrid, und daß Marks Wahl gerade auf dich gefallen ist. Er braucht eine energische Frau, die es versteht, sich gegen ihn durchzusetzen.«

Mark küßte seine Tante lachend auf die Wange.

»Eigentlich verdienst du diesen Kuß ja nicht, Tantchen. Mich so als Tyrannen hinzustellen! Der Fall liegt doch genau umgekehrt. Ich werde alle meine Kräfte aufbieten müssen, mit dieser kleinen rabiaten Person hier fertig zu werden. Himmel, welch gräßlichen Zeiten gehe ich entgegen!«

Johanna und Ingrid stimmten in sein Gelächter mit ein. Unwillkürlich suchte Johannas Blick das Bild ihres verstorbenen Gatten, als wolle sie ihn fragen, ob er mit dieser Entwicklung der Dinge einverstanden sei. Wolfs Augen schienen es ihr zu bestätigen, und ihre Hände falteten sich zu einem stummen Gebet.

Obgleich weder Mark noch Ingrid mit ihr blutsverwandt war, wünschte sie den beiden doch von Herzen das gleiche Glück, das sie selbst in ihrer leider allzu kurzen Ehe kennengelernt hatte. Niemand außer ihr hatte je erfahren, wieviel Liebesreichtum sich hinter Wolfs rauher Schale verbarg.

»Falls ihr jetzt überhaupt einer vernünftigen Rede zugänglich seid, würde ich vorschlagen, daß Ingrid schon morgen zu ihrem Vater nach Berlin reist, um ihn von der Verlobung zu unterrichten«, sagte Johanna, zur Gegenwart zurückkehrend. »Ich denke, daß wir die Hochzeit auf das Frühjahr festsetzen . . .«

»Na, du gefällst mir aber, Tante Hanna«, wurde sie erbost von Mark unterbrochen. »Seit Monaten leben Ingrid und ich wie Hund und Katze, jetzt haben wir uns endlich gefunden und

sollen uns gleich wieder trennen. Dein Gemüt möchte ich wirklich haben! Nein, kommt nicht in Frage. So schnell lasse ich meine Verlobte nicht fort.«
»Es wird dir nichts anderes übrigbleiben, mein Junge«, antwortete Johanna mit freundlicher Bestimmtheit, die keinen Widerspruch zuließ. »Leider ist es nun einmal nicht üblich, daß zwei junge Menschen, die sich so lieben wie ihr beide, unter einem Dach wohnen, ohne verheiratet zu sein. Ich glaube, daß Ingrid mir wohl oder übel recht geben wird.«
Unter Marks leidenschaftlichem Blick errötete Ingrid bis zu ihrem goldbraunen Scheitel. Sie verstand, was Tante Hanna andeuten wollte. So schwer es ihr auch fiel, sie war mit ihr einer Meinung.
»Das stimmt, Mark«, bestätigte sie tapfer. »Vater muß es ja auch umgehend erfahren, und eine so wichtige Neuigkeit kann man nicht mit einem Brief abtun. Ich reise morgen. Der Winter vergeht schnell, im Handumdrehen ist der Frühling da, und . . .«
Johanna stand auf, um den Raum zu verlassen. Ingrid sah ihr nach, bis die Tür hinter ihr zugefallen war.
»Es ist wirklich besser so, Liebling«, sprach sie dann ruhig weiter. »Es wäre zu gefährlich und eine unnötige Quälerei für uns beide. Ich bin kein Kind mehr und habe mich schon viel zu lange nach dir gesehnt. Wir wollen die Dinge von Anfang an im richtigen Gleis laufen lassen und nichts vorwegnehmen. Ich liebe dich nämlich sehr, und es würde mir schwerfallen, deinen Wünschen auf die Dauer zu widerstehen. Schließlich gehen die meinen in die gleiche Richtung.«
Mark lächelte. Ingrids ungenierte Offenheit gehörte zu ihren liebenswertesten Eigenschaften und hatte es ihm von Anfang an angetan. Daß sie sich auch jetzt nicht zierte, sondern die Dinge beim richtigen Namen nannte, gefiel ihm. Er widerstand heroisch der Versuchung, sie erneut in seine Arme zu nehmen, um ihr durch seine Küsse zu beweisen, wieviel sie ihm bedeutete – wie sehr er sie begehrte.

»Du hast natürlich recht, Kleines.« Sicherheitshalber trat er ein paar Schritte zurück; in diesem Augenblick hielt er einen größeren Abstand für angebracht. »Trotzdem werde ich die Tage bis zu unserer Hochzeit zählen. Laß mich bitte nicht zu lange warten.«

Verabredungsgemäß reiste Ingrid von Platen bereits am nächsten Morgen nach Berlin, um ihren Vater von der für ihn wohl kaum überraschend erfolgten Verlobung zu unterrichten. In ihren Briefen war Marks Name zu häufig aufgetaucht, als daß er völlig ahnungslos geblieben wäre.

Zur gleichen Zeit, als Ingrid und Mark vom Schicksal zusammengeführt wurden, machte es sich bereit, ein Band zu lösen, das vor vielen Jahren geknüpft worden war.

Auch in Dresden gab es in diesem Januar des Jahres 1932 ungewöhnlich viel Schnee, und Axel lieferte sich mit Jo, die mittlerweile zu einem auffallend hübschen, hochaufgeschossenen Mädchen herangewachsen war, im tiefverschneiten Garten manche Schneeballschlacht. Er fühlte sich trotz des kalten Wetters überraschend wohl und stand seiner zwölfjährigen Tochter, ob es nun um Sieg oder Niederlage ging, in nichts nach. Einmal kam es dabei zu einem kleinen Zwischenfall, der ihn mehr erregte, als ihm dienlich war.

Er versuchte gerade, einen Batzen Schnee unter den Kragen von Jos Skipullover zu schieben. Da ergriff sie blitzschnell seine Hand und blickte neugierig darauf.

»Dein Ring, Vati«, sagte sie, von der Balgerei mit dem Vater ein wenig außer Atem geraten. »Er ist so ungewöhnlich. Man könnte ihn fast für einen echten Wappenring halten. Dabei sind wir doch – auch von Muttis Seite her – bürgerlich, nicht wahr?« Während Jo den Ring aufmerksam studierte, bemerkte sie nicht den schmerzlichen Ausdruck in Axels Augen.

»Was bedeuten die beiden Bienen, der dreigeteilte Berg und die Tanne darauf? Weißt du es? Und woher hast du diesen Ring?«

»Von einem guten Freund, er ist dann im Krieg gefallen.« Wie schwer es Axel doch fiel, sein Kind belügen zu müssen! »Genau kenne ich die Bedeutung dieser Zeichen auch nicht. Die drei Hügel haben jedenfalls etwas mit Land und Ackerbau zu tun, die Tanne mag ein Sinnbild der Geradheit des Charakters und der Treue sein. Und die Bienen – es gibt gar keine andere Möglichkeit – werden wohl unermüdlichen Fleiß verkörpern.«
Das alles, dachte Axel bitter, trifft auf mich, der dieses Wappen einst mit vollem Recht getragen hat, am allerwenigsten zu. Ich bin ein Lügner, ein Hochstapler, ein Betrüger. Ich habe mein einziges Kind um den Namen gebracht, der ihm zusteht. Und Fleiß? Axel verzog unwillkürlich die Lippen. Nun ja. Er malte fleißig, aber seine Ahnen würden in dieser Art von Beschäftigung kaum eine vollwertige Arbeit sehen.
»Emsig und treu«, murmelte Jo versonnen, und ihre blauen Augen schienen durch Axel, der sie erschrocken anstarrte, hindurchzusehen.
»Woher weißt du das?« fragte er mit erstickter Stimme.
Jo kehrte prompt in die Gegenwart zurück und schaute ihn verwundert an.
»Der Wahlspruch der Familie meines Freundes lautete tatsächlich so: *Diligenter et fideliter*«, fügte er hinzu – wie unter dem Zwang, auch dies noch aussprechen zu müssen.
»Ach, das fiel mir nur so ein. Ist doch ganz logisch. Von den Bienen sagt man, daß sie emsig sind, und der Tannenbaum . . .«
Nach Kinderart hatte Jo bereits das Interesse an dem geheimnisvollen Ring verloren und lief durch den Schnee tiefer in den Garten hinein, zum Gartenhaus, der ganzen Wonne ihrer phantasievollen Seele. Ein Zauberreich, in dem die Bilder des Vaters ein eigenes Leben führten, von Dingen erzählten, die sie nicht immer verstand. Oft bedauerte sie, dieses herrliche Talent, Dinge festzuhalten, nicht geerbt zu haben.
Nein, Jo war ihrem ursprünglichen Plan treu geblieben. Nach

wie vor wünschte sie sich, eines Tages Blumen züchten, in einer Gärtnerei arbeiten zu dürfen. Denn ihr eigentlicher Traum, auf dem Lande leben zu können, würde sich wohl nie erfüllen. Für einen eigenen kleinen Bauernhof fehlten die notwendigen Mittel, zum Dienen Demut und die Fähigkeit, sich unterzuordnen. Jo seufzte in schöner Selbsterkenntnis. Ihr vertrackter Stolz, der eigentlich völlig unberechtigt war, machte ihr oft zu schaffen, obgleich sie energisch dagegen anzukämpfen versuchte. Sie ahnte nicht, daß es der unbeugsame Stolz Wolf von Rheinhagens, ihres Großvaters, war, der sich nicht verleugnen ließ.

Wie überall zu dieser Zeit schwang Prinz Karneval auch in Dresden sein Zepter. Vielleicht nicht ganz so übermütig wie im Rheinland und anderswo in Deutschland, sondern mit der Eleganz und der diskreten Fröhlichkeit der einstigen Residenz des seit dem Kriege nicht mehr existierenden Königreiches Sachsen.

Axel überraschte Charlotte eines Tages mit einem Vorschlag, den sie mit Skepsis und versteckter Sorge aufnahm.

»Die Kunstakademie veranstaltet einen Faschingsball«, berichtete er gutgelaunt. »Da es mir gelungen ist, mich als Kunstmaler durchzusetzen, hat man mir einen Ehrenplatz am Vorstandstisch reserviert. Natürlich rechnet man damit, daß ich in Begleitung meiner bezaubernden Frau Gemahlin komme. Du wirst staunen! Dein Einverständnis voraussetzend, habe ich die Einladung angenommen.«

Axels Stimme klang ungewohnt frisch, ein leises Lachen schwang darin mit. Charlotte brachte es daher nicht fertig, Bedenken anzumelden und ihn zu enttäuschen. Aus Rücksicht auf seinen labilen Gesundheitszustand hatten sie all die Jahre darauf verzichtet, am Dresdner Gesellschaftsleben teilzunehmen.

Anfangs mochte natürlich auch die Angst eine Rolle gespielt haben, Axel könne zufällig mit jemandem zusammentreffen, der ihn von früher her kannte. Mit der Zeit waren diese Befürchtungen geringer geworden und schließlich ganz eingeschlafen. Vielleicht war es sogar ganz gut für ihn und für sein Schaffen, etwas mehr unter die Menschen zu kommen. Nach all den Jahren war mit unliebsamen Begegnungen kaum noch zu rechnen.

»Das ist aber eine hübsche Überraschung, Liebling.« Charlotte lächelte Axel zu. »Ich war schon ewig nicht mehr auf einem Maskenball. Hoffentlich erwartet man keine allzu ausgefallenen Kostüme von uns. Ich wüßte gar nicht, wo ich so etwas kurzfristig auftreiben sollte.«

»Ist auch nicht notwendig. Das Ganze findet in einem vornehm-gediegenen Rahmen statt. Also kein Künstlerfest im üblichen Genre.« Axel betrachtete Charlottes Gesicht, dessen zeitlose Schönheit ihn immer wieder entzückte. »Schwarzweiß lautet das Motto, und dazu wird dir gewiß etwas Apartes einfallen.«

»Natürlich, Axel.« Charlotte ließ sich willig von den Armen ihres Mannes umfangen. Plötzlich verspürte sie den widersinnigen Wunsch, auf das Fest verzichten und ganz allein mit ihm Fasching feiern zu dürfen. So, als seien sie jung und verliebt – wie damals, in Rheinhagen. Doch Axel freute sich schon allzusehr auf den Ball. Er würde ihre Bitte womöglich falsch auffassen und in eine seiner immer häufiger auftretenden Depressionen zurückfallen.

Später, als sie mit einer Näherei neben ihm saß, während er malte, sagte sie gleichsam beiläufig: »Übrigens hat Onkel Wagner wieder einmal geschrieben. Er fühlt sich in seinem Häuschen an der Ostsee sichtlich wohl. Anscheinend ist es ihm gelungen, über Tantes plötzlichen Tod hinwegzukommen, und mittlerweile interessiert er sich wieder für alles. Er erwähnt unter anderem, eine Anzeige aus Rheinhagen erhalten zu haben. Dein Vetter Mark hat sich verlobt, mit einer Ingrid von Platen, die aus Berlin stammen soll.«

»Ich erinnere mich an den Namen, Mama hat ihn oft erwähnt.

Es dürfte sich um die Tochter General von Platens handeln. Ihre Mutter ist schon lange tot. Falls ich das richtige Mädchen meine, so müßte es viel jünger als Mark sein. Als ich Ingrid zum erstenmal sah, war sie noch ein Baby. Ich bin froh, daß Mark endlich heiratet. Wurde auch allmählich Zeit.«
»Ehe mein Onkel Rheinhagen verließ, hat deine Mutter sich nach mir erkundigt. Sie soll sehr nett von mir gesprochen haben.«
Charlotte hielt den Blick auf ihre Arbeit gesenkt, während sie das sagte, und Axel berührte tröstend ihre Hand.
»Jo wird es einmal leichter haben als du, Liebling. Die Zeiten ändern sich. Uralte, längst überholte Vorurteile werden abgebaut, haben keine Gültigkeit mehr. Jeder wird eines Tages das Recht haben, aus freiem Herzen seine Wahl treffen zu dürfen – ohne auf Rang und Namen Rücksicht nehmen zu müssen. Ich glaube, daß auch meine Eltern anders denken würden, müßten sie heute über unser Schicksal, unsere Liebe entscheiden.«

Jo ließ es sich nicht nehmen, bis zum letzten Moment an den Vorbereitungen für den Ball teilzunehmen und ihr fachmännisches Urteil abzugeben.
»Du wirst bestimmt die Schönste sein, Mutti«, sagte sie beeindruckt, als Charlotte sich ihr präsentierte. »Man sieht es deinem Brautkleid gar nicht mehr an, welchem Zweck es ursprünglich gedient hat. Und Vati, in seinem Frack, ist einfach Klasse! Es fehlt nur der Turban, und er könnte glatt als Maharadscha durchgehen. Schade, daß ich nicht dabeisein kann. Könnt ihr nicht einen Pagen brauchen, der euch die Schleppe trägt?«
»Leider sind nur Pagen reiferer Semester zugelassen, Liebling«, erwiderte Charlotte lachend und umarmte ihre Tochter zum Abschied zärtlich.
»Sie wird deiner Schwester Edda wirklich von Tag zu Tag ähnlicher«, bemerkte sie während der Fahrt zum Hotel Belle-

vue, wo der Ball stattfand. »Ausgenommen das Lächeln – das hat sie eindeutig von dir geerbt.«
Axel nickte stumm. Im Licht der vorbeihuschenden Straßenlaternen wirkte sein Gesicht ernst und verschlossen. Unwillkürlich ging ihm durch den Kopf, daß seine Mutter sofort die Zusammenhänge erraten müßte, hätte sie Gelegenheit, seine Tochter zu sehen. Doch es würde aller Wahrscheinlichkeit nach nie zu einer Begegnung zwischen Großmutter und Enkelin kommen. »Da du dieses Thema nun einmal angeschnitten hast, Charlotte, möchte ich dich um etwas bitten.« Seine Stimme klang gepreßt, als müsse er gegen eine heftige innere Bewegung ankämpfen. Charlotte warf ihm einen fragenden Blick zu. Zu dumm, daß sie ausgerechnet jetzt darauf verfallen war, Edda zu erwähnen. Dies war kein Thema auf dem Wege zu einem fröhlichen Fest.
»Sollte mir etwas zustoßen«, fuhr Axel fort, »dann findest du unter meinen Papieren auch einen Brief an meine Mutter. Ich habe ihr darin die Umstände, die zu unserer Heirat führten, genau geschildert. Falls du es eines Tages für richtig hältst, daß sie die Wahrheit erfährt und von Jos Existenz unterrichtet wird, kannst du diesen Brief an sie weiterleiten. Aber nur, wenn zwingende Gründe dies rechtfertigen.«
Charlotte umfaßte beunruhigt seine Hand.
»Welch düstere Betrachtungen auf dem Wege zu einem Ball«, meinte sie und versuchte, einen leichten Ton anzuschlagen. »Wir hatten uns doch vorgenommen, heute besonders fröhlich zu sein und den Abend aus vollem Herzen zu genießen.«
»Es ist immer gut, vorbereitet zu sein und Vorsorge getroffen zu haben, Liebling.« Axel lächelte schon wieder. »Natürlich sind wir vergnügt, und es wird bestimmt ein wunderbarer Ball werden.«
Soweit es sich um den Ablauf des Festes handelte, sollte Axel recht behalten. Er unterhielt sich blendend; da er jedoch selbst kaum tanzte, mußte er sich damit begnügen, zuzusehen, wie seine Frau von einem Arm in den anderen flog. Charlotte da-

gegen genoß das langentbehrte Gefühl, bewundert zu werden, und ließ keinen Tanz aus.
Sie war so froh wie lange nicht mehr: Der festlich geschmückte Saal, die fröhlichen Menschen – dazu Axel, der bester Stimmung war und sich auch körperlich wohl zu fühlen schien. Konnte das Leben schöner sein?
Müde, doch innerlich sehr glücklich kehrten sie zu später Stunde nach Hause zurück und schlichen auf Zehenspitzen ins Schlafzimmer, um Jo nicht zu wecken.
Bereits am nächsten Abend begann Axel zu fiebern. Zuerst wehrte er sich dagegen, den Arzt zu rufen, gab dann aber, als das Fieber beängstigend anstieg, Charlottes Drängen nach. Der langjährige Hausarzt der Familie Wagner fürchtete, daß es sich um eine Lungenentzündung handelte, die bei der ohnehin angegriffenen Gesundheit des Patienten zur höchsten Besorgnis Anlaß gab.
Charlotte, die vom Schuldienst befreit worden war, wich nicht von Axels Krankenlager. Insgeheim machte sie sich die heftigsten Vorwürfe, dem Ballbesuch zugestimmt zu haben. Sie hätte wissen müssen, daß der ständige Temperaturwechsel Axel nur schaden konnte. Dem Arzt gegenüber, der in regelmäßigen Abständen vorbeikam, erging sie sich in Selbstanklagen. »Mein Mann war erhitzt, als wir die Heimfahrt antraten. Wir kamen aus den überheizten Hotelräumen direkt in die kalte Nachtluft. Ich werde mir nie verzeihen, daß ich nicht von vornherein an diese Gefahr gedacht habe!«
»Sie machen sich völlig ungerechtfertigte Gewissensbisse, Charlotte. Ihr Mann hat Ihnen viel zu verdanken. Sie haben Ihre Kräfte überfordert, mehr für ihn getan, als jeder andere Mensch auf dieser Welt. Medizinisch gesehen war es ein Wunder, daß er trotz seiner schweren Verwundung noch so lange durchgehalten hat. Das verdankt er nur Ihrer Liebe und Fürsorge. Vergessen Sie das nicht, wenn Sie sich jetzt mit Vorwürfen quälen.«
Charlotte beruhigten die gutgemeinten Worte des Arztes

nicht. Mit brennenden Augen beobachtete sie, wie Axel von Stunde zu Stunde mehr verfiel. Am Ende seiner Lebensreise, die nur einundvierzig Jahre gewährt hatte, glaubte er sich wieder in Rheinhagen. Für Jo, die noch nie einen Sterbenden gesehen hatte, waren seine Fieberphantasien unverständlich und rätselhaft.

»Wovon spricht Papi? Was meint er eigentlich?« fragte sie, und ihr reizendes Kindergesichtchen war vor Angst und Kummer schmal und blaß.

»Das werde ich dir später erklären, Kind«, erwiderte Charlotte tonlos. Eine Zuversicht an den Tag legend, die sie nicht wirklich empfand, widerstand sie heroisch dem Wunsch, sich durch Tränen Erleichterung zu verschaffen.

Nach Tagen des Deliriums und zeitweiser völliger Bewußtlosigkeit kam Axel noch einmal zu sich. Er schien jetzt ganz klar zu sein, seine Augen waren groß und zärtlich auf Charlotte und seine Tochter gerichtet.

»Ich danke dir, Liebling – für alles«, flüsterte er, und ein heiteres Lächeln umspielte seine blassen Lippen. »Das Leben hat mir nichts vorenthalten, es gab mir mehr, als ein Mann sich wünschen konnte. Du und Jo – nicht weinen, Liebste –, es war doch so unendlich schön . . .«

Axels tiefblaue Augen trübten sich, schienen an Charlotte vorbei in eine andere Welt zu blicken. Sahen sie noch einmal Rheinhagen – die Eltern? Als sie brachen, war es Charlotte, als habe auch ihr Leben ein Ende gefunden.

Charlotte saß unbeweglich da und hielt die schluchzende Jo umschlungen, die nicht begreifen konnte, daß der geliebte Vater für immer von ihr gegangen war.

Was sollte Charlotte ohne ihn beginnen, wie ohne ihn weiterleben? Aber da war noch ihr Kind, Axels Vermächtnis, das sie mehr brauchte denn je zuvor.

Und jetzt erst löste sich der Schmerz und brach sich in einer Flut von Tränen Bahn . . .

# 8

Johanna hatte Marks und Ingrids Hochzeit zum Anlaß genommen, nunmehr endgültig in das sogenannte ›Witwenschlößchen‹, eine geräumige Villa im reinsten Barockstil, umzuziehen. Den Protest des jungen Paares hatte sie energisch abgewehrt.

»Alt und jung gehört nicht zusammen«, rechtfertigte sie ihren Entschluß. »Meine alten Leutchen sorgen rührend für mich, ihr seid ganz in der Nähe – es wird mir also an nichts mangeln. Am Anfang einer Ehe sollte jeder Gelegenheit haben, sich ohne fremde Einflüsse an den Partner zu gewöhnen.«

»Wie kannst du nur so reden, Tante Hanna!« Mark wirkte ordentlich aufgebracht. »Du bist für uns alles andere als eine Fremde. Schließlich hast du uns zusammengeführt, und schon dafür verdienst du einen Ehrenplatz in unserer Familie. Ich käme mir direkt schäbig vor, wollte ich dich nach all den Jahren aus dem Herrenhaus vertreiben. Hätte das Schicksal es anders gewollt, wäre nicht ich jetzt der Herr hier, sondern . . .«

Mark verstummte abrupt. Wieder einmal hatte er, aus purer Gedankenlosigkeit, Johanna an ihre traurigen Verluste erinnert. Dabei hatte er sich fest vorgenommen, dies zu vermeiden. Hin und wieder rutschte ihm aber doch bei bestimmten Gelegenheiten ein unbedachtes Wort heraus und ließ den Schmerz neu aufleben, den die Tante so tapfer trug.

Johanna spürte, was in Mark vorging, und nickte ihm freundlich zu. Natürlich weilten ihre Gedanken sehr oft bei den Menschen, die der Tod ihr allzufrüh entrissen hatte. Von ihrer eigentlichen Familie war ihr nur Edda geblieben, die sie allerdings selten genug sah. Doch Mark und Ingrid hingen mit zärtlicher Zuneigung an ihr und ließen keine Trübsal aufkommen.

Seit dem Ende des Krieges waren fünfzehn Jahre vergangen. Das Jahr 1933 brachte Umwälzungen, von denen kaum jemand unberührt blieb. Optimisten hofften, nach Jahren der Unsicherheit endlich eine wunderbare Zukunft vor sich zu haben. Doch es meldeten sich bereits warnende Stimmen, die kommendes Unheil vorauszusehen glaubten. Keiner wollte auf sie hören, keiner die dunklen Wolken erkennen, die sich über Deutschland zusammenbrauten. Der Sturm, den sie ankündigten, sollte wenige Jahre später über ganz Europa hinwegbrausen und namenloses Elend über die Menschheit bringen.
Noch aber war die Welt, oberflächlich betrachtet, in Ordnung.
Während in Dresden Charlotte und Jo an Axels Grab am Jahrestag seines Todes Blumen niederlegten und in Trauer seiner gedachten, erblickte auf Rheinhagen der Stammhalter das Licht der Welt. Ingrid und Mark gaben ihm den Namen Michael.
Johanna empfand über diesen prächtigen kleinen Burschen fast noch mehr Stolz als die glücklichen Eltern. Ihr war, als habe sie nun doch noch einen Enkel geschenkt bekommen; schon jetzt stand für sie fest, daß sie ihn nach Strich und Faden verwöhnen würde. Vor allem aber freute sie sich darüber, daß mit Michael der Fortbestand des alten Geschlechts gesichert war und natürlich auch der des ganzen Besitzes; denn von diesem Erben würde eines Tages das Wohl und Wehe des Rittergutes Rheinhagen abhängen.

Seit dem freudigen Tag, da der künftige Erbe in die alte Familienwiege gelegt worden war, um friedlich der Zukunft entgegenzuschlummern, waren sechs Jahre vergangen.

»Es ist kaum zu glauben, wie Michael heranwächst«, bemerkte Johanna nachdenklich, während sie den ungebärdigen kleinen Burschen beobachtete, der mit seinem riesigen Bernhardiner auf dem Rasenplatz vor dem Herrenhaus herumtobte. Seit einiger Zeit besaß er auch ein eigenes Pony, und seine Eltern rühmten stolz seinen tadellosen Sitz. »Sechs Jahre ist Michael schon alt. Dabei kommt es mir vor, als sei seit seiner Geburt erst kurze Zeit vergangen. Wenn das Kind in meiner Nähe ist, fühle ich mich wieder jung und wünsche mir, noch viele Jahre zu leben, um ihn aufwachsen zu sehen.«
Ingrid, die sich eine kurze Rast gönnte, blickte beunruhigt auf: Johannas Stimme hatte so merkwürdig geklungen.
»Fehlt dir etwas, Tantchen?« erkundigte sie sich besorgt. »Ich finde eigentlich, daß du recht wohl aussiehst.«
Johanna dankte Ingrid mit einem warmen Blick für ihre Fürsorge. »Es geht mir ja auch gut. Trotzdem sollte man, wenn man mal in einem gewissen Alter ist, alles tun, um sich seine Gesundheit zu erhalten. Darum habe ich mich entschlossen, wieder einmal eine Kur bei Lahmann in Dresden zu machen. Und da eine Kur bekanntlich eine anstrengende Sache ist, gönne ich mir anschließend ein paar Tage im Hotel Bellevue. Das letztemal war ich noch mit Wolf dort, vor – ach Gott, einer Ewigkeit! Ich hatte schon immer eine Schwäche für die schöne Elbestadt. Auch wird es eine reizvolle Abwechslung für mich sein, in die Oper zu gehen und Museen und Theater zu besuchen.«
Falls Ingrid sich über diesen plötzlichen Entschluß wunderte, so ließ sie sich doch nichts anmerken. Was mochte für diesen Plan ausschlaggebend gewesen sein? Hatte Tante Hanna nicht eben erst betont, wie sehr sie an dem kleinen Michael hing? Ihre Reisepläne standen in krassem Widerspruch zu all ihren vorherigen Bemerkungen.
Tatsächlich waren für Johanna ganz bestimmte Gründe der Anlaß, gerade jetzt nach Dresden zu reisen. Sie betrieb ihre Vorbereitungen mit ungewöhnlichem Eifer, als könne sie es

kaum erwarten, an ihr Ziel zu gelangen. Je älter sie wurde, desto fester glaubte sie an Träume und deren Bedeutung. Aber obgleich sie es sich sehnlichst wünschte, hatte sie nie von ihrem im Krieg gefallenen Sohn Axel geträumt. Doch letzthin war er ihr wiederholt im Traum erschienen und hatte ihr jedesmal bedeutet, sie solle nach Dresden fahren.

Johanna entschloß sich spontan, diesem Hinweis zu folgen. Sie war zu vernünftig, um sich ernsthaft durch derartige Erscheinungen beeindrucken zu lassen. Trotzdem sprach auch nichts dagegen, einer solchen Aufforderung Folge zu leisten. Schließlich war Dresden eine wunderschöne Stadt, es würde ihr guttun, ein paar Wochen dort zu entspannen und alte Erinnerungen aufzufrischen.

Gegenüber Mark und Ingrid erwähnte Johanna diese Träume natürlich mit keiner Silbe. Sie wußte, wie junge Leute über Aberglauben dachten, und wollte nicht ausgelacht werden. Flüchtig ging ihr durch den Kopf, daß ja auch Charlotte Wagner – das Mädchen, dem einst Axels Liebe gehört hatte – in Dresden wohnte. Doch sah Johanna keinen Grund, sie zu besuchen: Es würden nur alte Wunden aufgerissen; was einmal geschehen war, konnte nicht mehr ungeschehen gemacht werden.

Mit fast jugendlichem Elan trat Johanna von Rheinhagen ihre Reise an. Wie hätte sie ahnen können, daß alles, was sie dort erleben sollte, ihre kühnsten Träume und Hoffnungen weitaus übersteigen würde? Der Zeitpunkt für die Fahrt war gut gewählt. Der Frühling des Jahres 1939 übertraf sämtliche Erwartungen und trug das Seine dazu bei, die schöne Elbestadt ins rechte Licht zu rücken. Dresden verdankte seine Berühmtheit nicht zuletzt seinen zahlreichen Gärten, die während dieser schönsten Wochen des Jahres in verschwenderischer Pracht blühten und grünten.

Jedesmal wenn Jo Engelmann die stille Kaitzer Straße entlang nach Hause ging, hatte sie ihre helle Freude daran. Nur selten verirrte sich ein Auto hierher, und das junge Mädchen konnte unbekümmert mitten auf der Straße gehen, um zu den blühenden Kirschbäumen aufzusehen, die sie beiderseitig säumten. Die weißen Blütenblättchen tanzten in der schon sommerlich warmen Luft, und zu Jos Füßen wirbelte es wie frisch gefallener Schnee.

An diesem Tage schienen ihre Schritte besonders beschwingt. Je näher sie ihrem Ziel kam, desto schneller wurde sie – als könne sie es kaum erwarten, nach Hause zu kommen, um der Mutter von der großen Neuigkeit zu berichten, die sie in solche Aufregung versetzt hatte.

Dann aber hielt Jo trotz aller Eile doch inne. Sie brach ein paar Zweige der üppig blühenden Forsythien ab, die an der Laube wuchsen, die sich – eingebettet in diese Blütenpracht – an die Mauer zur Straßenseite hin schmiegte. Beim Weiterlaufen atmete Jo dann genüßlich den starken Duft ein, der von der langen Fliederhecke kam, die den Weg säumte. Flieder liebte sie besonders und verspürte manchmal den unsinnigen Wunsch, sich einfach hineinzuwerfen, um sich ganz von diesem berauschenden Duft einhüllen zu lassen.

Ihren ganz auf Blumen und Gartenbau ausgerichteten Interessen folgend, hatte Jo sich nach dem mit Auszeichnung bestandenen Abitur energisch geweigert zu studieren.

»Ich denke nicht daran, Mutti, dir jahrelang auf der Tasche zu liegen«, hatte sie unbeirrt erklärt. »Du weißt doch, daß meine Berufspläne seit Ewigkeiten feststehen. Zur Landwirtin fehlt mir das notwendige Startkapital – also begnüge ich mich mit der nächstliegenden Möglichkeit und werde Gärtnerin. In vier Wochen kann ich in der Blumenhandlung von Frau Wilden auf der Prager Straße anfangen. Bei ihr werde ich eine Menge lernen und habe dadurch gleich eine Art Praktikum. Später gehe ich dann bei einem richtigen Gärtner in die Lehre.«

Während Jo von ihren Plänen sprach, war es Charlotte, als sähe sie in die Vergangenheit: Sie selbst saß neben Axel, Jo wühlte in einem kleinen Blumenbeet, das ihr allein gehörte. Winzig war sie damals noch gewesen; aber die Liebe zur Erde, zu allem, was darauf wuchs, war schon tief in ihr verwurzelt. Charlotte sah ein, daß es unmöglich war, Jo von ihren Plänen abzubringen.

Seit jener Rücksprache war fast ein Jahr vergangen. Jo hatte sich äußerst geschickt angestellt und schnell Frau Wildens Vertrauen gewonnen. Sie durfte bereits nach kurzer Zeit selbständig bedienen und tat dies mit der ihr angeborenen Würde und Anmut.

Nachdem sie die Mutter mit einem zärtlichen Kuß begrüßt hatte, berichtete Jo mit vor Aufregung geröteten Wangen: »Stell dir vor, Mutti, heute durfte ich Frau Wilden zum erstenmal den ganzen Tag über vertreten. Ich habe mit dem Grossisten verhandelt und wurde, als die Chefin am Abend zurückkam, sehr von ihr gelobt. Weißt du, verkaufen ist auch eine Kunst – aber wenn man dann selbständig bestellen muß, wird einem doch ganz schön mulmig zumute. Wegen der Verantwortung, verstehst du? Gewiß, es macht Spaß, Blumen zu arrangieren. Aber was einem selbst gefällt, muß nicht immer richtig sein. Jedenfalls freue ich mich sehr über Frau Wildens Vertrauen und daß alles so gut geklappt hat. Sie kann nun ab und zu etwas unternehmen und ist nicht dauernd ans Geschäft gebunden.«

Charlotte nickte ihrer Tochter anerkennend zu. Trotz ihrer sechsundvierzig Jahre war sie noch immer eine anziehende Erscheinung. Ihr braunes Haar war sorgfältig frisiert, ihre reine, straffe Haut gepflegt. Da sie sich zudem äußerst geschmackvoll kleidete, wurde sie allgemein für jünger gehalten. Mehrfach hatte sich ihr die Gelegenheit geboten, wieder zu heiraten. Ihr alter Freund Harald Reger war nach wie vor ihr treuester Verehrer. Doch Charlotte dachte nicht daran, Axel einen Nachfolger zu geben. Sein Tod, der nun schon mehr als sieben Jahre zurücklag, hatte eine Lücke in ihrem Herzen hinterlassen, die selbst Jo nicht zu schließen vermochte, obgleich Mutter und Tochter sich sehr nahestanden.

»Ich freue mich für dich, Kind«, sagte Charlotte und sah mit einem weichen, nachsichtigen Lächeln zu, mit welch gesundem Appetit Jo sich über das Abendessen hermachte, das in dem sogenannten ›Zelt‹, einem pavillonartigen kleinen Gebilde auf der anderen Seite des Gartens, für sie bereitstand. »Du wirst es schon richtig machen. Frau Wilden weiß ja, daß du noch viel lernen mußt, und nimmt bestimmt darauf Rücksicht.«

Mittlerweile hatte Johanna von Rheinhagen ihre Kur im Sanatorium Lahmann auf dem Weißen Hirsch beendet. Sie hatte alle Anweisungen gewissenhaft befolgt, war mit der Behandlung zufrieden und fühlte sich um Jahre verjüngt. Solchermaßen gestärkt, fuhr sie in Begleitung ihrer ergebenen Kammerfrau Hilde ins Hotel Bellevue, um sich dort einzumieten.
»Wäre Rheinhagen nicht meine Heimat, dann würde ich gern hier leben, Hilde«, bemerkte Johanna, während sie vom Fenster ihres Hotelappartements auf den belebten Opernplatz in Richtung des berühmten Zwingers blickte. »Man ist in der Großstadt und spürt doch nichts von der Hektik, wie sie zum Beispiel in Berlin herrscht. In der Reichshauptstadt ermüdet man schneller, obgleich es dort natürlich auch sehr schön ist. Aber im Frühling ist und bleibt Dresden unerreicht.«
Als junges Mädchen hatte Johanna ein Jahr in einem Dresdner Mädchenpensionat verbracht. Jetzt wandelte sie auf alten Spuren, frischte Erinnerungen auf und bummelte gemächlich durch die zu Recht berühmte Prager Straße. Vor dem Handarbeitsgeschäft, dessen Auslage sie immer wieder entzückte, blieb sie nachdenklich stehen. Sie hatte vor, am Nachmittag eine frühere Pensionatsfreundin zu besuchen. Ein hübsches kleines Geschenk war schnell gefunden, nun fehlten nur noch ein paar Blumen. Die wollte Johanna von Rheinhagen in Frau Wildens Blumenhandlung besorgen.
Jo, die ihre Chefin vertrat, wandte sich mit einem freundlich fragenden Lächeln der alten Dame zu. Zu ihrem Schrecken bemerkte sie, wie ihre Kundin plötzlich blaß wurde.

»Fühlen Sie sich nicht wohl, gnädige Frau? Darf ich Ihnen ein Glas Wasser bringen? Es ist heute wirklich ziemlich heiß – bitte, nehmen Sie doch Platz«, bat Jo beunruhigt. Mit einer fast brüsken Bewegung wehrte Johanna ab: ihre Augen starrten wie gebannt in Jos Gesicht.
»Wer sind Sie, mein Fräulein?« fragte sie tonlos. Ihre Stimme verriet die Erschütterung, die sie empfand; denn sie meinte, ihre Tochter Edda vor sich zu sehen.
»Mein Name ist Jo Engelmann, gnädige Frau.« Jo ließ sich nicht anmerken, wie seltsam ihr das Verhalten der Fremden vorkam. Von frühester Jugend an hatte sie gelernt, ruhig und selbstsicher aufzutreten und sich in jeder Lebenslage zu beherrschen. »Frau Wilden ist leider momentan nicht im Hause, aber ich werde mich natürlich bemühen, Sie zu Ihrer vollsten Zufriedenheit zu bedienen.«
»Davon bin ich überzeugt.« Johannas Lächeln fiel gezwungen aus; krampfhaft versuchte sie, ihre Gedanken zu ordnen. Selbstverständlich war diese Ähnlichkeit reiner Zufall und hatte keinerlei Bedeutung. Hieß es nicht, jeder Mensch habe irgendwo auf der Welt einen Doppelgänger? Warum sollte das nicht auch auf Edda zutreffen? Gewiß, sie war eine außergewöhnliche Schönheit; trotzdem konnte manches Mädchen aus Norddeutschland so aussehen: blond, hochgewachsen ... Aber diese reizende Dresdner Blumenverkäuferin stammte bestimmt nicht aus Norddeutschland.
»Verzeihen Sie mein sonderbares Benehmen!« Johanna hatte ihr Fassung wiedergefunden. »Ihre Ähnlichkeit mit jemand, den ich kenne, verwirrte mich vorübergehend. Ich bin eine alte Frau, in meinem Alter verliert man leicht das Gleichgewicht bei einem so verblüffenden Zufall.«
Jo akzeptierte diese Erklärung mit einem verständnisvollen Lächeln. Plötzlich erinnerte sie Johanna nicht mehr an Edda, sondern auf schmerzliche Weise an Axel. Schnell wandte sie den Blick ab und versuchte, sich ganz auf die ausgestellten Blumen zu konzentrieren. Doch es wollte ihr nicht gelingen

– immer wieder mußte sie Jo ansehen. Die Art des Mädchens gefiel ihr, die Behutsamkeit, mit der es die kostbaren Blüten ordnete und zu einem Strauß band. Sie hat schöne Hände, stellte Johanna zufrieden fest. Sie sind genauso feingliedrig und schmal wie die von Edda: die Finger lang und schlank, die Nägel mandelförmig und edel geformt.

Als Johanna mit einem freundlichen Gruß das Geschäft verließ, sah Jo ihr versonnen nach. Irgend etwas in dem Wesen der alten Dame hatte sie angerührt. Sie fühlte sich auf seltsame Weise zu ihr hingezogen, und ihre Gedanken kamen einfach nicht mehr von ihr los. Am Abend berichtete sie zögernd ihrer Mutter von dieser Begegnung. Charlotte blickte beunruhigt in das glühende Gesicht, das so deutlich alle Gefühle widerspiegelte.

»Es war komisch, aber ich mochte die alte Dame ganz einfach«, schloß Jo mit einem lieben Lächeln. »Schade – so einen Menschen sollte man nicht so schnell aus den Augen verlieren dürfen. Aber wenn man in einem Geschäft bedient, hat man einfach keine Möglichkeit, in näheren Kontakt mit den Kunden zu kommen.«

Charlottes erster Verdacht, es könne sich um jemand gehandelt haben, der die Rheinhagens kannte, zerstreute sich schnell wieder. Schließlich war Jo zwar ein sehr attraktives Mädchen, aber nicht unbedingt ein Ausnahmefall.

Jo sollte die alte Dame jedoch nicht zum letztenmal gesehen haben. Johanna erschien während der nächsten Tage wiederholt, um sich von dem jungen Mädchen bedienen zu lassen. Sie fühlte sich durch die starke Ähnlichkeit mit ihren Kindern Edda und Axel stark zu ihm hingezogen, obgleich sie noch immer zu der Ansicht neigte, eine Laune der Natur habe dieses Phänomen hervorgebracht.

Über diese Jo Engelmann wollte Johanna unbedingt mehr erfahren. Aus diesem Grund gab sie bei Frau Wilden eine Blumenbestellung auf und bat, sie doch durch die junge Dame ins

Hotel bringen zu lassen. Es wäre zudem nett, wenn ihr die Botin bei einer Tasse Tee Gesellschaft leisten könne. Frau Wilden willigte gern ein.

Jos Herz klopfte etwas schneller als gewohnt, als sie das Hotel betrat, das sie bisher nur aus den Erzählungen ihrer Mutter kannte. Hier hatte ihr Vater sich einst den Keim zu der Krankheit geholt, die seinen baldigen Tod nach sich zog. Ein Schatten schien sich über sie zu senken, wenn sie daran dachte.

Doch als Johanna sie dann bat, ihr beim Tee Gesellschaft zu leisten und hinzufügte, sie habe dazu die Erlaubnis von Frau Wilden im voraus eingeholt, nahm Jo die Einladung dankbar an und verhielt sich in der eleganten Umgebung, als habe sie nie etwas anderes gekannt.

Ganz unbefangen erzählte Jo aus ihrem jungen Leben, ohne die Spannung zu bemerken, mit der Johanna jedem ihrer Worte lauschte. Die Gestalten von Vater und Mutter nahmen Konturen an, der schöne Garten in der Kaitzer Straße erstand plastisch vor der immer stiller werdenden alten Dame. So viele Ähnlichkeiten, so viele Zufälle – das konnt es gar nicht geben. Und doch! Wie sinnlos, Hoffnungen an etwas zu knüpfen, das völlig unmöglich war.

Axel lebte nicht mehr, er war in Rußland gefallen – daran gab es keinen Zweifel. Sein Kommandeur hatte ihnen diese traurige Nachricht persönlich mitgeteilt und ihnen alle Habseligkeiten ihres Sohnes zugeschickt. Nein, sie wollte sich nur aus einem Grund an dieser netten kleinen Jo freuen – weil sie ihr sympathisch war. Weitere Spekulationen erübrigten sich. In den nächsten Tagen würde sie abreisen, und damit fand auch diese kleine Episode ihren Abschluß.

»Das Kind hat Haltung, Hilde«, kommentierte Johanna, als Jo gegangen war. »Es weiß sich zu benehmen und hat zweifellos eine gute Erziehung genossen. Es wäre schön, so ein junges Wesen immer um sich zu haben.«

Hilde machte sich ihre eigenen Gedanken. Ebenso wie ihre

Herrin hatte sie die Ähnlichkeit dieses Mädchens mit Fräulein Edda bemerkt. Es war nicht gut, wenn Frau von Rheinhagen dauernd an den Tod von Herrn Axel erinnert wurde, dessen bezauberndes Lächeln seltsamerweise auch dieser kleinen Engelmann zu eigen war. Nein, sie sollten wirklich so schnell wie möglich abreisen, oder die ganze schöne Kur bei Lahmann wäre umsonst gewesen.

Als Jo an diesem Abend nach Hause kam, fand sie Harald Reger dort vor, den sie seit ihrer Kindheit kannte und sehr gern hatte. In einem munteren Streitgespräch mit ihm vergaß sie, Charlotte von ihrem Besuch bei der alten Dame zu erzählen, deren Namen sie inzwischen erfahren hatte. Erst im Bett fiel er ihr wieder ein, und sie nahm sich vor, das Versäumte am Morgen nachzuholen.

Doch dann ging es, wie immer, recht hektisch zu, und alle Gespräche wurden auf den Abend verschoben. So kam es, daß sämtliche Geschehnisse dieses Tages Charlotte völlig unvorbereitet trafen.

Trotz der kurz bevorstehnden Abreise aus Dresden hatte die merkwürdige Ähnlichkeit Johanna doch nicht ruhen lassen. Auch die Träume, in denen Axel ihr erschienen war, fielen ihr plötzlich wieder ein. Hatte er ihr nicht richtig heiter und gelöst geraten, nach Dresden zu fahren – als warte dort eine besondere Überraschung auf sie?

Johanna mußte über sich selbst lachen, kapitulierte dann aber doch vor ihrem Aberglauben. Diesmal umging sie Frau Wilden und steckte sich hinter den Hotelportier, der diesem vornehmen Gast nur zu gern behilflich war. Im Handumdrehen hatte er Jos Adresse herausgefunden, und Johanna machte sich – zu einer Zeit, da sie Jo im Geschäft wußte – auf den Weg, um Licht in diese Angelegenheit zu bringen.

Das Haus in der Kaitzer Straße, das auch noch ihre Glücksnummer 77 trug, gefiel ihr sofort. Es machte einen gediegenen, gepflegten Eindruck. Der großzügig angelegte Vorgarten, in dem zwei riesige Magnolienbüsche eben ihre rosigen Knospen öffneten, verriet Jos gärtnerische Fürsorge. Wie fleißig mußte das Mädchen sein, um eine solche Blütenpracht zu erzielen!

Johanna öffnete nachdenklich die schmiedeeiserne Pforte und ging den buntgefliesten Weg entlang. Eine ältere Frau bog eben um die Hausecke; beim Anblick der fremden Dame blieb sie stehen. Als Johanna freundlich nach Frau Engelmann fragte, wurde sie in den rückwärtigen Garten gewiesen; hohe Baumkronen und kräftig wuchernde Sträucher verwehrten von hier aus den Einblick.

»Frau Engelmann sitzt hinten in der Laube. Sie wird wohl Hefte korrigieren. Gehen Sie nur ruhig weiter, gnädige Frau, dieser Weg führt direkt zu ihr.«

Johanna war es, als nehme der gewundene Pfad kein Ende. Sie verspürte den unsinnigen Wunsch, loszulaufen wie ein ungeduldiges Kind, um endlich hinter die Lösung dieses Rätsels zu kommen, das sie seit Tagen beschäftigte.

Ein grünes Kupferdach tauchte auf, eine mit Rosen bewachsene Laube, die sich an ein massiv gebautes Gartenhaus mit grünen, einladend geöffneten Fensterläden schmiegte. Darin saß eifrig schreibend eine gepflegte weißgekleidete Frau.

Charlotte, welche die Nähe einer Fremden spürte, blickte fragend auf. Sie erhob sich langsam, als traue sie ihren Augen nicht. Johanna war zumute, als zerrisse jäh ein Vorhang, der die Wahrheit bisher vor ihr verhüllt hatte.

Die beiden Frauen standen sich stumm gegenüber. Eine versuchte, im Gesicht der anderen zu lesen. Nach einer endlos langen, quälenden Pause flüsterte Johanna: »Jo ist Axels Kind – nicht wahr, Charlotte?« Sie überlegte nicht, wie alt Jo war, glaubte, ihr Sohn habe Charlotte vor seinem plötzlichen Tod noch besucht, heimlich besucht . . .

Auf Charlottes offenem Gesicht zeigte sich Ratlosigkeit und – ja, auch Erbarmen. Nun durfte sie nicht länger schweigen! Sie wußte aber auch, daß die Wahrheit Johanna von Rheinhagen bis ins Mark treffen würde. Mit einer stummen Handbewegung bat sie die alte Dame in die Laube und rückte einen bequemen Sessel für sie zurecht.

Zu jeder anderen Zeit hätte Johanna die reizende Einrichtung dieses luftigen Raumes bewundert. Jetzt, in diesem schicksalhaften Moment, waren ihre Augen mit flehender Bitte auf Charlotte gerichtet, die ernst nickte.

»Ja. Jo ist Axels und meine Tochter. Doch Sie irren, gnädige Frau, wenn Sie annehmen, daß sie außerehelich geboren wurde. Wir haben im vorletzten Kriegsjahr geheiratet.«

Johannas wirre Gedanken begannen sich zu ordnen. Sie mußte mehrfach ansetzen, ehe sie sprechen konnte: »Aber Jo – Ihre Tochter, erzählte mir erst gestern, sie sei neunzehn Jahre alt. Oder habe ich mich verhört? Das könnte doch nicht stimmen, nicht wahr? Sie müßte dann ja bedeutend älter sein. Außerdem starb Axel bereits . . .« Johanna verstummte ratlos.

Charlotte senkte den Kopf. Sie wollte den Schmerz in Johannas Augen nicht sehen, den Schmerz einer Mutter, für die ihre Eröffnungen erschütternd und demütigend sein mußten.

»Sie haben natürlich recht, Frau von Rheinhagen«, sagte sie endlich, all ihren Mut zusammennehmend. »Jo wurde 1920 geboren. Axel durfte sich noch zwölf glückliche Jahre an ihr freuen, ehe er für immer die Augen schloß – viel zu früh für mein Kind und mich.«

Johanna versuchte, das Ungeheuerliche zu begreifen. Axel und diese Frau hatten – während seine Eltern an seinen Heldentod glaubten – ein unwürdiges Spiel getrieben, weitergelebt, als sei nichts geschehen! Ihr Blick, dem Charlotte diesmal nicht auszuweichen vermochte, drückte alle Verachtung aus, die sie empfand. Dieser verächtliche Blick bewog Charlotte, Klarheit zu schaffen. Axel hatte ihr für einen solchen Fall Vollmacht erteilt. Natürlich besaß Johanna ein Recht darauf, endlich die Wahrheit zu erfahren. Wäre es nach Charlotte gegangen, wäre dies längst geschehen – noch zu Axels Lebzeiten. Aber er wollte ja nicht als Betrüger, der sich den Namen eines anderen angeeignet hatte, gebrandmarkt werden. Diese Bedenken waren nach seinem Tod gegenstandslos geworden. Keine irdische Macht konnte Axel für seine unüberlegte Tat mehr zur Rechenschaft ziehen.

»Vielleicht urteilen Sie weniger hart, wenn Sie erst alles wissen, Frau von Rheinhagen.« Charlottes graue Augen blickten ruhig und ungetrübt. »Ich habe seinerzeit vergeblich versucht, Axel von seinem Vorhaben abzubringen, unter einem fremden Namen weiterzuleben. Doch als er zu mir kam, war es bereits zu spät. Da lebte er schon seit Monaten als Klaus Engelmann. Diesen Betrug zuzugeben hätte das Ende seiner Karriere bedeutet und Schande über ihn und seine ganze Familie gebracht. Jedenfalls war er dieser Meinung, und ich liebte ihn zu sehr, um ihn abzuweisen.«

Charlotte stand auf und öffnete die Tür des Gartenhauses.

»Hier hat Axel gearbeitet, alle diese Bilder stammen von seiner Hand. Auch die Decke des Raumes hat er gemalt. Vielleicht erkennen Sie darauf das Spalier von Rheinhagen. Die Erinnerung an die alte Heimat, an die blühenden Apfelbäume und die Schwalben am klaren Himmel Pommerns ließ ihn niemals los. Stundenlang lag er manchmal dort auf der Couch und starrte zur Decke. Vielleicht begreifen Sie sein Verhalten besser, wenn ich Ihnen sage, daß Axel als todkranker Mann aus Rußland nach Hause – zu mir – kam.«

Charlotte trat an den alten Kirschbaumsekretär an der Wand. Durch die weitgeöffneten Fenster fluteten die letzten Sonnenstrahlen des ungewöhnlich warmen Frühlingstages. Johanna verspürte einen unerträglichen Druck in der Brust. Plötzlich hatte sie das Gefühl, als sei Axel ihr in diesem anmutigen Zimmer besonders nahe. Aller Groll fiel von ihr ab. Der Raum verströmte die Atmosphäre einer schönen heiteren Welt, die nur in diesen verwunschenen Garten am Rand einer Großstadt zu passen schien.

Johanna atmete tief. Das alles war kein Traum! Axel, ihr Sohn, hatte hier gelebt und gearbeitet. Jenes Aquarell, die Birkengruppe, die Edda ihr damals in Berlin geschenkt hatte, war also doch sein Werk gewesen.

Benommen nahm sie den versiegelten Briefumschlag entgegen, den Charlotte dem Geheimfach des Sekretärs entnommen hatte und ihr nun reichte.

»Wie lange ist Axel schon tot?« fragte sie, heiser vor innerer Bewegung. Ihre Augen blickten mittlerweile warm und freudig. Allmählich begann Johanna zu begreifen, was dies für sie bedeutete: Jo – ihre Enkelin . . .

»Axel starb Anfang 1932 an einer Lungenentzündung. Seit 1917 lebte er mit nur einer Lunge, es war schlimm. Gewiß, er war glücklich mit uns, aber seine Seele litt. Das Unrecht, das er Ihnen angetan hatte, ließ ihn innerlich nie ganz zur Ruhe kommen, obgleich er es damals für den einzigen Ausweg gehalten hatte. Insofern gab er mir diesen Brief – für den Fall, daß ich gezwungen sein würde, Sie in alle Einzelheiten einzuweihen. Und heute ist der Augenblick gekommen. Jetzt, wo Sie Jo kennen, haben Sie ein Recht auf die Wahrheit.«

Johanna las den Brief mehrmals. Mit Tränen in den Augen wandte sie sich Charlotte zu.

»Ich habe dir viel abzubitten, mein Kind«, sagte sie bewegt. »Durch dich durfte Axel ein großes Glück erleben. Es tut zwar noch sehr weh, daß er mich – seine Mutter – davon ausgeschlossen hat. Trotzdem bin ich weit davon entfernt, ihm einen Vorwurf zu machen.«

Charlottes Hand ergreifend, fügte sie bittend hinzu: »Seit wir uns in Rheinhagen zum letztenmal gegenübergestanden haben – du erinnerst dich gewiß an unser Gespräch auf der Freitreppe –, bin ich eine alte Frau geworden. Ich habe fast alle Menschen verloren, die mir einst nahestanden. Willst du mir Jo ab und zu überlassen? Sie ist Axels Vermächtnis – auch an mich. Ich liebte sie schon, noch ehe ich wußte, wer sie wirklich war.«

Obwohl sie Johanna gern diesen Wunsch erfüllt hätte – Charlotte zögerte dennoch, es zu tun. So viel war damit verbunden: Jo konnte in tiefste Unruhe und seelische Bedrängnis gestürzt werden.

»Sie begreifen gewiß, Frau von Rheinhagen, daß ich den Seelenfrieden meiner Tochter nicht gefährden möchte. Bisher war sie als Jo Engelmann glücklich und zufrieden, hat ihren Vater abgöttisch geliebt. Einer Anerkennung als Ihre Enkelin müßten zwangsläufig Formalitäten vorausgehen, die sie nicht verstehen würde. Ihr Vater – unter einem fremden Namen? ›Warum das alles?‹ würde sie fragen und unter den Antworten unendlich leiden.«

Charlotte umarmte spontan die Frau, die einst ihre erbittertste Gegnerin gewesen war und nun als Bittende vor ihr stand. »Bitte, jetzt nicht den Mut verlieren, gnädige Frau. Es gibt Möglichkeiten, Jo auf weniger schmerzhafte Weise vorzubereiten. Falls es Ihr Wunsch ist, daß sie Rheinhagen kennenlernt, dann sollte das unter ihrem jetzigen Namen geschehen und in vorläufiger Unkenntnis des wahren Zusammenhanges. So hat Axel es gewünscht und auch in dem Schreiben an Sie niedergelegt. Erst wenn Sie unsere Tochter wirklich kennen und auch innerlich als Ihre Enkelin akzeptiert haben, soll sie die Wahrheit erfahren. Lassen Sie Jo noch ihre Unbefangenheit – um so inniger wird sie sich dann ihrer Großmutter zuwenden. Es ist alles ziemlich kompliziert, das stimmt! Aber in Axels Interesse – um sein Andenken zu wahren – sollte niemand wissen, daß er jahrelang unter falschem Namen gelebt und nicht, wie ursprünglich angenommen, den Heldentod gefunden hat.«

Johanna war in diesem bedeutungsvollen Moment zu allen Zugeständnissen bereit. Einmal Geschehenes konnte nun mal nicht ungeschehen gemacht werden – um so mehr ein Grund, sich für die Jahre, die ihr noch blieben, ein wunderbares, weil völlig unerwartetes Glück zu sichern. Inzwischen hatte sie sich auch beruhigt und vermochte wieder sachlich zu denken:

Charlotte hatte ihr immer gefallen, obgleich sie ihr seinerzeit als Schwiegertochter nicht willkommen gewesen war. Nun lagen die Dinge anders. Es fiel ihr nicht schwer, ihr Urteil zu revidieren. Diese mutige junge Frau war aus Liebe in eine schwierige Situation gedrängt worden und trotzdem bereit gewesen, als schlichte Frau Engelmann an Axels Seite zu leben. Das bewies zur Genüge, daß sie ihn um seiner selbst willen geliebt hatte.

»Ich kann mich deiner berechtigten Bitte nicht verschließen, Charlotte. Wenn aber Jo nicht sofort erfahren soll, daß ich ihre Großmutter bin – wie wollen wir ihr dann das Interesse erklären, das ich an ihr nehme? Eins laß dir nämlich gesagt sein: Seit ich in Jo meine Enkelin gefunden habe, denke ich nicht mehr daran, sang- und klanglos abzureisen.«

Johannas blaue Augen zeigten einen entschlossenen Ausdruck, sie schien um Jahre verjüngt. Über Charlottes Gesicht glitt ein Lächeln, und die alte Dame lehnte sich beruhigt zurück.

»Natürlich, Frau von Rheinhagen, dafür habe ich Verständnis. Niemand wäre glücklicher als ich, könnte Jo das Erbe ihres Vaters antreten. Ich spreche nicht von materiellen Werten. Sie sollte wissen, wer ihr Vater wirklich war und woher er stammte. Aber es muß auf behutsame Weise geschehen. Lassen wir uns also getrost Zeit damit.«

»Vielleicht könnte man Jo die Wahrheit über einen kleinen Umweg beibringen. Sie weiß, daß ich mich von Anfang an durch eine Ähnlichkeit zu ihr hingezogen gefühlt habe. Dies ließe sich mit einer lieben Jugendfreundin erklären, die deine Mutter gewesen ist, Charlotte. Ich habe dich aufgesucht, um einen neuen Anfang zu machen. Keine Angst – Jo soll vorläufig ganz unbefangen bleiben, sich allmählich daran gewöhnen, von mir geliebt und verwöhnt zu werden. Während meines Aufenthalts in Dresden will ich sie möglichst oft um mich haben. Danach nehme ich sie, wenn du gestattest, für ein paar Wochen mit nach Rheinhagen. Ingrid und Mark werde ich vorher instruieren, um Pannen vorzubeugen. Jo soll nie mehr für Fremde arbeiten müssen. Wenn sie will, kann sie sich in Rheinhagen nützlich machen. Wir haben wunderbare Gewächshäuser – sie wird begeistert sein.«

Charlotte kämpfte tapfer gegen die bitteren Gedanken an, die in ihr aufsteigen wollten. Von nun an würde die Aristokratin über das Kind der Bürgerlichen bestimmen – sie als Mutter würde zurücktreten müssen. Aber sofort schämte Charlotte sich dieser unfairen Gefühlsregung: Johanna hatte lange genug um Axel getrauert, von nun an sollte sie sich wenigstens an seiner Tochter freuen dürfen. Impulsiv streckte sie die Hand aus, die Johanna mit warmem Druck umfing.

»Ja. Jo soll Ihnen eine Zeitlang Gesellschaft leisten, Frau von Rheinhagen. Axel hätte es bestimmt so gewollt«, sagte sie ernst. »Ich werde zwar sehr einsam sein, aber ich habe mein schönes Haus, den Garten und meine Erinnerungen. Das ist mehr, als manche Frau je besessen hat.«

»Könntest du dich nicht entschließen, uns nach Rheinhagen zu begleiten, Charlotte?« Noch während Johanna sprach, wußte sie jedoch bereits die Antwort: Charlotte war viel zu stolz, um dieses Angebot anzunehmen. Sie hatte Rheinhagen damals unter unrühmlichen Voraussetzungen verlassen und würde nur dorthin zurückkehren, wenn dies unvermeidlich war – aus welchen Gründen auch immer. »Nein, ich weiß, daß ich dir das nicht zumuten kann, mein Kind. Noch nicht! Vielleicht später einmal, wenn Jo die ganze Wahrheit erfahren hat.«

Charlotte nickte. Vielleicht fand Jo – genau wie einst ihre Mutter – in Rheinhagen ihr Glück, und ihr größter Wunsch, immer auf dem Lande leben zu dürfen, würde in der alten Heimat ihres Vaters in Erfüllung gehen.

Johannas Gedanken liefen etwa in den gleichen Bahnen. Schon jetzt ließ sie alle in Frage kommenden Bewerber vor ihrem geistigen Auge vorbeimarschieren. Es gab eine ganze Menge netter Junggesellen in der Umgebung von Rheinhagen, denen sie ihre Enkelin unbesorgt anvertrauen würde. Natürlich müßte das Herz entscheiden – eine reine Vernunftehe kam nicht in Betracht.

Jo, um die all diese Pläne sich rankten, wurde über die wahren Hintergründe vorläufig im unklaren gelassen. Allerdings schien sie nicht sonderlich überrascht, als Charlotte ihr von Frau von Rheinhagens Besuch erzählte.

»Siehst du, Mutti, ich hatte gleich das Gefühl, es müsse mehr im Spiel sein als nur eine zufällige Ähnlichkeit. Ich mochte die alte Dame auf Anhieb und freue mich, daß ich ihr ebenfalls gefalle.«

Von der Aussicht, ein richtiges Rittergut kennenzulernen, war Jo so beeindruckt, daß ihr das Seltsame an dieser Situation gar nicht zu Bewußtsein kam. Es tat ihr zwar leid, die Arbeit bei Frau Wilden aufgeben zu müssen. Aber all das Neue, das jetzt täglich auf sie einstürmte, entschädigte sie vollauf für die ihr liebgewordene Tätigkeit.

Anläßlich eines Opernbesuchs, zu dem Johanna sie eingeladen hatte, trug Jo das eleganteste Kleid ihres jungen Lebens. Charlotte hatte eigentlich für einen hellen Stoff plädiert, doch Jo wählte spontan einen weinroten Taft, der bei jeder Drehung, bei jedem Schritt in den Falten schwarz schimmerte. Ihr blondes Haar, das in einer weichen Innenrolle auf ihre Schultern herabfiel, bildete einen wirkungsvollen Kontrast dazu.

Johanna von Rheinhagen, die von Jo ›Tante Hanna‹ genannt werden wollte, war mit der Erscheinung ihrer Enkelin äußerst zufrieden. Sie selbst sah in dem nachtblauen Spitzenkleid sehr elegant und aristokratisch aus. Mancher bewundernde Männerblick folgte den beiden Damen: die eine alt, die andere jung – doch jede auf ihre Weise äußerst attraktiv.

Jo mutete diese festliche Umgebung wie ein Traum an, aus dem sie jeden Moment aufwachen mußte. Als der Vorhang sich hob, gab sie sich völlig dem Rausch der Musik hin. Vor allem der dritte Akt von Puccinis ›La Bohème‹ beeindruckte sie unsagbar.

»Weißt du, Tante Hanna«, sagte sie versonnen, »das werde ich wohl nie mehr vergessen. Diese Trostlosigkeit, die über dem allen lag. Man glaubte wirklich, sich in einem winterlichen Park zu befinden – und wie traurig war es, als das große Tor zufiel und die Liebenden unwiderruflich trennte. Dazu die göttliche Cebotari – ich könnte heulen wie ein Schloßhund. Nein, so möchte ich nie lieben, immer mit dem unausbleiblichen Ende vor Augen. Als es dann auf der Bühne noch zu schneien begann, wurde mir richtig kalt.«
Mimis Tod rührte Jo zu Tränen; sie lebte förmlich mit, und es dauerte eine ganze Weile, bis sie aus diesem Zauberreich der Musik in die Wirklichkeit zurückfand.
Auf dem Weg ins Hotel, wohin sie Johanna begleitete, wandte Jo sich noch einmal nach dem hellerleuchteten Opernhaus um. Der weltberühmte Semperbau beherrschte den ganzen riesigen Platz und hob sich wuchtig gegen den hellen Nachthimmel ab.
»Für dieses Erlebnis danke ich dir ganz besonders, Tante Hanna«, sagte sie bewegt. »Ich werde oft daran denken müssen. Daß es so etwas Schönes gibt – daß ich es miterleben durfte.« Impulsiv neigte sie sich und küßte zum erstenmal ihre Großmutter auf die Wange.
Sie besuchten vor ihrer Abreise noch manches Konzert, manches Theaterstück miteinander. Als es an der Zeit war, Abschied zu nehmen, fuhr Jo mit der Begeisterung und der Aufnahmebereitschaft der Jugend ihrem Ziel und damit auch ihrem Schicksal entgegen, während Charlotte mit bangem Gefühl dem Zug nachblickte, der sich immer weiter von ihr entfernte.
Hatte sie richtig gehandelt? Würde Jo, wenn sie eines Tages die Wahrheit über ihre Herkunft erfuhr, mit diesem Schock fertig werden? Doch die Würfel waren gefallen, die Zügel ihren Händen entglitten, sie konnte nicht mehr lenkend eingreifen. Nichts ließ sich mehr rückgängig machen.

Johanna hatte Mark und Ingrid brieflich von den Ereignissen unterrichtet und sie um strengste Diskretion gebeten. Sie kamen dem jungen Gast freundlich und unbefangen entgegen, und Jo fühlte sich dadurch in Rheinhagen von Anfang an wie zu Hause. Als sie zum erstenmal die große Eingangshalle des Herrenhauses betrat, verschlug es ihr den Atem. So grandios hatte sie sich das Ganze nicht vorgestellt, zumal sie Rittergüter bisher nur aus Filmen kannte. Ingrid hatte für Jo das Turmzimmer herrichten lassen, in dem früher Edda gewohnt hatte. Aber Johanna bestand darauf, ihre Enkelin in ihrer Nähe zu haben. Und Jo war dann ja auch von dem ›Witwenschlößchen‹ hell begeistert. »Es ist richtig romantisch«, schwärmte sie, während sie aus ihrem Fenster zum Herrenhaus hinüberblickte. »Der Park ist einfach bombastisch, obgleich ich nie so recht weiß, was das eigentlich bedeutet. Unser Garten ist ja nun wirklich ausnehmend groß – aber ich glaube, er ließe sich bequem zehnmal in deinem Park unterbringen.«
Johanna trat neben Jo und legte den Arm um ihre Schultern. Mit jedem Tag liebte sie das Kind mehr und bemerkte mit innerer Freude, daß dieses Gefühl erwidert wurde.
»Euer Dresdner Garten ist wunderschön, Jo. So riesige Rhododendren wie bei euch habe ich noch nirgends gesehen. Schade, daß sie noch nicht blühten, es muß ein herrlicher Anblick sein. Wie deine Mutter mir sagte, fehlt keine einzige Farbe in eurem Sortiment.«
Jo wurde ernst. Sie dachte an ihre Mutter, die sie gewiß sehr vermissen würde; aber dann lächelte sie schon wieder und umhalste ihre ›Tante Hanna‹ stürmisch. Wie schön, wie unsagbar schön konnte doch das Leben sein!
»Bisher sind nur deine Frau und Edda eingeweiht, Mark«, warnte die alte Dame, als sie einmal mit ihrem Neffen allein war. »Für die anderen mag Jo vorläufig als mein Schützling gelten. Die Ähnlichkeit mit Edda muß als Begründung dieser Vorliebe ausreichen. Das Kind darf noch nichts erfahren. Ich habe Charlotte versprochen, nichts zu überstürzen.«

»Ich freue mich mit dir, Tante Hanna, daß du deine Enkelin auf so wunderbare Weise gefunden hast. Ingrid und ich haben bereits Freundschaft mit ihr geschlossen. Vor allem Ingrid plaudert gern ab und zu mit einer gleichgesinnten Seele. Für meinen Geschmack kommt sie viel zu wenig unter die Leute. Sie behauptet jedoch steif und fest, in Rheinhagen alles zu finden, was sie braucht, um glücklich zu sein. Der übliche Kaffeeklatsch behagt ihr nicht, und was für andere eine Last bedeutet – Arbeit nämlich –, ist für sie das reinste Lebenselixier.«

Johanna nickte nachdenklich. »Ja, Ingrid ist eine erstaunlich tüchtige Gutsherrin geworden. Aber ich hatte von Anfang an eigentlich nichts anderes erwartet. Schließlich habe ich euch nicht zuletzt auch aus diesem Grund zusammengebracht«, fügte sie mit einem feinen Lächeln hinzu. »Und nachdem ich damals mein Talent als Heiratsvermittlerin bewiesen habe, möchte ich nun auch in Jos Fall ein wenig Schicksal spielen. In erster Linie dachte ich dabei an . . .«

Johanna verstummte jäh und betrachtete Mark forschend. Dessen Gesicht hatte sich verzogen, als habe er auf eine Zitrone gebissen. Eine verlegene Röte färbte ihre Wangen, deren zarte Haut mit den Jahren den warmen Ton edlen Elfenbeins angenommen hatte.

»Ich weiß, was du sagen willst, Mark. Daß ich mich besser nicht einmischen, sondern Jo den Weg gehen lassen sollte, den sie sich selbst aussucht. Aber ich möchte das Kind nun mal gern in meiner Nähe behalten. Würde Jo einen unserer Gutsnachbarn heiraten, wären zwei Fliegen mit einer Klappe geschlagen.«

Mark wurde ernst. Er verstand, was Johanna meinte, wollte ihr jedoch eine Enttäuschung ersparen. Sie war geneigt, an die Zukunft zu denken, ohne in Erwägung zu ziehen, was möglicherweise bereits bestand.

»Jo ist kein Kind mehr, Tante Hanna. Mit ihren neunzehn Jahren ist sie fast schon eine Frau, auf jeden Fall aber erwachsen. Könnte sie nicht in Dresden einen jungen Mann zurückgelassen haben, an den sie sich gebunden fühlt? Ich würde an deiner Stelle erst einmal sondieren.«

Johanna starrte ihren Neffen sichtlich verdutzt an. An diese Möglichkeit hatte sie tatsächlich noch nicht gedacht. Jo machte einen so unbefangenen, unberührten Eindruck auf sie – es schien ihr schlicht unmöglich, daß ihre Enkelin sich bereits mit der Liebe, geschweige denn mit Heiratsgedanken befaßt haben sollte.

Etwas verärgert sagte sie ablenkend: »Mag sein, wir werden sehen. Übrigens – wo befindet sich Axels Porträt, das sonst über meinem Schreibtisch hängt? Es war sehr umsichtig von dir, es abzunehmen. Ich hatte tatsächlich vergessen, in meinem Brief diesbezügliche Anweisungen zu geben.«

»Das hängt jetzt in Onkels früherem Zimmer im Herrenhaus. Es ist natürlich abgeschlossen. Nur die Mamsell bekommt den Schlüssel von mir, um ab und zu Ordnung zu machen und zu lüften.«

Marks Stimme verriet leichte Mißbilligung. Er war der festen Überzeugung, dieses Versteckspiel vor Jo müsse eines Tages mit einem Eklat enden. Früher oder später würde sie auf die richtige Spur stoßen und dann möglicherweise bestürzt und verärgert abreisen. Doch er mußte Johannas Wunsch respektieren und hoffen, daß alles ohne Komplikationen verlief.

Noch am gleichen Tage leitete die alte Dame ein Verhör ein, dessen Resultat sie zutiefst befriedigte. Auf die Frage, ob es in Dresden einen Mann gäbe, der ihrem Herzen nahestände, betrachtete Jo sie fast mitleidig.

»Liebste Tante Hanna«, rief sie dann mit einem Lachen, das stets ansteckend wirkte, »unsere Generation denkt nicht gleich ans Heiraten, so wie ihr früher! Man muß doch erst ganz sicher sein, ob man dafür schon reif genug ist. Na ja, verliebt war ich hier und da – in Frits van Dongen zum Beispiel und in Rudolf Prack. Das ist völlig ungefährlich und recht amüsant. Aber sonst?« Eine tiefe Falte stand plötzlich zwi-

schen Jos feingezeichneten Brauen. »Weißt du, ich war zwar erst zwölf, als Papi starb, aber doch schon alt genug, um genau zu beobachten. Die Ehe meiner Eltern war so wunderbar, so harmonisch – so möchte ich auch einmal leben – lieben.«
Seit sie viel an der frischen Luft war, hatte Jos Gesicht eine gesunde Bräune angenommen. Jetzt rötete es sich, als habe sie bereits zuviel von ihren geheimsten Gedanken verraten. Wieder einmal wurde Johanna bewußt, wieviel Freude sie täglich mit ihrer Enkelin erlebte.
»Das wünsche ich dir von Herzen, mein Kind. Trotzdem war ich der Meinung, du hättest wenigstens eine Tanzstundenliebe gehabt . . .«
Jos blaue Augen blitzten Johanna empört an.
»Tante Hanna! Das waren Jünglinge in meinem Alter. Sie hatten Pickel im Gesicht und feuchte Hände. Wenn sie ein Kompliment machten, dann stotterten sie. Nein, ich könnte nur einen Mann lieben, der mir haushoch überlegen ist. Weißt du, ich habe nämlich einen ziemlichen Dickschädel und ordne mich ungern unter. Es gäbe Mord und Totschlag, müßte ich das Gefühl haben, mein Mann sei in irgendeiner Beziehung schwächer als ich.«
Rheinhagensches Erbgut, dachte Johanna amüsiert. Da sprach Jo auch schon weiter: »Später besuchte ich dann noch einen Tanzkurs in der Kriegsschule. Das machte wesentlich mehr Spaß. Die Fähnriche waren schneidig, die Bälle im großen Waffensaal – natürlich mit Kerzenbeleuchtung – eine Wucht. Du, ich trug damals ein mattblaues Organdykleid mit winzigen weißen Tupfen! Es sah aus wie ein Winterhimmel, vor dem es schneite. Ich war, ohne mir schmeicheln zu wollen, ziemlich umschwärmt.«
»Das glaube ich gern. Deine Mutter hat dir demnach viel geboten.«
»Ja.« Jos Blick trübte sich. »Wahrscheinlich war es finanziell nicht immer leicht für sie. Einmal gab sie ein Gartenfest für mich: sechs Paare, die Herren waren Fähnriche von der

Kriegsschule. Wir tanzten auf dem Gras rund um den großen Apfelbaum. Am nächsten Morgen hat Herr Vierig ganz schön geschimpft, weil wir seinen sorgsam gepflegten Rasen total zusammengetrampelt hatten. Von Baum zu Baum hingen Lampionketten, die Rhododendren blühten, und die Nachbarn standen am Zaun und lugten neidisch herüber. Im Gartenhaus war das kalte Büfett aufgebaut . . .«
Jo verstummte unvermittelt; ihre Augen verrieten die Sehnsucht nach ihrem schönen Zuhause, nach der Mutter. Johanna legte liebevoll den Arm um sie. Was sie erfahren wollte, das wußte sie nun. Das Herz des jungen Mädchens war noch frei – sie durfte also unbesorgt Schicksal spielen.

# 9

Seit ihrer Ankunft in Rheinhagen hatte die Welt für Jo ein anderes Gesicht bekommen. War sie bisher nur an Blumen interessiert gewesen, so kam sie jetzt zum erstenmal in engeren Kontakt mit Tieren. Sie lernte reiten und zeigte sich während des Unterrichts gewandt und gelehrig. Bald ritt sie an Marks Seite über die Felder, wobei sie ihn immer wieder durch ihre scharf ausgeprägte Beobachtungsgabe verblüffte.

Jo bemerkte auch die kleinste Veränderung und war ebenso besorgt wie der Gutsherr, wenn mitten in der Heuernte ein Wölkchen am Himmel erschien. Trotzdem blieb sie ihren ursprünglichen Interessen treu und kümmerte sich intensiv um die zweckmäßig eingerichteten Gewächshäuser, die von Mark gebaut worden waren, um durch Blumenzucht einen zusätzlichen Gewinn für den Besitz herauszuholen.

Die jungen Leute aus der näheren Umgebung zeigten sich von dem attraktiven Besuch aus Dresden sehr angetan. Dirk von Graßmann, der Besitzer des an Rheinhagen grenzenden Gutes Hohenlinden, interessierte sich besonders für das hübsche junge Mädchen. Daß seine Tante Gina einst als Frau für Axel von Rheinhagen vorgesehen gewesen war, wußte er nicht, ebensowenig wie die Tatsache, daß Jo auf engste Weise mit den Rheinhagens verwandt war.

So schwierig es für ihn auch sein mochte, neben seinen vielen Pflichten als Gutsherr Zeit für private Vergnügungen abzuzweigen, er fand immer wieder Gelegenheit, Jos Nähe zu suchen, wobei er von Johanna unauffällig gefördert wurde. Sie hoffte, daß ihre Enkelin von dem zwar zurückhaltenden, aber doch sehr intensiven Werben Dirk von Graßmanns nicht unbeeindruckt bleiben würde. Dirk, sieben Jahre älter als Jo, war ein ernster junger Mann, von allgemein geschätzter Zuverlässigkeit. Bisher hatte er sich kaum für Frauen interessiert, da er seit dem frühen Tode seines Vaters seine ganze Aufmerksamkeit dem Familienbesitz widmen mußte. Um so tiefere Gefühle brachte er nun Jo entgegen. Sie und keine andere wollte er zur Frau haben – das stand für ihn von Anfang an fest.

»Eine famose Idee der alten Dame, Sie aus Dresden nach Pommern zu importieren, Fräulein Engelmann«, eröffnete er während eines Spaziergangs scherzend das Gespräch. Es war ihm mit viel Geschick gelungen, den anderen ein Schnippchen zu schlagen und sich von ihnen abzusondern. Jo ahnte nicht, daß sie mit Dirk die gleichen Wege ging, die auch Axel und Charlotte einst bei ihren heimlichen Treffen zusammen gegangen waren. »Sie kommen aus einer Großstadt. Darum wundert es mich immer wieder, wieviel Verstand Sie für alles aufbringen, was mit Landwirtschaft zusammenhängt.«

Jo, das dichte blonde Haar mit einem dunkelblauen Band zurückgenommen, sah heute besonders hübsch aus. Die unverhüllte Bewunderung, die sie in Dirks grauen Augen lesen konnte, löste ziemliche Verwirrung in ihr aus. Tapfer versuchte sie, seinem Blick standzuhalten, und wunderte sich über das warme Gefühl, das sie dabei durchströmte.

»Ja, komisch, nicht wahr.« Es gelang ihr, die ungewohnte Befangenheit abzuschütteln und sich ganz natürlich zu geben. »Dabei hat es in unserer Familie meines Wissens nie einen Landwirt gegeben. Ich muß wohl aus der Art geschlagen sein oder habe meine Liebe zum Land von irgendeinem weit zurückliegenden Ahnherrn geerbt; denn meine Mutter ist Lehrerin, mein Vater war bis Ende des Krieges Offizier, später dann Kunstmaler. Ein sehr guter übrigens«, fügte sie nicht ohne Stolz hinzu. »Zwei seiner zauberhaften Aquarelle hängen noch heute in der Kunstakademie.«

Dirk war sehr nachdenklich geworden, er schien sichtlich mit einem Entschluß zu kämpfen. Als er sich Jo endlich fragend zuwandte, wollte es ein Zufall, daß sie unter der gleichen hohen Eiche stehenblieben, unter der einst Charlotte Wagner auf ihren Axel von Rheinhagen gewartet hatte.

»Ich würde Ihnen sehr gern Hohenlinden zeigen, Fräulein Engelmann. So groß wie Rheinhagen ist es mit seinen fünftausend Morgen allerdings nicht, aber es ernährt seinen Mann recht anständig. Der Boden ist fruchtbar und in Ordnung, der Viehbestand dem Weideland angemessen hoch und gesund. Die Graßmanns haben immer gut gewirtschaftet und dafür gesorgt, daß der Besitz schuldenfrei blieb. Ich jedenfalls . . .«

Dirk verstummte, und eine tiefe Röte stieg in sein gebräuntes, sympathisches Gesicht. Mitten in seiner schwungvollen Rede war ihm bewußt geworden, wie weit er bereits gegangen war. Jo mußte ja den Eindruck gewinnen, er versuche nur deshalb, ihr das Leben auf Hohenlinden in den schönsten Farben zu malen, um in ihr den Wunsch zu wecken, eines Tages dort als Hausfrau zu schalten und zu walten.

Dirks Vermutung traf zu. Jo hatte die Absicht, die in Dirks Worten lag, sehr gut verstanden. Als sie sich nach kurzem Zögern bereit erklärte, ihm in Frau von Rheinhagens Begleitung einen Besuch abzustatten, sobald sich dies einrichten ließe, wirkte sie ausgesprochen befangen.

Dirks Mutter war bei seiner Geburt gestorben, sein Vater ihr vor einigen Jahren in den Tod gefolgt. Jetzt führte Frau von Bieler, die schon bei seinem Alten Herrn die Zügel fest in der Hand gehalten hatte, Dirk den Haushalt. Sie war eine liebenswürdige alte Dame, selbst seit vielen Jahren Witwe, und drängte sich nie in den Vordergrund. Wenn man sie brauchte, war sie stets zur Stelle, trat jedoch unauffällig wieder ab, sobald sie spürte, daß ihre Anwesenheit nicht mehr vonnöten war.

Hohenlinden gefiel Jo auf Anhieb. Das Herrenhaus war zwar längst nicht so geräumig wie das von Rheinhagen, es wirkte eher wie eine zu groß geratene Villa. Sehr hübsch fand Jo die beiden turmartigen Anbauten an den Seiten und die erkerartig vorspringenden Fenster, die eine schöne Aussicht auf den sorgsam angelegten Park boten, der ebenfalls wesentlich kleiner als der des Nachbargutes war.

»Zu Lebzeiten meiner Großmutter wohnte man noch nach hintenraus zum Wirtschaftshof«, erläuterte Dirk lebhaft. Es schien fast, als wolle er durch seine betont sachlichen Schilderungen die Unruhe überspielen, die ihn bei Jos Anblick jedesmal überkam.

Auch sie gab sich anders als sonst. Sogar ihre Art zu gehen hatte sich gewandelt, seit sie Hohenlindener Boden betreten hatte; als fühle sie jeden Schritt mit vollem Bewußtsein, als versuche sie, sich jede Einzelheit genau einzuprägen. Unwillkürlich flogen Johannas Gedanken in die Zukunft. Ja, Jo würde gut in dieses Haus passen. Es hatte genau die richtige Größe, um Behaglichkeit zu verbreiten – die richtige Atmosphäre für ein großes, dauerhaftes Glück.

Dirks Stimme unterbrach die Betrachtungen der alten Dame.

»Meine Großmutter meinte stets, eine gute Hausfrau müsse immer genau über alles Bescheid wissen. Von diesem Fenster aus dirigierte sie die Mägde und Knechte, die ihrer Baronin aufs Wort gehorchten.«

Er öffnete das breite Fenster der Nordstube, in der seit dem Tod seiner Großmutter alles unverändert geblieben war. Die Einrichtung des Raumes war harmonisch und hätte jedem Heimatmuseum zur Ehre gereicht.

Man glaubte direkt, die alte Baronin müsse jeden Moment eintreten, um sich aus dem Fenster zu beugen und zu kontrollieren, ob der Misthaufen auch ordentlich geschichtet war ...

»Woran denken Sie, Fräulein Engelmann?« Dirk war neben sie getreten, und Jo wandte sich ihm lachend zu.

»An den Misthaufen«, platzte sie ehrlich heraus, und alle stimmten in ihr fröhliches Gelächter mit ein.

»Romantische Gedanken hast du, das muß man dir lassen, Kind«, spottete Johanna gutmütig. »Doch in diesem besonderen Fall sind sie gar nicht so unangebracht. Die Bauern behaupten nicht umsonst, man könne den Reichtum eines Hofes nach der Größe seines Misthaufens beurteilen. Dieser hier macht jedenfalls einen recht beruhigenden Eindruck. Mark erwähnte, daß Sie ausgezeichnete Zuchtergebnisse erzielt haben, Dirk, und daß Ihr gesamter Viehbestand im ›Herdbuch‹ eingetragen ist. Darauf können Sie stolz sein.«
Dirk lächelte.
Johannas Lob freute ihn. Er sah in ihr eine wichtige Verbündete, was seine Pläne betraf. Jetzt ließ sie sich in einen der alten gemütlichen Sessel sinken.
»Sie werden Jo noch die Ställe und den Park zeigen wollen, Dirk. Ich kenne das alles bereits und fühle mich einem solchen Gewaltmarsch nicht mehr gewachsen. Wenn Sie so nett wären, Frau von Bieler zu mir zu bitten, dann würde ich mich gern ein Weilchen mit ihr unterhalten. Dieses Zimmer hat es mir schon immer angetan, es ist der richtige Rahmen, um Erinnerungen auszutauschen.«
Dirk beeilte sich mit Freuden, Johannas Wunsch zu erfüllen. Bald darauf schritt er an Jos Seite den breiten Weg entlang, der in den Park führte, an dessen Ende ein Tennisplatz sein ziemlich einsames Leben fristete.
»Der Platz muß unbedingt in Ordnung gebracht werden«, entschuldigte er sich unwillkürlich. »Mir fehlt einfach die Zeit dazu, Tennis zu spielen – und auch die richtige Partnerin.«
Während sie langsam weitergingen, machte er Jo hin und wieder auf einen besonders schönen alten Baum aufmerksam. Das anfangs lebhafte Gespräch versickerte. Jo vermied es, Dirk zu oft anzusehen. Sie wußte, daß er sieben Jahre älter war als sie und trotz seiner Jugend ein tüchtiger Gutsherr. Sein dunkles, manchmal melancholisch wirkendes Gesicht gefiel ihr, und sie verspürte den heimlichen Wunsch, ihn öfters zum Lachen zu bringen.

Als Dirk mit ihr in einen Seitenweg abbog und kameradschaftlich den Arm um ihre Schultern legte, wurde Jo plötzlich klar, daß sie sich – zum erstenmal in ihrem Leben – verliebt hatte. Nein, dieser Ausdruck traf nicht ganz zu. Er beschrieb nicht ihre tatsächlichen Empfindungen. Sie liebte Dirk – so einfach war das.

Während sie sich seiner Nähe fast schmerzhaft bewußt wurde, konnte sie nur eins denken: Dieser Augenblick ist einmalig. Er wird nie wiederkehren – ich darf ihn nie vergessen!

Dirk blieb unvermutet stehen, und Jo sah ihn fragend an. Noch ehe sie etwas sagen konnte, zog er sie mit einer heftigen Bewegung an sich, während seine Lippen die ihren suchten und fanden.

»Du mußt diesen schnöden Überfall verzeihen, Liebling«, entschuldigte er sich später, »aber ich liebte dich vom ersten Moment an, Jo. Und ich bilde mir ein, daß du meine Gefühle erwiderst. Die Art und Weise, wie du mich eben geküßt hast, läßt mich jedenfalls hoffen. Zwar bin ich nicht witzig und klug, wie zum Beispiel Mark, und schön bin ich ebensowenig. Wärst du trotzdem bereit, in absehbarer Zeit – nein, bald schon – deinen Namen gegen den meinen einzutauschen?«

Jo kehrte abrupt auf den Boden der Tatsachen zurück. Natürlich liebte sie Dirk. Andererseits kannte er sie doch kaum. Sie wollte nicht, daß er seine überstürzte Werbung eines Tages bereute. Denn noch stand gar nicht fest, ob sie auch wirklich in jeder Beziehung zueinander paßten. Sie war fest entschlossen, nur eine Ehe zu schließen, die lediglich der Tod zu trennen vermochte.

Behutsam, aber bestimmt befreite sie sich aus seinen Armen, die sie noch immer umfaßt hielten. »Du willst, daß wir heiraten, Dirk. Sollten wir nicht vielleicht lieber warten, bis wir völlig sicher sind, daß unsere Gefühle für ein ganzes Leben ausreichen? Ich kann mit einiger Gewißheit behaupten, daß ich dich liebe und nicht nur in dich verliebt bin. Doch es ging alles zu schnell, du hast gar keine Zeit gehabt, ernsthaft nachzudenken. Zum Beispiel hast du einen sehr wichtigen Punkt vergessen. Du trägst einen alten angesehenen Namen, bist von Adel, ich dagegen bin bürgerlich. Zwar haben die Zeiten sich geändert – was Standesvorurteile betrifft, denkt man gottlob nicht mehr so engherzig. Dennoch solltest du dir alles noch einmal durch den Kopf gehen lassen.«

Dirk lachte sorglos und nahm Jo erneut in die Arme.

»Ach, Liebling, Namen sind Schall und Rauch, das hat schon Meister Goethe festgestellt. Du würdest staunen, wie leicht sich solche Bedenken ausräumen lassen.«

Seine in vollkommener Unbefangenheit und Ahnungslosigkeit dahingesprochenen Worte bekamen für Jo wenig später Bedeutung, ja weckten in ihr den Verdacht, er könnte von Anfang an über ihre wahre Herkunft orientiert gewesen sein. Zumindest wurde ihr Vertrauen zu ihm dadurch bedenklich erschüttert.

Nach einer knappen Stunde Abwesenheit trafen die beiden wieder in der Nordstube ein, wo Johanna und Frau Bieler sich immer noch lebhaft unterhielten. Johanna fiel sofort die Veränderung auf, die mit Jo vorgegangen war. Die Wangen des jungen Mädchens glühten, und sein roter Mund verriet diesen scharf beobachtenden Augen mehr, als ihm lieb sein konnte. Johannas Hoffnung, ihre Enkelin für immer an Pommern zu fesseln, erhielt neue Nahrung.

»Dirk von Graßmann ist sehr tüchtig und wirklich sympathisch«, bemerkte sie auf der Heimfahrt in aller Harmlosigkeit und stellte mit Genugtuung fest, wie verlegen das Mädchen auf diese Bemerkung reagierte. »Wie du wohl bemerkt haben wirst, ist Hohenlinden ein Mustergut. Das einzige, was dort fehlt, ist die Hausfrau. Natürlich lasse ich nichts auf Magda von Bieler kommen, aber ihren Funktionen sind gewisse Grenzen gesetzt.«

»Du sagst das so bedeutungsvoll, Tante Johanna«, gab Jo nach einer nachdenklichen Pause zurück. »Ich glaube, daß Dirk auch so denkt. Lach mich bitte nicht aus – aber irgendwie ist mir, als hätte er mir vorhin im Park einen Heiratsantrag gemacht.«

»Dir ist nur so, Kind?« Johanna bemühte sich, nicht gar zu zufrieden dreinzuschauen. »Und wie stehst du zu seinem Wunsch?«

»Ich möchte nicht, daß er etwas übereilt. Wir wollen doch ganz ehrlich sein, Tantchen. Zuerst verliebt man sich nur in die äußere Erscheinung eines Menschen. Um sein Herz zu prüfen, dazu benötigt man viel mehr Zeit. Vielleicht wird Dirk schon bald anders über mich denken. Gar so einfach bin ich nun auch wieder nicht zu behandeln. Zuweilen gleiche ich einer Katze: Wenn man mich gegen den Strich bürstet, kratze und beiße ich.«

Jo verstummte und überlegte einen Moment ernsthaft. »Das stimmt nicht ganz. Ich stelle es mir lediglich so vor. Bisher lebte ich nur mit Menschen zusammen, die ich seit meiner Kindheit kannte und die mir vertraut waren. Es konnte also gar nicht erst zu Meinungsverschiedenheiten kommen, denn meine Eigenarten waren ihnen bekannt. Mit einem Mann ist das anders – er ist ein fremdes Wesen, dessen Seele man erst studieren muß, um sie zu verstehen. Unter Umständen sind Dirk und ich wie Feuer und Wasser – zwei feindliche Elemente . . .«

»Was du so zusammenredest, Jo! Wir waren uns doch auch fremd, und trotzdem bilde ich mir ein, daß du mich liebhast.«

In Jos Augen, die sie Johanna überrascht zuwandte, lag ihr ganzes Herz.

»Aber das läßt sich doch gar nicht vergleichen, Tante Johanna. Ich hatte sofort das Gefühl, daß du irgendwie zu mir gehörst – so wie eine Großmutter. Die hätte ich bestimmt genauso geliebt wie dich.«

Johanna senkte den Kopf. Sie wollte nicht, daß Jo den schmerzlichen Ausdruck bemerkte, der plötzlich auf ihrem Gesicht lag. Dann zog sie ihre Enkelin liebevoll an sich.

»Du hast wohl recht, Jo, das läßt sich wirklich nicht vergleichen. Was Dirk betrifft, so ähnelst du in dieser Beziehung deiner Mutter. Auch sie hielt nie viel davon, die Dinge zu überstürzen.«

Als Jo sie daraufhin groß und verwundert ansah, setzte sie hastig hinzu: »Ich habe manches eingehende Gespräch mit deiner Mama geführt, mein Kind. Darum bilde ich mir ein, ihren Charakter beurteilen zu können. Eins weiß ich jedenfalls ganz gewiß: Sie hat deinen lieben Vater sehr glücklich gemacht.«

Noch lange grübelte Jo später über die Worte der alten Dame nach. Sie konnte sich jedoch keinen Reim darauf machen und vergaß sie schließlich wieder.

Wenn Johanna nach dem gemeinsam im Herrenhaus eingenommenen Mittagessen ruhte, unternahm Jo ausgedehnte Streifzüge in Park und Haus. Ingrid, die keine Zeit hatte, sich daran zu beteiligen, trennte sich dann von ihrem Schlüsselbund, damit Jo auch die Räume im oberen Stockwerk erforschen konnte. In den zur Zeit unbewohnten Zimmern des Seitenflügels befand sich manches wertvolle Stück von früher, das für ein junges Mädchen der Gegenwart von besonderem Interesse war, weil es diese Dinge nur vom Hörensagen kannte.

»Solltest du dich in einem der vielen Gänge oder Säle verirren, dann schrei einfach«, riet Ingrid und fügte burschikos hinzu: »Irgend jemand wird dich schon hören und auf den richtigen Weg zurückbringen.« Sie konnte nicht ahnen, wie prophetisch ihre Worte in dem vorliegenden Fall waren. Denn dieser Streifzug durch das stille alte Haus mußte Jo zwangsläufig auf einen Weg führen, der ihr Klarheit über ihre Herkunft verschaffen würde.

Jo ließ sich Zeit, nichts drängte sie. Vor jedem der Porträts, die in den breiten Galerien und in den Sälen hingen, verweilte sie lange, um sich in die Gesichter der Menschen zu vertiefen, die vor vielen Jahrzehnten damit begonnen hatten, das Wesen

der Rheinhagens zu prägen. Auch bei Mark fanden sich die charakteristischen Merkmale, die bei Männern auf einen eisernen Willen, bei Frauen hingegen auf Klugheit und Willenskraft schließen ließen.
Vor allem von dem Bildnis Jane Mortimers, einer zu ihrer Zeit als besondere Schönheit gerühmten Dame des englischen Uradels, fühlte Jo sich angezogen. Erstmals begann sie Vergleiche anzustellen, die sie stutzig machten. Wohl hatte sie Fotos von Edda von Rheinhagen gesehen und dabei manche Ähnlichkeit mit sich selbst festgestellt. Lady Janes Porträt jedoch ließ sie glauben, sie – Jo Engelmann – wäre von einem Maler in einem Kostüm längst vergangener Tage auf die Leinwand gebannt worden. Sollte das der Anlaß dafür gewesen sein, daß Tante Johanna sie derart in ihr Herz geschlossen hatte?
Doch nein – angeblich war sie ja Tante Johannas einstiger Lieblingsfreundin wie aus dem Gesicht geschnitten. Jo runzelte unmutig die Stirn, wie immer, wenn sie über etwas unzufrieden war. Sie liebte es nicht, von Unklarheiten umgeben zu sein. Um ehrlich zu sein: So manches hatte ihr schon zu denken gegeben, seit sie in Rheinhagen weilte – flüchtige Ahnungen, Gefühle. Aber worum es sich wirklich handelte, wußte Jo selber nicht.
In Gedanken versunken, hatte sie bereits mehrere offenbar lange nicht mehr benutzte Räume durchschritten – wer mochte sie wohl einst bewohnt haben? – als sie ein nach Süden gelegenes großes Zimmer betrat. Obgleich es ebenfalls unbewohnt war, machte es doch einen gepflegten, lebendigen Eindruck, als sorge eine liebende Hand unermüdlich dafür, daß der Bewohner bei seiner unvermuteten Rückkehr alles in bester Ordnung vorfände.
Unwillkürlich paßte Jo ihre Schritte der unwirklichen Atmosphäre dieses schönen Raumes an. Sie bewegte sich auf Zehenspitzen, als fürchte sie, einen Schlafenden zu wecken. Wie aus einer Reihe von Gegenständen zu ersehen, schien es sich um

das Wohnzimmer eines jungen Offiziers der Kaiserzeit zu handeln. Eine Reitpeitsche mit einem silbernen Knauf lag lässig hingeworfen auf dem Schreibtisch. Daneben befand sich ein angefangener Brief, der verriet, daß der Schreiber wohl unterbrochen worden war und danach keine Lust mehr verspürt haben mochte, ihn zu beenden. Er trug ein Datum des Jahres 1916. Vielleicht war der Offizier damals auf Urlaub gewesen und hatte überstürzt an die Front zurückgemußt? Tante Johanna hatte jedoch nie von einem Sohn, sondern immer nur von ihrer Tochter Edda gesprochen. Hatte Mark früher einmal dieses Zimmer bewohnt?

Da entdeckte Jo einige gerahmte Fotos an der Wand und trat näher heran, um sie aufmerksam zu betrachten. Es waren die üblichen Gruppenaufnahmen mit lachenden jungen Menschen, die beim Abschluß von Lehrgängen und bei Festlichkeiten in Offizierskasinos aufgenommen worden sein mochten. Die meisten dieser Aufnahmen waren wohl kurz vor dem Krieg entstanden. Jo empfand plötzliche Traurigkeit. Viele dieser fröhlichen jungen Männer hatten möglicherweise die Heimat nie wiedergesehen und ruhten irgendwo in fremder Erde.

Auf einmal wich alles Blut aus ihren Wangen; sie hatte das unheimliche Gefühl, als wanke der Boden unter ihren Füßen. Ihr Blick war zufällig auf ein Gesicht gefallen, das sie kannte – sehr gut sogar. Es gab keinen Zweifel. Der junge, gutaussehende Oberleutnant, der vergnügt lachend inmitten seiner Kameraden saß, war kein anderer als ihr Vater. An seiner Hand, die fröhlich ein Sektglas schwenkte, war deutlich ein Ring zu erkennen – der gleiche Ring, den er angeblich erst während des Krieges von einem sterbenden Freund erhalten hatte.

Jo sah die längst vergessen geglaubte Szene ganz deutlich vor sich: Sie und der Vater im Dresdner Garten bei einer lustigen Schneeballschlacht – und dann ihr Gespräch über den seltsamen Wappenring. ›Emsig und treu‹, hörte sie sich sagen, wor-

auf Vaters Gesicht für kurze Zeit schmerzlich und ernst wurde.
Das verräterische Foto in der Hand, sank Jo willenlos auf einen Stuhl. Wo hatte sie nur die ganze Zeit ihre Augen gehabt? Das Wappen, das man hier in Rheinhagen auf Schritt und Tritt antraf, war doch das gleiche wie auf jenem Ring, den sie völlig aus dem Gedächtnis verloren hatte. Immerhin lag jene Schneeballschlacht bereits sieben Jahre zurück. Mit einem Schlag wurden ihr die Zusammenhänge klar: Alles begann sich wie ein Puzzle ineinanderzufügen.
Sie befand sich jetzt in Rheinhagen, weil ihr Vater einst hierhergehört hatte, obgleich sein Name seltsamerweise Engelmann gewesen war. Soviel stand erst einmal fest. Doch die Zusammenhänge blieben nach wie vor ein Rätsel und in völliges Dunkel gehüllt.
Jo benötigte sehr lange, um mit dem, was in diesen wenigen Minuten auf sie eingestürmt war, fertig zu werden. Sie hätte liebend gern geweint; denn sie vermutete – und das mit Recht – hinter eine Tragödie gekommen zu sein, die das Leben ihres über alles geliebten und bewunderten Vaters überschattet hatte. Doch innerlich war sie wie zu Eis erstarrt, und die erlösenden Tränen wollten sich nicht einstellen.
Sie kam sich verraten und hintergangen vor – sie allein war ahnungslos gewesen. Auch Dirk wußte natürlich genau Bescheid. Darum war er so schnell bereit gewesen, sie zu heiraten. Sie war ja letzten Endes eine Rheinhagen und ihm ebenbürtig.
Als Jo endlich die Treppe zum Vestibül herunterkam, das Foto, durch das sie die Wahrheit erfahren hatte, in der Hand, trat Dirk eben von draußen herein. Einen Moment mußte er sich erst an das Dämmerlicht des riesigen Raumes gewöhnen. Dann aber entdeckte er Jo und wollte strahlend auf sie zugehen.
Sie wehrte ihn jedoch mit einer heftigen Handbewegung ab und rief anklagend: »Du hast es von Anfang an gewußt, nicht

wahr, Dirk? Alle wußten es – nur ich nicht! Ein reiner Zufall ließ mich auf die wahren Zusammenhänge stoßen. Darum war der Name Engelmann für dich kein Ehehindernis. Du konntest es unbesorgt riskieren, mir einen Heiratsantrag zu machen, weil dir bekannt war, daß ich eigentlich eine Rheinhagen bin.«

Dirk starrte Jo verwirrt an. Was redete das Mädchen da? Er hatte keine Ahnung, worum es eigentlich ging. Zögernd nahm er das Foto, das Jo ihm vorwurfsvoll entgegenstreckte. Allmählich gelang es ihm, Licht in die Angelegenheit zu bringen. Daß er nicht gleich darauf gekommen war! Jos verblüffende Ähnlichkeit mit Edda hätte ihm eigentlich zu denken geben müssen. Die alte Dame mußte ja schließlich einen triftigen Grund gehabt haben, Jo nach Rheinhagen mitzubringen. Jo war – da gab es keinen Zweifel – Johanna von Rheinhagens Enkelin. Aber, wie zum Teufel, war das möglich? In diesem Punkt versagte Dirks Kombinationsgabe.

Statt dessen drängte sich ein anderer Gedanke in den Vordergrund: Jo hielt ihn für einen berechnenden Burschen und Mitgiftjäger.

Das brachte ihn auf die Palme; denn sein Gewissen war in dieser Beziehung völlig rein.

Zwischen den beiden jungen Menschen, die noch vor wenigen Stunden an die große Liebe geglaubt und einander vertraut hatten, fielen harte Worte. Plötzlich drehte Dirk von Graßmann sich entschlossen um und stürmte aus dem Haus, wobei er beinahe Johanna umgerannt hätte, die eben gemächlich eintreten wollte.

Noch ehe die alte Dame ihr Befremden über Dirks unhöfliches Gebaren äußern konnte, warf Jo sich ihr weinend in die Arme.

»Warum hast du mir nicht schon in Dresden die Wahrheit gesagt, Großmutter«, rief sie schluchzend aus. »Warum hat auch Mutti mich belogen und behauptet, du seist mit ihrer Mutter befreundet gewesen. Welch ein Schaf war ich doch, mir einzubilden, du hättest mich aus solch fadenscheinigen Gründen nach Rheinhagen mitgenommen.«

Johanna antwortete nicht.

In zunehmender Erregung fuhr Jo fort: »Ich war oben in Vaters einstigem Zimmer und habe mir dort einiges zusammengereimt. Trotzdem begreife ich noch immer nicht, wozu diese ganze Komödie nötig war? Warum lebte Vater unter falschem Namen in Dresden, warum war jede Verbindung zwischen euch abgerissen? Fragen über Fragen! Und jetzt ist alles nur noch schlimmer geworden. Meine Entdeckung, die Erkenntnis, daß ich deine Enkelin bin – all das hat mich ungerecht und hart gemacht. Ich habe Dirk zutiefst gekränkt, er wird nie wieder . . .«

»O doch, er wird.« Johanna war mit der Entwicklung durchaus zufrieden. Sie wurde dadurch der Notwendigkeit enthoben, Erklärungen abgeben zu müssen. Jetzt durfte sie sich offen zu ihrer Enkelin bekennen, ohne das Charlotte gegebene Wort brechen zu müssen. »Ich werde dem jungen Mann ein paar Zeilen schreiben und dein Verhalten entschuldigen. Hoffentlich ist dir inzwischen klargeworden, daß er davon ebensowenig eine Ahnung hatte wie du, mein Kind.«

Während Jo im Salon der Großmutter den letzten Brief ihres Vaters an seine Mutter las, faßte Johanna einen Entschluß.

»Ich verstehe, daß diese Enthüllung ein ziemlicher Schock für dich war, Jo«, bemerkte sie verständnisvoll, als ihre Enkelin den Brief sinken ließ und die jetzt reichlich fließenden Tränen zu trocknen versuchte. »So ohne jede Vorbereitung zu erfahren, was sich vor vielen Jahren zugetragen hat, ist hart. Ich finde, du solltest Gelegenheit haben, Abstand zu den Dingen zu gewinnen. Was würdest du von dem Vorschlag halten, deiner Tante Edda baldmöglichst einen Besuch abzustatten. Seit ich ihr von deiner Existenz berichtet habe, sehnt sie sich danach, die Tochter ihre Bruders Axel in die Arme zu schließen. Bis zu unserer Rückkehr wird auch Dirk sich wieder beruhigt haben.«

Jo war jung und daher allen neuen Vorschlägen zugänglich. Ihr Kummer verflog wie Spreu im Wind, machte einer zaghaften Freude Platz. Die Aussicht, nach England zu reisen, um dort ihre Tante Edda kennenzulernen, ließ sie ganz automatisch die neue Situation akzeptieren, Johanna von Rheinhagens Enkelin zu sein.

Materielle Erwartungen spielten in ihren Erwägungen keine Rolle, obgleich sie nun – ebenso wie Mark und Edda – auch eine Rheinhagen war. Im Gegenteil: Sie bestand darauf, weiterhin den Namen Engelmann tragen zu dürfen.

»Es genügt doch, Omi, daß wir Familienmitglieder es wissen«, meinte sie ernst. »Wolltest du mich plötzlich in aller Öffentlichkeit als deine Enkelin anerkennen, würde man damit beginnen, Fragen zu stellen. Vaters Andenken könnte darunter leiden. Was er tat, war nach dem Gesetz strafbar. Ich möchte nicht, daß sein Andenken beschädigt wird. Nur Dirk soll es wissen – er hat ein Recht darauf. Wenn er mich so liebt, wie er behauptet hat, wird er um meinetwillen schweigen.«

Bei dieser Regelung blieb es vorerst. Die Reisevorbereitungen beanspruchten Jos ganzes Interesse: schließlich war dies ihre erste Auslandsreise. Da sie nach Rheinhagen zurückkehren würde, fiel der Abschied ihr leicht. Ingrids und Marks kleiner Sohn Michael protestierte allerdings heftig gegen die Abreise seiner neuen Tante, die er innig in sein Kinderherz geschlossen hatte. Als Jo ihm jedoch versprach, recht bald zurückzukommen, versiegten seine Tränen alsbald.

Für Jo wurde die Reise zu einem einzigen großen Abenteuer, und sie nahm alles Neue mit wachen Sinnen in sich auf. Als sie dann an der Seite der Großmutter zum erstenmal englischen Boden betrat, verhielt sie plötzlich den Schritt. Irgendeine Ahnung schien sie anzurühren – daß dieses Land ihr eines Tages nach großer materieller Not nicht nur eine Zuflucht, sondern auch eine zweite Heimat werden würde.

Nicht umsonst war sie Johannas Enkelin. Auch in ihr steckte

etwas von der westfälischen Spökenkiekerei, von der Gabe, Dinge im voraus zu spüren. Es gehörte jedoch zu ihren liebenswertesten und besten Eigenschaften, nicht lange nachzugrübeln, sondern ihr Herz bereitwillig allem Unbekannten zu öffnen.

So verschwand auch das beklemmende Gefühl sofort, das sie einen Augenblick befallen hatte, als sie ihrer Tante Edda gegenüberstand.

»Nein! Wenn ich es nicht mit eigenen Augen sähe, würde ich es für unmöglich halten«, rief sie lachend aus und warf sich in überströmender Freude in Eddas Arme. »Wir gleichen uns wirklich aufs Haar, Tante Edda. Ich freue mich ja so, dich endlich kennenzulernen.«

»Ich freue mich auch, mein Liebling.« Edda war innerlich zutiefst bewegt: Plötzlich schien Axel ganz nah zu sein und unsichtbar unter ihnen zu weilen. Sie hielt ja sein Kind umfaßt, von dessen Existenz sie bis vor kurzem noch keine Ahnung gehabt hatte. Die Augen voller Tränen, setzte sie mit vor Rührung erstickter Stimme lächelnd hinzu: »Du hast ganz recht, Jo. Deine Großmama hat mich schon brieflich auf dieses Phänomen vorbereitet, sonst hätte ich es nie und nimmer geglaubt. In jüngeren Jahren muß ich dir sehr ähnlich gewesen sein. Mittlerweile marschiere ich langsam auf die Fünfzig zu.«

»Das sieht dir aber niemand an, Mama.« Der junge Mann, der sich bisher, um die Familienszene nicht zu stören, diskret im Hintergrund gehalten hatte, mischte sich ein, als die Sache zu rührselig zu werden drohte. »Darf ich verwandtschaftliche Rechte geltend machen?«

Die blauen Augen mit unverhohlener Bewunderung auf Jo gerichtet, sprach dieses Musterexemplar eines Engländers unbekümmert weiter: »Cousine Jo, ich bin dein Cousin Stephen. Hoffentlich schließt du mich in dein Wohlwollen mit ein. Auf jeden Fall rate ich dir, dich gut mit mir zu stellen. Denn ich bin dazu bestimmt, den Bärenführer zu spielen und dir die Schönheiten unseres Landes zu zeigen. Verfüge also jederzeit über mich. Donnerwetter! Du könntest tatsächlich eine jüngere Ausgabe von Mama sein.«

Während er Jo begeistert die Hand schüttelte, versuchte diese, ihn einzuordnen. Natürlich – das mußte Stephen Ashcroft sein, den Tante Edda während des Krieges als Baby an Kindes Statt angenommen hatte. Blond, blauäugig und fast überschlank, war er der typische Vertreter seiner Rasse. Jo fand ihn auf Anhieb sympathisch.

»Ich freue mich, Stephen.« Sie kämpfte gegen ein Lachen an, als er sie weiterhin fasziniert anstarrte. »England soll wunderschön sein. Schon die Seereise war für mich ein Erlebnis«, fuhr sie lebhaft fort. Die Aufregung hatte ihre Wangen gerötet und ihren Augen erhöhten Glanz verliehen. »So viel Wasser«, schloß sie beeindruckt und wunderte sich nicht, daß ihre Worte fröhliches Gelächter auslösten. Auf Menschen, die an der See groß geworden waren, mußte eine Landratte wie sie ungemein komisch wirken.

»Wasser bekommst du hier in Hülle und Fülle zu sehen«, dozierte Stephen, während sie zu dem wartenden Wagen schlenderten. »Der Besitz meiner Eltern liegt hoch über der See, außerdem gehört uns eine kleine Werft in Plymouth. Cornwall wird dir bestimmt gefallen, Jo! Weißt du übrigens, daß der Besitz der Wakefields einst eurer Urahne gehörte, der geborenen Mortimer? Bei Gelegenheit muß ich dir erzählen, wie es kam, daß mein Vater deine Tante, meine Mutter, kennenlernte. Auch dabei hatte die schöne Jane Mortimer – obgleich sie schon lange tot ist – die Hand mit im Spiel.«

»Das interessiert mich mächtig. Ihr Porträt hat mich von Anfang an fasziniert. Und Cornwall wird mir bestimmt gefallen. Die Küste soll viel wilder als die der Ostsee sein und früher einen Tummelplatz für Piraten abgegeben haben.«

Jo musterte ihren Gesprächspartner verstohlen von der Seite. Obgleich sie unaufhörlich an Dirk denken mußte, gefiel ihr dieser heitere, aufgeschlossene Brite ausnehmend gut. Sein lustig hochgezwirbelter kleiner Schnurrbart schien zu dokumentieren, daß Stephen mit seinem Leben zufrieden und bereit war, diese Zufriedenheit auch auf andere zu übertragen. Demzufolge verstanden Jo und Stephen sich von Anfang an ausgezeichnet. Es gab keine Befangenheit zwischen ihnen, und bereits nach wenigen Tagen war nicht mehr zu übersehen, daß Stephen Ashcroft für seine Cousine mehr als nur rein verwandtschaftliche Gefühle hegte.

»Es passiert manchmal, daß Männer, wenn sie ins heiratsfähige Alter kommen, in ihrer Auserwählten insgeheim ein Duplikat ihrer Mutter zu finden hoffen.« Edda sagte es nachdenklich, während sie und Johanna von der Terrasse aus Jo und Stephen beobachteten, die wie ausgelassene Kinder mit den Hunden herumtobten. »Stephen hängt seit frühester Kindheit mit abgöttischer Liebe an mir. Er hat sehr früh begriffen, daß eine Adoptivmutter ein vollwertiger Ersatz für die leibliche Mutter sein kann. Es würde mich also nicht weiter verwundern, wenn er sich in Jo verliebte. Eben weil sie mir so ähnlich sieht.«

»Ich weiß nicht, ob das wünschenswert wäre.« Johannas Blick wurde nachdenklich. »Komplikationen dieser Art hatte ich allerdings nicht bedacht, als ich Jo zu unserer Reise animierte. Um Stephen eine Enttäuschung zu ersparen, halte ich es für richtig, dir reinen Wein einzuschenken, Edda. Du kennst Dirk von Graßmann. Er möchte Jo heiraten. Soweit ich das beurteilen kann, erwidert sie seine Liebe. Es wäre am besten, du würdest das Stephen schonend beibringen.«

»Ich werde mich hüten«, rief Edda impulsiv aus. »Das sollen die jungen Leute untereinander ausmachen. Jo wird schon die richtigen Worte finden. Oder meinst du doch, daß ich . . .«

Noch ehe Edda Gelegenheit fand, ihrem Sohn diese betrübliche Tatsache behutsam klarzumachen, brachte Stephen selbst den Stein ins Rollen. Es lag nicht in seiner Natur, lange zu fakkeln, wenn ihm etwas wichtig erschien. Während eines Besuches seiner Werft – Jo weilte inzwischen schon drei Wochen in England –, nahm er das Alleinsein mit ihr zum Anlaß, ihr eine Liebeserklärung zu machen.

Da er sich dazu ausgerechnet das Deck eines im Bau befindlichen Frachters ausgesucht hatte und ohrenbetäubender Lärm seine Worte verschluckte, achtete Jo zunächst nicht auf das, was er sagte. Sie fand das geschäftige Treiben des bedeutenden englischen Handelshafens ungeheuer faszinierend. Endlich konzentrierte sie ihre Aufmerksamkeit wieder auf Stephen.

»Die Werft, die ich von meinem im Kriege gefallenen Vater geerbt habe, ist nicht sehr groß«, erklärte dieser eben lebhaft. »Dennoch können wir uns über Mangel an Aufträgen nicht beklagen. Die Firma läuft ausgezeichnet. Und damit komme ich schon auf das Thema, das mir besonders am Herzen liegt. Wir sind zwar im weitesten Sinne Cousin und Cousine, aber nicht blutsverwandt, da ich ja seinerzeit von deiner Tante Edda nur adoptiert wurde. Ich habe dich vom ersten Moment an geliebt, Jo, und bilde mir ein, daß du mich ein wenig magst. Darum bitte ich dich, meine Frau zu werden . . .«

Stephen verstummte, von seinem eigenen Mut überrascht. Entgegen seiner sonstigen Gewohnheit hatte er erstaunlich ernst gesprochen. Als ihm jetzt Jos Betroffenheit bewußt wurde, fügte er beschwörend hinzu, als wolle er seinen Worten besonderen Nachdruck verleihen:

»Ich nehme an, daß du über verschiedene Dinge unzureichend informiert bist, Jo. Doch können wir einfach nicht mehr daran vorbei. Die Anzeichen verstärken sich, möglicherweise steht ein neuer Krieg bevor. Sollte es zwischen unseren Ländern wieder einmal zu einer Auseinandersetzung kommen, wäre mir der Gedanke schrecklich, dir nicht zur Seite stehen zu können! Sicher hat man dir erzählt, daß auch John Wakefield, mein Adoptivvater, sich seine Frau kurz vor Beginn des letzten Krieges nach England holte. Ich bin sehr froh und dankbar, daß er es getan hat. Sonst hätte ich nämlich damals 1917 in deiner Tante Edda nicht eine so gute und liebevolle Mutter gefunden.«

»Aber es muß doch nicht unbedingt zum Krieg kommen«, wandte Jo ratlos ein. Sie fühlte sich völlig überrumpelt. Wohl hatte sie Stephens Zuneigung bemerkt, sie aber bis zu dieser Minute nicht sonderlich ernst genommen. Mit einem Heiratsantrag hatte sie allerdings am wenigsten gerechnet.

»Die Menschen müßten doch aus dem letzten Krieg gelernt und begriffen haben, daß durch erneutes Blutvergießen keinem geholfen wäre. Wir schreiben das Jahr 1939, Stephen. Die Politiker werden aus dem Schaden von damals Erkenntnisse geschöpft haben und besonnen vorgehen.«

Jo verstummte jäh. Nein, sie machte sich wohl selbst etwas vor. Sie besaß einen wachen Verstand und hatte sich ihre eigenen Gedanken gemacht. Zudem fiel ihr jetzt Dirk ein, und sie wünschte sich sehnlichst, bald zu ihm zurückkehren zu dürfen. Als sie aufblickte, war ihr, als habe eine düstere Wolke den strahlendblauen Himmel verdunkelt. Sie erschauerte trotz der sommerlichen Hitze.

»Laß uns nach Hause fahren, Stephen«, bat sie, seine Frage von vorhin einfach ignorierend; vielleicht hatte sie diese über dem Problem eines neuen Krieges auch nur vergessen. »In diesem Lärm kann man sich ja kaum verständigen.«

Stephen preßte in jungenhafter Enttäuschung die Lippen zusammen, versuchte aber nicht, Jo zum Bleiben zu bewegen. Natürlich hatte sie sein Vorschlag überrascht, sie brauchte Bedenkzeit. Und doch – hätte sie nicht wenigstens auf seine Bitte eingehen, ihre Bereitschaft zeigen müssen, über seinen Vorschlag nachzudenken?

Auf der Klippenstraße hoch über der See hielt Stephen an und legte seine Hand bittend auf die ihre. Jo verstand seine stumme Frage und wandte sich ihm mit einem scheuen Lächeln zu.

»Ja. Ich bin dir wohl eine Antwort schuldig, Stephen. Ich habe dich sehr gern und hätte dich sicher auch lieben können – wäre vor dir nicht schon ein anderer Mann in mein Leben getreten. Er bedeutet mir sehr viel.« Jo verstummte. Der schmerzliche

Ausdruck in seinen Augen tat ihr weh. Sie haßte sich selbst, weil sie gezwungen war, ihm diese Enttäuschung zu bereiten.
»Du bist noch jung, wirst viele andere Mädchen kennenlernen und unter ihnen eines Tages die richtige Frau für dich finden. Ich wäre dies bestimmt nicht gewesen.«
Stephen schwieg lange. Dann nahm er Jos Hand und drückte einen leichten Kuß darauf.
»Lassen wir's vorläufig gut sein«, bemerkte er dann in dem gewohnten lässigen Ton, den Jo an ihm so mochte, der sie in diesem Moment jedoch nicht zu täuschen vermochte. »Ich kann warten. Wer weiß, was noch alles geschieht. Ich bilde mir jedenfalls nach wie vor ein, daß meine zukünftige Frau Jo heißen wird.«

Edda, von ihrem Stiefsohn über die mißglückte Werbung unterrichtet, sprach Jo am gleichen Abend darauf an.
»Es ist seltsam, wie die Wege des Schicksals oft gehen, Jo. Ich weiß nicht, ob deine Großmutter dir erzählt hat, wie ich einst meinen John kennengelernt habe. Vor vielen Jahren gehörte dieses Gut der Familie Mortimer. Der letzte Träger dieses Namens, Sir Jack Mortimer, war verwitwet. Er ging als Botschafter Ihrer Majestät nach Indien, wohin seine einzige Tochter Jane ihn begleitete. Dort lernte ein Rheinhagen, ein reiselustiger Mann, Jane kennen und heiratete sie vom Fleck weg.«
Jo nickte lächelnd. »Sie war sehr schön. Ihr Bild hängt noch heute oben im Saal.«
»Schön und exzentrisch. Zum Beispiel fuhr sie nur mit dem Vierergespann, gab glanzvolle Feste – das war sie von Indien her so gewohnt –, brachte dem Besitz aber auch einen guten Batzen Geld ein. Ihr verdanken wir letzten Endes den großzügigen Ausbau Rheinhagens und den nach französischem Muster angelegten Park.«
»Und Onkel John – wie paßt er in die Geschichte?« erkundigte sich Jo interessiert.

»Sir Jack Mortimer vererbte unseren heutigen Besitz seiner Tochter. Doch sie hatte in Rheinhagen eine neue Heimat gefunden, die sie sehr liebte, und verkaufte das Familiengut an die Wakefields. Als John dann später den Besitz übernahm, stöberte er in alten Chroniken und stieß dabei auch auf die schöne Jane. Ihr Schicksal interessierte ihn. Anläßlich einer Deutschlandreise wandelte er auf ihren Spuren und landete schließlich in Rheinhagen. Den Rest weißt du.«
»Dort verliebte er sich in dich, das Ebenbild der zauberhaften Jane Mortimer.« Jo blickte nachdenklich in die abendliche Dämmerung hinaus. »Rheinhagen scheint der Schauplatz vieler großer Liebesgeschichten zu sein. Ich weiß jetzt, daß meine Mutter oft hinkam, um ihren Onkel Wagner zu besuchen, und dabei meinen Vater kennenlernte. Und jetzt ...«
»Jetzt hast du dich in Dirk von Graßmann verliebt – ebenfalls in Rheinhagen. Ich kenne ihn gut. Obgleich ich bedauere, daß Stephen dadurch zu spät gekommen ist, kann ich dich doch verstehen. Weißt du eigentlich, daß dein Vater einst Dirks Tante, die sympathische Gina von Graßmann, heiraten sollte? Als die Nachricht kam, Axel sei in Rußland gefallen, hat sie sehr um ihn getrauert, später aber doch eine ausgesprochene Liebesehe geschlossen.«
Jo verneinte verwirrt. Das alles war neu und interessant für sie und nicht ganz einfach zu begreifen. Im Moment zerbrach sie sich den Kopf darüber, ob Dirk überhaupt bereit sein würde, ihre ungerechten harten Worte zu vergessen und ihr zu verzeihen. Schließlich hatte sie ihm mißtraut und ihm häßliche Dinge unterstellt.
»Du wußtest, daß dein Großonkel Wagner Inspektor in Rheinhagen war?« griff Edda noch einmal das Kapitel Axel–Charlotte auf.
»Nein, ich erfuhr es erst kürzlich durch Großmutter. Mir ist nun klar, wie es zu allem kam – kommen mußte. Es ist ein weiter, fast unüberbrückbarer Weg vom Herren- ins Inspektorhaus. Meine arme Mutter hatte also kaum eine Chance. Sie

hat diese Verwandtschaft mir gegenüber auch nie erwähnt.«
»Das ist verständlich; denn der Name Rheinhagen sollte dir unbekannt bleiben.« Unbemerkt war Johanna eingetreten und legte nun ihre Hand zärtlich auf Jos Schulter. »Deine Mutter stand allerdings nach wie vor in Verbindung mit ihrem mittlerweile verstorbenen Onkel. Sie verschwieg ihm jedoch, daß sie geheiratet hatte. Von allen, die in diese Tragödie verwickelt waren, bin nur noch ich da – außer deiner lieben Mutter, natürlich.«
Jo blickte ihre Großmutter stumm an, ihre klaren Augen schienen bedrückt. Sie sehnte sich auf einmal danach, wieder in Pommern zu sein, um schnellstens Dirks Einstellung zu all dem zu hören. Wie würde er wohl die Nachricht aufnehmen, daß sie die Großnichte des ehemaligen Gutsinspektors war?
Als könne Johanna die Gedanken ihrer Enkelin lesen, sagte sie prompt mit einem leisen Seufzer: »Es sind fast sechs Wochen seit unserer Ankunft in England vergangen, Edda. Höchste Zeit, an die Heimreise zu denken!«
Edda machte keinen Versuch, ihre Mutter umzustimmen. Sie wußte, daß sie damit keinen Erfolg haben würde. Vor dem Schlafengehen sprach sie mit John über Stephens gescheiterte Hoffnungen.
»Es hätte mich gefreut, Jo zur Schwiegertochter zu bekommen«, bemerkte sie bedauernd. »Zumal Stephen sie ehrlich zu lieben scheint. So gelassen er sich auch gibt – ihre Absage hat ihn tiefer getroffen, als er zugeben würde.«
»Nimm es nicht so schwer, Liebling.« John schloß Edda in die Arme und küßte sie. Er war in seine Frau noch ebenso verliebt wie am ersten Tag ihres Kennenlernens. »Stephen ist erst zweiundzwanzig, wenn auch sehr reif für sein Alter. Er wird sich noch mehrmals unsterblich verlieben. Möglicherweise sieht er in Jo nur dein Ebenbild und fühlt sich darum so zu ihr hingezogen. Meinst du nicht auch? Schließlich betet er dich geradezu an . . ., manchmal bin ich direkt eifersüchtig auf ihn. Dir verdankt er eine sorglose, zärtlich behütete Kindheit.

Ohne dich wäre er ein unglückliches, einsames Waisenkind geworden. Kopf hoch, Liebes. Unser Sohn wird diese erste Enttäuschung in puncto Liebe überleben.«
Edda hoffte inbrünstig, John möge recht behalten. Da sie keine eigenen Kinder hatte, gehörte ihre ganze Zuneigung Stephen. Und sie wollte auch versuchen, ihn vor Kummer und Fehlschlägen zu bewahren.

# 10

Nach äußerst herzlichem Abschied von den Wakefields kehrte Jo mit ihrer Großmutter nach Rheinhagen zurück. Bei ihrer Ankunft dort war ihr zumute, als habe sie schon immer hierher gehört. Sie feierte Wiedersehen mit den Pferden auf den Koppeln, freute sich über die herrlich grünen Wiesen und den guten Stand der Felder. Da tauchte Dirk unvermutet aus dem Wald auf und kam nach kurzem Zögern auf sie zu. Er blieb vor ihr stehen und sah sie ernst an. Er hatte ihren Anblick lange entbehren müssen und viel nachzuholen.

Unwillkürlich hob Jo die Hand und berührte zaghaft seine Wange. Sie mußte es tun – um sich zu vergewissern, daß sie nicht träumte, daß Dirk wirklich da war.

»O Dirk«, flüsterte sie, und ihre Augen spiegelten wider, was sie empfand. »Du hast mir verziehen, ich spüre es. Ich hätte niemals so zu dir sprechen dürfen. All das Unbegreifliche, das damals innerhalb weniger Minuten auf mich eingestürmt war, muß vorübergehend meinen Verstand verwirrt haben. Sonst hätte ich wissen müssen, daß du keiner niedrigen Beweggründe fähig bist. Ich liebe dich, Dirk. Ich liebe dich unsagbar ...«

Immer wieder stammelte sie die gleichen Worte, schien sich förmlich daran zu berauschen. Bis Dirks Arm sich um sie legte und seine Lippen sie zum Schweigen brachten.

Es dauerte geraume Zeit, ehe sie in Rheinhagen eintrafen, um sich der Familie als Verlobte vorzustellen.

»Fein«, kommentierte die junge Gutsherrin trocken, um die allgemeine Rührung zu beenden. »Dann kann unser Sohn

Blumen für euch streuen. Michael ist mit seinen sechs Jahren bestens für diese Aufgabe qualifiziert. Ich bin allerdings nicht sicher, ob er diese Neuigkeit wohlwollend aufnehmen wird. Denn neulich hat er mir unter dem Siegel der Verschwiegenheit anvertraut, daß er vorhabe, seine geliebte Tante Jo eines Tages zum Altar zu führen. Mache dich also auf einen schweren Kampf mit diesem ernst zu nehmenden Rivalen gefaßt, Dirk!«

Ingrids launige Worte machten der feierlichen Stimmung endgültig den Garaus. Mark ließ Sekt bringen, und es wurde beschlossen, die offizielle Verlobungsfeier nicht auf die lange Bank zu schieben. Noch am gleichen Abend gab Jo ein Telegramm an ihre Mutter auf.

Für Charlotte kam die Nachricht von Jos Verlobung nicht allzu überraschend. Hatte sie doch in den Briefen ihrer Tochter zwischen den Zeilen manches herausgelesen. Trotz aller Freude über diese Entwicklung stieg eine leise Bitterkeit in ihr auf. Noch vor wenigen Monaten hatte Jo ihr gehört – jetzt war sie schon eine echte Rheinhagen und fühlte wie die Menschen, von deren Existenz sie bis vor kurzem noch keine Ahnung gehabt hatte. »Ich habe Jo verloren«, bemerkte sie zu Harald Reger, den sie inzwischen vertrauensvoll in alles eingeweiht hatte. »Sie wird mir nie mehr so gehören wie früher – ehe ihre Großmutter sie mir wegnahm. Ich weiß nicht, ob ich dem Schicksal für diese Wendung danken oder grollen soll.«

Reger betrachtete Charlotte aufmerksam. Ob sie wohl ahnte, daß er nicht nur Freundschaft für sie empfand, sondern Liebe. Für ihn war sie noch immer die schönste und begehrenswerteste Frau, die er je gekannt hatte. Ihretwegen war er unverheiratet geblieben. Jetzt, nach all den Jahren vergeblichen Hoffens, begnügte er sich damit, ab und zu in ihrer Nähe weilen, ihre Sorgen teilen zu dürfen.

»Ich meine, Sie sollten dem Schicksal danken, Charlotte«, sagte er endlich in seiner ruhig bedächtigen Art. »Ihrem Kind stehen nun alle Türen weit offen. Es wird sich nie um das tägliche Brot mühen müssen. Jo ist dorthin zurückgekehrt, wohin sie immer gehört hat. Denken Sie allein daran, wie sehr Axel sich gefreut hätte, wäre es ihm beschieden gewesen, diesen Tag zu erleben.«

Charlotte musterte den Freund fast abweisend. Noch war sie nicht in der Verfassung, die Berechtigung seines Einwandes anzuerkennen. Der Zug um ihren Mund verriet ebenso wie der Blick ihrer grauen Augen, daß sie nicht Regers Meinung war.

»Jo schreibt, daß sie mich zur Verlobungsfeier erwartet. O Harald, ich kann keinen Fuß dorthin setzen, wo ich einst so gedemütigt wurde . . .« Charlotte verstummte abrupt. Sie glaubte die Szene vor sich zu sehen: die breite Freitreppe, die Gutsherrin, die es für notwendig hielt, die Nichte des Inspektors in ihre Schranken zu verweisen. Nein – und nochmals nein!

»Das alles liegt weit zurück.« Harald berührte sanft Charlottes geballte Hand. »Frau von Rheinhagen hat möglicherweise mehr gelitten als Sie, Charlotte. Vergessen Sie das nicht. Die Rheinhagens trauerten um einen Sohn, der in Wirklichkeit noch lebte – bei Ihnen lebte. Ich nenne das ein verdammt tragisches Schicksal. Falls Frau von Rheinhagen es teilweise selbst verschuldete, so hat sie dafür gewiß tausendfach gebüßt.« Haralds eindringlich mahnende Worte bewirkten, daß Charlotte ihren Schwur, nie mehr Rheinhagenschen Boden zu betreten, brach und sich, wenn auch mit großen innerlichen Vorbehalten, auf die Reise machte. Sie sah ein, daß sie Jo großen Schmerz zugefügt hätte, wäre sie an diesem lebenswichtigen Tag nicht bei ihr gewesen.

Und dann mußte Charlotte erkennen, daß alles nicht so schlimm war wie befürchtet. Mit der ihr eigenen Gelassenheit und Würde fügte sie sich in den Kreis der illustren Gäste ein, in dem ihr als Mutter der jungen Braut eine besondere Ehrenstellung eingeräumt wurde.

Axels letzten Wunsch befolgend, blieb sie Charlotte Engelmann, und nur wenige Eingeweihte wußten, daß sie als Gast in einem Haus weilte, dessen eigentliche Herrin sie von Rechts wegen war.

»Ich hoffe, du trägst es mir nicht nach, daß Rheinhagen jetzt mir gehört, Charlotte.« Mark nahm die Gelegenheit wahr, als er einmal mit ihr allein war, diesen Punkt zu klären. »Glaube mir, ich würde den Besitz liebend gern Axel übergeben, könnte ich ihn dadurch zum Leben erwecken.«

Charlotte lächelte ihm herzlich zu. »Davon bin ich überzeugt, Mark. Axel hat oft über dich gesprochen. Es war ja sein Wunsch, dich in Rheinhagen zu sehen. Er meinte immer, du brächtest mehr Talent zum Landwirt mit als er. Was mich betrifft, so bedeutet mir äußerer Besitz wenig. Ich bin dir und Ingrid sehr dankbar, daß ihr Jo so herzlich aufgenommen habt. Weißt du«, ein sehnsüchtiger Ausdruck trat in ihre Augen, »meine Ehe mit Axel ließ keine Wünsche offen. Daß Jo nun ihr Glück in der Heimat ihres Vaters gefunden hat, macht vieles wieder gut.«

Zum erstenmal sprach Charlotte nun auch mit Jo offen über ihre damals so aussichtslos scheinende Liebe, über ihre Flucht aus Rheinhagen, die – wie sie annahm – einen endgültigen Schlußpunkt darunter setzte. Aber dann war doch alles anders gekommen ...

Gemeinsam suchten Mutter und Tochter die Stellen auf, wo Axel einst seine Charlotte getroffen hatte. Die alte Eiche am Herzberg weckte viele Erinnerungen, und Charlotte umfaßte den knorrigen Stamm in jäh aufflammendem Gefühl. Ihr war, als sehe sie einen alten Freund wieder.

Die Tränen, die Charlotte weinte, als sie an ihrem letzten Abend auf Rheinhagen in ihrem Zimmer allein war, spülten den letzten Rest der Bitterkeit weg, der noch in ihr gewesen war. In Jo und ihrem Glück wurde die eigene Liebe noch einmal lebendig. Sie wünschte sich in dieser Stunde nichts sehnlicher, als daß der Tochter das Leid erspart bleiben möge, das die Mutter einst hatte durchmachen müssen.

»Ich will, daß Jo mit mir nach Dresden zurückkehrt. Da die Hochzeit erst im Winter stattfinden soll, bleibt mir genügend Zeit, mich mit dem Gedanken abzufinden, daß aus meinem Kind eine junge Frau geworden ist, die eigene Wege gehen will«, hatte Charlotte kategorisch erklärt und war mit ihrem Wunsch auf keinen Widerstand gestoßen.

Man verstand, daß sie ihre Tochter noch ein Weilchen um sich haben wollte, ehe diese Dirks Frau wurde. Eins jedoch ließ Johanna sich nicht nehmen: Sie bestand darauf, die Hochzeit auszurichten. Charlotte, die spürte, daß die alte Dame mit dieser Geste ihre Enkelin in alle Rechte einer Rheinhagen einsetzen wollte, fügte sich. Es kostete sie allerdings ein wenig Überwindung: denn natürlich hätte sie sich gefreut, wäre die Hochzeit in ihrem Dresdner Haus gefeiert worden.

Jo verbrachte himmlische Wochen in ihrer geliebten Heimatstadt an der Elbe. Sie konnte nicht ahnen, daß dies ihr letzter Besuch in Dresden sein würde, als sie sich vornahm, ihre Mutter so oft wie möglich zu besuchen. Folglich gab sie sich keinen sentimentalen Regungen hin und genoß diese Zeit in jugendlicher Unbekümmertheit. Ihr Blick war nach vorn gerichtet, auf ihr Leben mit Dirk. Es würde ihr einen ihrer sehnlichsten Wünsche erfüllen – auf eigener Scholle arbeiten zu dürfen.

Während der Sommer sich seinem Ende zuneigte, nahmen Stephen Ashcrofts Befürchtungen, die er bereits Jo gegenüber ausgesprochen hatte, konkrete Formen an. In Europa kriselte es an allen Ecken und Enden, die drohende Kriegsgefahr überschattete jedes Geschehen. Selbst die harmlosesten Gemüter konnten nun nicht mehr daran glauben, daß das Schreckliche noch einmal vorübergehen würde.

Jo war in diesem September des Jahres 1939 bereits durch den Einmarsch deutscher Truppen in Polen aus ihrer Beschaulichkeit gerissen worden. Krieg, Blutvergießen, all das hatte in ihrem augenblicklichen Glückszustand keinen Platz. Um so größer waren das Entsetzen, die Angst vor dem, was nun fol-

gen konnte. Außerdem lag Polen gar nicht so weit von Pommern entfernt; die Zeitungen berichteten von Ausschreitungen gegen Deutsche, die in den Grenzgebieten lebten.
Drei Tage nach Beginn des Polenfeldzuges stand Jo, in trübe Gedanken versunken, an der Straßenbahnhaltestelle in der Waisenhausstraße. Mitten unter fremden Menschen erfuhr sie über den dort aufgestellten Lautsprecher, daß Frankreich und England Deutschland den Krieg erklärt hatten. Durch diese Schreckensbotschaft bis ins Innerste ihrer jungen Seele erschüttert, kam sie zu Hause an. Die letzte Strecke von der Haltestelle hatte sie im Laufschritt zurückgelegt.
Charlotte saß in der Laube und korrigierte Schulhefte. Der Tag war so wunderschön, so von sanfter Herbststimmung erfüllt, daß es unbegreiflich schien, an einen Krieg denken zu müssen, der zahllose Menschenleben auslöschen würde. Und doch hatte er bereits begonnen; die ersten Schüsse waren längst gefallen.
»Es ist unmöglich, mir vorzustellen, daß die Wakefields plötzlich meine Feinde sein sollen.« Jo hatte sich zu der Mutter in die Laube gesetzt und hielt ihre Hand umfaßt, als brauche sie einen Halt in dieser Welt, die plötzlich unsicher und voller Gefahren zu sein schien. »Ich hatte mich so auf unser Wiedersehen anläßlich meiner Hochzeit gefreut. Stephen wäre wohl aus naheliegenden Gründen nicht erschienen, aber Tante Edda und Onkel John ganz gewiß.«
Charlotte betrachtete ihre bekümmerte Tochter nachsichtig. Jo schien noch nicht richtig begriffen zu haben, was ein Krieg wirklich bedeutete. Für sie war er momentan in erster Linie ein unerwartetes Hindernis, das sich ihren Plänen auf unangenehme Weise in den Weg stellte.
Doch auch Jo begriff sehr schnell, wie unbedeutend ihr eigenes Schicksal, verglichen mit der weiteren Entwicklung der Weltpolitik, geworden war. Die Nachrichten von der polnischen Front wirkten trotz aller Siegesmeldungen eher bedrükkend. Durch Erinnerungen angeregt, holte Charlotte Axels

Briefe hervor, die er ihr seinerzeit im Ersten Weltkrieg – so wurde der damalige Krieg im Gegensatz zu dem jetzigen, der sich ebenfalls zu einem Weltkrieg auszudehnen drohte, nun genannt – an sie geschrieben hatte.
Jo las sie mit Tränen in den Augen, waren ihr doch die Worte des Vaters wie aus dem Herzen gesprochen. Überall in der Welt wurden Menschen, die sich liebten, auseinandergerissen; viele Männer sahen die Heimat und ihre Lieben nie wieder.
»Ich bin sehr froh, daß Dirk vorläufig noch zurückgestellt worden ist«, berichtete Jo, während sie einen Brief von ihm, der eben eingetroffen war, zusammenfaltete. »Es ist mir eine große Beruhigung, obgleich er als Reserveoffizier natürlich täglich damit rechnen muß, binnen drei Tagen einzurücken.«
Dirk selbst machte sich keine großen Hoffnungen, daß dieser Zustand ewig währen würde. Falls der Krieg sich weiter ausbreitete – und niemand zweifelte mehr daran –, schlug auch für ihn die Stunde der Einberufung zu seinem Regiment. Im Moment war die Landwirtschaft für die Versorgung der Zivilbevölkerung noch wichtig, und der Krieg befand sich in einer Phase, wo dieser Punkt berücksichtigt werden durfte.
Kurz vor Weihnachten reisten Charlotte und Jo nach Rheinhagen. Die Hochzeit, die auf Wunsch der Braut am Heiligen Abend stattfand, verlief ohne die sonst auf dem Lande und besonders auf den großen Gütern üblichen Festivitäten. Es erging Jo ähnlich wie seinerzeit ihrer Tante Edda, die auch in unruhigen Zeiten geheiratet hatte.
Jo wurde als die bürgerliche Johanna Engelmann Dirk von Graßmanns Frau. Man hatte sich nach eingehenden Beratungen im engsten Familienkreise auf diese Version geeinigt; denn dieser Name stand auf Jos Geburtsurkunde, und Axels Andenken sollte keinen Schaden erleiden.
Mit weit offenen Augen, die ein leises Staunen nicht verbergen konnten, daß es nun endlich soweit war und sie tatsächlich Dirks Frau werden sollte, legte Jo in der Hauskapelle von Rheinhagen das Ehegelübde ab.

Man war sich allgemein einig, nie eine glücklichere, strahlendere Braut gesehen zu haben. Doch als der alte Pfarrer, der schon Edda und John Wakefield getraut hatte, die Worte ›Bis daß der Tod euch scheide‹ aussprach, erlosch das Lächeln auf Jos Gesicht urplötzlich. Ihr war, als rühre eine eiskalte Hand an ihr Herz. Sie erschauerte unwillkürlich, und Dirk neigte sich besorgt über sie. Aber da lächelte sie schon wieder, und der Schatten wich aus ihren Augen, die jetzt sorglos und glücklich zu ihm aufsahen.

Auf eine Hochzeitsreise wurde aus naheliegenden Gründen verzichtet. Das junge Paar wollte sein gemeinsames Leben in Hohenlinden beginnen – und es genießen, solange der Krieg ihm dafür Zeit ließ.

Charlotte, die noch einige Tage bei Johanna bleiben wollte, verabschiedete sich zärtlich von Jo, während diese im ›Witwenschlößchen‹ ihr Brautkleid gegen ein warmes Kostüm tauschte. Für Mutter und Tochter stand fest, daß dies nur ein Abschied auf Zeit war. Schon im Sommer wollte Charlotte wiederkommen, um die Schulferien in Hohenlinden zu verbringen.

Die kurze Strecke in ihr neues Heim legten Dirk und Jo in einem Schlitten zurück. Das Gesinde von Rheinhagen hatte ihn mit frischem Tannengrün geschmückt, so daß er richtig festlich wirkte.

»Es war einfach herrlich, Dirk«, sagte Jo verträumt, während sie durch die nächtliche Landschaft dahinfuhren. Nur das Läuten der Schlittenglocke durchbrach die im Wald herrschende Stille.

»Ich hatte mir eine Weihnachtshochzeit gewünscht, und meine Bitte wurde mir erfüllt. Der wunderschöne geputzte Tannenbaum, die Weihnachtslieder – ich werde mich jedes Jahr um diese Zeit an diesen Tag erinnern . . .«

Später, nachdem Jo von ihrem neuen Reich Besitz ergriffen hatte, legte sie beide Arme um Dirks Hals und sah nachdenklich zu ihm auf. »Ich bin sehr glücklich, deine Frau zu sein,

Dirk. So glücklich, daß ich hoffe, vom Schicksal nie dafür bestraft zu werden. Es heißt ja, daß man im Leben für jedes Glück bezahlen muß. Ich wünsche mir so sehr, daß dies auf uns beide nicht zutrifft.«

Dirk zog seine junge Frau an sich. »Heute sollst du nicht an so düstere Dinge denken, Liebling.« Seine Lippen glitten über Jos helles Haar, über ihre Wangen. Suchten ihren Mund, der seinen Kuß nach anfänglicher Scheu inbrünstig erwiderte.

»Wenn wir erst ein Kind haben . . .«, sagte Jo später und schmiegte sich enger an Dirk, dessen Arme sie umfangen hielten. Das Mondlicht erhellte den Raum, hob jeden Gegenstand scharf aus dem Dunkel. Jo hatte die Schwelle vom Mädchen zur Frau überschritten und wunderte sich selbst darüber, wie leicht es ihr gelungen war, Dirk gegenüber jede Zurückhaltung fallenzulassen. So mußte es wohl sein, wenn man liebte.

Dirk gab Jo sanft frei, stützte sich auf den Ellbogen und sah bewegt auf sie nieder. Ihre Augen wirkten in dem matten Licht übernatürlich groß, als spiegele sich darin noch die Leidenschaft der vergangenen Stunde wider. Mit einer behutsamen Bewegung strich er ihr das Haar aus der Stirn zurück.

»Von Kindern reden wir erst, wenn der Krieg vorüber ist, Jo«, erwiderte er zärtlich. »Ich möchte mein Kind – unser Kind – vom ersten Tage an aufwachsen sehen und mich nicht Tag und Nacht um euch sorgen müssen. Dieser Wahnsinn kann nicht ewig dauern. Erst wenn er zu Ende ist, beginnt für uns das wirkliche Leben.«

Wie viele seiner Landsleute irrte sich auch Dirk in diesem Punkt. Mit einem baldigen Kriegsende war vorläufig nicht zu rechnen. Der Funke hatte gezündet, der Brand breitete sich von Tag zu Tag weiter aus. Wenige Wochen nach der Hochzeit wurde auch der Besitzer von Hohenlinden einberufen. Mark, als Marineoffizier und Teilnehmer des Ersten Weltkrieges, war bereits in den ersten Kriegstagen nach Berlin abkommandiert worden. Dort hatte er vorläufig – sehr zu sei-

nem Ärger – einen Schreibtischposten inne. Ingrid war natürlich dadurch von der Sorge um ihren Mann befreit und hoffte, daß es bei dieser Regelung bleiben würde.
Über Nacht sah sich Jo in die Rolle der allein für Hohenlinden Verantwortlichen gedrängt und wurde durch die ihr ungewohnten Aufgaben einigermaßen von ihrem Trennungsschmerz abgelenkt.
Als der Wagen, der Dirk in eine noch ungewisse Zukunft davontrug, in einer Wolke aufgewirbelten Schnees verschwand, stand sie noch lange da und fragte sich, warum ihr die Welt mit einemmal so verändert vorkam. Die Sonne ließ nach wie vor den Schnee in einem blendenden Weiß erstrahlen und die tiefverschneiten Bäume wie Gebilde aus irgendeinem Zauberreich erscheinen. Doch für Jo war es dunkel geworden, ihr Blick war durch Tränen getrübt.
Dirk hatte noch den vor einigen Jahren in den Ruhestand versetzten Inspektor Hein Kruse in sein früheres Amt zurückberufen. Soweit seine Kräfte es zuließen, stand er Jo mit Rat und Tat zur Seite. Seine langjährige Erfahrung half der jungen Gutsherrin über manchen Engpaß hinweg.
»Gemeinsam werden wir es schon schaffen, Frau Baronin«, murmelte er mehr als einmal beschwichtigend, wenn Jo den Mut zu verlieren drohte. »Der junge Herr soll sich über nichts zu beklagen haben, wenn er aus dem Feld nach Hause zurückkehrt.«
»Wann wird das wohl sein, Hein?« fragte Jo tonlos. »Zuerst brannte es nur an einer Ecke – ganz in unserer Nähe –, jetzt schießen die Kriegsschauplätze wie die Pilze aus der Erde. Wo man auch hinsieht, wird gekämpft. Nein! Wir müssen uns wohl auf eine lange Wartezeit gefaßt machen.«
Als völlig unpolitisch eingestellter Mensch verstand Jo nicht, wie es überhaupt zu Kriegen kommen konnte. Gab es nicht für alles eine friedliche Lösung? Doch sie sprach diese Gedanken nicht aus. Dirk hatte ihr vor seiner Abreise ausdrücklich eingeschärft, ihre Meinung für sich zu behalten.

»Es ist heutzutage nicht gut, offen über die Dinge zu sprechen«, hatte er ernst gewarnt. »Versprich mir, Liebling, daß du an meine Worte denken wirst, wenn dir einmal das Herz überzuströmen droht. Ich hätte sonst keine ruhige Minute mehr.«

Jo, durch manche Beobachtung hellsichtig geworden, gab ihm dieses Versprechen. Sie war jetzt für eine Menge Menschen verantwortlich, mußte sich ihre Sorgen zu eigen machen und immer für sie dasein. Die Heldin zu spielen und eine widersinnige Weltanschauung umkrempeln zu wollen würde Gefahr für sie und alle ihr Anvertrauten bedeuten.

Nur zu gern war Johanna von Rheinhagen der Bitte ihrer Enkelin gefolgt, zu ihr nach Hohenlinden zu kommen. Ingrid, seit Jahren mit der Bewirtschaftung Rheinhagens vertraut, brauchte sie jetzt nicht so dringend wie die unerfahrene Jo, die sich noch dazu so bald nach der Hochzeit von ihrem Dirk hatte trennen müssen!

»Ingrid hat ja auch ihren kleinen Michael und ist dadurch nicht so einsam. Viel kann ich mit meinen fast siebzig Jahren zwar nicht mehr helfen – aber manchen Handgriff, manche buchhalterische Arbeit will ich dir schon abnehmen, Jo«, erklärte Johanna, nachdem sie gerührt von dem für sie liebevoll eingerichteten kleinen Reich Besitz genommen hatte. »Alles hast du so hübsch gemacht. Daß du die von deinem lieben Vater gemalten Bilder in mein Zimmer gehängt hast, finde ich besonders aufmerksam von dir. So ist Axel mir doch auch in Hohenlinden nahe.«

Im Juni 1941 kam Dirk endlich auf Urlaub. Für das junge Paar wurde die von der erneuten baldigen Trennung überschattete Zeit zu einem unvergeßlichen Erlebnis. Ihre Liebe hatte sich eher noch vertieft, und sie genossen jede gemeinsame Stunde.

Jo begleitete Dirk, wenn er auf die Felder hinausritt und ließ sich noch einmal genauestens über alle Aufgaben unterrichten, die während der nächsten Monate auf sie zukommen würden.

Dirk zeigte sich gelassen und heiter, obgleich er in Wirklichkeit äußerst besorgt war. Als Frontsoldat war er besser orientiert als die Menschen in der Heimat; er wußte, daß der Krieg in eine Phase getreten war, die Schlimmstes befürchten ließ. Von einem Tag zum anderen konnte sich vieles ändern – es war unmöglich, auch nur eine Woche im voraus zu planen. An einen baldigen Frieden zu glauben war purer Wahnsinn.
»Sollte mir dort draußen etwas zustoßen, Liebling«, bemerkte er einmal, »dann darfst du über deinem Schmerz deine Zukunft nicht vergessen. Du bist noch so jung, Jo – so zauberhaft jung! Was wir gemeinsam erleben durften, kann uns keiner mehr nehmen. Daran mußt du im Falle des Falles denken, nicht an meinen allzu frühen Tod. Ich liebe dich sehr und möchte mir immer vorstellen dürfen, daß du dich nie selbst aufgeben wirst.«
Jo wandte sich Dirk mit entsetzten Augen zu. Dann warf sie aufschluchzend die Arme um seinen Hals. Seine Nähe gab ihr Kraft. Doch wenn er fortging und nie wiederkam ...
»Wenn du mich allein lassen solltest, Dirk«, stammelte sie verzweifelt und kaum der Sprache fähig, »dann bleibt mir nichts von dir! Inzwischen ist auch Mark auf hoher See, und wir haben lange nichts von ihm gehört. Aber Ingrid hat Michael ...«
Dirk drückte seine Frau fest an sich. Sie sollte den mutlosen Ausdruck seiner Augen nicht sehen. Dieser verfluchte Krieg!
Sein Urlaub fand ein vorzeitiges Ende: er bekam den Befehl, umgehend zu seiner Einheit zurückzukehren. Es wurde totale Urlaubssperre verhängt.

Wenige Tage nach Dirks Abreise – das Kalenderblatt zeigte Sonntag, den 22. Juni 1941 an – betrat Johanna erregt das Schlafzimmer ihrer Enkelin, die sich am Vortage nicht besonders gut gefühlt hatte und darum länger als gewohnt liegen geblieben war. »Wir haben Krieg – Krieg mit Rußland.« Johannas Gesicht war sehr blaß. »Heute morgen sind deutsche

Truppen einmarschiert. Ich weiß es von Kruse, er hat es im Rundfunk gehört.«

Jo starrte ihre Großmutter stumm an. Vor ihrem geistigen Auge tauchte die Landkarte Europas auf: Deutschland, winzig klein, daneben das riesige Rußland . . .

»Um Gottes willen, das kann doch unmöglich gut ausgehen. Das ist ja Irrsinn!«

Johanna nahm auf dem Bettrand Platz und legte die Arme um die junge Frau. Jo wußte plötzlich, warum man Dirk vor der Zeit abberufen hatte. Weil er dazu bestimmt gewesen war, zu den ersten zu gehören, die in Rußland einmarschierten. Ein Zittern durchlief ihren schlanken Körper. Vielleicht war Dirk in diesem Augenblick schon verwundet oder – der Gedanke überfiel sie wie ein stechender Schmerz – bereits tot!

»Mein Gott!« Johanna schüttelte immer wieder den Kopf. »Kann denn niemand aus der Geschichte lernen? Sogar Napoleon hat sich an den Weiten Rußlands die Zähne ausgebissen. Noch ist Sommer – aber wie sollen unsere Soldaten mit dem russischen Winter fertig werden?«

Diese Frage stellten sich wohl viele Frauen und Mütter, die ihre Männer und Söhne im Osten wußten. Ihnen blieb nur eine Hoffnung, so sinnlos sie auch sein mochte: Dieser Feldzug möge – aus welchen Gründen auch immer – zu einem schnellen Ende kommen. Daß es den deutschen Truppen gelingen könnte, das gewaltige Heer der Russen zu besiegen, daran glaubte niemand.

Jo wurde das Warten besonders lang. Seit einiger Zeit wußte sie, daß sie Mutter werden würde, und sehnte sich mehr denn je nach Dirks Nähe. Sie brauchte jetzt unendlich viel Liebe, wünschte sich, in dieser für eine Frau so bedeutsamen Zeit, ihren Lebensgefährten neben sich zu haben. Zwar schrieb Dirk, sooft er dazu Zeit fand, und seine Briefe klangen zuversichtlich und voller Hoffnung auf die Zukunft. Doch beim Lesen spürte Jo die Sorgen, die er sich machte: um sie, um die Heimat – um Deutschland.

Am Herzberg blühten die ersten Veilchen, als Jo Anfang März 1942 einem kleinen Mädchen das Leben schenkte. Es war keine leichte Geburt gewesen, und Johanna hatte mehr als einmal verwünscht, daß Dirk nicht da war, um ihr die große Verantwortung um Jo abzunehmen oder sie zumindest mit ihr zu teilen.
Trotzdem erholte Jo sich ziemlich rasch. Die Freude über ihr Kind, der Wunsch, sich selbst darum kümmern zu können, trug wohl auch mit dazu bei, daß sie unerwartet schnell wieder auf die Beine kam. Die Taufe fand in der Rheinhagener Schloßkapelle statt. Als der Pfarrer den jüngsten Sprößling der Familie Graßmann auf den Namen Petra taufte, fiel es Jo plötzlich schwer, gegen die in ihr aufsteigenden Tränen anzukämpfen. In diesem Raum hatte sie – wie es ihr vorkam, vor endlos langer Zeit – Dirk ihr Jawort gegeben. Über zwei Jahre waren inzwischen verstrichen, und er war noch immer nicht aus dem Krieg heimgekehrt.
Als Dirk von der Geburt seines Töchterchens erfuhr, reagierte er nicht anders als jeder stolze junge Vater. Er schrieb überglücklich und stellte einen baldigen Kurzurlaub in Aussicht.
»Ich sehne mich sehr nach Dir und unserem Kind, geliebte Jo«, schrieb er. »Euer Bild trage ich ständig bei mir. Habe Geduld, so wie auch ich sie haben muß.«
Dirk von Graßmann sollte seine Tochter jedoch erst zu Weihnachten kennenlernen, als er wegen besonderer Tapferkeit vor dem Feind Sonderurlaub bekam.
»Komisch«, erklärte er sichtlich verblüfft, »die ganzen Monate lang habe ich mir Petra als winziges Baby vorgestellt. Dabei sieht sie schon wie ein richtiger kleiner Mensch aus.« Behutsam, um ihr nicht weh zu tun, nahm er seine Tochter auf den Arm. Petra betrachtete ihn aus großen blauen Augen und fuhr ihm dann mit den weichen Händchen ins Gesicht. Dieses fremde männliche Wesen, das so zärtlich mit ihr umging, fand offensichtlich ihren ungeteilten Beifall.
Dirk, dem unaussprechlichen Grauen des Ostfeldzuges in-

nerlich noch ausgeliefert, empfand den Frieden, der ihn zu Hause umgab, als etwas Unwirkliches.
»Ich wünschte, ich könnte bei euch bleiben«, sagte er leise, und seine Stimme klang heiser vor innerer Bewegung. »Mancher mag zum Soldaten geboren sein, ich bin es jedenfalls nicht. Als Landwirt habe ich gelernt aufzubauen – nicht zu zerstören. Das Leben eines jeden einzelnen Menschen ist unendlich kostbar. Man müßte meinen, die Politiker und Machthaber würden davor zurückschrecken, ihn darum zu betrügen – es ihm zu nehmen.«
Als sei ihm eben etwas eingefallen, wandte er sich abrupt Jo zu und fuhr eindringlich fort: »Wir wissen nicht, was uns noch alles bevorsteht, Liebling. Versprich mir, daß du dein und das Leben unseres Kindes stets an die erste Stelle setzen wirst. Gewiß, Hohenlinden ist seit Generationen im Besitz der Familie Graßmann. Aber es ist totes Mauerwerk, an das man in Stunden höchster Gefahr sein Herz nicht hängen sollte.«
Jo starrte ihn verwirrt an und ergriff dann angstvoll seine Hand. Er hatte so merkwürdig gesprochen, als sähe er eine Katastrophe größten Ausmaßes vor sich.
»Fürchtest du, der Krieg könne eines Tages auch uns einholen, die Front bis nach Pommern zurückweichen?« fragte sie mit blassem Gesicht.
Dirk wich ihrem ängstlichem Blick aus. Er ärgerte sich, überhaupt davon angefangen zu haben. Jo würde sich nun ständig mit sorgenvollen Gedanken herumquälen.
»Natürlich muß es nicht so kommen – aber was wissen wir schon? Es ist immer gut, auf alles vorbereitet zu sein.«
Jo begleitete ihren Mann zum Wagen, als es Zeit geworden war, Abschied zu nehmen: zum drittenmal, seit der Krieg begonnen hatte. Als er sie noch einmal küßte und dann hastig einstieg, um den Schmerz nicht unnötig zu verlängern, war es Jo, als risse ihr Herz mitten entzwei. Der eisige Januarwind, der direkt aus Rußland zu kommen schien, fuhr ihr unbarmherzig in die blonden Haare und drang trotz ihres warmen

Mantels bis auf die Haut. Und dann, als der Wagen bereits anfuhr und der Schnee unter den Reifen zur Seite stob, hatte Jo unvermittelt das Gefühl, sie dürfe Dirk unter keinen Umständen wegfahren lassen.

»Dirk, Dirk!« schrie sie gellend auf, während sie versuchte, den immer schneller werdenden Wagen einzuholen. »O Dirk!«

Der alte Kruse, der geholfen hatte, das wenige Gepäck seines jungen Herrn zu verstauen, lief der jungen Frau nach und fing sie in seinen Armen auf, als ihre Kräfte sie zu verlassen drohten. Bei Jos Aufschrei war es ihm eiskalt über den Rücken gelaufen; das bedeutete, soviel wußte er aus eigener Erfahrung, allemal Unheil!

»Frau Baronin, um Gottes willen, Frau Baronin«, stammelte er angstvoll.

Wie aus einem bösen Traum erwachend, blickte Jo in sein gutes, altes Gesicht, als könne ihr von ihm Trost zuteil werden.

»Er kommt wieder, nicht wahr, Kruse? Er kehrt bestimmt gesund zu uns zurück«, flüsterte sie mit versagender Stimme.

»Natürlich, Frau Baronin. Man müßte ja sonst an allem verzweifeln und jeden Glauben an die Gerechtigkeit verlieren. So ein guter Herr, der junge Herr Baron . . .«

Dirk von Graßmann kam nie mehr nach Hause. Er fand im Juli 1943 in der Schlacht bei Kursk den Tod.

Als Jo den Brief erhielt, in dem das tapfere Verhalten ihres Mannes, der seinen Soldaten selbst im Tod noch mit gutem Beispiel vorangegangen war, gerühmt wurde, war ihr jäh zumute, als sei auch in ihr jedes Leben erstarrt. Johanna wußte, daß es in einer solchen Situation kein Wort des Trostes gab, und die Weisheit des Alters riet ihr zu schweigen.

Jo aber ging, als triebe eine unbekannte Macht ihre Schritte voran, in den Rosengarten, den sie selbst angelegt und den Dirk so geliebt hatte. Inmitten der duftenden Pracht glaubte sie seine Stimme zu hören: ›Was wir gemeinsam erlebt haben, kann uns keiner mehr nehmen. Daran mußt du denken, nicht an meinen Tod . . .‹

Jo schluchzte trocken auf. Die Knie gaben unter ihr nach, sie sank zu Boden und schlug die Hände vors Gesicht. Sie wollte das strahlende Leben, das Sonnenlicht, das sie umgab, nicht mehr sehen.

»Dieser Krieg, dieser verfluchte Krieg«, stammelte sie immer wieder. In diesem trostlosen Augenblick konnte sie sich nichts Schlimmeres vorstellen als das, was ihr eben widerfahren war. Sie glaubte, Dirks Tod habe all ihr Glück, alle Freude für immer ausgelöscht, und wunderte sich darüber, daß nicht auch ihr Herz aufhörte zu schlagen.

Als die innerlich von ihrem Schmerz wie betäubte junge Frau sich erhob, um ins Haus zurückzugehen, war ihr zumute, als läge ihre Jugend für immer hinter ihr: Begraben unter einem Hügel, dessen genaue Lage sie nicht kannte.

Über ein Jahr war seit jenem strahlenden Sommertag vergangen, da Jo von Graßmann im Rosengarten von Hohenlinden gekniet, Dirks Tod beweint und den Krieg, der so grausam in ihr bisher glückliches Dasein eingegriffen, verwünscht hatte.

Nichts vermochte die ernste junge Witwe von ihrem Leid abzulenken. Nur wenn sie mit ihrem Töchterchen, der nunmehr zweijährigen Petra, zusammen war, milderte sich der unnatürlich starre Ausdruck ihres Gesichts.

Im Alltag, bei ihren täglichen Pflichten im Gutsbetrieb, forderte sie sich und all ihren Leuten das Höchste an persönlichem Einsatz ab. Wenn etwas nicht den von ihr gewünschten Richtlinien entsprach, zeigte sie eine Strenge, die man an ihr früher nicht gekannt hatte.

Johanna von Rheinhagen beobachtete diese Entwicklung mit von Tag zu Tag wachsender Besorgnis.

»Mir kommt es oft vor, Jo«, sagte sie endlich bekümmert, »als wolltest du dich und deine Umwelt für das Leid bestrafen, das dir vom Schicksal zugefügt wurde. Denke daran, daß du damit nicht allein stehst. Tausende von Frauen haben ihren Mann verloren und möglicherweise nichts, um sich darüber hinwegzutrösten. Du hast dein Kind und den herrlichen Besitz, der dich braucht. Auf Hohenlinden haben die Menschen jedoch das Lachen verlernt. Jeder scheint froh zu sein, wenn er das Haus wieder verlassen darf.«

Jo war herumgefahren und hatte schon eine heftige Antwort auf den Lippen. Doch die Liebe, die in dem besorgten Blick der Großmutter lag, ließ das Eis schmelzen, das achtzehn Monate lang ihr Herz wie in einer Umklammerung gehalten hatte.

»Es tut mir leid, Omi, das ist mir wirklich nicht bewußt geworden«, entgegnete sie. Der Tonfall ihrer Stimme verriet, wie betroffen sie über diesen wohl berechtigten Vorwurf war. »Ich hatte mich anscheinend zu tief in meine Trauer verstrickt, und das war unverzeihlich von mir. Natürlich stehe ich mit meinem Schicksal nicht allein da und habe so viele Menschen, die zu mir gehören und mich lieben. Bitte, hilf mir dabei, wieder so wie früher zu werden. Dirk hätte bestimmt nicht gewollt . . .«

Jo verstummte, Tränen erstickten ihre Worte; aber es waren Tränen der Erleichterung, endlich auf den richtigen Weg zurückgefunden zu haben.

Johanna legte tröstend den Arm um die Schultern ihrer Enkelin.

»Du mußt auch an Petra denken«, mahnte sie freundlich. »Sie ist nämlich noch viel zu klein, um deinen Kummer zu verstehen. Sie soll doch ein fröhliches Kind werden, das sich unbefangen seines Lebens freuen darf.«

Jo nahm sich die Worte der alten Dame sehr zu Herzen. Zum Beweis dafür fuhr sie noch am gleichen Tag nach Rheinhagen hinüber, um Ingrid zu besuchen und die in letzter Zeit arg vernachlässigte Freundschaft mit ihr zu erneuern.

»Ich wollte dir vor allem danken, daß du Michael so oft zu uns läßt, Ingrid.« Jo wirkte verlegen. Sie hatte bisher nur Trauer getragen und sah in ihrem hellen Kleid plötzlich wieder jung und mädchenhaft aus. »Der Kleine ist ein wahrer Segen für uns alle und in Petra förmlich vernarrt. Wenn er bei uns ist, weiß ich mein Kind in guter Hut.«

Ingrid, die sich über Jos Überraschungsbesuch herzlich freute, antwortete lächelnd: »Nun, womöglich werden die beiden eines Tages ein Paar. Micha ist neun Jahre älter als Petra und fühlt sich schon heute für sie verantwortlich. Das ist eine gute Ausgangsbasis für eine künftige Ehe. Und Petra – na, die versteht es großartig, ihn um den Finger zu wickeln. Jedenfalls entnehme ich das seinen Reden.«

Jo nickte nachdenklich. Das alles war zwar nur Zukunftsmusik, hörte sich aber ganz gut an. Ihre kleine Petra eines Tages Herrin von Rheinhagen – das wäre zu schön, um wahr zu sein!

Als die beiden jungen Frauen sich trennten, waren alle Mißverständnisse der letzten Monate ausgeräumt. Leichteren Herzens, als sie gekommen war, fuhr Jo wieder nach Hause.

In den ersten Wochen des Jahres 1945 glaubte niemand mehr an die Möglichkeit eines Sieges Deutschlands über seine zahlreichen Gegner. Auf den Gütern Pommerns begann man sich auf ein Problem vorzubereiten, das den Gutsherrinnen kein geringes Kopfzerbrechen verursachte. Obgleich die offiziellen Nachrichten die wahren Ereignisse an der Ostfront nach wie vor zu verschleiern versuchten, sickerten doch Gerüchte durch über Vorstöße der Russen ins ostpreußische Gebiet. Überall wurden daraufhin Maßnahmen getroffen, den Strom der Flüchtlinge mit Nahrung zu versorgen und Kranke und Verletzte aufzunehmen.

Bald erreichten die ersten Trecks auch Rheinhagen. Was diese von Angst und Entbehrung gezeichneten Menschen zu berichten wußten, war nicht dazu angetan, eine beruhigende Wirkung auszuüben. Angst begann sich auszubreiten. Wann werden wir aus der Heimat wegmüssen? – diese Frage beschäftigte die Bewohner von Rheinhagen und Hohenlinden, mochten sie auch bei Begegnungen krampfhaft versuchen, so zu tun, als würde es nie dazu kommen.

»Es hilft nichts«, entschied Ingrid resolut, »die armen Leute sind ausgehungert und haben noch einen weiten Weg vor sich. Wir müssen sie mit einer warmen Mahlzeit und genügend Proviant für die Weiterfahrt versorgen. Obgleich Gott allein weiß, wo wir alles hernehmen sollen.«

Jo machte kein Hehl aus der Erschütterung, die sie bei dem Anblick der endlosen Wagenreihen der aus ihrer Heimat vertriebenen Ostpreußen empfand. Am liebsten hätte sie allen Obdach gewährt; aber mit jedem neuen Tag kamen neue Flüchtlinge nach, so daß ihre sämtlichen Bemühungen allmählich zu einem Alptraum wurden. Es war, als versuche man, Wasser mit einem Sieb zu schöpfen.

»Die braven kleinen Panjepferdchen brauchen auch Futter. Dabei meinte Kruse, wir würden bald keins mehr für unser eigenes Vieh haben, wenn es noch lange so weitergeht.«

Ingrid nickte geistesabwesend, während sie rasch einige Zahlen auf ein Blatt Papier notierte. Dann blickte sie auf und stellte zufrieden fest: »Das müßte klappen. Hohenlinden liegt abseits des Trecks. Wenn wir vorn, wo unsere Allee in die Chaussee einmündet, eine Art mobile Küche aufstellen, entsteht für die Flüchtlinge kein unnötiger Aufenthalt. Nur die Kranken und Alten, die nicht weiterkönnen, müssen zu uns durchgeschleust werden. Ich meine, daß sich bei dieser Hundekälte Zusammengekochtes am besten eignet – Hammelfleisch mit weißen Bohnen und Kartoffeln – das wärmt innerlich und gibt gleichzeitig Kraft. Dazu heißen Tee und Brot. Vielleicht erteilst du Kruse die nötigen Anweisungen. Er soll ein paar Hammel schlachten lassen. Ich werde das auch gleich in die Wege leiten. Das Brotbacken kann auf die einzelnen Haushaltungen verteilt werden. Ein einzelner könnte das gar nicht bewältigen.«

Jo griff Ingrids Vorschläge dankbar auf, froh darüber, sich ihrer Erfahrung unterordnen zu können. Wie lange ihre Vorräte ausreichen würden, um eine solche Massenbeköstigung über einen längeren Zeitraum hinweg durchzuführen – diese Frage wagte sie sich nicht zu stellen. Vielleicht spürte sie innerlich, ohne es sich einzugestehen, daß sie bald weit mehr Opfer bringen müßten als nur ein paar Hammel und einige Säcke Getreide, von Hafer und Heu ganz zu schweigen.

Dank Ingrids Organisationstalent klappte alles wie am Schnürchen. Die Herrin von Rheinhagen konnte die Oberaufsicht über die riesigen Suppenkessel und die Verteilung der Rationen binnen kurzem einigen Frauen aus dem Dorfe überlassen.

Ingrid beschäftigten andere Probleme. Sie mußte einen Entschluß fassen, der ihr alles andere als leichtfiel. Aber er war notwendig – vor allem wegen Michael, ihrem Sohn. Seit Mark auf See war, bedeutete er ihr mehr denn je. Daß der Junge Petra so zugetan war, würde die Situation beträchtlich erleichtern. Aus diesen Erwägungen heraus ließ Ingrid eines Morgens den Schlitten anspannen und fuhr überraschend in Hohenlinden vor. Noch ehe jemand eine Frage stellen konnte, kam sie zum Thema.

»Es ist sinnlos, sich weiterhin blind zu stellen«, erklärte sie; ihre Stimme klang irgendwie nicht so selbstsicher wie gewohnt. »Immer mehr Flüchtlinge kommen auf ihrem Weg in den Westen hier vorbei. Die Gebiete, wo bereits gekämpft wird, liegen gar nicht mehr so weit von uns entfernt – im Gegenteil, die Front rückt mit jedem Tag näher. Machen wir uns doch nichts vor! Auch für uns wird bald die Stunde schlagen ...«

»... daß wir die Heimat verlassen müssen?« beendete Jo den Satz für sie. Innerlich hatte auch sie sich bereits mit dieser Möglichkeit vertraut gemacht.

»Ja. Je eher, desto besser. Wir können nicht das Risiko eingehen, zu den letzten zu gehören und unter Umständen von den kämpfenden Truppen eingeholt zu werden. In erster Linie müssen wir an Tante Johanna denken, Jo. Eine solche Reise wird für sie äußerst beschwerlich sein. Noch sind die Straßen nicht allzusehr verstopft – man kommt halbwegs durch, wie ich hörte. Auch die Kinder sollten nicht mehr als nötig unter den Strapazen leiden müssen. In wenigen Tagen müßt ihr daher abreisebereit sein.«

»Wir?« Jos blaue Augen waren entsetzt aufgerissen. »Was willst du damit sagen? Kommst du denn nicht mit? Wir können doch unmöglich ohne dich . . .« Ihr versagte die Stimme.

»Doch.« Ingrid sprach zuversichtlicher, als ihr zumute war. »Vielleicht geschieht noch das Wunder, auf das wir seit Monaten warten. In einem Krieg ist alles möglich, das Blatt könnte sich in letzter Minute wenden. Dann ist es gut, wenn einer von der Familie hier ist, um nach dem Rechten zu sehen. Michael wird, wenn ich ihn darum bitte, widerspruchslos mit dir gehen, Jo. Schon weil er dann bei Petra bleiben darf. Einige meiner Leute wollen mit mir ausharren. Sei unbesorgt – sollte die Gefahr zu groß werden, machen auch wir uns auf den Weg. Alles ist bereit, wir brauchen dann bloß die Pferde einzuspannen und loszufahren.«

»Hätten wir doch bloß Dirks Auto hier«, sagte Jo – nur, um etwas zu sagen. Ihr Herz schlug dumpf und angstvoll. Sie glaubte, dieser Aufgabe nicht gewachsen zu sein. Sie würde die Verantwortung für das Leben der Menschen tragen, die ihr anvertraut waren. Aber da kam Ingrid schon auf dieses Thema zu sprechen – gerade als spüre sie, was in Jo vorging. Manchmal half es, momentane Schwächen zu überwinden, indem man den Tatsachen starr ins Auge blickte.

»Selbst wenn du das Auto hättest, würde es an Treibstoff fehlen. Da sind Pferde allemal zuverlässiger. Ein Glück, daß wir nicht alle hergeben mußten, sonst sähe es jetzt schlecht für uns aus. Willst du es der Tante beibringen, Jo?«

»Ach, Ingrid, könnte ich ihr das nur ersparen! Es wird ihr das Herz brechen, sich von Großvaters Grab trennen zu müssen.«

Doch die im Leid erstarkte Johanna zeigte sich, obgleich eine geliebte Welt für sie zerbrach, gefaßt und ruhig. Stumm half sie, die wertvollsten Gegenstände auf den großen Planwagen zu laden, den Hein Kruse sicherheitshalber schon längere Zeit in Ordnung und abreisefertig bereithielt.

»Mit dem Wagen von unserem seligen Herrn Baron ginge es ja bannig schneller voran«, meinte er bedächtig. »Aber da wäre ja fast gar nichts reingegangen. Und mit dem Benzin ist das auch so eine Sache. Nee, mit den Pferdchens sind Sie gut dran und können es der alten Dame und den Kindern gemütlicher machen, als in dem engen Auto.«

Als Jo später vor einer Kommode kniete und Kindersachen heraussuchte, ließ sie plötzlich entmutigt die Arme sinken.

»Es ist schrecklich, Omi«, klagte sie. »Wenn es ans Einpacken geht, weiß man nicht, was einem am meisten am Herzen liegt, was man am liebsten mitnehmen möchte. Doch der Platz im Wagen, so geräumig er auch wirkt, ist genau eingeteilt. Wir brauchen ihn für Betten, warme Kleidung und Futter für die Pferde.«

»Ich würde gern Axels Aquarelle aus den Rahmen schneiden. Auch sein Porträt und das deines Großvaters, meines Mannes«, bat Johanna mit bebender Stimme. Plötzlich spürte sie, wie schwer die Jahre auf ihr lasteten. Am liebsten wäre sie bei Ingrid in Rheinhagen geblieben; doch sie durfte Jo und die Kinder nicht allein ins Ungewisse fahren lassen.

»Natürlich, Omilein«, gab Jo zärtlich zurück und umarmte spontan die zerbrechliche Gestalt der Großmutter. »Die bringen wir doch leicht auf dem Boden des großen Koffers unter. Sicher gibt uns Ingrid auch Jane Mortimers Bild mit. Ohne Rahmen nimmt es fast keinen Platz weg. Es wäre jammerschade, fiele es den Russen in die . . .«

Jo verstummte jäh und kämpfte tapfer gegen ihre Tränen an. Alles in diesem Haus erinnerte sie an Dirk, an die kurzen Wochen des Glücks mit ihm. Würde sie das liebe alte Herrenhaus von Hohenlinden je wiedersehen?

Ingrid kam noch zu einer letzten Besprechung herüber. Auch sie war ungewöhnlich ernst, ihre Augen brannten vor Müdigkeit. Ihr war, als habe sie seit Monaten nicht mehr richtig geschlafen. Und schlief sie wirklich einmal, dann geisterten endlose Trecks durch ihre unruhigen Träume: lange Reihen von Flüchtlingen, zu denen auch bald die Menschen gehören würden, die ihrem Herzen, neben Mark, am nächsten standen.
»Präge dir die Adresse gut ein, unter der wir uns – so Gott will – eines Tages finden werden, Jo«, sagte sie ernst, als die beiden jungen Frauen zum letztenmal beisammen saßen. »Frau Clasen ist unterrichtet und wird euch, da ihr die Lage im Osten bekannt sein dürfte, bereits erwarten. Ihr Mann, Kapitän Clasen – er war im Ersten Weltkrieg Marks Vorgesetzter – ist zwar vor zwei Jahren mit seinem U-Boot in den Tod gefahren. Mark hat mir jedoch in seinem letzten Brief mitgeteilt, er habe alles mit ihr abgesprochen. Solange wir an dieser Adresse festhalten, können wir uns nie verfehlen oder aus den Augen verlieren.«
»Frau Clasen, Clasenhof, Hemmelmark bei Eckernförde, Schleswig-Holstein«, wiederholte Jo mit unsicherer Stimme. Ein fremder Name, der ihr nichts sagte. Was würde sie dort erwarten? Würden sie ihr Ziel überhaupt je erreichen?
Zwei Tage vor dem endgültigen Aufbruch fuhr Jo mit Johanna noch einmal zum Erbbegräbnis der Rheinhagens. Eine dicke Schneeschicht hüllte es ein, die kahlen Äste der mächtigen Eiche, die ihm in heißen Sommern Schatten spendeten, ragten wie flehend ausgestreckte Arme in den grauen Winterhimmel auf. Johanna hatte plötzlich nicht mehr die Kraft, den Schlitten zu verlassen, um hinüberzugehen und von allem, das einst zu ihrem Leben gehört hatte, Abschied zu nehmen: Wolf ruhte dort drüben unter den Eichen; Horst; die Schwiegereltern, mit denen sie sich blendend verstanden hatte, nachdem ihnen klargeworden war, daß auch eine Städterin eine gute Landwirtin werden konnte. Und auch die schöne Jane Mortimer war hier begraben . . .

Irgendwo krächzte ein Rabe, ein zweiter antwortete. Kalt schien die Wintersonne auf das Feld. Ihr Licht, das ohne jede Wärme war, ließ die Landschaft noch trostloser und unbarmherziger erscheinen. Johanna erschauerte und berührte stumm Jos Hand. Diese verstand und wendete geschickt den Schlitten. Die Großmutter hatte recht – je länger sie hier verharrten, um so schwerer wurde der Abschied.

An einem nebligen Februartag, an dem der eisige Wind direkt aus den Steppen Sibiriens zu kommen schien, reihten sich die Wagen aus Hohenlinden an der Mündung in die Chaussee dem endlosen Treck der Flüchtlinge aus Ost- und Westpreußen ein.

Ich will mich nicht umdrehen, dachte Jo verzweifelt. Ich will nicht zurückschauen. Sonst verläßt mich der Mut, wegzugehen. Eines Tages kehren wir zurück, ganz bestimmt . . .

Tief in ihrem Herzen glaubte sie jedoch nicht mehr an diese Möglichkeit. Aber ohne Hoffnung zu leben hieße, von vornherein aufzugeben. Unwillkürlich glitt Jos Blick zur Großmutter, die tapfer neben ihr auf dem Kutschbock saß. Für sie mußte es noch schwerer sein, die Heimat zu verlassen: Hatte sie doch fast ein Menschenleben hier zugebracht.

Als habe Johanna diesen mitfühlenden Blick gespürt, wandte sie sich jetzt Jo zu und lächelte. Was immer auch geschah – sie mußte so lange durchhalten, bis ihre Enkelin und die Kinder in Sicherheit waren. Einige Familien aus dem Dorf hatten sich mit ihren Wagen angeschlossen. Die halbwüchsigen Söhne konnten Jo ab und zu auf dem Kutschbock ablösen, um ihr Gelegenheit zum Ausruhen zu geben.

Von Ingrid hatten die Hohenlinder bereits am Vortag Abschied genommen. Doch als sie die Stelle erreichten, wo die Rheinhagener Allee in die Chaussee einmündete, stand sie dort, um die Kolonne mit heißem Tee und Broten zu versorgen. Das heiße Getränk wärmte innerlich auf und fachte die Lebensgeister der Menschen, die seit Wochen unterwegs waren, neu an. Jo neigte sich zu Ingrid hinab und packte beschwörend ihre Hand. »Du kommst bestimmt nach, Ingrid, nicht wahr?« bat sie angstvoll. »Du darfst dein Leben nicht aufs Spiel setzen. Dirk sagte einmal zu mir, toter Besitz zähle nicht – Menschen seien wichtiger. Auch ich liebe Rheinhagen und Hohenlinden über alles und muß mich doch davon trennen.«

»Sei unbesorgt, Schatz.« Ingrids Gesicht war schmal und blaß. Irgendwie hatte es seine harmonischen Züge verloren und wirkte fremd und verzerrt. Man sah, wie schwer es ihr fiel, ihre Empfindungen unter Zeitdruck in Worte zu kleiden. »Wenn die Lage hoffnungslos wird, ziehe ich sofort los.«

»Ist sie das nicht jetzt schon?« erwiderte Jo bitter. »Aber wie du meinst. Hein Kruse hat versprochen, sich um alles zu kümmern, wenn auch du nicht mehr hier bist. Er ist ein alter Mann, ihm werden sie wohl nichts tun.«

*Sie* – das war die drohende Gefahr, von der in den letzten Tagen und Wochen viel gesprochen worden war. Menschen einer anderen Rasse und Mentalität, die sich bitter an unschuldigen Geschöpfen für alles rächten, was der Krieg dem eigenen Land angetan hatte. Daß sie dabei Grausamkeiten an Frauen, Kindern und Greisen verübten, belastete ihr Gewissen nicht.

Ein Zeichen von vorn, der Treck setzte sich langsam in Bewegung. Noch einmal umarmte Ingrid mit einem trockenen Aufschluchzen ihren Sohn, drückte Johannas und Jos Hand. Ein letztes Winken, ein letzter Blick der alten Dame zu den hohen Eichen, die an der Familiengruft Wolf von Rheinhagens ewigen Schlaf bewachten.

Und dann nur noch das monotone Knirschen der Wagenräder im Schnee, das Schnauben der Pferde – und die Trostlosigkeit, die den Schlag der Herzen zum Stillstand zu bringen drohte.

## 11

Charlotte hatte die letzten Nachrichten ihrer Tochter aus Pommern mit großer Besorgnis gelesen. Der Brief war lange unterwegs gewesen und mittlerweile von den Ereignissen wahrscheinlich längst überholt. Wo mochte Jo jetzt ungefähr sein? Nicht einmal anhand einer Karte war es möglich, sich ein ungefähres Bild zu machen. Das Vorwärtskommen in einem Treck hing von so vielen Fakten ab. Es war Winter, und die Witterung um diese Jahreszeit dort oben besonders unangenehm. Würden die Kinder, würde Johanna mit ihren fast dreiundsiebzig Jahren die Strapazen durch Schnee und Eis aushalten?

Die Dresdner Bevölkerung war, soweit es Flüchtlinge betraf, ziemlich gut orientiert. Täglich trafen überfüllte Züge aus dem oberschlesischen Raum ein. Neben ihrer Arbeit als Lehrerin hatte Charlotte sich freiwillig zum Bahnhofsdienst gemeldet, wo sie beim Ausladen der alten und kranken Menschen half und sie zu den mühsam beschafften Notunterkünften brachte. Viele der größeren Schulen waren bereits geschlossen und in Militär- und Luftwaffenkrankenhäuser umgewandelt worden. Die vom Unterricht befreiten Kinder wurden ebenfalls beim Flüchtlingshilfsdienst eingesetzt.

»Wenn es so weitergeht, wird wohl auch unsere Schule bald schließen und anderen Zwecken zugeführt werden«, bemerkte Charlotte sorgenvoll zu Harald Reger, der seit Jahren die Schule leitete, an der sie nach wie vor beschäftigt war. »Das Elend ist nicht mehr mit anzusehen. Jetzt kommen auch schon Flüchtlinge mit Wagen an, um bei uns Zuflucht zu suchen.

Man müßte hundert Hände haben, um überall dort zu helfen, wo es nötig ist.« Reger nickte ernst. Charlotte fiel auf, wie elend er aussah. In Friedenszeiten hätte man ihn längst aus gesundheitlichen Gründen in den vorzeitigen Ruhestand versetzt; aber momentan wurde jede Arbeitskraft gebraucht. Auch wäre er nicht einverstanden gewesen, sich ausgerechnet zu diesem Zeitpunkt seinen Pflichten zu entziehen.

»Ich sprach neulich mit der Pächterin des Stadtgutes«, sagte er nachdenklich. »Sie weiß nicht mehr, wo sie noch Futter für die ausgehungerten Pferde hernehmen soll. Aber man kann die Leute doch nicht unversorgt weiterziehen lassen. Dabei reicht der Vorrat kaum noch für das eigene Vieh aus!«

Charlotte starrte stumm vor sich hin. Nur spärlich kamen Nachrichten aus den deutschen Ostgebieten durch. Die Berichterstattung in den Zeitungen und im Rundfunk war optimistisch gefärbt und entsprach wohl kaum den Tatsachen.

»Jo hat neulich dasselbe geschrieben«, erwiderte sie bedrückt. »Inzwischen gehört sie selbst zum Heer der Namenlosen, die ihre Heimat verlassen mußten. Oh, Harald, ich bin furchtbar unruhig, sobald ich an die Rheinhagener denke. Zwei junge, hübsche Frauen, zwei Kinder, eine alte Dame – ohne jede männliche Hilfe auf sich allein gestellt . . .«

»Aber sie sind ja nicht allein, Charlotte. Das sagten Sie eben selbst. Sie erleiden das gleiche Schicksal wie ihre Reisegefährten, und Gemeinsamkeit verbindet. Jo ist sehr resolut, sie wird sich nicht unterkriegen lassen.«

»Und Ingrid ist ja bei ihr.« Noch wußte Charlotte nicht, daß die Herrin von Rheinhagen es vorgezogen hatte, bis zum letzten Augenblick in der Heimat auszuharren; sie befand sich also nicht bei ihren Verwandten. Zu diesem Zeitpunkt war allerdings auch sie schon damit beschäftigt, ihre Sachen zu pakken, um ihnen in den Westen zu folgen; denn die Lage in Pommern wurde immer hoffnungsloser und gefährlicher.

»Nur ein Wahnsinniger könnte jetzt noch auf einen siegreichen Ausgang des Krieges hoffen.« Harald Regers Gesicht

spiegelte seine Gefühle wider. Die Ohnmacht, die er, wie viele seiner Landsleute, empfand, wenn er an all die sinnlosen Opfer dachte, die der Krieg noch fordern würde. »Wenn die Russen bis Guben gekommen sind, Charlotte, würde ich auch Ihnen raten, sich aus Dresden abzusetzen. Sie wissen ja, wo sie in Schleswig-Holstein mit Jo zusammentreffen können. Machen Sie sich auf den Weg, ehe es zu spät ist. Es wäre mir eine große Beruhigung – sosehr ich Sie auch vermissen würde –, wenn Sie beim Einmarsch der Russen nicht mehr hier wären.«
Charlotte legte das Buch aus der Hand, in dem sie, als Reger gekommen war, etwas nachgeschlagen hatte, und starrte ihn aus großen, vor Erregung fast schwarz wirkenden Augen an.
»Sie rechnen also auch fest damit, Harald? Kann nicht doch ein Wunder geschehen? Nein, sagen Sie nichts! Es wäre töricht, noch darauf zu hoffen.«
Während der nächsten Tage nützte Charlotte jede freie Minute, um die Sachen zu sichten, die sie unbedingt auf ihre Reise in den Norden mitnehmen wollte; denn inzwischen hatte sie sich fest dazu entschlossen, Regers Rat zu befolgen. Das von ihren Eltern geerbte Meißener Porzellan räumte sie in den ehemals von ihrem Vater eingebauten Weinschrank im Keller. Reger sicherte das nischenartige Gelaß mit einer Blechplatte ab, die er, Gott weiß wo, noch aufgetrieben hatte. Anschließend legte er alles unter Verputz. Kein Uneingeweihter würde auf den Gedanken kommen, daß sich in dieser Wand unersetzliche Kostbarkeiten befanden.
Der Faschingsdienstag des Jahres 1945, der diesmal auf den 13. Februar fiel, war lediglich ein Tag im Kalender. Niemand stand der Sinn nach fröhlichem Mummenschanz. Nur ein paar Kinder hatten sich verkleidet und liefen, von den Sorgen der Erwachsenen unberührt, lärmend durch die Straßen.

Die Sonne schien fast frühlingshaft warm, als Charlotte aus der Schule kam. Sie fühlte sich seltsam froh und leicht. Irgend etwas lag in der Luft – doch konnte es wirklich etwas Gutes sein? Sie wagte nicht, daran zu glauben. In ihre Gedanken versunken, war sie eine Haltestelle zu weit gefahren. Das herrliche Wetter bewog sie, statt sofort nach Hause zu gehen, zu den Räcknitzer Höhen aufzusteigen. Von hier aus, von der Plattform, die das Moreau-Denkmal umgab, hatte man einen sehr schönen Blick auf Dresden.

Mit einem tiefen Atemzug blickte Charlotte auf die zahllosen Türme und Dächer hinab. Der Rathausturm, mit seinem von Patina überzogenen Kupferdach, wirkte im Licht der Sonne noch grüner als sonst, die Türme des Schlosses und der Katholischen Hofkirche ragten wie ein kunstvoller Scherenschnitt vor dem hellblauen Winterhimmel auf.

Plötzlich schien es Charlotte unmöglich, ihre Heimatstadt zu verlassen. Ihre Eltern lagen hier begraben – und Axel. Konnte man einfach wegfahren und irgendwo neu anfangen, während hier jeder Stein, jedes Haus Erinnerungen an glückliche Zeiten barg? In Dresden war sie Axels Frau geworden, hier hatte Jo das Licht der Welt erblickt. Bald kam der Frühling, und im Garten würde alles grünen und blühen, die riesigen Rhododendren würden ihre weißen, roten und tieflila Blüten öffnen. Nein, es war unmöglich. Noch ein paar Tage würde sie warten, ehe sie eine endgültige Entscheidung traf.

Wie von einer Last befreit trat Charlotte Engelmann, die eigentlich von Rheinhagen hieß, den Heimweg an. Ihr leuchtender Blick grüßte das Haus, das sie so innig liebte, weil sie seit ihrer Kindheit nichts anderes gekannt hatte. Jeder Winkel darin war ihr vertraut, alles lebte und war darauf angewiesen, von ihr gepflegt und instand gehalten zu werden. Fast schämte sie sich, an eine Flucht auch nur gedacht zu haben.

Am Abend kam Reger vorbei und wunderte sich über den Ausdruck ihrer Augen. Sie blickten klar und zuversichtlich, und es fiel ihm daher schwer, Charlottes Seelenruhe erneut erschüttern zu müssen.

»Ich habe mit Freunden gesprochen, die in den nächsten Tagen Dresden verlassen wollen«, kam er ohne Umschweife zum Thema. »Es sind zwei Familien, die noch das Glück haben, Autos zu besitzen. Sie haben irgendwo – man sollte nicht nach der Quelle forschen – genügend Benzin organisiert, um ein gutes Stück Weges zu schaffen. Außerdem planen sie, ihre Wagen aneinanderzukoppeln, um dadurch Treibstoff zu sparen. Für Sie ist noch Platz – ich habe sofort fest zugesagt, Charlotte. Die Reise geht außerdem nach Norddeutschland, in unmittelbare Nähe Ihres Zielortes. Das letzte Stück bis zu Ihrer Tochter werden Sie auch ohne fremde Hilfe bewältigen.«

Harald verstummte, als er sah, wie das Leuchten in Charlottes Augen plötzlich erlosch.

»Heute war ich oben – auf den Räcknitzer Höhen. Ich glaube nicht, daß ich es übers Herz bringen kann, Dresden zu verlassen. Noch gestern wäre mir der Entschluß leichtgefallen – aber jetzt? Lassen Sie mir bitte einen Tag Bedenkzeit, Harald.«

Reger schüttelte den Kopf. Was er dann sagte, deckte sich fast mit dem, was Dirk von Graßmann anläßlich seines letzten Heimaturlaubs Jo eingeschärft hatte.

»Denken Sie jetzt nicht an materielle Werte, Charlotte. Ihre persönliche Sicherheit ist wichtiger. Wenn schon nicht für Sie, für mich ganz bestimmt. Ich habe Sie ein Leben lang geliebt, heute darf ich es wohl aussprechen. Viele Schranken stürzen in sich zusammen, die Zeit für Geständnisse ist knapp geworden. Ich sorge mich um Sie, Charlotte. Man hört manches. Ich fürchte, Dresden wird in absehbarer Zeit Kampfgebiet werden. Sie sind noch immer schön und begehrenswert, würden es auch für unsere Eroberer sein. Dieses Schicksal möchte ich Ihnen unbedingt ersparen . . .«

Reger hatte sehr ruhig gesprochen; aber gerade in dieser Ruhe lag eine Eindringlichkeit, der Charlotte sich nicht zu verschließen vermochte. Mit einem netten Lächeln berührte sie seine Hand, nahm sie in die ihre, und ihm war, als flösse ein warmer Strom von ihr zu ihm hinüber.

»Ich habe es eigentlich immer gewußt, Harald, und ich danke

Ihnen.« Ihre grauen Augen waren voller Zuneigung. »Ohne Sie wäre mein Leben seit Axels Tod und später, als Jo mich verließ, um nach Rheinhagen zu gehen, sehr einsam gewesen. Ich werde tun, was Sie mir raten. Und wenn das Schicksal es so will, werden wir eines Tages, nach Ende des Krieges, auf dieses Thema zurückkommen und über unsere Zukunft sprechen.«

»Über eine gemeinsame Zukunft, Charlotte?«

Sie nickte stumm, der Druck ihrer Hand wurde fester. Sie liebte Reger nicht, sie würde nach Axel nie mehr einen Mann lieben können; doch er war ihr sympathisch und verdiente es, umsorgt zu werden, nicht mehr allein zu sein. Sie konnte sich für ihren Lebensabend keinen angenehmeren Gefährten vorstellen.

Sacht entzog sie ihm ihre Hand und nahm zwei Tassen aus dem Schrank. Ihr Blick glitt zu der hohen Standuhr, die ebenfalls noch von ihren Eltern stammte.

»Es ist fast zehn – Zeit für Sie, ans Heimgehen zu denken, Harald. Vorher wollen wir noch einen Tee zusammen trinken. Echten Ceylon kann ich Ihnen zwar nicht anbieten, aber das Kräutergemisch schmeckt nicht einmal unangenehm.«

Auf dem Weg zur Küche blieb sie stehen und lauschte zurück. Aus dem Radio, das eben noch Musik gebracht hatte, erklang plötzlich das ominöse Ticken des Weckers, das stets die Annäherung feindlicher Flugzeuge anzumelden pflegte. »Nein, jetzt müssen Sie bleiben. Wahrscheinlich wird es gleich Alarm geben. Hoffentlich habe ich noch genügend Zeit, den Tee aufzubrühen.«

Dresden war, bis auf wenige kleinere Angriffe, die keinen nennenswerten Schaden angerichtet hatten, bisher von Bombern verschont geblieben. Man munkelte, es bestünde eine heimliche Vereinbarung, wonach Dresden nicht – wie die meisten Städte in Nord- und Westdeutschland – zerstört werden sollte. Ja, es wurde sogar behauptet, die schöne Stadt an der Elbe solle nach Kriegsschluß den Alliierten als Hauptquartier dienen. Auch Reger kannte diese Gerüchte, doch er gab wenig darauf. Heutzutage mußte man stets mit allen Möglichkeiten rechnen: Sogar mit einem Luftangriff auf Dresden, obwohl die Stadt zur Zeit mit Flüchtlingen vollgestopft und militärisch auf einen Angriff völlig unvorbereitet war.

Plötzlich verstummte das harte, unheilverkündende Ticken des Weckers, und Charlotte kehrte aus der Küche ins Zimmer zurück. Ihr Gesicht war vor Erregung blaß geworden.

Der Uhrzeiger stand genau auf fünf Minuten vor zehn, als der Ansager mit vor Entsetzen atemloser Stimme rief: »Achtung, Achtung! Achtung, Achtung! Starke Kampfverbände im Anflug über Riesa. Mit einem Angriff auf Dresden ist zu rechnen!«

Während Charlotte und Reger einander noch wortlos anstarrten, begannen auch schon die Sirenen mit jenem grauenvollen Urweltton zu heulen, der Gefahr ankündigte – mehr noch: eine Katastrophe, wie es sie in diesem Kriege bisher kaum gegeben hatte.

»Kommen Sie, Charlotte, wir müssen in den Keller.«

Hastig schlüpfte Charlotte in ihren Mantel und sah sich noch einmal um, als müsse sie vorsorglich von allem, was ihr lieb und teuer gewesen war, Abschied nehmen. In der dumpfen Ruhe vor dem Sturm, die jetzt wieder nur von dem Ticken des Weckers unterbrochen wurde, waren inzwischen Flugzeuge zu hören – ganz deutlich. Handelte es sich bereits um die angekündigten Kampfverbände?

Harald, der am Korridorfenster stand, machte eine auffordernde Handbewegung. Charlotte trat hinzu. Ihre Augen weiteten sich entsetzt. Am nächtlichen Himmel über der aus dem Schlaf gerissenen Stadt hingen bereits die sogenannten ›Christbäume‹. Rot, gelb und grün, waren sie flammende Zielmarkierungen für einen Bombenangriff. Langsam sanken diese Vorboten des kommenden Grauens nieder und tauchten die todgeweihte Stadt in gespenstisches Licht.

Während Charlotte, selbst von Angst erfüllt, das völlig verängstigte Ehepaar Vierig zu beruhigen versuchte, dröhnte die Luft bereits von den Motoren der feindlichen Kampfverbände.

Oben, in dem friedlichen Wohnzimmer, lief noch immer das Radio. Das Ticken verstummte jäh, noch einmal meldete sich die Ansage: »Achtung, Achtung! Die Spitzen der großen feindlichen Bomberverbände haben ihren Kurs geändert und befinden sich jetzt im Anflug auf das Stadtgebiet. Es ist mit Bombenwürfen zu rechnen. Die Bevölkerung wird aufgefordert, sich sofort in die Luftschutzräume und Keller zu begeben. Wer sich jetzt noch auf der Straße befindet, wird von der Polizei verhaftet . . .«

»Ein Glück, daß dieses Haus so solide gebaut ist«, übertönte Regers Stimme den Ansager. Er hielt es für besser, vor allem die Frauen von weiteren Schreckensnachrichten abzulenken. »Ihr Vater ließ es wie für die Ewigkeit bauen, Charlotte. Dieser Keller hat ein Gewölbe, das ziemlich einsturzsicher sein dürfte. Hier werden wir, so Gott will und falls es zum Schlimmsten kommen sollte, überleben.«

Hastige Schritte, Stimmen. Von der Straße drängten sich einige verängstigte Passanten herein, denen klargeworden war, daß sie ihr Zuhause nicht mehr erreichen würden. Das Donnern der anfliegenden Verbände kam immer näher. Dresden schien schicksalsergeben seiner Todesstunde zu harren.

Dann brach, ohne jeden Übergang, die Hölle los. Welle um Welle der todbringenden Bombergeschwader rollte über die von brennenden Häusern und Straßen fast taghell erleuchtete Stadt. Irgendwo in der Nachbarschaft ging eine Bombe nieder. Der Luftdruck riß Harald Reger, der in der offenen Tür zwischen den Kellern stand, um und ließ ihn hart zu Boden schlagen. Als er sich mühsam aufrappelte und Charlotte beruhigend zunicken wollte, erschrak er. Sie wirkte benommen und schien in einer anderen Welt zu weilen. Noch ehe er sie zurückhalten konnte, lief sie die Stufen hinauf zur Haustür, die aufgerissen war und schief in den Angeln hing.

»Axels Briefe aus dem Feld, seine letzten Aquarelle – alles befindet sich im Gartenhaus«, rief sie über die Schulter dem ihr erschrocken nacheilenden Freund zu. »Jo wird alles in Pommern zurückgelassen haben. Ich muß die Andenken an ihren Vater für sie retten.«

Die Stufen, die zum Hauseingang emporführten, waren wie von einer Zyklopenhand durcheinandergewürfelt worden, das Glas des Erkeranbaus war geborsten. Doch die Angst verlieh Charlotte Flügel. Leichtfüßig sprang sie hinaus und lief dann, des ringsum herrschenden Infernos nicht achtend, durch den Garten. Er kam ihr merkwürdig verändert vor: Die Bäume und Sträucher schienen eine andere Position eingenommen zu haben, manche fehlten überhaupt. Die Heiterkeit des Gartens gab es nicht mehr, sie hatte sich in eine stumme Anklage verwandelt. Und dann war es Charlotte, als risse ein grelles Licht vor ihr den ganzen Himmel auf.

»Axel!« rief sie hell, und noch einmal: »Axel!« ehe sie von dem Luftdruck der nächsten Detonation zur Seite und gegen einen der Bäume geschleudert wurde, wo sie regungslos liegenblieb.

Als der völlig atemlose Harald sie erreichte, zeigte ihr Mund ein Lächeln, als habe sie alle Seligkeiten dieser Welt erschaut.

Das heiter-anmutige Gartenhaus jedoch war wie vom Erdboden verschwunden. Der Luftdruck der im angrenzenden Grundstück niedergegangenen Bombe hatte seine Bestandteile in alle Windrichtungen verstreut. Nur ein Umriß am Boden erinnerte noch an den ursprünglichen Standort. Verweht waren die Fresken an der Decke – das Apfelspalier von Rheinhagen –, verweht wie die Erinnerungen an glückliche Stunden.

Harald Reger hielt Charlottes leblose Gestalt in den Armen. Der Schmerz, der in ihm brannte, ließ ihn für alles, was um ihn herum vorging, empfindungslos sein. Und tief in seinem

Herzen spürte er, daß Charlotte sich genau das gewünscht hatte, als sie mitten im Bombenhagel in den Garten gelaufen war. Ein Leben ohne Axel bedeutete ihr nichts, darum war sie ihm gefolgt. Das Feuerwerk, das Dresden zerstörte, hatte gleichsam auch einen Schlußpunkt hinter Charlotte Wagners und Axel von Rheinhagens Liebesgeschichte gesetzt.

In der gleichen Nacht, als dies geschah, fuhr Jo aus ihrem unruhigen Schlummer auf. Ihr war, als sei die Mutter in Gefahr, als habe sie nach ihr gerufen. Oder nach dem Vater? Sie konnte sich nicht genau an ihren Traum erinnern. Obgleich sie fest daran glaubte, nur geträumt zu haben, blieb doch eine innere Unruhe in ihr, die sie sich vergebens zu erklären versuchte.

Ich muß schlafen, dachte sie erschöpft. Die Nacht ist kurz genug, morgen früh geht der Treck weiter. Bald sind wir am Ziel. Dann gibt es Ruhe, Wärme . . .

Wenige Tage später verbreitete sich im Flüchtlingstreck die Nachricht von der Vernichtung Dresdens wie ein Lauffeuer. Johanna und Jo sahen sich entsetzt an.

»Ich habe solche Angst, Großmutter«, stammelte Jo und warf sich weinend in die Arme der alten Dame. »In jener Nacht habe ich von Mutti geträumt. Sie rief einen Namen – meinen oder den von Vater, ich weiß es nicht. Vati starb an einem Faschingsdienstag, und der Angriff auf Dresden fand am gleichen Tag statt. Es ist ein böses Omen. Vielleicht war das neulich gar kein Traum, sondern Gedankenübertragung, und Mutti ist tatsächlich Vati gefolgt.«

Johanna versuchte zu sprechen, brachte jedoch kein Wort hervor. Sie war zu müde und zu deprimiert, ihr Herz sagte ihr, daß auch Charlotte nun tot war – Charlotte, die sie einst abgelehnt und dann wie eine Tochter geliebt hatte.

Endlich fand sie ihre Sprache wieder. Sie wunderte sich selbst darüber, wie zuversichtlich ihre Stimme klang. »Wir dürfen die Hoffnung nicht aufgeben, Jo. Denke an dein Kind, an die

Menschen, für die du jetzt, trotz deiner Jugend, verantwortlich bist. Dann wirst du auch die innere Kraft finden, durchzuhalten.«
Johannas ermutigende Worte halfen Jo, ihre Ängste zu überwinden. Außerdem hatte sie gar keine Zeit zum Grübeln, denn die Leute aus Hohenlinden klammerten sich förmlich an sie, verließen sich in jeder Beziehung auf ihre Tatkraft. Daran gewöhnt, daß die Herrschaft für sie sorgte, galt ihnen auch in diesen trostlosen Tagen der Flucht Jos Verhalten als Beispiel. Bei ihr fühlten sie sich geborgen; sie war dazu bestimmt, für sie zu denken und eine neue Heimat für sie zu finden.

Nach Wochen der Mühsal und der Entbehrungen erreichte die kleine Wagenkolonne aus Pommern, unbeschadet an Leib und Seele, ihr Ziel in Schleswig-Holstein. An die Weite von Hohenlinden und Rheinhagen gewöhnt, kam allen der Clasenhof zunächst eng, ja fast dürftig vor. Aber er war eine Zuflucht, ein Ort des Friedens. Hier konnten Menschen und Tiere von den Strapazen ausruhen, die sie miteinander durchgemacht hatten.
»Ich habe von Herzen gewünscht, Sie würden diesen bitteren Weg nie gehen müssen, liebe Frau von Graßmann«, begrüßte Frau Clasen herzlich die junge Frau, in der sie instinktiv die Anführerin erkannte. »Da es nun doch dazu gekommen ist, heiße ich Sie und Ihre Begleiter auf dem Clasenhof willkommen. Ein wenig müssen wir wohl zusammenrücken – bei uns ist nicht soviel Platz wie auf den pommerschen Rittergütern. Trotzdem werden Sie sich nach den entbehrungsreichen Wochen bei uns wohl fühlen.«
Jo dankte im Namen aller für die freundliche Aufnahme und kümmerte sich darum, daß der Einzug reibungslos verlief. In dem einstigen Verwalterhaus, das Frau Clasen energisch und dank ihrer guten Beziehungen bis zu diesem Tag erfolgreich gegen alle Einquartierungsabsichten verteidigt hatte, fanden die Hohenlinder Unterkunft.

Die Besitzerin des Hofes hatte nie Grund, dies zu bereuen, denn die Pommern waren arbeitslustig und griffen überall mit zu, wo Not am Mann war. Der an sich ertragreiche Hof, der durch Personalmangel während des Krieges einen etwas vernachlässigten Eindruck machte, bekam bald ein neues Gesicht. Die Gebäude wurden, soweit das Material dafür beschaffbar war, instand gesetzt. Im Frühjahr würde man die Felder ordnungsgemäß bestellen, damit all die hungrigen Mäuler genug zu essen bekamen.
Frau Clasen war froh, sich nicht selbst den Kopf zerbrechen zu müssen, und ließ Jo völlig freie Hand. Diese plante vor allem, die Viehzucht rationeller zu machen. Der Federviehbestand war zu gering, auch die Rinder ließen zu wünschen übrig. Um ihre Gedanken von Hohenlinden und Rheinhagen abzulenken, arbeitete Jo weit über ihre Kräfte. Nur wenn sie todmüde ins Bett sank, konnte sie schlafen und vergessen, was einst gewesen war.
Sie weilte bereits vier Wochen auf dem Clasenhof, als sie endlich Nachricht über das Schicksal ihrer Mutter bekam. Harald Reger teilte ihr in einem Brief, der sehr lange unterwegs gewesen war, die näheren Umstände ihres Todes mit.
»Sie können sich vorstellen, liebe Jo«, schrieb er unter anderem, »daß es in Dresden momentan drunter und drüber geht. Mit Hilfe einiger älterer Schüler gelang es mir, Ihre von mir seit Jahren verehrte Frau Mutter an der Seite Ihres Vaters zu bestatten. Wie durch ein Wunder war sein Grab erhalten geblieben, rechts und links davon nichts als Bombenkrater. Es mag Ihnen ein Trost sein zu wissen, daß Ihre Mutter nicht gelitten hat. –
Ihr schönes Haus ist allerdings nur noch eine Ruine. Die ersten Bomben hatten es im oberen Stockwerk stark beschädigt, tiefe Mauerrisse es unbewohnbar gemacht. Es war wie ein Alptraum. Als ich nach dem zweiten großen Angriff, der noch in der gleichen Nacht auf Dresden niederging, Ihr Wohnzimmer betrat, habe ich zum erstenmal seit langer Zeit geweint.

Der Deckel des Klaviers war durch den Luftdruck hochgerissen worden. Zwischen den Tasten steckten die Glasscherben des gegenüberliegenden Fensters wie Zähne eines Raubtiers. Während ich noch dastand und die Wüstenei anstarrte, begann die alte Standuhr, die nach dem ersten Bombentreffer stehengeblieben war, dumpf zu schlagen –. So, als melde sich die Seele dieses glücklichen Hauses noch einmal zu Wort. Am darauffolgenden Tag, dem 14. Februar, fielen gegen Mittag Tausende von Brandbomben in die wenigen Häuserreihen, die den ersten Feuersturm überstanden hatten. Dabei brannte auch Ihr Haus in der Kaitzer Straße, das die fröhliche Nummer 77 trug, bis auf die Grundmauern nieder. Ich bin sehr traurig, mein liebes Kind . . .«

Jo las den Brief, dessen Inhalt sie bereits vorausgeahnt hatte, mehrmals durch, als müsse sie sich jedes Wort für alle Ewigkeiten einprägen. Die Heimat ihrer Kindheit gab es nicht mehr, ebensowenig wie die ihrer kurzen, glücklichen Ehe. Bekam man alles im Leben nur auf Zeit geliehen, um es dann – viel zu früh – wieder zu verlieren? Zuerst den Vater, dann Dirk, Hohenlinden, Rheinhagen und nun mit dem Elternhaus auch die geliebte Mutter? »Es ist unvorstellbar, Omi«, sagte sie unter Tränen. »Mutter ist tot, unser Garten von Bomben verwüstet, das Gartenhaus hinweggefegt . . . Dazu das ausgebrannte Haus – nur noch eine leere Schale ohne Liebe und Leben. Harald Reger schreibt, er habe später hinter einem Busch meine große Puppe gefunden, mit der ich als Kind am liebsten gespielt hatte. Gott weiß, durch welches Wunder sie erhalten blieb. Wenn die Zeiten ruhiger werden, will er sie mir für Petra schicken . . .«

Petra – die hatte Jo über all den Hiobsbotschaften fast vergessen. Das Kind verstand noch nichts von Tod und Zerstörung. All das Neue gehörte für Petra zum Alltag, sie wuchs automatisch in dieses entwurzelte Dasein hinein, war fröhlich und hing mit zärtlicher Zuneigung an Michael. Er spielte seine Rolle als ihr Beschützer mit großer Würde, mochten die anderen Jungen ihn deswegen auch noch so necken. Wenige Tage nach Regers Brief traf auch Ingrid von Rheinhagen überraschend auf dem Clasenhof ein. Sie sprang von einem Lastwagen ab, der sie bis zur Auffahrt mitgenommen hatte, und marschierte resolut auf das Haus zu. Sie wirkte blaß und schmal, aber ihr Mut schien ungebrochen. Diesen Eindruck hatte jedenfalls Jo, die Ingrid zuerst entdeckt und erkannt hatte. Mit einem Freudenschrei lief sie ihr entgegen und alarmierte damit die übrigen Hausbewohner.

Nachdem Ingrid all ihre Verwandten umarmt und ihren Sohn in leidenschaftlicher Zärtlichkeit an sich gedrückt hatte, bemerkte sie mit einer Ruhe, die angesichts der Tatsachen beinahe etwas komisch wirkte: »Nun ja, das große Gepäck muß ich irgendwo unterwegs verloren haben. Diese Handtasche ist alles, was ich retten konnte. Natürlich waren wir mit vollbeladenem Wagen losgefahren. Aber auf einer Brücke bei Stettin, die unter Beschuß lag, gab es weiter vorn eine Autopanne. Der Treck konnte nicht daran vorbei, denn die uns entgegenkommenden deutschen Soldaten verstopften die andere Fahrbahn völlig. So blieb uns nichts anderes übrig, als alles stehenzulassen und zu Fuß weiterzugehen. Gottlob fand ich dann später eine Gelegenheit zum Mitfahren, sonst wäre ich heute noch gar nicht hier. Zu dumm: Unsere braven Rösser ließen uns nicht im Stich, aber so eine blöde Benzinkutsche machte den ganzen Laden verrückt.«

Trotz Ingrids burschikoser Redeweise merkte man ihr an, wie nahe ihr die Ereignisse gingen.

»Na, Hauptsache, du bist da, Kind.« Johanna von Rheinhagen umarmte die junge Frau abermals liebevoll. »Ich habe eine freudige Nachricht für dich: Mark geht es gut. Neulich bekamen wir über einen Verwundeten einen Brief von ihm. Seine Flottille ist damit beschäftigt, Soldaten und Flüchtlinge aus den Ostseehäfen zu evakuieren. Zuletzt war er ganz oben vor der Halbinsel Hela. Er hilft so vielen Menschen – gebe Gott, daß er eines Tages gesund zu uns zurückkehrt!«

Vier lange, sorgenvolle Jahre hatte Edda Wakefield nichts von ihren Angehörigen in Deutschland gehört. Im ersten Kriegsjahr war noch ab und zu eine Nachricht über die Schweiz gekommen, danach aber war die Verbindung ganz abgerissen. Edda verfolgte aufmerksam das Kriegsgeschehen und steckte Fähnchen auf einer Landkarte hin und her. Jetzt, im fünften Kriegsjahr, konnte sie sich ungefähr ausrechnen, wann auch Rheinhagen zum Kriegsschauplatz werden würde.

»Mutter ist inzwischen dreiundsiebzig Jahre alt«, bemerkte sie bekümmert, als ihr Mann aus dem Kriegsministerium in London für ein paar Stunden nach Hause kam. »Man weiß heutzutage zwar nicht, was Wahrheit und was eine Erfindung der Presse ist. Manche Meldungen mögen nur der Propaganda dienen. Aber es kann durchaus zutreffen, daß zur Zeit die Ostgebiete geräumt werden und der große Treck nach Westen begonnen hat. Ich wage mir nicht vorzustellen, was das bedeutet!«

»Ich verrate kaum ein kriegswichtiges Geheimnis, wenn ich deine Befürchtungen bestätige.« John, der trotz der Geschehnisse nicht im Traum daran dachte, die Deutschen zu hassen, fand keine Worte, seine Frau zu trösten. Er wußte, wie schwer die Ungewißheit auf ihr lastete; dennoch durfte er sie nicht mit billigen Ausflüchten abspeisen. »Es kann nicht mehr lange dauern, Liebling. Dieser wahnsinnige Krieg muß bald ein Ende haben. Die Kräfte aller daran beteiligten Völker sind nahezu erschöpft.«

Ähnlich äußerte sich auch Stephen Ashcroft anläßlich eines kurzen Genesungsurlaubs, den er zu Hause in Cornwall verbrachte.

Ein Granatsplitter hatte ihn am Bein verletzt. So geringfügig die Verwundung anfangs auch ausgesehen hatte, später stellte sich doch heraus, daß sie nicht ohne Folgen bleiben würde. Stephen schien die Angelegenheit auf die leichte Schulter zu nehmen.

»Na ja, dann hinke ich eben leicht bis an mein seliges Ende«, erklärte er gelassen. »Heiraten werde ich ja doch nicht mehr – wer sollte sich also daran stören?«

»Du kannst Jo nicht vergessen, nicht wahr, Stephen?« fragte Edda freundlich. »Du solltest es aber wenigstens versuchen. Um für immer allein zu bleiben, dazu bist du noch viel zu jung.«

Stephen lächelte, aber der Ausdruck seiner Augen strafte seine betonte Heiterkeit Lügen. Indem er den Arm um Edda legte, sagte er beruhigend: »Ich bin doch nicht allein, solange ich dich habe. Eine bessere Mutter könnte ich mir gar nicht wünschen. Um jedoch deine Frage zu beantworten: Ja, du hast recht, Mama. Ich muß immerzu an Jo denken – was sie jetzt wohl tut, ob es ihr gutgeht? Die Nachrichten aus Deutschland sind so beklemmend. Nachts kann ich nicht einschlafen, weil mich der Gedanke quält, ob der Familie rechtzeitig die Flucht aus Pommern geglückt ist. Nicht auszudenken, wenn sie den Russen in die Hände gefallen wäre. Die Vorstellung allein könnte einem zum Wahnsinn treiben. Ich wünschte, Jo hätte sich damals für mich entschieden. Dann brauchten wir uns jetzt nicht solche Sorgen um sie zu machen.«

»Vergiß nicht, daß sie ihr Herz verschenkt hatte, ehe sie zu uns kam. Als du ihr den Antrag machtest, kannte und liebte sie bereits Dirk von Graßmann«, wandte Edda ein. »Jo ist Axels Tochter, also eine halbe Rheinhagen. Wir lieben stets ohne jede Einschränkung und lassen uns durch nichts – mag es auch noch so verlockend erscheinen – von unserer Liebe abbringen. Axels Beispiel beweist dies am besten. Auch Charlotte, Jos Mutter, nahm willig jedes Opfer auf sich, um den Mann, den sie liebte, glücklich zu machen. Jo ist also von beiden Elternteilen her erblich belastet.«

»Wenn es darum geht, Mama, so lieben auch die Ashcrofts nur einmal im Leben.« Stephen drückte seine Mutter – denn das war Edda, solange er zurückdenken konnte, immer für ihn gewesen – zärtlich an sich. »Sei unbesorgt. Unglücklich hat die Liebe zu Jo mich nie gemacht, eher reich. Niemand kann mir verbieten, an sie zu denken, auch wenn sie einem anderen gehört. Ich finde, daß eine unerfüllte Liebe besser ist als gar keine. Die Erinnerung an Jo ist schön und ungetrübt – ich möchte sie nicht missen.«

Seit die alliierten Truppen im Juni des vergangenen Jahres in der Normandie gelandet waren, glaubte in Deutschland kaum noch jemand an die Möglichkeit eines endgültigen Sieges. Der Vormarsch war unaufhaltsam gewesen, Westdeutschland befand sich bereits fest in den Händen der Invasionstruppen. Im Osten sah es nicht besser aus, um Berlin wurde heftig gekämpft. Niemand wußte, was das Kriegsende bringen würde, trotzdem sehnte jeder es herbei. Wieder ruhig schlafen können, nicht mehr um die Menschen bangen müssen, die einem nahestanden . . .

Als es dann in den ersten Maitagen endlich soweit war, hob sich eine schwere Last von den Herzen aller, die diesen schrecklichen Krieg überlebt hatten. Man brauchte keine Angst mehr vor nächtlichen Bombenangriffen zu haben und begann – wie es nun einmal in der menschlichen Natur liegt – wieder an das Morgen zu denken und Pläne für die Zukunft zu schmieden.

Gewiß, bis auf einige wenige Landstriche lag ganz Deutschland in Trümmern. Doch der Überlebenswille war groß, der Wunsch, von vorn anfangen zu dürfen, übermächtig.

Jo mußte noch einmal all ihre Seelenkraft aufbringen, um mit der Gewißheit, daß Dirk nicht unter den Heimkehrern sein würde, fertig zu werden, während Ingrid mit fiebernder Ungeduld auf Marks Rückkehr wartete. Sie hatte seit Wochen nichts mehr von ihm gehört, und allmählich wuchs die Angst in ihr, er könnte noch in der letzten Phase des Krieges den Tod gefunden haben. Tausende von Menschenleben hatte er durch seine mutigen Einsätze gerettet – war es ihm aber gelungen, auch das eigene zu retten?

Es war Ende Mai, der Flieder blühte in Schleswig-Holstein

ebenso berauschend schön wie einst in Dresden und Rheinhagen. Jo war in den Ställen beschäftigt, und Ingrid machte sich auf den Weg, um im nahen Dorf Einkäufe zu machen. Viel gab es ohnehin nicht mehr, aber gegen ein paar Eier würde sich wohl etwas auftreiben lassen.

Von einem dumpfen Heimweh nach der verlorenen Heimat erfüllt, ging die junge Frau nachdenklich die von Fliederbüschen gesäumte Allee entlang. Da sah sie in der Ferne eine Gestalt auftauchen und hielt zögernd inne. Man wußte heutzutage nie, wer Freund oder Feind war. Die Menschen hatten den Sinn für Recht oder Unrecht verloren – jeder dachte nur an das eigene Überleben.

Schließlich erkannte sie, daß der Fremde einen dunkelblauen Anzug trug, der einmal eine Marineuniform gewesen sein mochte. Plötzlich blieb er wie angewurzelt stehen. Im gleichen Augenblick wie er setzte auch Ingrid sich in Bewegung, sie liefen aufeinander zu. In der Mitte der Allee trafen sie zusammen und hielten sich in atemloser Freude umfaßt.

»Mark, Mark! Daß du nur wieder da bist, daß du gesund zu mir zurückgekehrt bist«, stammelte Ingrid mit versagender Stimme. »Du kannst machen, was du willst – aber von nun an lasse ich dich nie mehr fort!«

Ihre Augen spiegelten das Staunen wider, daß es dieses Wunder gab, Herz schlug an Herz – eine lange, grausame Trennungszeit war endgültig vorbei.

Im Clasenhof hatte sich seit dem Waffenstillstand, der Kapitulation Deutschlands, wenig geändert. Die englischen Besatzungstruppen verhielten sich zurückhaltend, es kam in den seltensten Fällen zu Übergriffen gegen die Zivilbevölkerung. Die nunmehr wieder vollzählig versammelten Rheinhagens begannen sich allmählich mit ihrer Umgebung, mit den Verhältnissen, die von denen in der Heimat so verschieden waren, abzufinden.

»Ich wünschte mir, noch einmal so jung zu sein wie ihr«, erklärte Johanna eines Tages sehnsüchtig. »Ihr könnt arbeiten und dabei vergessen, was einst war, was hinter euch liegt. Ich aber«, sie hob hilflos die schmalen Hände, »bin zu alt und zu schwach, um mich noch nützlich machen zu können.«

»Allein daß du da bist, genügt uns, Tante Hanna.« Mark von Rheinhagen sagte es ernst und mit großem Nachdruck. »Für uns verkörperst du die glückliche Vergangenheit und unsere Heimat, die wir nie vergessen werden.«

Johanna, zu bewegt, um sprechen zu können, nickte ihrem Neffen liebevoll zu. Dann sah sie sich in dem mäßig großen Raum um, der jetzt der ganzen Familie als Wohnzimmer diente, und erwiderte mit einem feinen Lächeln: »Daß wir hier sein können und relativ geborgen sind, verdanken wir ausschließlich Ingrid und Jo. Ich selbst habe kaum etwas zu unserer Rettung beitragen können. Jo wuchs während der schrecklichen Tage der Flucht über sich selbst hinaus. Was Ingrid betrifft, so fehlen mir die Worte, meine Dankbarkeit auszudrücken. Es gehörte großer Mut dazu, allein und bis zur letzten Minute in Rheinhagen auszuharren, in der Hoffnung, das Blatt würde sich wenden und die Heimat euch und euren Nachkommen erhalten bleiben. Siehst du, mein Junge – damals warst du Gift und Galle, als ich Ingrid zu uns einlud. Aber jetzt wirst du wohl zugeben müssen, daß es ein guter Gedanke war. Ingrid ist eine echte Rheinhagen geworden. Ich könnte mir keine bessere Nachfolgerin wünschen.«

Mark legte zärtlich den Arm um seine Frau. »Ich bin völlig deiner Meinung, Tante Hanna. Es war wirklich mutig von dieser kleinen Person, mit einer kleinen Schar meist hochbetagter Männer allein zurückzubleiben, um die Festung zu halten. Wenn ich mir vorstelle, wie gefährdet sie war, sträuben sich mir noch heute die Haare im Nacken!«

Ingrid waren Lobeshymnen dieser Art schon immer peinlich gewesen. Ihrer Meinung nach hatte sie nichts als ihre Pflicht getan – und das, wie sie am besten wußte, von panischer Angst vor dem anrückenden Feind erfüllt. Um vom Thema abzulenken, wandte sie sich Mark zu. Noch immer war es ihr unfaßbar, daß er tatsächlich neben ihr stand und sie umarmt hielt. Unwillkürlich schmiegte sie sich enger an ihn.

»Mit Frau Clasen haben wir alles abgesprochen, Mark. Solange sie den Hof halten kann, möchte sie dich gern als Inspektor beschäftigen. Du hättest das Oberkommando und könntest nach eigenem Gutdünken schalten und walten. Na, ist das kein Angebot?«

Mark erwiderte Ingrids Lächeln, doch in dem seinen lag eine nicht zu übersehende Resignation.

»Natürlich, Liebling. Ich bin froh, meine Kräfte einsetzen zu dürfen. Mancher Heimkehrer würde mich um diesen Posten beneiden. Trotzdem ist es ein merkwürdiges Gefühl, plötzlich den Angestellten zu spielen, statt der Herr zu sein. Nun, solange es dazu beiträgt, unseren Unterhalt und unsere Ernährung zu sichern, soll es mir recht sein.«

Nachdem Mark sich eingehend über die Struktur des Besitzes orientiert und die Zügel in die Hand genommen hatte, lief auf dem Clasenhof alles noch einmal so gut. Die Leute aus Hohenlinden unterstellten sich ihm nur zu gern, die einheimischen Mägde und Knechte erkannten in ihm den erfahrenen Landwirt und führten seine Anordnungen widerspruchslos und sogar mit einem beinahe freudigen Eifer aus. Soweit es den Clasenhof und seine Bewohner betraf, konnte man sich fast einbilden, der ganze Krieg sei nur ein böser Alptraum gewesen.

»Ingrid!« Jo war aus dem Hause getreten. Ingrid, die eben aus dem Stall kam, stellte ihre Eimer hin und trat näher. Mit gehobenen Brauen musterte sie die junge Frau, die in ihrem einzigen guten Kleid – in das sie sich, da Ingrid alles verloren hatte, teilen mußten – seltsam von ihrer Umgebung abstach.

»Ich will nach Eckernförde hinein. Jens hat mir sein altes Fahrrad geborgt. Hoffentlich haucht es unterwegs nicht sein letztes Fünkchen Leben aus.« Jo betrachtete das verrostete Gefährt mit berechtigtem Mißtrauen. »Trotzdem muß ich es wagen. Ich will nämlich versuchen, einen Brief an Tante Edda wegzukriegen. Nicht auf dem Postweg, dann würde sie ihn kaum erhalten. Bis jetzt hat sie keinen unserer Briefe beantwortet – wahrscheinlich haben sie ihr Ziel nie erreicht.«

Ingrid wischte sich die Hände an einer alten blauen Schürze ab, die Frau Clasen ihr geschenkt hatte. Wer die Gutsherrin früher gekannt hatte und ihr jetzt unvermutet begegnet wäre, hätte sie wohl kaum erkannt. Nichts mehr war von der einstigen Eleganz vorhanden, die alle an Ingrid stets so bewundert hatten. Das glänzende braune Haar mit den goldenen Lichtern, das Mark immer so begeistert hatte, zeigte eine einfache, praktische Frisur, die zumeist ohnehin unter einem bunten Kopftuch verborgen war.

»Was hast du vor?« fragte sie jetzt gespannt. Denn Jos Gesichtsausdruck ließ deutlich erkennen, daß das eigene Vorhaben ihr Unbehagen einflößte.

»Ganz einfach«, erklärte sie trotzdem forsch; ihre Augen blickten hart und entschlossen. »Wozu haben wir die englische Besatzung hier? Irgendeine freundliche Seele werde ich wohl auftreiben, die mir hilft, den Brief an die Wakefields weiterzuleiten. Vielleicht fährt jemand auf Urlaub und nimmt ihn mit. Dann könnten wir schon sehr bald mit einer Antwort rechnen.«

Ein wenig beklommen sah Ingrid der davonradelnden Jo nach. Wenn Mark von der Geschichte erfuhr, würde er bestimmt nicht damit einverstanden sein. Schließlich wußte jeder, daß es den Soldaten verboten war, zu – wie man es so schön nannte – fraternisieren. Hoffentlich bekam Jo keine Unannehmlichkeiten. Seufzend nahm Ingrid ihre Eimer wieder auf und machte sich auf die Suche nach Mark. Sie würde ihm natürlich nichts von Jos Eskapade erzählen. Er brachte es sonst fertig, ihr nachzufahren und machte womöglich dadurch alles nur noch schlimmer. Frauen waren in bestimmten Situationen eben doch die besseren Diplomaten, und sie traute der hübschen Jo auf diesem Gebiet allerhand zu.

Während Ingrid gedankenvoll ihrer Arbeit nachging, stand Jo unschlüssig vor dem Gebäude, in dem die britische Militärregierung ihr Hauptquartier aufgeschlagen hatte. Der kleine völlig unbeschädigt gebliebene Marktplatz machte einen friedlich-verschlafenen Eindruck. Es war ziemlich warm, und Jo spürte erbost, daß ihre Stirn feucht wurde. Je länger sie wartete, desto mehr wuchs die Unruhe in ihr.

Am liebsten hätte sie das Rad gewendet, um nach Hemmelmark zurückzufahren. Aber damit wäre keinem von ihnen geholfen gewesen, und Tante Edda wüßte auch weiterhin nicht, wohin es die Rheinhagens nach dem Kriege verschlagen hatte.

Da trat unvermutet ein junger, schlanker Offizier, die unvermeidliche Reitgerte unter den Arm geklemmt, aus dem Gebäude. Als er nach einigen Schritten stehenblieb, um sich eine Zigarette anzuzünden, ging Jo entschlossen auf ihn zu. Schon während des Wartens hatte sie sich genau zurechtgelegt, was sie sagen wollte. Gottlob war ihr Englisch ganz gut, wenn auch ein wenig eingerostet; so konnte sie durchaus hoffen, sich verständlich zu machen.

»Verzeihen Sie, Captain, daß ich Sie anspreche. Aber vielleicht sehen Sie eine Möglichkeit, mir zu helfen . . .«

Nein, das war keine gute Einleitung gewesen. Der junge Mann mochte denken, sie wolle sich an ihn heranmachen. An seinem abweisenden Blick erkannte sie, daß sie richtig getippt hatte.

»Bedaure, Miß, wir haben strikte Anweisung – nein. Ich kann nichts für Sie tun.« Damit wollte er sich abwenden. Jo besiegte ihre Scheu und berührte zögernd seinen Arm. Er fuhr empört herum. Vielleicht sah er sich erst jetzt Jos Gesicht richtig an und erkannte, daß es sich hier nicht um einen der üblichen Annäherungsversuche handelte.

Einen Schritt zurücktretend, fragte er sehr britisch, sehr kühl: »Was wollen Sie eigentlich von mir, Miß?«

Jos Lippen waren fest zusammengepreßt. Ihr ganzer Rheinhagenscher Stolz bäumte sich dagegen auf, wie eine lästige Bittstellerin behandelt zu werden. Schlimmer noch – wie eine Dirne!

Es dauerte eine Weile, ehe sie es über sich brachte, ihm den Brief hinzuhalten. »Ich habe Verwandte in England, Captain, die nicht wissen, wo wir uns seit unserer Flucht aus Pommern befinden. Hätten Sie eine Möglichkeit, diesen Brief weiterzuleiten? Es war alles so schwer, wir ...«

Der Captain ignorierte den Brief.

»Schwer, Miß? Für uns war der Krieg auch schwer, dabei haben wir ihn nicht einmal angefangen. Alles, was geschah, haben Sie sich selbst zuzuschreiben. Ihr Deutschen wart ja so darauf versessen, in den Kampf zu ziehen und die Völker auszuradieren. Ihr habt euch förmlich danach gedrängt ...«

Jo steckte den Brief entschlossen in die schäbige Tasche zurück, die an ihrer Schulter hing. In ihre blauen Augen traten Tränen ohnmächtigen Zornes.

Wütend fuhr sie den Verdutzten an, dabei jegliche Vorsicht außer acht lassend: »Sie irren, Captain. Wir haben uns keineswegs danach gedrängt, in den Krieg zu ziehen. Wir wurden, ebensowenig wie Sie von Ihrer Regierung gefragt, was uns paßte oder nicht. Auch mein Mann wurde nicht um seine Meinung gebeten, als er seinen schönen Besitz, seine Frau und sein Kind verlassen mußte, um in Rußland zu kämpfen. Es wird Ihnen eine Genugtuung sein zu erfahren, daß er von dort nie mehr zurückkehren wird ...«

Außer sich vor Erregung wandte Jo sich ab. Nun war es jedoch der Offizier, der sie am Gehen hinderte.

»Verzeihen Sie, Madam.« Nichts in seiner Haltung erinnerte mehr an den hochmütigen, abweisenden jungen Briten von vorhin. In seinen Augen lagen Mitgefühl und Bedauern und – ja, auch Bewunderung für Jos Mut. Nur für ihren Mut? Nein. Auf einmal war ihm bewußt geworden, wie hübsch diese Frau war, die so energisch zu sprechen verstand. Wie hübsch, wie arm und wie jung.

»Trotzdem, Miß. *No fraternisation.* Befehl von oben.« Er schien diese unsinnige Verordnung zu bedauern.
Jo aber spürte seinen inneren Meinungsumschwung. Wieder mußte der Brief herhalten. Auf die Adresse zeigend, legte sie allen Charme, dessen sie in diesem Moment der Demütigung fähig war, in ihren flehenden Blick.
»Colonel John Wakefield«, las der Offizier verwundert. »Ihr Onkel?« Als Jo hoffnungsvoll nickte, lachte er unvermutet auf und wirkte jetzt richtig sympathisch und aufgeschlossen. »Daher also Ihre guten Kenntnisse unserer Sprache. Okay, Sie haben Glück. Ich fahre Ende dieser Woche nach England und nehme den Brief mit. Dann ist er schneller bei Ihren Verwandten als auf dem Postweg.«
Impulsiv reichte Jo ihm die Hand. Dabei spürte er den glatten Ring an ihrem Finger.
»Pardon, Madam. Sie erwähnten ein Kind, nicht wahr?« fragte er freundlich. Jo bejahte verwirrt.
Er stürzte ins Haus zurück und kam bald darauf mit einem umfangreichen Päckchen wieder.
»Schokolade, für das Kleine«, murmelte er verlegen; ihm war eingefallen, wie starr er sich anfangs verhalten hatte. Deshalb wehrte er auch den Dank der jungen Frau ab und ging mit höflichem Gruß zu seinem Wagen.

Als Jo dann auf dem Clasenhof ihre Schätze ausbreitete, stieß sie auf fassungsloses Staunen.
»Jo, du hast fraternisiert. Schäme dich!« rief Ingrid in gutgespielter Entrüstung. Dabei stopfte sie sich rasch ein großes Stück Schokolade in den Mund, was eine Lachsalve auslöste.
»Bitte – nur, um etwas für unsere hungernden Kleinen zu tun«, gab Jo würdevoll zurück. »Endlich wird Tante Edda erfahren, wo wir abgeblieben sind, und bestimmt sofort Hilfsmaßnahmen für Omi in die Wege leiten«, setzte sie hinzu und schilderte in ausdrucksvoller Weise ihre erste ›Feindberührung‹!

Von nun an warteten alle gespannt auf die ersehnte Antwort. Diese ließ trotzdem geraume Zeit auf sich warten. Als der Brief aus England schließlich eintraf, war die Freude groß. Man wußte somit wenigstens, daß auch Edda, John und Stephen Ashcroft den Krieg unbeschadet überstanden hatten. Stephen hingegen . . .

Jo glaubte den Freund zum Greifen nahe vor sich zu sehen. Als ihr einfiel, daß er ihr seinerzeit einen Heiratsantrag gemacht hatte, stieg eine leichte Röte in ihr sonnengebräuntes Gesicht. Der große, nette Stephen, der ihr vom ersten Moment an so sympathisch gewesen war . . .

# 12

Mark hatte sich sehr schnell in die Bewirtschaftung des Clasenhofes hineingefunden. Im Vergleich zu den Anforderungen, die ein so großer Besitz wie Rheinhagen an ihn gestellt hatten, waren die hier anfallenden Aufgaben fast ein Kinderspiel. Langsam begann er sich damit abzufinden, daß die alte Heimat für immer verloren war. Von Tag zu Tag trat die Hoffnung in den Vordergrund, in der neuen für sich und seine Familie eine Art Sicherheit gewonnen zu haben. Da geschah etwas, von dem man nicht auf Anhieb sagen konnte, ob es sich zum Guten oder zum Schlechten auswirken würde.

Frau Clasen hatte Mark überraschend zu sich gebeten. Der verlegene Ausdruck ihres angenehmen Gesichts verriet, daß es ihr nicht leichtfiel, über das zu sprechen, was sie bewegte. Vielleicht glaubte sie auch, die Menschen, die sie bei sich aufgenommen hatte, durch ihren Entschluß zu enttäuschen. Doch es gab keine andere Wahl: Was gesagt werden mußte, geschah besser ohne weitere Verzögerung!

»Sie ahnen gewiß, worum es sich handelt, Herr von Rheinhagen«, begann sie stockend.

Mark betrachtete sie abwartend. Er hatte schon am Morgen ein ungutes Gefühl gehabt, als müsse sich etwas für ihn Entscheidendes ereignen.

»Der Hof ist seit dem Tod meines Mannes für mich nur eine Belastung, der ich – trotz Ihrer Hilfe – nicht mehr gewachsen bin. Ich verstehe zuwenig davon, um Freude daran zu haben. Deshalb plane ich auch seit Jahren, zu meinen Kindern nach Hamburg zu ziehen. Dort will ich die mir noch verbleibende

Zeit im Kreis der Familie verbringen. Die Ereignisse der letzten Jahre haben diesen Plan bis zum heutigen Tage hinausgezögert.«

»Und jetzt haben Sie verkauft?« Marks Frage fiel schwer in die Stille, die nach Frau Clasens Worten eingetreten war.

»Ja. Es ist soweit! Sie wissen, wie gern ich den Hof an Sie weitergegeben hätte. Doch ich wußte, daß Ihnen zu einem Kauf die notwendigen Mittel fehlten.« Mit freundlichem Bedauern blickte sie Mark an.

Dessen Gesicht war während ihrer Erklärung sehr blaß geworden: Er sah durch ihren Entschluß seine und die Existenz seiner Familie gefährdet.

»Hier und da wird von einer Entschädigung für die verlorenen Ostgebiete gesprochen«, sagte er nach einer Weile. »Aber es dürfte sich nur um Gerüchte handeln. Ganz Deutschland ist ein einziger Trümmerhaufen. Wir können erst mit einer Regelung rechnen, wenn hier wieder halbwegs Ordnung herrscht – falls es überhaupt dazu kommt!«

Mark verstummte. Erst vor wenigen Tagen war er aus Hamburg zurückgekehrt, wohin Frau Clasen ihn mit einem Auftrag geschickt hatte. Das Maß der dortigen Zerstörung hatte ihn recht erschüttert. Im übrigen Deutschland sollte es fast noch schlimmer aussehen. Nein. Es würden Jahre vergehen, wenn nicht gar mehrere Generationen, bis alle Kriegsschäden beseitigt waren. Für Rheinhagen konnte wohl mit keiner Entschädigung gerechnet werden.

»Wird der neue Besitzer außer dem Hof auch mich in meiner Eigenschaft als Inspektor mit übernehmen?« Es fiel Mark schwer, seinen Stolz zu überwinden und zu bitten – aber was blieb ihm in seiner Lage schon anderes übrig?

»Das ist alles bereits geregelt.« Frau Clasen schien sichtlich erleichtert, den Schlag durch eine gute Nachricht mildern zu können. »Mr. Lawrence ist ständig unterwegs. Wenn er seinen Geschäften – welche auch immer das sein mögen – in Deutschland nachgeht, hält er sich meistens in Hamburg auf.

Den Hof betrachtet er hauptsächlich als Geldanlage oder Hobby. Er ist Amerikaner, soll aber ursprünglich aus Schweden stammen. So ein Völkergemisch wie heute gab es in Deutschland wohl noch nie. Nun ja! Wir haben den Krieg verloren und müssen uns damit abfinden, ausgeplündert zu werden. Trotzdem – Lawrence macht einen sympathischen, anständigen Eindruck. Er wird Ihnen, genau wie ich bisher, völlig freie Hand lassen. Um Ihre und die Zukunft Ihrer Familie brauchen Sie sich jedenfalls keine Sorgen zu machen.«
Spätestens in dieser Minute wurde Mark bewußt, daß er nicht daran dachte, für den Rest seines Lebens den Inspektor eines reichen Amerikaners zu spielen. Solange er jedoch seine Pläne – die eher Wunschträume waren – nicht verwirklichen konnte, mußte er geduldig sein und abwarten, bis das derzeitige Durcheinander einer normalen Lebensordnung Platz gemacht hatte.
»Am liebsten ginge ich wieder zur Marine. Besser gesagt, zur Handelsschiffahrt, falls man einen in Ehren und Seeschlachten ergrauten Mann wie mich noch brauchen kann«, gestand er Ingrid deprimiert, nachdem er ihr von seiner Unterredung mit Frau Clasen berichtet hatte.
Seine Worte bewirkten, daß seine Frau ihn sehr aufmerksam betrachtete. Sie mußte feststellen, daß die harten Kriegsjahre Marks Aussehen eher noch verbessert hatten. Sein Gesicht wirkte schmaler und dadurch rassiger, wenn auch in seinen Augen ein Ausdruck lag, als habe er das Grauen, dessen Zeuge er geworden war, noch nicht überwunden. Kurz und gut, ein Mann seines Formats mußte auf alle Frauen interessant und anziehend wirken.
»Den Gedanken an ein freies Seemannsleben kannst du dir getrost aus dem Kopf schlagen«, erwiderte sie ablenkend, indem sie die Arme mit einer besitzergreifenden Bewegung um seinen Hals legte. »Ich war lange genug allein. Dadurch, daß du mit deinem Alter kokettierst, kannst du mein gesundes Mißtrauen nicht einschläfern. Früher warst du ein leidlich

gutaussehender Mann. Jetzt, mit deinen grauen Schläfen und dem brennenden Blick, bist du einfach unwiderstehlich. Das könnte dir so passen, in jedem Hafen eine andere Braut zu haben, während ich, wie weiland Penelope, den heimischen Herd hüte und treu und brav auf meinen Odysseus warte.«

Mark zog seine Frau lachend an sich. Ihre Eifersucht, mochte sie im Moment auch scherzhaft gemeint sein, schmeichelte ihm. Bewies das doch, daß sie ihn nach wie vor liebte. Für ihn war Ingrid noch immer ein Wunder. Trotz jahrelanger Ehe – mein Gott, sie waren tatsächlich schon dreizehn Jahre miteinander verheiratet – gelang es ihr stets erneut, seine Leidenschaft zu entfachen. In ihrer Ehe gab es keinerlei Reaktionen, die nur der Gewohnheit entsprangen. Alles war so schön und aufregend wie in der ersten Zeit ihrer Liebe.

»Wenn du solche Sehnsucht nach dem Wasser hast, nach dem Meer«, murmelte Ingrid später verträumt und stützte sich auf den Ellbogen, um Mark besser ansehen zu können, »dann kannst du gern hin und wieder nach Langholz radeln. Jens borgt dir für ein paar Groschen sein altes Fahrrad. Der Strand dort ist einmalig schön und ganz einsam gelegen. Man kann ungestört baden . . .«

Mark antwortete nicht. Er war viel zu intensiv damit beschäftigt, Ingrids weiches, in Liebe gelöstes Gesicht zu betrachten. Ihre warme Nähe gab ihm die Geborgenheit, die er während des Krieges so entbehrt hatte. Was kümmerte ihn die Zukunft, wenn die Gegenwart so beglückend und voller Wunder war!

Der neue Besitzer des Clasenhofes wurde zu einer angenehmen Überraschung. Ivar Lawrence war aus Amerika nach Deutschland gekommen. Was seine wahre Herkunft betraf, gab er den Rheinhagens manches Rätsel auf, über das im engsten Familienkreis lebhaft diskutiert wurde. Er mochte etwa fünfunddreißig Jahre alt sein, sah sehr gut aus und besaß tadellose Manieren. Marks Gehalt setzte er, auf Anhieb in ihm den erfahrenen Landwirt erkennend, großzügig herauf.

»Mir fällt ein Stein vom Herzen. Ach was, es war schon ein ziemlicher Felsbrocken«, erklärte Mark nach seiner ersten Konferenz mit dem neuen Chef. »Wenn ich auch nicht ewig Inspektor und damit abhängig bleiben will, so läßt sich ein Leben unter solchen Voraussetzungen durchaus eine Zeitlang aushalten.«

Überhaupt hatte jeder das Gefühl, daß es von nun an nur noch besser werden konnte. Die briefliche Verbindung zwischen den Wakefields und ihren deutschen Verwandten war nach Jos mutiger Intervention nie mehr abgerissen. In regelmäßigen Abständen trafen dann auf dem Clasenhof Lebensmittelpakete ein, die vor allem bei den Kindern großen Jubel auslösten. Erhielten sie doch nun in reichem Maße, was sie während der letzten Jahre nicht einmal zu sehen bekommen hatten.

Eines Morgens, Jo war gerade damit beschäftigt, den Hühnerstall zu säubern – eine Tätigkeit, die sie nicht sonderlich schätzte –, kam Michael wie ein Sturmwind angesaust.

»Tante Jo – Tante Jo!« rief er mit vor Erregung umkippender Stimme. »Die Engländer kommen – mit einem Jeep! Die wollen bestimmt bei uns requirieren. Das dürfen sie doch aber gar nicht, wo Mr. Lawrence Amerikaner und dadurch ihr Verbündeter ist. Ich kann Vati nirgends finden, der ist irgendwo auf dem Feld. Und Mutti habe ich vorhin mit Frau Clasen und Omi wegfahren sehen.«

Jo stellte seufzend den Besen weg. Ihr Herz begann dumpf zu hämmern. Noch war die Angst, in der sie alle so lange gelebt hatten, im Unterbewußtsein da; sie wartete nur darauf, neu aufzuleben. Und das geschah schon beim geringsten Anlaß. Zu dumm, daß Mark nicht erreichbar war. Zwar hatten die Besatzungskräfte sich bisher von einer durchaus fairen Seite gezeigt, aber man konnte nie wissen . . .

Jo verknotete ihr von der Sonne ausgebleichtes Kopftuch fester im Nacken und trat vor die Stalltür. Die Sonne blendete, und sie hob die Hand, um die Augen abzuschirmen. Zuerst stellte sie mit einer gewissen Erleichterung fest, daß es sich nicht – wie nach Michaels erregter Meldung zu vermuten war – um ein ganzes Regiment, sondern lediglich um zwei der ungebetenen Gäste handelte. Einer der beiden Uniformierten war sehr groß und schlank, sein Haar zeigte einen rötlichen Schimmer.

Im nächsten Moment hing Stephen Ashcroft ein stark nach Hühnerstall duftendes weibliches Wesen am Hals und lachte und weinte in einem Atemzug. »Stephen! Wo, um Himmels willen, kommst du her? Mein Gott, wie lange haben wir uns nicht mehr gesehen. Es erscheint mir wie eine Ewigkeit, wie ein halbes Menschenleben!«

Stephen blickte mit leuchtenden und ein wenig feuchten Augen in Jos noch immer mädchenhaftes, schönes Gesicht. Die Erkenntnis, daß er sie unvermindert liebte und leidenschaftlich begehrte, kam ihm nicht überraschend. Sogar jetzt, in ihrer unvorteilhaften Aufmachung, war sie für ihn das bezauberndste Geschöpf, das er je gesehen hatte.

»Du hast völlig recht, Jo. Es ist wirklich sehr lange her«, erwiderte er ernst und widerstand heroisch der Versuchung, ihren Mund zu küssen, der dem seinen so verführerisch nahe war. Denn aus dem Augenwinkel sah er Michael, der aus nächster Nähe und sichtlich erschüttert beobachtete, wie seine angebetete Tante Jo einen wildfremden Mann umarmte, der obendrein noch ein englischer Offizier war. Daß es sich um einen Verwandten handeln könnte, darauf kam der Junge natürlich nicht. »Wenn du mich fragst, so habe ich sechs endlose Jahre auf diesen Moment gewartet. Aber das Warten hat sich gelohnt. Für mich jedenfalls.«

Jo löste sich errötend aus seinen Armen. Als sie sich jetzt verwirrt mit der Hand über die Wange fuhr, hinterließen ihre Finger eine schmutzige Spur darauf, und sie sah plötzlich wie ein Kind aus, das im Sandkasten gebuddelt hatte. Stephen hatte große Mühe, nicht in Gelächter auszubrechen. Seine schelmisch blitzenden Augen verrieten jedoch seine Empfindungen, und Jo musterte ihn verweisend.

»Da gibt es gar nichts zu lachen, Stephen Ashcroft. Na ja, wie eine Lady sehe ich im Moment natürlich nicht gerade aus«, bemerkte sie ungerührt. »Mein einziges gutes Kleid muß ich schonen, diese alte Kleiderschürze habe ich von Frau Clasen geerbt. Und Gummistiefel sind für den Stall noch immer die praktischste Fußbekleidung. Aber davon verstehst du als Offizier und früherer Reeder wahrscheinlich nichts.«

Um von sich abzulenken, rief Jo Michael herbei, zu dem sich, nicht minder interessiert, inzwischen Petra gesellt hatte.

»Das ist euer Onkel Stephen aus England, Kinder«, stellte sie lächelnd vor. »Das ist Marks Sohn Michael und seine unzertrennliche Freundin, meine kleine Petra.« Der forschende Blick, mit dem Stephen ihre Tochter betrachtete, war ihr nicht entgangen. »Nein, sie sieht mir gar nicht ähnlich«, fügte sie darum hinzu. »Vermutlich schlägt das Kind ganz in Dirks Familie.«

Als Stephen impulsiv die Hand ausstreckte und sanft ihren Arm berührte, sprach Jo hastig weiter: »Bitte – sag vorerst nichts. Ich muß versuchen, mich damit abzufinden. Das schaffe ich besser, wenn ich nicht viel darüber rede. Ich weiß, daß ihr alle mit mir fühlt, aber wie mir selbst zumute ist, weiß nur ich allein. Ich freue mich, Stephen, freue mich unendlich, daß du gekommen bist . . .«

Stephen kannte Jos Gewohnheit, sprunghaft von einem Thema zum anderen überzugehen, und er stellte sich sofort darauf ein. Obgleich sie sehr ernst gesprochen hatte, ließen ihre Worte in ihm einen schmalen Hoffnungsschimmer aufkommen. Seit Dirk von Graßmanns Tod waren fast drei Jahre vergangen, Jo war jung und würde mit der Zeit überwinden. Natürlich sollte sie Dirk nicht vergessen – dabei aber auch den Lebenden eine Chance einräumen. Zu ihrem eigenen und zu dem Wohl des Kindes . . .

Als sich die ganze Familie am Abend um den viel zu kleinen Tisch im Wohnzimmer des Inspektorhauses versammelte, klopfte Stephen mit dem Löffel leicht an sein Milchglas – etwas anderes als Milch gab es auf dem Clasenhof zur Zeit nicht zu trinken – und sagte sichtlich bewegt: »Daß ich jetzt mit euch zusammensitze, verstößt zwar gewaltig gegen die im Augenblick noch gültigen Bestimmungen. Doch nehme ich jeden Verweis gern in Kauf, weil ich sehr glücklich bin, diese Stunde erleben zu dürfen.«

Dann wandte er sich Johanna zu: »Liebe Großmutter. Es ist mir eine besondere Freude, dich trotz all der Schicksalsschläge, die hinter dir liegen, so gesund und guter Dinge zu sehen. Mutter möchte natürlich, daß du, sobald dies möglich ist, zu ihr nach England kommst – für immer. Und diese Einladung betrifft auch Jo und Petra. Der Clasenhof ist zu klein, um auf die Dauer eine Existenz für euch alle zu bieten.«

Es wurde noch viel gesprochen an diesem Abend. Vor allem der Krieg war ein unerschöpfliches Gesprächsthema. Man hatte sich zwar fest vorgenommen, ihn zu vergessen; aber dann brach die Erinnerung doch immer wieder durch.

›Erinnerst du dich noch – weißt du noch, damals in Rheinhagen . . .‹ So begann wohl jeder Satz und zog eine Fülle an Reminiszenzen nach. Das Rheinhagener Herrenhaus, die Menschen, die dort gelebt hatten, zeichneten sich plastisch vor dem ergriffen lauschenden jungen Engländer ab. Nein, die Familie hatte die alte Heimat nicht vergessen, und es würde lange dauern, bis alle Wunden, die durch die Flucht von dort entstanden waren, endgültig als geheilt bezeichnet werden konnten.

Vor seiner Rückkehr nach Hamburg, wo er seit kurzem stationiert war, kam Stephen abermals auf das Angebot seiner Mutter zu sprechen. Jo und er gingen langsam durch den hübsch angelegten Blumengarten, als der junge Offizier unvermutet stehenblieb und ihre Hände ergriff.

»Was ich damals, kurz vor dem Krieg, in Cornwall zu dir sagte, gilt noch immer, Jo«, sagte er verhalten. »Ich war sehr jung und unendlich in dich verliebt. Daß du Dirk meiner Wenigkeit vorgezogen hast, schmerzte mich sehr! Aber ich erkannte, daß man Gefühlen nicht befehlen kann. Du liebtest ihn eben mehr als mich, sahst wohl nur den guten Freund in mir. Als ich dann nach Kriegsende von meiner Mutter erfuhr, daß Dirk in Rußland geblieben ist, fühlte ich mit dir. Dein Schmerz war auch der meine, weil ich weiß, wie sehr du gelitten haben mußt. Einst hatte ich Dirk beneidet, weil er dich bekam – heute bin ich froh, daß er das Glück hatte, dich zur Frau zu haben.«

»Vergiß nicht, er ist der Vater meines Kindes«, warf Jo verwirrt ein. Sie fürchtete sich ein wenig vor Stephens Ausführungen und wartete doch merkwürdigerweise auch ungeduldig auf eine nähere Erklärung.

»Ja«, bestätigte er jetzt ruhig. »Doch das Kind ändert nichts an meiner Einstellung zu dir. Es ist ja ein Teil von der Jo, die mir von Anfang an so viel bedeutet hat. Damit wäre eigentlich alles gesagt. Ich glaube, Darling, daß ich dich noch nie so geliebt habe wie heute morgen, als du aus dem Stall kamst und mir ganz erstaunt entgegenblicktest. In meiner Erinnerung lebtest du als gepflegte junge Dame, ich konnte mir kein anderes Bild von dir machen. Plötzlich aber stand eine tapfere Frau vor mir, die sich durch nichts unterkriegen ließ. Ich komme bald wieder, Jo. Bitte, denk inzwischen eingehend über meine Worte nach.«

Nachdem er noch einmal leicht ihre Hand gedrückt hatte, trat er zurück. Jo empfand ein flüchtiges Gefühl des Bedauerns, weil er sie nicht geküßt hatte. Es tat so unendlich wohl, wieder einmal den Arm eines Mannes um sich zu spüren, zu wissen, daß man jung und voller Erwartung war!

»Du mußt mir Zeit lassen, Stephen, viel Zeit«, bat sie verwirrt. »Wir dürfen nichts überstürzen.« Gern hätte sie hinzugefügt: ›Ich weiß schon heute, daß ich dich lieben könnte‹, unterließ es dann jedoch besser.

Jo von Graßmann mußte erst mit der erstaunlichen Erkenntnis fertig werden, daß man auch zweimal im Leben von Herzen und bis in alle Ewigkeit zu lieben vermochte.

Stephen kam von nun an auf den Clasenhof, sooft es ihm

möglich war. Sehr zu seiner Genugtuung und zu Jos Freude faßte die kleine Petra eine leidenschaftliche Zuneigung zu ihm. ›Onkel Stephen‹ war immer vergnügt, er lachte gern, und wenn er da war, ging es meistens ungemein fröhlich zu. Anläßlich eines solchen Besuches sprach Mark ganz offen über seine Zukunftspläne und Hoffnungen. Der junge Engländer hörte ihm mit nachdenklich gerunzelter Stirn zu.

»Sobald die Verhältnisse sich ein wenig normalisiert haben und der richtige Zeitpunkt reif dafür ist, kann ich dir vermutlich auf diesem Gebiet behilflich sein, Mark«, bemerkte er endlich. »Leider sind mir die Hände gebunden, solange ich noch beim Militär bin. Es ist zudem viel zu früh, schon heute an eine wirtschaftliche Zusammenarbeit unserer beiden Völker zu denken. Aber ich verspreche dir, daß ich mich sofort nach meiner Entlassung, die nicht mehr lange auf sich warten lassen wird, für dich umsehe. Du könntest dich eventuell auf meiner Werft nützlich machen.«

Marks Stirn rötete sich. Es fiel ihm nicht leicht, die freundlich angebotene Hilfe zurückzuweisen. Und wieviel hatten er und seine Familie Stephen schon heute zu verdanken! Nie kam er mit leeren Taschen, den Damen las er die Wünsche von den Augen ab. Langentbehrte Gegenstände und Luxusartikel waren für sie jetzt nicht mehr unerreichbar.

»Verzeih, Stephen«, antwortete er dennoch ganz offen, »genau das möchte ich vermeiden. Ich will wieder auf eigenen Füßen stehen und beweisen, daß ich auch aus eigener Kraft etwas zu leisten vermag. Dies ist ja mein zweiter Neuanfang, ich stand bereits nach dem Ersten Weltkrieg vor dem gleichen Problem. Damals wartete aber Rheinhagen auf mich, ich kam ganz ohne Schwierigkeiten ins richtige Gleis. Außerdem hast du vollkommen recht! Es ist zu früh, konkrete Pläne zu schmieden. Aber für einen guten Rat werde ich dir jederzeit dankbar sein, das weißt du.«

Auch Ivar Lawrence kam jetzt öfter, als ursprünglich beabsichtigt, auf den Clasenhof. Jo, die ihn sehr sympathisch fand

und seit jeher mit offenen Augen durchs Leben gegangen war, konnte sich nicht enthalten, scherzhaft auf diese Tatsache anzuspielen.
»Ich glaube, du hast eine Eroberung an ihm gemacht, Ingrid«, bemerkte sie in aller Harmlosigkeit. Allerdings wunderte sie sich, daß die Cousine so heftig auf ihre Worte reagierte.
Ingrid war seltsamerweise selbst darüber erstaunt, daß sie Jo derartig angefaucht hatte. Sie konnte sich nicht erklären, warum. Oder doch? Es stimmte: Ivar Lawrence suchte auffallend oft ihre Nähe; auch wenn er sich beobachtet wußte, kehrten seine Blicke immer wieder mit einem rätselhaften Ausdruck zu ihr zurück. Gottlob hatte Mark dies noch nicht bemerkt, und Ingrid hoffte, daß er es auch nie bemerken möge. Wie dem auch sei – Ingrid fühlte sich durch Jos harmlos gemeinte Worte bewogen, dem Besitzer des Clasenhofes aus dem Weg zu gehen, soweit sich dies machen ließ, ohne die Grenzen der Höflichkeit zu verletzen.
Als sie einmal mit einem schweren Wäschekorb aus dem Hause trat, kam er gerade auf den Hof. Hastig trat er hinzu, um ihr die Last abzunehmen. In seinen hellen Augen lag ein schwer zu deutender Ausdruck.
»Das kann doch wirklich eins der Mädchen für Sie tun, Frau von Rheinhagen«, sagte er aufgebracht. »Dies ist keine Arbeit für eine Dame wie Sie.«
Ingrid spürte die Gefahr, die von diesem gutaussehenden Manne ausging. Seine Art zu sprechen, faszinierte sie jedesmal. Normalerweise merkte man ihm den Ausländer kaum an, und sie fragte sich oft, wieso er die deutsche Sprache derart vollkommen beherrschte. Nur wenn er bestimmten Gefühlsregungen unterlag, trat ein leichter Akzent auf, der jedoch äußerst reizvoll wirkte. Wer war dieser Mann wirklich?
»Ich bitte Sie, Mr. Lawrence«, erwiderte sie lächelnd und versuchte, seinem Blick auszuweichen, der sie beunruhigte. »Es macht mir wirklich nichts aus. Ich habe mich mittlerweile an solche Arbeiten gewöhnt.«

»Aber Sie sind nicht dafür geboren«, wandte er ernst ein. »Bis vor nicht allzu langer Zeit waren Sie noch die Herrin eines großen Besitzes. Es mißfällt mir, zusehen zu müssen, wie Sie sich abrackern.« Ivar Lawrence zündete sich mit nervösen Fingern eine Zigarette an, während Ingrid überlegte, wie sie diese Unterhaltung auf diplomatische Weise beenden könnte.

Aber da wandte Ivar sich ihr auch schon wieder zu, sein herrischer Blick riß den ihren förmlich an sich. Einige atemlose Minuten starrten die beiden Menschen einander an. Dann senkte Ingrid die dunklen Wimpern, sah ihre abgetretenen Schuhe, die alte Schürze, die das wenig elegante Kleid dürftig verbarg. Konnte sie in dieser Aufmachung einem Manne wie Ivar tatsächlich etwas bedeuten? Sie wußte selbst nicht, wie hübsch sie aussah mit der leichten Röte, die bei diesem Gedanken ihre Wangen überflutete.

Ivar lächelte unvermutet, als wisse er genau um ihre Gedanken.

»Sie sehen reizend aus, Frau Ingrid. Und das ist keine leere Phrase.« Als sie rasch aufblickte und sein Lächeln spontan erwiderte, setzte er lebhaft hinzu: »Sie müssen wissen, ich war auch nicht immer der Mann, den Sie jetzt vor sich sehen. Manchmal frage ich mich, was wohl Ihr Gatte von mir halten mag. Er – aus einer alten, angesehenen Familie stammend, ich – der Sohn eines Emporkömmlings, der es verstanden hat, das vom Vater Ererbte auf kluge, wenn auch nicht immer rücksichtsvolle Weise zu mehren. Und doch haben wir, rein äußerlich betrachtet, die Rollen getauscht. Denn ich habe im Moment mehr Geld, als ich ausgeben kann. Mark von Rheinhagen hingegen ist arm. Er hat seinen Besitz durch einen unsinnigen Krieg verloren. Kann man da noch von Gerechtigkeit sprechen?«

Ingrid stand etwas ratlos vor Ivar Lawrence. Dieser hatte inzwischen ihren Wäschekorb wie etwas Lästiges beiseite gestellt.

Ingrid hätte ihn gern wieder aufgenommen, doch Ivars hohe Gestalt versperrte ihr den Weg dazu. Sie ahnte, daß er eine Gelegenheit suchte, sich auszusprechen, ihr sein Herz zu öffnen. Er war sehr gut zu ihnen allen – durfte sie ihm also ausweichen, ihn ungehört stehenlassen? Noch während Ingrid über diese Frage nachdachte, wurde ihr bewußt, wie sehr sie daran interessiert war, mehr über diesen seltsamen Amerikaner zu erfahren.

»Mein Vater war ein einfacher Mann, Frau von Rheinhagen«, fuhr Ivar versonnen fort. »Von Geburt Deutscher – das haben Sie wohl bereits geahnt – und ein politischer Hitzkopf. Er schaffte es nie, im richtigen Moment den Mund zu halten. Bald nach der Machtübernahme durch die Nationalsozialisten mußte er im Mai 1933 mit uns überstürzt die Heimat verlassen. Meine Mutter, eine gebürtige Schwedin, hielt in den Jahren der Not tapfer zu ihm – denn der Anfang in den Staaten war nicht leicht für uns! Wir waren damals alles andere als auf Rosen gebettet. Ich war schon alt genug, diese sorgenvollen Zeiten nie zu vergessen.«

Ingrid sah mit warmem Blick zu ihm auf. Dies erklärte natürlich manches, das ihr bisher merkwürdig erschienen war.

»Daher also Ihr Verständnis für uns. Genau wie wir jetzt haben Sie einmal das bittere Los des Flüchtlings kennengelernt. Sie wissen, wie einem zumute ist, wenn man die Heimat verloren hat.«

»Ja. Wie schon gesagt, der Anfang war schwer. Dann aber traf mein Vater die richtigen Leute, setzte sich durch. Was er auch anpackte, wurde unter seinen Fingern zu Gold. Früher hießen wir Lorenz. Seit wir uns Lawrence nannten, ging es immer weiter bergauf.« Ivars rassiges, etwas schwermütiges Gesicht zeigte einen Ausdruck toleranter Selbstironie. »Für Ihresgleichen bleiben wir jedoch vermutlich immer die Emporkömmlinge, die wir letzten Endes ja auch sind. Ich habe übrigens noch nie zu jemandem darüber gesprochen. Aber gerade Sie, Frau von Rheinhagen, sollten das erfahren.«

Ingrid wich seinem Blick, der sie jetzt unvermittelt mit einem aufstrahlend leidenschaftlichen Ausdruck traf, aus gutem Grund aus.
»Im Englischen gibt es ein Wort«, sagte sie endlich nachdenklich, »nämlich ›Selfmademan‹. Und das bedeutet nichts anderes, als es aus eigener Kraft zu etwas gebracht zu haben. Ich finde es viel besser und zutreffender als den geringschätzigen Ausdruck ›Emporkömmling‹. Wissen Sie, mir kommt es oft so vor, als empfänden Sie Ihren Reichtum wie einen Makel, Mr. Lawrence. Weil er Ihnen nämlich nicht schon von Ihrem Großvater in die Wiege gelegt wurde. So zu denken, halte ich für sinnlos und völlig falsch. Ich versichere Ihnen: Wir alle – ohne Ausnahme – schätzen Sie und sind froh darüber, daß gerade Sie den Clasenhof gekauft haben.«
Gleichsam um ihre Worte zu unterstreichen, reichte Ingrid ihm nun die Hand. Ivar neigte sich darüber, um sie zu küssen. In ihrer schäbigen Aufmachung kam Ingrid diese stumme Huldigung etwas deplaciert vor. Verwirrt ließ sie es geschehen und war fast erleichtert, als er sich gleich darauf von ihr verabschiedete, als bereue er, allzuviel von sich erzählt zu haben.
Während Ingrid sich mit einem Seufzen abwandte, um endlich ihre Wäsche aufzuhängen, kamen ihre Gedanken von dem eben Gehörten nicht so schnell los.
Doch nicht nur der neue Besitzer des Clasenhofes beschäftigte Ingrid von Rheinhagen. Was sie bisher nur vermutet hatte, war für sie mittlerweile fast zur Gewißheit geworden. Sie spürte die Veränderung, die in ihr vorging, und fragte sich ernsthaft, ob dies ein Grund zur Freude oder zur Sorge sei. Die Zeiten waren so ungewiß, die Zukunft schien noch in dichten Nebel gehüllt. Konnte man es wagen, an dergleichen auch nur zu denken?
Vielleicht war ihr körperliches Unbehagen, das sie letzthin in regelmäßigen Abständen heimsuchte, aber auch nur auf die einseitige Ernährung zurückzuführen? Selbst auf dem Lande, wo man noch nicht zu hungern brauchte, gab es in dieser Be-

ziehung keine Abwechslung mehr. Wochenlang dicke Bohnen, dann wieder nur Suppe aus roten Beten – das mußte ja auf die Dauer auch den stärksten Organismus belasten.
Um sich Gewißheit zu verschaffen, fuhr Ingrid eines Morgens mit dem Milchwagen nach Eckernförde. Kaum zurückgekehrt, suchte sie unverzüglich Mark auf. Sie fand ihn bei den edlen Pferden, die Ivar Lawrence, selbst ein leidenschaftlicher Reiter und ausgesprochener Pferdenarr, auf den Clasenhof mitgebracht hatte.
Als Ingrid unvermutet von hinten die Arme um seinen Hals legte, wandte Mark sich ihr zu und bemerkte betroffen das seltsame Leuchten ihrer Augen. Fragend sah er sie an.
»Es ist kein Zweifel mehr möglich, Liebling«, flüsterte Ingrid, nun selbst ganz überwältigt von der großen Neuigkeit, die sie erst jetzt, in Marks Armen, so richtig zu begreifen begann. »Deine schon leicht angejahrte Frau erwartet ein Baby. O Mark! Es ist unter den gegebenen Umständen reiner Wahnsinn – aber ich freue mich unsagbar auf unser zweites Kind. Wenn du mir jetzt noch ehrlich versicherst, daß auch du dich freust, daß du mit mir darüber glücklich bist, dann . . .«
Mark war zu erschüttert, um gleich antworten zu können. Doch die Art und Weise, wie er Ingrid umfangen hielt, als fürchte er, ihr weh zu tun, wenn er fester zufaßte – seine Lippen, die zärtlich über ihr Haar, ihre Wangen glitten – mehr brauchte sie nicht zu wissen. Ja, er freute sich, alles war gut!
Sie, Mark und die Kinder – es konnte auf dieser Welt kein größeres Glück geben und keine Macht, es je zu zerstören.
Während Ingrid es nach wie vor nicht fassen konnte, daß sie, nach zwölfjähriger Pause, noch einmal ein Kind bekommen würde, machte Mark sich seine eigenen Gedanken. Ingrid war immerhin schon fünfunddreißig Jahre alt, es konnte bei der Geburt Komplikationen geben. Abgesehen von der körperlichen Umstellung waren wohl auch die Kriegsjahre nicht spurlos an seiner Frau vorübergegangen. Noch jetzt fehlte es an der richtigen Ernährung, die in ihrem Zustand besonders

wichtig war. Sehr oft hatte Ingrid schwere Arbeit leisten müssen, obgleich sie dafür nicht die Voraussetzungen mitbrachte. Ihre Konstitution war eher zart, wenn sie auch unerhört zäh sein konnte.

Doch Johanna von Rheinhagen, an die Mark sich mit allen privaten Problemen zu wenden pflegte, zerstreute seine Besorgnisse in der ihr eigenen ruhigen und stets sehr überzeugenden Art.

»Du vergißt, daß Ingrid bereits ein Kind geboren hat, Mark. Es ist nicht ihre erste Schwangerschaft. Trotz ihres zierlichen Körperbaus steckt eine Menge Willenskraft in ihr. Ich glaube nicht, daß du Grund hast, dir ihretwegen Sorgen zu machen. Natürlich darf sie von nun an nicht mehr so kräftig zupacken wie bisher, aber das versteht sich wohl von selbst. Jo wird schon aufpassen, daß Ingrid sich nicht zuviel zumutet.«

Halbwegs getröstet ging Mark wieder an seine Arbeit. Trotzdem ertappte er sich oft dabei, daß er unruhig wurde, wenn Ingrid sich nicht dort befand, wo er sie vermutet hatte. Dann machte er sich unverzüglich auf den Weg, um sie zu suchen. Wenn er sie schließlich sah, das leibhaftige blühende Leben, lachte er selbst über seine Ängste – um bei der nächsten Gelegenheit nicht anders zu empfinden.

Ingrid fühlte sich erstaunlicherweise sehr wohl, trotz der Entbehrungen, die hinter ihr lagen.

»Alle sind furchtbar nett zu mir«, sagte sie einmal und ließ sich zärtlich von Mark umfangen. Zuweilen litt sie noch unter dem Alptraum, es hätte alles anders kommen und er zu dem Heer jener gehören können, die bis heute nicht in die Heimat zurückgekehrt waren. In solchen Momenten empfand sie seine warme Nähe mit einer so tiefen Dankbarkeit, daß ihr vor Glück fast schwindlig wurde. »Ich wünsche mir ein Mädchen«, flüsterte sie dann verträumt. »Von einer Tochter hat man als Mutter mehr. Und überhaupt – alle männlichen Wesen sind schrecklich kompliziert und schwer zu durchschauen.«

Ingrid sagte es nicht ohne Grund: Je inniger sie sich mit dem Kind, das sie erwartete, verbunden fühlte, um so weiter schien ihr Sohn Michael sich innerlich von ihr zu entfernen. War es uneingestandene Eifersucht auf das Ungeborene, fühlte er sich schon jetzt zurückgesetzt? Oder galt sein Widerstand Ivar Lawrence, der wirklich alles tat, um ihr die Monate ihrer Schwangerschaft zu erleichtern.

»Es ist unmöglich, daß Sie in Ihrem jetzigen Zustand in dem engen Verwalterhaus wohnen bleiben, Frau von Rheinhagen«, hatte er zum Beispiel neulich erklärt. »Dort stolpert schon heute einer über den anderen. Mit einem Baby würde die Situation untragbar. Und für mich als Junggesellen ist das Wohnhaus des Clasenhofes ohnehin viel zu geräumig. Mir genügt es, wenn ich die Räume des verstorbenen Herrn Clasen im Bedarfsfalle zur Verfügung habe. Außerdem bin ich die wenigste Zeit hier. Wir würden uns also gegenseitig überhaupt nicht in die Quere kommen.«

Ingrid war über diesen großzügigen Vorschlag zunächst betroffen gewesen, hatte dann aber freudig eingewilligt. Es war wirklich sehr eng in ihrer augenblicklichen Unterkunft. Manchmal fiel es ihr schwer, die Unruhe, das ewige Hin und Her zu ertragen, ohne in gereizte Stimmung zu geraten. Während Mark sich jedoch sofort für das neue Arrangement erwärmte, reagierte Michael ausgesprochen ungezogen.

»Warum tut der das, Mutti?« begehrte er auf. In diesem Moment ähnelte er seinem Vater mehr denn je. »Wir brauchen seine Wohltaten nicht und waren doch bisher ganz zufrieden. Ich will nicht weg von Tante Jo, Omi und Petra.«

Ingrid musterte ihren aufsässigen Sohn voll Erstaunen. Im Grunde hätte er sich eher darüber freuen müssen, wieder einmal in einer Umgebung zu leben, die mehr der von Rheinhagen entsprach.

»Sei nicht albern, Micha«, antwortete sie streng. »Ehe man eine Wohltat – wie du es nennst – zurückweist, sollte man alle Vor- und Nachteile abwägen. Und letztere sehe ich überhaupt nicht, wenn man von der Trennung von der Familie absieht, die ja aber in unserer Nähe wohnen bleibt. Ich habe nach anfänglichen Bedenken mit Freuden den Vorschlag angenommen und dein Vater war auch sofort Feuer und Flamme dafür. Mr. Lawrence ist eben daran interessiert, daß ich es in den nächsten Monaten behaglicher habe als jetzt. Du aber scheinst an solche Dinge gar nicht zu denken.«

Michael schwieg. Auf seinem hübschen Jungengesicht lag ein ausgesprochen trotziger Ausdruck. Nein, er hatte offensichtlich rein persönliche Gründe, so zu reagieren. Sie beruhten wohl auf einer Art Eifersucht: Ein fremder Mann hatte es einfach gewagt, bestimmend in seine Rechte innerhalb der Familie einzugreifen. Ingrid seufzte verstohlen auf. Mit solchen Komplikationen hatte sie nicht gerechnet.

»Mr. Lawrence meinte, daß auch das Baby später drüben besser aufgehoben wäre«, fuhr sie ruhig fort. »Du magst ihn nicht sonderlich, nicht wahr, Micha? Dabei könnten wir uns keinen gütigeren und nachsichtigeren Arbeitgeber wünschen. Er läßt deinem Vater völlig freie Hand, redet ihm in nichts rein. Es geht uns hier viel besser als anderen, die ebenfalls ihre Heimat verlassen mußten.«

»Das schon.« Michael betrachtete störrisch seine recht abgestoßenen Schuhspitzen, um die Mutter nicht ansehen zu müssen. »Aber dauernd wieselt er um dich herum. Wenn es nicht zu verrückt wäre, würde ich behaupten, daß er in dich verliebt ist.«

»Michael!« Ingrids Protest klang nicht sehr überzeugend – ganz im Gegenteil. Schließlich deckte sich Michaels Behauptung völlig mit ihren eigenen Beobachtungen. Dennoch durfte sie nicht zulassen, daß der Junge sich in diese fixe Idee verrannte und durch seinen Trotz womöglich die halbwegs gesicherte Existenz seines Vaters und damit auch die der ganzen Familie Rheinhagen aufs Spiel setzte.

»Ich hoffe, daß du diesen Unsinn für dich behältst und damit nicht zu Tante Jo oder gar zu Omi rennst«, fügte sie darum

energisch hinzu. »Denk doch mal vernünftig nach. Mr. Lawrence ist allein. Kein Wunder also, daß er bei einer netten Familie wie der unseren Anschluß sucht. Mit mir hat das überhaupt nichts zu tun! Wenn du ihm das bißchen Freude nicht gönnst, sich ab und zu mal dazugehörig zu fühlen, dann habe ich dich bisher wohl falsch eingeschätzt.«
Michael senkte den Blick und schwieg gekränkt; aber er gab sich von nun an große Mühe, Ivars Freundschaft zu gewinnen.

Ingrids Wunsch ging in Erfüllung. Im Februar des Jahres 1946 schenkte sie einem gesunden Mädchen das Leben. Es wurde auf den Namen Iris getauft und neben Johanna von Rheinhagen und Jo von Graßmann auch von Ivar Lawrence über das Taufbecken gehalten. Man sah Mr. Lawrence an, wie ernst er diese Aufgabe nahm. Auch in späteren Jahren würde er nie aufhören, sich um sein Patenkind zu kümmern.
»Iris ist unser Wiedersehenskind«, stellte Ingrid fest, während sie zärtlich das winzige Köpfchen des Babys streichelte. »Als du damals nach Kriegsschluß zurückkehrtest, Mark – oh, wie sehnsüchtig hatte ich darauf gewartet – waren wir so verliebt ineinander wie am Anfang unserer Ehe. Iris wird ein glückliches, vergnügtes Mädchen werden, weil sie einer solch wunderbaren Glücksstunde ihr Dasein verdankt.«
Der Clasenhof war Marks Familie zu einem wirklichen Zuhause geworden. Allmählich begann auch Michael die Vorteile zu schätzen, die sich aus der neuen Regelung ergaben. Mit Petra war er nach wie vor viel zusammen, und keinem blieb verborgen, wie unbekümmert die Kleine ihn tyrannisierte. Obwohl sonst keineswegs leicht zu lenken, war Michael ihr gegenüber von erstaunlicher Nachgiebigkeit und Nachsicht.
»Ist ja nur ein Mädchen, das man nicht ernst nehmen kann«, pflegte er stets zu behaupten, um sein Verhältnis zu ihr ins richtige Licht zu rücken. »Will man mal was anders machen, fängt sie an zu heulen, und das fällt mir auf die Nerven. Da

tue ich doch lieber so, als mache es mir nichts aus, nach ihrer Pfeife zu tanzen.«
Wenn er so sprach, lächelte Ingrid nur. Es schien ihm gar nicht unangenehm zu sein, ihr jeden Wunsch zu erfüllen. Mit Ivar hatte er sich ebenfalls abgefunden. Ja, er begann sogar, ihn zu bewundern, wenn er das auch nie offen zugegeben hätte.
»In Kürze fahre ich beruflich nach Polen«, erklärte Mr. Lawrence bei einem seiner häufigen Besuche auf dem Clasenhof. »Hätten Sie nicht Lust, mich zu begleiten, Rheinhagen? Ich könnte das leicht für Sie arrangieren. Eine solche Reise wäre meiner Meinung nach sehr informativ für Sie.«
Mark hatte lebhaft aufgeblickt. Er wußte, was das unter Umständen bedeuten konnte, nämlich die Chance, die Heimat – Rheinhagen – wiederzusehen . . .
»Unser alter Besitz läge also gewissermaßen auf dem Weg.« Bei diesem Gedanken war Mark das Blut in einer heißen Welle zum Herzen geströmt. »Wenn sich das machen ließe – ja, ich nehme Ihr Angebot gern an, Mr. Lawrence.«
Ingrid hatte diesem Gespräch mit einiger Sorge zugehört. Sie ahnte bereits, daß diese Reise für Mark mit großen Aufregungen verbunden sein würde.
»Wie mag es wohl zu Hause aussehen?« fragte sie beklommen, als sie für Mark einen kleinen Koffer packte. »Die Begegnung mit der Vergangenheit könnte ein arger Schock für dich sein, Mark. Wir haben keine Ahnung, wer jetzt auf dem Gut sitzt und in welcher Verfassung sich alles befindet. Schließlich ist der Krieg in seiner ganzen Grausamkeit über unser Land hinweggerollt. Bitte, nimm alles gefaßt hin, Liebling. Es ist vorbei, wir haben überlebt. Nur darauf kommt es an!«

Mark konnte schon sehr bald feststellen, wie berechtigt Ingrids Befürchtungen gewesen waren. Hohenlinden fand er in leidlich gutem Zustand vor. Wohl fehlte es an allen Ecken und Enden an den notwendigsten landwirtschaftlichen Maschinen, da der alte Bestand entweder zerstört oder verschleppt worden war. Man sah jedoch, daß Anstrengungen unternommen wurden, den Besitz allmählich wieder in Ordnung zu bringen und die Schäden auszumerzen, die durch die Kampfhandlungen in dieser Gegend verursacht worden waren.

»Wir mußten selbst unseren Hof im Osten unseres Landes nach dem Kriege verlassen«, berichtete die junge Polin, die jetzt mit ihrer Familie hier lebte. »Hohenlinden wurde uns als Ersatz zugeteilt, ein sehr großzügiger Ersatz übrigens. Wir versuchen heimisch zu werden und alles in Ordnung zu halten.« Ihre dunklen, schwermütigen Augen blickten Mark offen an. »Bei unserer Ankunft fanden wir wenig genug vor. Das Herrenhaus war geplündert, der Seitenflügel angezündet worden. Das Feuer konnte aber von den hier noch lebenden alten Leuten – Deutschen – schnell gelöscht werden. Einige Gegenstände, die für die Plünderer uninteressant gewesen waren, stellten wir noch nachträglich sicher: Fotos, Briefe. Wenn Sie die Sachen den früheren Besitzern mitnehmen möchten . . .«

Mark wußte, wie sehr Jo sich darüber freuen würde. Er nahm das freundliche Angebot gern an und bedankte sich herzlich bei seinen Gastgebern, die ihn auf einfache, doch gutgemeinte Weise bewirtet hatten.

Der nahezu intakte Besitz der Graßmanns hatte Hoffnungen in ihm geweckt, die sich jedoch leider nicht erfüllen sollten.

Solange Mark zurückdenken konnte, war das große schmiedeeiserne Tor, das in den Park von Rheinhagen führte, nie geschlossen gewesen. Auch jetzt stand es einladend geöffnet – doch nicht, um fröhliche Besucher einzulassen. Es hing schief in den Angeln, teilweise hatte schon der Rost seine zerstörerische Arbeit daran begonnen. Wohl konnte man noch die kunstvollen Motive erkennen, doch machte das Ganze einen traurig-verwahrlosten Eindruck. Mark glaubte zu wissen, was der alte Kruse ihm hatte sagen wollen, um es dann doch nicht über die Lippen zu kriegen.

»Sie werden sehen, gnädiger Herr, Sie werden sehen«, murmelte er jetzt vor sich hin, während der Wagen langsam die Auffahrt entlangfuhr. Auch im Park war alles verlottert und ungepflegt. Unkraut wucherte auf den Wegen, Unkraut wuchs zwischen Büschen und Blumen. Nur die alten Bäume hatten der Zerstörung getrotzt.

Marks Blick trübte sich. Er begann zu ahnen, was ihn noch erwartete.

Weiter ging es auf dem breiten Hauptweg, dann kam die letzte Biegung . . .

Rheinhagen gab es nicht mehr. Erschüttert stand Mark vor den Resten dessen, das einst Glanz und Glück der Familie gesehen hatte. Ruinen, leere Fensterhöhlen, die einen wie tote Augen anstarrten und die Menschheit anzuklagen schienen. Die einst mit Blumen geschmückte Terrasse lag kahl vor Marks Augen.

Doch selbst in diesen zerstörten Mauern, die einer leeren Schale ohne Leben glichen, wohnte noch eine unleugbare Anmut, die durch die seltsamerweise völlig erhaltene, graziös geschwungene Freitreppe unterstrichen wurde. Viele Generationen hatten an diesem Haus gebaut, es ständig verändert und erneuert, viele Schicksale sich darin erfüllt.

Mark glaubte, die schöne Engländerin Jane Mortimer vor sich zu sehen, wie sie mit Elan ihren berühmten Viererzug vor dieser Treppe zum Halten brachte und dem herbeieilenden Stallknecht, der sie bewundernd anstarrte, die Zügel zuwarf. Nicht zuletzt war sie es gewesen, die den Charakter des Herrenhauses von Rheinhagen geprägt hatte, das unter ihrem künstlerischen Einfluß etwas von dem Charme englischer Landsitze angenommen hatte.

Während Mark noch stumm vor seinem einstigen Zuhause stand, machte seine Phantasie einen gewaltigen Sprung. Er wußte durch Johanna, was sich hier einst zugetragen hatte, ehe er selbst hergekommen war. Vor seinem geistigen Auge sah er plötzlich Johanna und Charlotte Wagner, die einst auf

ebendieser Freitreppe ihre leidenschaftliche Auseinandersetzung gehabt hatten, die später Axels Schicksal so dramatisch beeinflussen sollte.
Der alte Kruse war im Wagen geblieben. Ivar war Mark gefolgt. Er hatte Rheinhagen in seiner Blüte nicht gekannt, besaß jedoch genügend Vorstellungskraft, um sich ausmalen zu können, wie alles vor der Zerstörung gewesen sein mochte. Er spürte die Erschütterung, die Mark angesichts dieses trostlosen Anblicks empfand, und wußte, daß es für einen solchen Schmerz keine tröstenden Worte geben konnte.
»Ein Ebenmaß lag darüber wie über der griechischen Kunst«, murmelte Mark endlich. Ivar Lawrence trat an seine Seite und verharrte abwartend. »Das habe ich einmal in einem Buch gelesen und war von diesem Ausdruck sehr beeindruckt. Es stand, glaube ich, in Margaret Mitchells ›Vom Winde verweht‹. Auch darin war von viel Zerstörung die Rede, von dem, wie schön es einst gewesen war. Rheinhagen spiegelte so viel stille Heiterkeit wider, das Leben *war* schön, damals.«
Behutsam berührte Ivar Marks Schulter. »Vielleicht ist es besser so, Mark.« Zum erstenmal, seit sie sich kannten, redete er seinen Inspektor beim Vornamen an. »Der Abschied wird Ihnen dadurch leichter gemacht. Hätten Sie Rheinhagen unzerstört vorgefunden, würde es ihnen ja das Herz brechen, es mit leeren Händen verlassen zu müssen. Ja, vielleicht hätte Ihnen gar der neue Besitzer den Zutritt verwehrt.«
Mark nickte. Seine Brauen waren zusammengezogen, die Lippen fest aufeinandergepreßt. Er begann, langsam um die Ruine des Herrenhauses herumzugehen. Plötzlich blieb er stehen, sah sich um und stieg dann über eine eingestürzte Mauer nach oben. Ivar, der ihm gefolgt war, stellte fest, daß sie in einem mäßig großen Raum standen, dessen Wände relativ gut erhalten waren.
»Hier, im sogenannten ›Sälchen‹, haben wir immer gegessen, wenn wir unter uns waren«, erläuterte Mark. Seine Stimme klang an dieser Stätte des Verfalls merkwürdig hohl. »Wie Sie

sehen, liegt das Sälchen an der Nordseite. Dadurch war es hier im Sommer wunderbar kühl. Mein Gott, wie fröhlich waren wir damals. Ingrid ...«
Marks Stimme versagte. Mit einer resignierten Handbewegung, die mehr aussagte als alle Worte, wandte er sich ab und ging.
Ivar Lawrence folgte ihm nicht sofort. Er stand und starrte die Mauern an, die deutliche Spuren des großen Feuers zeigten, das dieses wunderbare Haus vernichtet hatte. Auf einmal war ihm, als sähe er Ingrid vor sich – wie sie damals ausgesehen haben mochte: jung, lachend, geliebt von allen, die mit ihr in Berührung kamen. Auch heute flogen ihr noch alle Herzen zu ...
Auf dem großen Platz vor dem Portal wartete der alte Kruse auf sie. Seit die Familie derer von Rheinhagen die Flucht in den Westen angetreten hatte, war er auffallend gealtert. Er wirkte sehr gebrechlich, seine Augen blickten müde, seine Hände zitterten. Wenn er sprach, merkte man jedem seiner Worte an, wie schwer er gegen seine innere Bewegung ankämpfen mußte.
»Der gnädige Herr wird auch die Gruft sehen wollen«, murmelte er schließlich. Eine Träne löste sich aus seinen glanzlosen Augen und rann in den struppigen grauen Bart. »Das ist wohl mit am traurigsten – ach Gottchen, nee! Daß wir das alles haben erleben müssen ...«
Mark berührte behutsam den Arm des Alten. Kruse weigerte sich nach wie vor, die Heimat zu verlassen, und in seinem Alter war es wohl auch verfehlt, ihm zu einem solchen Schritt zuzureden.
»Wer soll denn hier dann nach dem Rechten sehen, gnädiger Herr?« verwahrte er sich energisch, als Mark ihm noch einmal anbot, zu ihnen in den Westen zu kommen. Für Kruse hatten sich die Begriffe verwischt, er vermochte nicht mehr klar zu unterscheiden. Er sah nicht ein, daß es für ihn nichts mehr zu tun gab. Der Gedanke, über den Besitz der Familie wachen

zu dürfen, war vermutlich die einzige Kraft, die ihn noch am Leben hielt.

An der ebenfalls zerstörten Familiengruft – um jeden Quadratmeter dieses Landes war heftig gekämpft worden – wirbelte der Wind das Herbstlaub auf, ließ es herumflattern, so daß die Dinge ständig in Bewegung zu sein schienen. Vielleicht hätte diese letzte Ruhestätte der Rheinhagens an einem hellen Frühlingstag noch etwas von ihrer einstigen Schönheit gezeigt. Jetzt im Herbst war sie jedoch nur von tiefster Trostlosigkeit beherrscht.

»Die junge Frau von Rheinhagen« – damit war Ingrid gemeint – »hat hier, ehe sie wegging, das Familiensilber versteckt«, erklärte Kruse, noch immer heftig an seinen Tränen schluckend. »Wir taten es in die großen Milchkannen und gruben diese ein. Aber später kamen die Russen und suchten danach. Jemand muß ihnen das Versteck verraten haben. Sie führten solche Dinger, Zähler oder so nannten sie die, mit sich und fanden alles. Damals, gnädiger Herr, habe ich geheult wie ein Schloßhund.«

Mark nickte stumm; die Erzählungen des Alten setzten ihm sehr zu. Er hatte schon davon gehört, daß überall, wo man geheime Verstecke vermutete, das Gelände mit Geigerzählern abgesucht worden war. Er hob die Schultern, als wolle er damit andeuten, daß er im Grunde nicht erwartet hatte, hier etwas zu finden, das er Ingrid als Andenken an die alte Heimat mitbringen konnte.

Die landwirtschaftlichen Maschinen, die er seinerzeit mit so viel Stolz gekauft und benutzt hatte, lagen kaputt und stark verrostet inmitten der Brennesseln, die jetzt das Land bedeckten, wo einst die besten Saatkartoffeln und der schönste Weizen gewachsen waren.

»Nicht zu glauben«, murmelte Mark und starrte dabei auf die Straße, während Ivar den Wagen langsam in Richtung Hohenlinden lenkte. »Kaum ein paar Kilometer Distanz und ein Unterschied wie Tag und Nacht. Dort der Wille zum Wieder-

aufbau, zur Erhaltung – in Rheinhagen Zerstörung, bröckelnde Mauern. Nichts!«
»Verschweigen Sie Ihren Angehörigen die Wahrheit, Mark«, riet Ivar ernst. »Lassen Sie ihnen die Erinnerung an ein unzerstörtes, schönes Rheinhagen. Sie werden nie hierher zurückkehren. Es kommt also auf eine Notlüge mehr oder weniger nicht an. Vergessen Sie, was Sie gesehen haben, fangen Sie ganz neu und ohne seelischen Ballast an. Sie haben die Kraft und die Energie dazu – und eine wunderbare Frau, die Ihnen zur Seite steht.«
Mark befolgte den Rat des Freundes; denn ein Freund war Ivar ihm in diesen bitteren Stunden geworden. Bald sollte sich herausstellen, wie weise dieser Rat gewesen war: Johanna und Ingrid freuten sich genauso wie Jo darüber, als sie hörten, die Heimat sei in ihrer ursprünglichen Form erhalten geblieben, wenn jetzt auch andere Familien in Rheinhagen und Hohenlinden lebten. Marks fromme Lüge hatte die Menschen, die ihm am nächsten standen, vor einer großen inneren Erschütterung bewahrt.
Noch lange sah Mark jedoch die riesige Ruine des Rheinhagener Herrenhauses vor sich, die gähnenden Fensterhöhlen. Wenn er nachts schlaflos in seinem Bett lag, glaubte er, den Wind hohl und klagend durch die langen Gänge heulen zu hören, in denen einst das Lachen der Rheinhagens zu vernehmen gewesen war . . .
Erst viel später vertraute er sich Jo an, da er unbedingt mit jemandem darüber sprechen mußte. Sie hatte ihr Elternhaus in Dresden verloren, sie würde am besten verstehen, wie ihm zumute war.
»Es muß schrecklich für dich gewesen sein, Mark.« Ihr Blick ruhte mitfühlend auf seinem blassen, angespannten Gesicht. »Wenn ich mir vorstelle, jetzt plötzlich in Dresden, in der Kaitzer Straße, vor der Ruine unseres Hauses zu stehen, dann wird mir ganz übel. Ich weiß zwar, daß unser Haus beim dritten Angriff, am 14. Februar 1945, völlig ausbrannte – aber ich

war weder dabei, noch mußte ich mir hinterher die Überreste ansehen. Folglich existiert das Haus in meiner Erinnerung völlig unversehrt weiter. So wie es in unseren schönsten Zeiten ausgesehen hat, als auch Vater noch lebte. Harald Reger, ein guter Freund unserer Familie, kam erst wieder hin, als der Angriff vorbei war, und da brannte es bereits vom Dach bis zum Keller.«

Jo hob resigniert die Schultern. »Ich bin froh, daß Mutter das nicht mehr erlebt hat. Sie starb, ohne von dem Ausmaß der Zerstörung gewußt zu haben. Ach, Mark . . .«

Jo verstummte jäh, aber ihr Seufzer sprach Bände. Mark nickte verständnisinnig. In stillem Einvernehmen gingen sie wieder ihren Beschäftigungen nach, als hätten sie nie in Gedanken eine Reise in die Vergangenheit gemacht und offenbart; wie ihnen wirklich ums Herz war.

# 13

Während der ersten Nachkriegsjahre war Edda Wakefield mehrmals nach Deutschland gereist, um ihre Angehörigen zu besuchen. Ihr größter Wunsch war jedoch, ihre Mutter für immer nach England zu holen. Dort, auf dem schönen Besitz der Wakefields, wo nichts an den Krieg erinnerte, der so lange in Europa getobt hatte, würde die alte Dame ihre schweren Erlebnisse am schnellsten vergessen.
Endlich war es, nach zahlreichen erfolglosen Eingaben, Anfang des Jahres 1949 soweit. Johanna konnte mit Jo und der kleinen Petra die Reise in ihre neue Heimat antreten.
»Wir brauchen uns jedenfalls nicht mit einer Menge Gepäck abzuschleppen«, bemerkte Jo fröhlicher, als ihr ums Herz war. »Bis wir eine Entschädigung für Hohenlinden oder Rheinhagen bekommen, werden wir wohl oder übel auf Pump leben müssen.«
»Ich hoffe, daß es dazu nicht kommen wird. Ich fahre schließlich zu meiner Tochter. Auch du, mein liebes Kind«, fügte Johanna mit einem verständnisvollen Lächeln hinzu, »wirst dir nicht den Kopf zerbrechen müssen, was deinen Lebensunterhalt angeht. Ich weiß, daß drüben schon lange jemand darauf wartet, die Verantwortung für dich und Petra übernehmen zu dürfen.«
Jo wollte heftig aufbegehren, alles in Abrede stellen. Dann sah sie jedoch ein, daß es sinnlos wäre, Versteck zu spielen. Eine leichte Röte färbte ihre Wangen, während sie sich der Großmutter zuwandte.
»Stephen Ashcroft, nicht wahr. Du verstehst mich, Omi. Ich

werde Dirk nie vergessen können – dazu habe ich ihn viel zu sehr geliebt. Er war der erste Mann in meinem Leben, der mir etwas bedeutet hat. Aber nicht einmal er hätte gewollt, daß ich für immer allein bleibe und nur seinem Andenken lebe. Außerdem braucht Petra dringend einen Vater, sonst wächst sie mir über den Kopf. Sie ist jetzt oft sehr ungebärdig und kaum zu bändigen.«

Petra, die anfangs von den Reiseplänen ihrer Mutter begeistert gewesen war, entdeckte von einem Tag zum anderen, was das für sie bedeutete. Ein großer Verlust war damit verbunden. Ihr wurde auf äußerst schmerzliche Weise bewußt, daß sie den liebsten Gefährten ihrer Kindheit verlieren würde – Michael von Rheinhagen, an dem sie mit abgöttischer Zuneigung hing.

So kam es dann auf dem Bahnhof zu einer dramatischen Szene, mit der niemand mehr gerechnet hatte. Petra umklammerte Michael, dem das Ganze schrecklich peinlich war, und man mußte sie fast mit Gewalt von ihm trennen.

»Du kommst aber immer in den Ferien zu uns, nicht wahr, Micha«, schluchzte sie verzweifelt, während Jo sie liebevoll in den Zug zu bugsieren versuchte. »Und später heiratest du mich – du hast es mir fest versprochen!«

Michaels Gesicht war puterrot geworden. Mußte dieses Gör denn auch vor allen Leuten den Quatsch nachplappern, den er einmal im Spaß verzapft hatte? Nur um Petra endlich zum Schweigen zu bringen, legte er zähneknirschend ein erneutes Versprechen ab. Wie hätte er auch in diesem Moment ahnen können, daß es sich später tatsächlich erfüllen sollte.

»Weißt du, Jo«, flüsterte Ingrid der Cousine zu, während sie diese noch einmal liebevoll umarmte, »daß deine Tochter vorhin den gleichen entschlossenen Ausdruck in den Augen hatte wie du, wenn du dir etwas in den Kopf gesetzt hast. Und in einem solchen Fall läßt du dich ja um nichts in der Welt davon abbringen. Auch jetzt fährst du schließlich mit einem festen Ziel nach England. Es geht dir um Stephen, nicht wahr, und ich bin fest überzeugt, aus euch beiden wird ein Paar! Daß Petra ebenfalls eines Tages ihren Kopf durchsetzen wird, darauf gehe ich jede Wette ein.«

Ingrids in aller Harmlosigkeit gesprochene Worte stimmten Jo sehr nachdenklich und sollten nicht zuletzt während der nächsten Wochen ihre Haltung Stephen Ashcroft gegenüber beeinflussen. Denn sie fürchtete, es könnte von vornherein angenommen werden, sie sei nur gekommen, um ihn an sein Versprechen zu erinnern.

Obgleich Stephen ihr seine Zuneigung offen zeigte, blieb Jo kühl und abwartend, ja zuweilen sogar abweisend. Niemand sollte ihr nachsagen können, sie sei nur darauf aus, für sich und ihr Kind ein neues Nest zu finden, eine Sicherheit für den Rest ihres Lebens.

Stephen, der nicht auf den Kopf gefallen war, ahnte, was Jo bewegte. Ihr lebhaftes Mienenspiel hatte sie seit jeher verraten. Spontan entschloß er sich, nichts zu überstürzen, sondern ihr viel Zeit zu lassen, damit sie mit sich selbst und ihren Gefühlen ins reine kommen konnte. Ein Aufschub bereitete ihm keinen Kummer. Wie viele Jahre hatte er auf die Erfüllung seines größten Wunsches – Jo zu seiner Frau machen zu dürfen – warten müssen: Es kam also auf einen Monat hin oder her nicht an.

Petra sollte es schließlich vorbehalten sein, die Entscheidung herbeizuführen. Und das geschah auf eine Weise, die leicht zu einer Katastrophe und für alle Beteiligten zu großem Leid hätte führen können.

Als Stephen eines Tages von der Werft nach Hause kam, fand er Jo in heller Aufregung. Zum erstenmal seit ihrer Ankunft gab sie sich ganz so, wie ihr ums Herz war, und warf sich hilfesuchend angstvoll in seine Arme.

»Petra ist verschwunden«, stammelte sie außer sich vor Sorge. »Deine Eltern und die Großmutter sind schon am Vormittag in die Stadt gefahren – ohne das Kind. Ich habe mit dem Personal bereits das ganze Haus und den Park durchsucht –

nichts! Was sollen wir tun?« In ihren vor Erregung dunklen Augen stand all die Verzweiflung geschrieben, die in ihr war. Stephen legte unwillkürlich den Arm noch fester um ihre schlanke, zitternde Gestalt.
Seine Versuche, Jo zu beruhigen, mißlangen kläglich. Voll Schaudern dachte er insgeheim an die wilde Landschaft, die den Besitz seiner Eltern umgab: an die steilen Klippen, an die Brandung, die wütend dagegen donnerte, als wolle sie das ganze Festland verschlingen. Und während er alles ganz deutlich vor sich sah und krampfhaft überlegte, wohin das Kind gelaufen sein könnte, fiel ihm plötzlich die Antwort auf diese Frage ein.
»Komm«, rief er, ergriff Jos Hand und zog sie hinter sich her zum Wagen. »Petra hat mir heute morgen erzählt, sie wolle am Strand bei ihrem geliebten Felsentor Muscheln suchen. Natürlich nahm ich an, sie würde das mit dir tun, sonst hätte ich es ihr energisch verboten.«
Jos blaue Augen weiteten sich entsetzt. Sie wußte, was das unter Umständen bedeuten konnte!
»Hältst du es für möglich, daß sie von der hereinströmenden Flut abgeschnitten wurde? Aber dann hat sie sich bestimmt auf den Felsen gerettet.« Jo sprach atemlos, ihr Herz schlug dumpf. Sie glaubte, vor Angst ersticken zu müssen. Petra war klein, viel zu klein, um auf den hohen Felsen klettern zu können. Mit einem trockenen Aufschluchzen barg Jo das Gesicht in ihren Händen. Sie hatte Dirk verloren – nun würde sie auch noch sein Kind verlieren!
Stephen fand kein Wort des Trostes. Er berührte nur, als könne er dadurch seine Kraft auf sie übertragen, zärtlich ihr blondes Haar. Er hoffte zu Gott, daß die Kräfte des Kindes ausreichten, Zuflucht auf dem Felsentor zu suchen. Petra war für ihr Alter sehr gescheit und hatte bestimmt gar nicht erst versucht, den Strand zu erreichen. Zwar war die See hier nur flach, aber der starke Sog konnte ein so kleines Geschöpf mit Leichtigkeit hinaustragen ...

In halsbrecherischer Fahrt ging es den schmalen Strandweg zur Bucht hinunter. Stephen hatte den Wagen kaum zum Stehen gebracht, als er auch schon neben Jo dorthin lief, wo die Wellen mit beharrlicher Ausdauer über den Sand züngelten. Der Felsenbogen, ein beliebtes Ziel der Amateurfotografen, schien sehr weit draußen zu liegen. Nur seine obere Hälfte ragte noch aus dem bleigrauen Wasser. Darauf aber, auf der schmalen, flachen Plattform, kauerte, zu Tode verängstigt und völlig durchgefroren, eine kleine Gestalt, die ihnen jetzt matt zuwinkte.

Jo war zumute, als hebe sich eine schwere Last von ihren Schultern, als könne sie erst von diesem Augenblick an wieder frei atmen. Petra lebte! Irgendwie würde es ihnen gelingen, daß Kind aus der Gefahr zu retten, in der es noch immer schwebte.

Stephen tat einen Schritt nach vorn und spürte plötzlich eine zitternde Hand auf seinem Ärmel.

»Du kannst unmöglich allein hinaus, Stephen.« Jo hatte Mühe, sich gegen den Lärm des aufkommenden Sturmes verständlich zu machen. »Ich fahre nach Hause und hole Hilfe . . .«

»Das würde zu lange dauern, viel zu lange, Liebling.« Die Situation ließ ihn alle Formalitäten vergessen, und Jo fand nichts dabei, daß er sie so anredete. Ihr war jäh bewußt geworden, wieviel Stephen ihr bereits bedeutete. Auf ihn würde sie sich in jeder Lebenslage verlassen können. »Petra ist völlig durchnäßt und entkräftet. Allzu lange wird sie sich nicht mehr halten. Wir dürfen keine Zeit verlieren.«

Behutsam streifte Stephen Jos Hand ab und lief zum Wagen zurück, um ihn dann bis zur Wassergrenze vorzusetzen. Danach knüpfte er hastig mehrere Seile aneinander, die er dem Kofferraum entnommen hatte. »Paß auf, Jo. Das eine Ende befestige ich an der Stoßstange, das andere binde ich mir um. Hoffentlich reicht die Länge aus. Sobald ich Petra erreicht habe, fährst du langsam zurück und ziehst uns an Land.«

Jo nickte in stummer Verzweiflung. Der Himmel hatte sich weiter verdunkelt, ein drohendes Heulen erfüllte die Luft. Wenn der Sturm noch zunahm, wenn Stephen in die falsche Richtung abgetrieben wurde – dann konnte keine Macht der Welt ihm und Petra helfen! Sie müßte in einem solchen Fall hilflos zusehen, wie die beiden . . .

Jo kam nicht dazu, diesen erschreckenden Gedanken zu Ende zu denken. Plötzlich fand sie sich in Stephens Armen wieder, und sein Kuß löschte sekundenlang all ihre Ängste aus. Er würde helfen, der Mann, den sie liebte – sie wußte es jetzt ganz genau. Er würde Petra retten, mit ihrem Kind zu ihr zurückkehren!

Im nächsten Moment schon stand sie allein am Strand. Stephen arbeitete sich mit festen, energischen Schwimmbewegungen dorthin vor, wo Petra ihn unglücklich und hoffnungsvoll zugleich erwartete.

»Lieber Gott, hilf ihm – hilf uns allen!« Mit ineinanderverkrampften Händen beobachtete Jo Stephens Bemühungen, sich gegen die hohen Wellen zu behaupten. Er würde es schaffen – bisher hielt er guten Kurs. Jo atmete gepreßt. Auf einmal straffte sich die Leine, sie schien nicht lang genug zu sein. Stephen verharrte auf der Stelle, schien unter Wasser einen festen Halt gefunden zu haben; denn er hob sich aus den Wellen, stand auf irgendeiner Erhöhung und winkte ihr mehrmals auffordernd zu.

Jo verstand die stumme Geste sofort. Vorsichtig setzte sie den Wagen einige Meter ins Wasser vor und dankte dem Himmel, daß der Strand an dieser Stelle fest war und völlig flach verlief.

Dieser kleine Vorsprung genügte, um Stephen den Felsenbogen erreichen zu lassen. Geschickt erklomm er den Felsen, ohne das Sicherheitsseil um seine Hüften zu lösen. Jo beobachtete, wie Petra weinend die Arme um seinen Hals schlang. Dann wurde sie auch schon von ihm fortgetragen.

Das Darauffolgende war ein Kinderspiel verglichen mit dem,

was Stephen bereits für die Rettung der Kleinen getan hatte. Er brauchte sich jetzt nur noch von Jo, die den Wagen langsam Meter für Meter zurücksetzte, an Land ziehen zu lassen.
»Fast wäre unsere Rettungsaktion an der zu kurzen Leine gescheitert. Ich ahnte so etwas, wollte dich aber nicht unnötig ängstigen«, erklärte Stephen, als er das Kind unversehrt, wenn auch ziemlich unterkühlt in die Arme der Mutter legte. Seiner Stimme merkte man die hinter ihm liegende Anstrengung deutlich an. »Ohne deine Hilfe hätte ich es nie geschafft, Jo! Es gehört schon eine gute Portion Mut dazu, einfach so ins Meer hineinzufahren. Man weiß hier nie, wann man in eine Untiefe gerät. Dieser Strand ist sehr trügerisch.«
Jo betrachtete Stephen, als sähe sie ihn zum ersten Male. Sie konnte nicht sprechen, doch in ihren Augen stand die Liebe geschrieben, die sie für ihn empfand.

Natürlich gab es bei den Wakefields eine Riesenaufregung, als der durchnäßte kleine Trupp endlich eintraf. Vor allem Johanna geriet noch nachträglich ganz außer sich. Petra dagegen, die Hauptbetroffene, überwand ihr leichtsinniges Abenteuer im Handumdrehen. Nicht einmal einen Schnupfen trug sie davon und hatte wohl gar nicht richtig begriffen, welcher Gefahr sie so knapp entronnen war.
Jo hätte nach diesem Zwischenfall Stephen liebend gern ihre Dankbarkeit und Zuneigung gezeigt. Aber seltsamerweise fand sie keine Gelegenheit dazu. Er schien ihr absichtlich aus dem Wege zu gehen und gab sich fast kühl und so unpersönlich, daß auch sie sehr schnell zu ihrer abweisenden Haltung zurückkehrte.
Bis er eines Tages unvermittelt und ohne sie dabei anzusehen sagte: »Ich fahre gleich zur Werft hinaus. Möchtest du mich begleiten, Jo? Wir bauen ein nettes kleines Schiff, das ich dir zeigen möchte. Es ist nach meinen eigenen Plänen entstanden und in seiner Art etwas ganz Neues.« Als er Jos suchenden Blick bemerkte, deutete er diesen sofort richtig und ergänzte

streng: »Nein. Petra bleibt diesmal bei meiner Mutter. Nur du und ich – endlich einmal allein und ohne Familienanhang.«
Stephen sprach ungewohnt resolut. Jo fügte sich also, ohne einen Widerspruch in Erwägung zu ziehen. Sie ahnte, daß Stephens Wunsch eine tiefere Bedeutung hatte.
Ihre Annahme wurde bestätigt, als sie später, vom Lärm des geschäftigen Hafens umbrandet, an Deck des im Bau befindlichen Schiffes standen. Nun wußte sie, warum Stephen sie gerade hierher geführt hatte.
Es war wie damals im Sommer 1939, kurz ehe der Krieg begonnen hatte, und doch wiederum ganz anders. Sie waren beide älter und reifer geworden, viele schwere Erlebnisse lagen hinter ihnen.
Stephen lehnte an der Reling und blickte nachdenklich in die Weite. Es fiel ihm gar nicht so leicht, einen Anfang zu machen. Jo verhielt sich abwartend. Ihr gemeinsames Schweigen hatte etwas Beruhigendes. Es verband eher, als daß es trennte. Nur wirklich gute Freunde können miteinander so schweigen, ging es ihr durch den Kopf. In diesem Moment erkannte sie, daß zu einer großen Liebe auch Freundschaft gehörte. Nur dann war es möglich, eine echte Gemeinschaft zu bilden: denn Leidenschaft und große Worte mußten eines Tages den Sorgen und Banalitäten des Alltags weichen. Eine Freundschaft jedoch band zwei Menschen für alle Zeiten aneinander.
»Ich habe dir schon einmal einen Heiratsantrag gemacht, Jo«, erklärte Stephen endlich. »Heute tue ich es noch einmal, danach aber nie wieder. Bitte, glaube nicht, daß du ihn akzeptieren mußt, weil ich Petra das Leben gerettet habe. Wenn du meine Frau werden willst, dann bitte nur, solange du fest davon überzeugt bist, mich zu lieben. Nicht für kurze Zeit, sondern für den Rest deines Lebens.«
»Aber so liebe ich dich ja, Stephen.« Jos Stimme klang weich. Alles Spröde, das letzthin ihre Haltung ihm gegenüber bestimmt hatte, war von ihr abgefallen. Ohne sich um die

Werftarbeiter in ihrer unmittelbaren Nähe zu kümmern, legte sie die Arme um Stephens Hals. »Ich liebe dich wirklich sehr.«
Stephen hielt Jo ein Stückchen von sich ab, um in ihrem Gesicht lesen zu können. Das rasche Geständnis ihrer Liebe kam ihm nun doch unerwartet. Dann aber, als er in ihren Augen die Bestätigung all seiner Hoffnungen fand, atmete er auf und zog sie fest an sich, um sie zu küssen. Er gab sie erst wieder frei, als seine Männer sich um sie drängten, um dem Chef und seiner zukünftigen Frau als erste zu gratulieren. Es gab viele gutgemeinte, wenn auch etwas derbe Kommentare, es wurde gelacht und gescherzt.
Der Umtrunk, zu dem Stephen einlud, hatte es in sich und heizte die Stimmung noch mehr an.
Jo, der sich allmählich der Kopf zu drehen begann – zuviel war während der letzten Minuten auf sie eingestürmt –, wurde sich erst jetzt der Tragweite ihres Entschlusses bewußt. Sie würde Stephen heiraten und von nun an immer in England leben. Ein neuer Lebensabschnitt begann, und sie war schon jetzt davon überzegt, daß es ein guter sein würde.
»Ich bin der letzte Ashcroft unserer Linie«, bemerkte Stephen während der Heimfahrt. »Vorläufig jedenfalls. Wärst du wohl bereit, Liebling, dafür zu sorgen, daß die Ashcrofts nicht ganz aussterben? Damals, als du mir den so nett verpackten Korb überreichtest, begann ich zu fürchten, daß dies tatsächlich der Fall sein könnte. Denn ich hätte keine andere Frau geheiratet, und du schienst mir für alle Zeiten verloren.«
An der gleichen Stelle, wo er sich seinerzeit die erste Absage von Jo geholt hatte, hielt er an und nahm seine künftige Frau in die Arme.
In ihr war eine große Freude, als sie seine Küsse erwiderte. Die Vergangenheit, die ihr so großen Schmerz zugefügt hatte, war endgültig vorbei. Sie wollte nichts mehr, als die Gegenwart und die Zukunft aus vollem Herzen genießen.

Zu Stephen Ashcrofts und Jo von Graßmanns Hochzeit, die bereits im Herbst stattfand, kam Mark von Rheinhagen nur in Begleitung seines Sohnes Michael nach England. Ingrid war, aus Rücksicht auf ihre an Mumps erkrankte kleine Tochter, auf dem Clasenhof zurückgeblieben.

Während Petra ihren großen Freund Michael so begeistert begrüßte, daß es diesem direkt peinlich war, hielt Mark mit einem fast wehmütigen Lächeln Eddas Hand in der seinen.

»Zwischen den beiden Weltkriegen habe ich euch zum letztenmal besucht.« Der Ausdruck seiner hellen Augen verriet, daß seine Gedanken weit zurückflogen. »Doch scheint sich hier kaum etwas verändert zu haben. Was immer auch in der Welt geschieht, England hält an den alten Traditionen fest. Obgleich auch dieses Land manches verloren hat, spürt man bei euch doch nichts von den Stürmen, die während des letzten Krieges über den Kontinent hinweggebraust sind und ihn fast zerstört haben.«

»Ich glaube, du hast dir mit deinen Worten bereits selbst die richtige Antwort auf deine Betrachtungen gegeben, Mark.« Edda hatte sich schon früher sehr gut mit dem Cousin verstanden. »Wir leben auf einer Insel, deren Bewohner es seit Jahrhunderten gelungen ist, sich gegen fremde Einflüsse abzuschirmen.«

»Möge es immer so bleiben«, entgegnete Mark mit Wärme. »Die Welt braucht einen solchen ruhenden Pol. Ich freue mich, bei euch sein zu dürfen.«

In dem geräumigen Herrenhaus, in dem einst, vor vielen Jahren, auch die schöne Jane Mortimer gelebt hatte, ging es in diesen Tagen sehr lebhaft zu. Dafür sorgten schon die beiden Kinder, die nach der ersten Befangenheit Michaels zu dem alten fröhlichen Ton zurückgefunden hatten. Petra war sein Schatten, der ihm auf Schritt und Tritt folgte; sie betete ihn geradezu an.

Der hochaufgeschossene, etwas schlaksige Junge ließ sich diese Anbetung, insgeheim geschmeichelt, gefallen. Petra versprach, eines Tages ebenso schön zu werden wie ihre Mutter, und dann ...

Weiter wagten sich Michaels Gedanken noch nicht; doch immer, wenn er seine Tante Jo ansah, stellte er sich vor, wie angenehm es sein müßte, mit so einer Frau verheiratet zu sein. Fast empfand er eine leichte Eifersucht auf Stephen, sobald dieser den Arm um seine Braut legte oder sie mit einem Blick ansah, der es Michael warm ums Herz werden ließ. Zum erstenmal kam dem Sechzehnjährigen – denn so alt war er mittlerweile geworden – eine Ahnung dessen, was das Wort Liebe wirklich bedeutete: Welcher Art die Gefühle sein mußten, um einen Mann und eine Frau für immer zu verbinden.

Jo hatte um eine Hochzeit im engsten Familienkreise gebeten, und man hatte ihren Wunsch respektieren müssen.

»Schließlich trete ich nicht zum erstenmal vor den Traualtar. Und überhaupt finde ich es so viel schöner«, begründete sie ihren Entschluß. »Man wird durch keine Äußerlichkeiten von der Bedeutung der Zeremonie abgelenkt.«

Johanna hätte zwar einen größeren Rahmen vorgezogen, verstand jedoch genau, was Jo meinte. Auch, daß das junge Paar vorläufig auf eine Hochzeitsreise verzichten wollte, hatte seine guten Gründe; sie sollte später nachgeholt werden.

»Ich bin momentan auf der Werft unabkömmlich«, erklärte Stephen, während er Mark den Hafen und seine Werft zeigte. »Die Aufträge häufen sich, jeden Tag geschieht etwas, das die Anwesenheit des Chefs erfordert. Ich brauche dir als altem Seemann nicht zu erläutern, Mark, wie viele Schiffe und Boote uns allein Dünkirchen gekostet hat. Von der Landung in der Normandie ganz zu schweigen. Wir haben, was den Schiffsbau betrifft, dementsprechend viel zu tun.«

Mark von Rheinhagen nickte. Sein braungebranntes, schmales Gesicht zeigte einen fast sehnsüchtigen Ausdruck, der Stephen zu denken gab.

»Ich beneide dich, Stephen«, sagte Mark nach einer Weile. »Du darfst dort wieder anknüpfen, wo du als ganz junger

Mann vor dem Krieg aufhören mußtest. Ich war neulich in Rheinhagen. Jo wird dir davon erzählt haben. Nur sie weiß, was ich dort vorfand: Trümmer, Ruinen, Verfall. Von dem wertvollen Besitz ist nichts übriggeblieben. Insgeheim macht man sich natürlich immer Hoffnungen, eine Spur dessen wiederzufinden, was man einst so geliebt hat. Darum war der Eindruck auch doppelt erschütternd. Wie du weißt, bin ich kein Träumer, Stephen. Aber plötzlich war mir, als sähe ich alles vor mir – Rheinhagen, von Leben und Lachen erfüllt. Es war irgendwie gespenstisch. Das Haus war total ausgebrannt, doch die meisten Mauern standen noch. Ich könnte mir denken, daß nachts, zumal bei Vollmond, das Gebäude zu Leben erwachen würde. Als schienen noch einmal alle Lichter, die der Krieg endgültig ausgelöscht hatte.« Mark machte eine resignierende Handbewegung. »Nein. Rheinhagen ist tot, dort werde ich nie wieder eine neue Existenz für mich und meine Familie aufbauen können.«

Stephen Ashcroft hatte Marks Schilderung stumm angehört. Er wußte, daß es darauf nichts zu sagen gab. Jedes Wort des Trostes wäre sinnlos gewesen, ebenso wie die Phrase von der Hoffnung, die ja doch unerfüllbar war. Nach einem kurzen gemeinsamen Schweigen wandte er sich dem Freund zu. Seine Augen verrieten, daß er sehr froh war, dieser tragischen Erinnerung eine gute Nachricht folgen lassen zu dürfen.

»Da du die Zukunft erwähnt hast, Mark«, sagte er lebhaft, »möchte ich etwas hinzufügen, das dich interessieren wird. Wir stehen seit Jahrzehnten – unsere Werft geht ja bereits auf meinen Urgroßvater zurück – mit der Reederei Diederichs in Hamburg in Verbindung. Der Junior dieser zwar kleinen, doch sehr angesehenen Firma ist im letzten Krieg gefallen. Nun ist der alte Herr müde und möchte gern verkaufen. Möglicherweise auf einer Art Rentenbasis, falls der Käufer die gesamte Summe nicht sofort auf den Tisch legen kann. Als ich von der Sache hörte, habe ich gleich an dich gedacht, Mark. Was hältst du davon?«

Mark hatte mit steigender Aufmerksamkeit zugehört und war nun etwas benommen. Es fiel ihm sichtlich schwer, nach allem, was er seit dem Kriege durchgemacht hatte, an einen solchen Glücksfall zu glauben. Nein. Es konnte unmöglich wahr sein, daß sein größter Wunsch – nachdem Rheinhagen verlorengegangen war – sich doch noch erfüllte.
»Ich fürchte, daß meine derzeitigen Mittel nicht einmal für eine Anzahlung ausreichen würden, Stephen«, erklärte er endlich leise und mit vor Erregung tonloser Stimme. »Seit der Währungsreform haben wir kaum etwas zurücklegen können. Zuviel mußte neu angeschafft werden. Du wirst wissen, daß Ingrid nur mit einer Handtasche auf dem Clasenhof angekommen war, nachdem sie unterwegs alle Habe verloren hatte, die sie auf dem Planwagen mitführte. Der Treck blieb auf einer Brücke stecken, die unter Beschuß lag. Die Flüchtlinge mußten alles im Stich lassen. Gewiß, ich kann nun in absehbarer Zeit mit einer finanziellen Entschädigung für Rheinhagen rechnen, wenn auch nicht in der vollen Höhe des tatsächlichen Wertes. Inzwischen bekommen Flüchtlinge aus dem Osten auch Zuschüsse vom Staat, um sich eine neue Existenz aufzubauen. Aber alles zusammengenommen, wäre es nur ein Tropfen auf den heißen Stein und nicht ausreichend, um eine Reederei mit einem guten Kundenstamm zu erwerben.«
»Es wird sich ein Weg finden, Mark. Du mußt es einfach versuchen. Schon, um deiner Familie wieder festen Boden unter den Füßen zu schaffen. Ich habe eine Menge Beziehungen, noch von meinem Vater her und könnte dir manche Fracht besorgen.« Stephen musterte seinen Freund nachdenklich, und seine Überlegungen schienen zu einem konkreten Ergebnis zu führen. »Wie wäre es zum Beispiel mit deinem jetzigen Boß? Tante Johanna und Jo haben eine Menge über diesen Ivar Lawrence berichtet. Er scheint schwer in Ordnung zu sein. Wäre das nicht der geeignete Mann, dir finanziell unter die Arme zu greifen?«

Mark lachte trocken auf. Er konnte Stephens Optimismus nicht teilen. »Etwa als Belohnung dafür, daß ich ihn mit dem Clasenhof sitzenlasse? Lawrence ist zwar ein tüchtiger Geschäftsmann, aber von Landwirtschaft hat er leider keine Ahnung. Mit meiner Arbeit als Inspektor war er daher sehr zufrieden. Soll er mir aus der Patsche helfen, während ich ihn quasi dazu zwinge, sich selbst um den Hof zu kümmern?« Mit diesem Argument Marks endete das Gespräch. Es gab im Moment auch wirklich nichts weiter dazu zu sagen. Trotzdem kam er innerlich nicht von Stephens verlockendem Vorschlag los. Sogar während der recht stimmungsvollen Trauung Jo von Graßmanns mit dem jungen Werftbesitzer drehten sich seine Gedanken unaufhörlich darum.

Jo war eine strahlende und sehr schöne Braut. Der ernste Ausdruck, der seit Dirks Tod fast immer ihr Gesicht verdüstert hatte, war einer stillen Freude gewichen, die mehr als jeder Gefühlsüberschwang verriet, wie glücklich und zufrieden sie war. Als der Geistliche ihre Hände ineinanderlegte, trafen sich ihre leuchtenden Blicke. Stephen schien es, als sei sein Herz noch nie so leicht gewesen wie in diesem Moment. Jo gehörte endlich ihm, und er würde alles daransetzen, sie immer so glücklich zu sehen wie an diesem Tag!

Die Stunde der Abreise war gekommen. Es gab wohl keinen, der nicht gewünscht hätte, der Besuch der beiden Rheinhagens möge doch länger dauern. Petra ließ ihren Michael diesmal ohne eine große Szene gehen. Sie wußte ja, daß er in jeden Ferien wiederkehren würde.

Als Mark an der Reling stand und die Küste Englands im Nebel verschwinden sah, tastete er unwillkürlich nach dem Empfehlungsschreiben, das Stephen ihm mitgegeben hatte. Wenn es Gottes Wille war, so würde er damit ein gutes Stück weiterkommen.

Ingrid von Rheinhagen begrüßte ihren Mann, als sei er nicht nur Tage, sondern Monate verreist gewesen.

»Es ist nun mal so«, erklärte sie nachdenklich, als sie nachts

in seinen Armen lag. »Seit dem Krieg fällt mir jede Trennung von dir unsagbar schwer. Ich weiß, daß mir hier auf dem Clasenhof nichts passieren kann, doch du fehlst mir an allen Ekken und Enden. Wir haben unendlich viel nachzuholen . . .«
Mark schwieg, aber sein Arm legte sich fester und leidenschaftlicher um die Frau, ohne die er sich sein Leben nicht mehr vorzustellen vermochte. Obgleich sie bereits länger als siebzehn Jahre verheiratet waren, empfand er doch noch ebensoviel für sie wie damals, als ihre Liebe begonnen hatte. Seine Gefühle hatten sich eher vertieft, waren reifer, beständiger geworden. Er begehrte Ingrid, die während der letzten Jahre, seit es ihnen wieder besserging, womöglich noch schöner geworden war.
Gern hätte er in diesem Moment von seinen Plänen gesprochen; aber sie waren noch zu ungewiß, um viel sagen zu können. Auch wußte er nicht, wie seine Frau sich dazu stellen würde, die relative Sicherheit des Clasenhofes gegen ein Projekt einzutauschen, dessen Erfolg nicht vorauszusehen war.
Anläßlich einer Fahrt nach Hamburg sprach Mark in der Reederei Diederichs vor. Ohne seine finanziellen Verhältnisse zu beschönigen, legte er dem derzeitigen Besitzer sein Angebot vor. Der alte Herr lauschte aufmerksam. Der Eindruck, den Mark auf ihn machte, hätte nicht besser sein können.
Dieser Rheinhagen gefiel ihm, er schien genau zu wissen, was er wollte. Einem Mann wie ihm würde er sein Lebenswerk gern anvertrauen. Nur was die Finanzierung betraf, da lag ja wohl der Hase arg im Pfeffer! Unter dem realen Wert konnte man ein gutgehendes, angesehenes Unternehmen – trotz aller persönlichen Sympathien – nicht weggeben.
»Es eilt mir mit dem Verkauf nicht, Herr von Rheinhagen«, sagte er in seiner bedächtigen, hamburgischen Art, als Mark geendet hatte. »Versuchen Sie, in aller Ruhe einen Geldgeber zu finden, dann unterhalten wir uns weiter.«
Als Mark auf dem Clasenhof ankam, war er bereits fest dazu entschlossen, Ivar Lawrence um ein Darlehen zu bitten. Seit

jenem Besuch in Rheinhagen hatte er das Gefühl, einen guten Freund in ihm gewonnen zu haben. Er glaubte durchaus, daß Ivar verstehen würde, warum ihm so viel daran lag, wieder selbständig und unabhängig zu werden.

Nun war auch der Zeitpunkt gekommen, Ingrid von seinen Plänen zu unterrichten. Doch sie schien eher betroffen als erfreut zu sein. Mark war sichtlich enttäuscht, weil sie nicht in der erhofften Weise reagierte. Das wiederum bewog die junge Frau, ihre Bedenken nicht näher zu erläutern. Es wäre dies auch gar nicht möglich gewesen, ohne Marks Seelenfrieden gewaltig zu erschüttern. Ivar Lawrence war nämlich der letzte, den sie als Gläubiger ihres Mannes sehen wollte; denn ihr war mittlerweile völlig klargeworden, daß sie dem Besitzer des Clasenhofes einiges bedeutete. Mehr noch. Sie wußte, daß Ivar sie sogar von ganzem Herzen liebte. Das durfte Mark niemals erfahren!

»Wenn es also tatsächlich dein Wunsch ist, Mark, die Landwirtschaft endgültig an den Nagel zu hängen, um ein eigenes Unternehmen zu gründen, darf ich dir wohl nicht davon abraten.« Ingrids Gesicht verriet nichts von ihren widerstreitenden Empfindungen. Sie liebte das Landleben; es würde ihr schwerfallen, in einer Großstadt seßhaft zu werden. Schließlich befaßte sie sich seit siebzehn Jahren mit der Landwirtschaft: Zuerst in Rheinhagen, dann in weit bescheideneren Verhältnissen hier auf dem Clasenhof. »Mir fällt auch nichts anderes ein, deine Pläne zu realisieren, als daß du dich an Ivar Lawrence wendest. Er hat viele Beziehungen und wird bestimmt einen Geldgeber für dich finden.«

Ob es natürlich ratsam war, von Anfang an nur auf fremdem Kapital aufzubauen? In dieser Beziehung hegte Ingrid berechtigte Zweifel. Aber Mark war so besessen von seiner neuen Idee, daß es kaum Zweck hatte zu versuchen, ihn dazu zu bewegen, die Sache so lange zurückzustellen, bis er finanziell besser dastand.

Als Ivar an diesem Wochenende auf den Clasenhof kam, bat

Mark ihn um eine Unterredung. Ivar reagierte mit einem verwundert-fragenden Blick. Marks Stimme hatte merkwürdig gepreßt geklungen – als habe er etwas auf dem Herzen, das keinen Aufschub duldete.

Mark kam ohne Umschweife zum Kern des Themas. Wohl fiel es ihm nicht leicht, Ivar Lawrence, dem er ohnehin schon eine Menge zu verdanken hatte, jetzt so einfach den Stuhl vor die Tür zu setzen. Aber der Wunsch nach einer eigenen Existenz, endlich wieder sein eigener Herr zu sein, war zu stark, um sich länger gedulden zu können.

Als Ivar jedoch auf Anhieb Verständnis zeigte, überwand Mark alle anfänglichen Hemmungen. Er schilderte lebhaft die Möglichkeiten, die sich ihm boten, falls es ihm gelang, die Reederei Diederichs zu übernehmen. Ivar hörte ihm aufmerksam zu und warf hin und wieder Fragen ein, die Mark offen beantwortete. Als sie zum Ende gekommen waren, betrachtete Mark seinen Gesprächspartner äußerst gespannt.

»Ich bin sehr froh und dankbar darüber, Ivar, daß Sie zu verstehen versuchen, was mich bewegt«, fügte er hinzu. »Es geht in Deutschland wieder aufwärts, jeder strebt danach, den Verlust wettzumachen, den er im Krieg erlitten hat. Wenn ich jetzt den Absprung in eine eigene Existenz nicht schaffe, dann nie mehr.«

Ein resigniertes Lächeln glitt über sein Gesicht, als mache er sich über sich selbst lustig. »Vergessen Sie nicht, daß ich bereits sechsundfünfzig bin, auch wenn ich mich gar nicht so alt fühle. Ich möchte meinen beiden Kindern einmal etwas Greifbares hinterlassen können – nicht nur einen alten Namen, der, wenn der damit verknüpfte Besitz verlorengegangen ist, eher einer Belastung gleichkommt.«

Ivar nickte. Sein Gesicht wirkte geistesabwesend. Er war eifrig damit beschäftigt, Zahlen auf ein Blatt Papier zu werfen. Immer wieder nachrechnend und Summen ergänzend, schien er endlich zu einem Ergebnis gekommen zu sein. Die Endsumme unterstreichend, bemerkte er sachlich:

»Sehen Sie, Mark – so hoch müßte Ihr Startkapital etwa sein, soll sich die Sache von Anfang an rentieren. Es genügt nicht, daß Sie die Reederei nur anzahlen und dann jeden Gewinn draufgeben, um damit Ihre Schulden abzutragen. Eine zu hohe Anfangsbelastung ist der Tod einer jeden Firma, mag sie auch noch so gut fundiert sein. Damit meine ich einen alten Kundenstamm, einen bereits bekannten Namen. Auch ist die Konkurrenz heutzutage gewaltig. Es wird nicht nur mit fairen Mitteln um lukrative Aufträge gekämpft. Wenn man auf keine Reserven zurückgreifen kann, gerät man rasch ins Hintertreffen. Sie brauchen Betriebskapital, um eventuelle Verluste auffangen und mehrere Schiffe gleichzeitig einsetzen zu können. Der Wiederaufbau Deutschlands ist in vollem Gange. In diesem Zusammenhang denke ich vor allem an Holz aus Finnland, an Materialien, die benötigt werden, um die zerstörten Städte neu erstehen zu lassen. An Rohstoffe, die seit Kriegsende in Europa noch rar sind. Ich habe auf diesem Sektor weitreichende Beziehungen und könnte Ihnen manchen günstigen Tip geben.«
Marks Gesicht hatte sich während Ivars Erläuterungen und angesichts der errechneten Summe verdüstert. Ihm stand nicht annähernd so viel Kapital zur Verfügung, und er hatte auch keine Ahnung, wie und wo er die fehlenden Gelder auftreiben sollte.
»Sie sind Geschäftsmann und mir an Erfahrung weit überlegen, Ivar.« Seine Stimme verriet die Enttäuschung, die er empfand. Er versuchte erst gar nicht, so zu tun, als hätten Ivars Einwände seinen Optimismus nicht erschüttern können. »Als Laie stellt man sich alles natürlich viel einfacher vor. Man meint, der gute Wille allein genüge.« Ein schiefes Lächeln verzog seinen energischen Mund. »Ingrid hat sogar schon ihre Perlen verkauft, die letzte Erinnerung an einstigen Wohlstand, um mir zu helfen. Aber der Erlös war nur ein Tropfen auf den heißen Stein und reicht nicht aus, um meine Pläne zu verwirklichen.«

Bei der Erwähnung Ingrids senkte Ivar unwillkürlich den Kopf. Er fürchtete, der Ausdruck seiner Augen könne ihn verraten. Sein Herz schlug rasch, und er hatte Mühe, seiner Erregung Herr zu werden. Als er dann sprach, klang seine Stimme so gelassen wie immer. Ivar Lawrence hatte es im Lauf der Jahre gelernt, seine wahren Gefühle zu verbergen.

»Perlen?« wiederholte er, scheinbar nur mäßig interessiert. »Wer kann sich heutzutage den Luxus leisten, so etwas zu kaufen?«

Mark, der keine Ahnung hatte, was Ivar mit seiner Frage bezweckte, nannte ihm den Namen eines bekannten Hamburger Juweliers. Ohne sich weiter zu diesem Punkt zu äußern, kam Ivar auf das ursprüngliche Thema zurück.

»Ich möchte Ihnen kein Darlehen anbieten, Mark«, sagte er freundlich. »Sehen Sie doch eine Art Partner in mir. Das Kapital, das ich in Ihre Reederei investieren möchte, wäre gut angelegt und kann eines Tages Iris, meinem Patenkind, zufallen. Sie schulden mir also nichts. Falls es Ihnen lieber ist und es Sie beruhigt, können Sie mich ja später irgendwie am Gewinn beteiligen. Ein amerikanischer Teilhaber ist in diesen Jahren des Übergangs zu einem normalen Geschäftsleben nicht zu verachten.«

Mark fiel es schwer, die richtigen Worte auf dieses großherzige Angebot zu finden. Als es ihm endlich gelang, seinen Dank zu formulieren, winkte Ivar ab.

»Es ist keine Kunst zu helfen, wenn einem dafür die notwendigen Mittel zur Verfügung stehen, Mark. Wie Sie schon bemerkten, bin ich Geschäftsmann und kann durchaus rechnen. Ich hätte nicht jedem dieses Angebot gemacht. Bei Ihnen glaube ich, es riskieren zu können. Sie werden mich nicht enttäuschen.«

Ingrid nahm Marks Eröffnungen mit gemischten Gefühlen auf. Es widerstrebte ihr, Ivars Gefühle auszunützen; denn daß er in erster Linie an sie gedacht hatte, daran zweifelte sie nicht.

Noch viel weniger aber zweifelte sie daran, daß sie je dazu in der Lage sein würde, ihm für seine Hilfe mehr als nur Freundschaft zurückzugeben. Wenn er also bestimmte Erwartungen an diese Angelegenheit knüpfte, dann würde er eines Tages bitter enttäuscht werden.

Wenige Tage nach seiner Rücksprache mit Mark ließ sich Ivar überraschend bei Ingrid melden. Sie hielt sich im Wohnzimmer auf, wo sie mit ihrem kleinen Töchterchen spielte. Sie sah sehr glücklich und erstaunlich jung aus.

»Ich habe Ihnen etwas mitgebracht, Frau von Rheinhagen«, erklärte Ivar, nachdem er höflich ihre Hand geküßt und Iris, die sehr an ihm hing, liebevoll begrüßt hatte. Wie immer machte ihn auch jetzt Ingrids Nähe befangen. Um von seiner Unsicherheit abzulenken, stellte er ein ihr nur zu gut bekanntes Kästchen auf den Tisch. Es enthielt – wie konnte es auch anders sein – ihre Perlen! Obgleich ihr Verkauf unumgänglich gewesen war, hatte Ingrid ihnen doch heimlich nachgetrauert.

»Perlen sollten nur von der Frau getragen werden, für die sie von Anfang an bestimmt waren. Sie gehören nicht in irgendein Geschäft, um letzten Endes irgendwo im Ausland zu landen.«

Ivar nahm das kostbare dreireihige Halsband heraus und legte es behutsam um Ingrids schmalen Nacken. Als seine kühlen Finger dabei flüchtig ihre Haut streiften, zuckte sie unmerklich zusammen. Ihre Blicke trafen sich.

»Warum tun Sie das, Ivar?« Ingrid sagte es fast unhörbar und bereute ihre Frage sofort. Forderte sie damit nicht eine Erklärung heraus, die unmöglich ausgesprochen werden durfte?

Doch Ivar enttäuschte sie auch diesmal nicht. Er wußte genau, wie weit er gehen durfte. Mit einem Lächeln, das etwas Beruhigendes hatte, trat er einen Schritt zurück.

»Muß man denn stets alles, was man tut, mit vielen Worten begründen, Ingrid? Nehmen Sie einfach an, daß ich Sie und Ihre Familie schätze, mich zu Ihnen gehörig fühle. Oder daß

ich den Wunsch verspürte, die herrlichen Perlen für Ihre Tochter zu retten. Dieses Halsband ist alter Familienschmuck und sollte immer im Besitz der Rheinhagens bleiben. Ist das nicht Grund genug?«
»Ach, Ivar. Das ist doch längst nicht alles, was Sie für uns getan haben und noch tun werden.« Ingrids schmale Hände verschränkten sich nervös. »Sie geben ein Vermögen für diesen Schmuck aus, ermöglichen Mark den Kauf einer Reederei, erfüllen ihm seinen sehnlichsten Wunsch. Nie können wir Ihnen auch nur einen Bruchteil dessen zurückgeben. Wie sollen wir uns je revanchieren?«
»Ich durfte Ihnen helfen, das genügt.« Ivars Stimme klang beinahe abweisend, und er verabschiedete sich bald darauf. Als die Tür hinter ihm zufiel, wußte Ingrid, daß er keineswegs die Familie, sondern sie allein gemeint hatte. Ihr wollte er helfen, ihr Leben sorglos und glücklich machen. Doch sie konnte ihm nie das geben, was dieser schwerreiche Mann wohl am meisten entbehrte und für alles Geld dieser Welt nicht kaufen konnte – Liebe!

Seltsamerweise schien Mark von Rheinhagen von nun an alles, was er unternahm, zu gelingen. Ingrid meinte oft insgeheim, es läge ein besonderer Segen auf jeder seiner Handlungen. Mit Ivars Hilfe – wie wäre es sonst auch möglich gewesen – hatte er ein hübsches, mäßig großes Haus in Blankenese erworben. Zu diesem Zeitpunkt, als weite Teile Hamburgs noch in Schutt und Asche lagen, grenzte dies fast an ein Wunder. Auch hier hatten sich die Beziehungen des Amerikaners als von unschätzbarem Wert erwiesen.
Nach längerem Zögern willigte Diederichs schließlich ein, daß Mark der bisherigen Firmenbezeichnung den Namen ›Rheinhagen‹ hinzufügte. So war beiden Teilen Genüge getan, und Marks Stolz kannte keine Grenzen. Es schien, als habe er nie etwas anderes gekannt als die Reederei Diederichs-Rheinhagen. *Seine* Reederei!

War er bis vor kurzem mit Leib und Seele Landwirt gewesen, so gab es jetzt für ihn keine schönere Melodie als die mannigfaltigen Geräusche des Hamburger Hafens. Er arbeitete oft bis zum Umfallen, um all das dazuzulernen, was er für seinen neuen Beruf brauchte. Um jede Kleinigkeit kümmerte er sich persönlich und verstand es von Anfang an, sich durchzusetzen. Nicht einmal am Feierabend gelang es ihm, sich von der für ihn so faszinierenden Materie zu lösen. Vor allem auf das ordnungsgemäße Beladen seiner Schiffe legte er allergrößten Wert.

»Laderaum ist für uns bares Geld«, pflegte er dann zu dozieren, »und der Ladeoffizier ist unser wichtigster Mann. Wenn er sein Handwerk nicht versteht, wird am Ende weit weniger Fracht untergebracht, als normalerweise möglich wäre. Auch könnte die Ladung verrutschen und das Schiff Schlagseite bekommen – ja sogar sinken. Und schnell muß alles gehen, es darf nicht getrödelt werden. Je länger ein Schiff im Hafen festliegt, desto höher sind auch die Liegegebühren ...«

Während Ingrid insgeheim über den Eifer ihres Mannes lächeln mußte, weil er ihr dann wie ein kleiner Junge vorkam, der mit seinem Lieblingsspielzeug beschäftigt war, lauschte Michael seinem Vater mit atemloser Spannung. Er bemühte sich schon jetzt, möglichst viel über die Handelsschiffahrt zu lernen. Inzwischen stand er kurz vor dem Abitur. So bald wie möglich wollte er eine Handelsschule besuchen, um die richtige Grundlage zu haben, auf der er später als Reeder aufbauen konnte.

Verabredungsgemäß hatte er seine Ferien tatsächlich alljährlich auf dem Landsitz der Wakefields verbracht. Doch seit Mark die Reederei übernommen hatte, war sein Interesse an England vorübergehend erloschen. Michael machte gewissermaßen im voraus ein Praktikum durch. Er begleitete seinen Vater und versuchte, ihm all das abzuschauen, was für ihn selbst eines Tages von Wichtigkeit sein würde.

So vergingen mehrere Jahre, bis er wieder einmal Zeit fand,

seine Verwandten in Cornwall zu besuchen. Die Handelsschule lag hinter ihm, der Weg in die Partnerschaft mit seinem Vater stand weit offen. Jedenfalls glaubte er dies mit dem Hochmut der Jugend, die meint, das Recht zu haben, das Alter zu verdrängen, wann immer das im eigenen Belieben steht.

Als Michael schließlich nach so langer Zeit Petra gegenübertrat, die ihn am Zug abgeholt hatte, weiteten sich seine Augen verblüfft. Donnerwetter, welch eine Veränderung! Als er sie zum letztenmal gesehen hatte, war sie noch ein kleines dummes Ding gewesen. Aber mittlerweile versprach die knapp Dreizehnjährige, eine richtige Schönheit zu werden.

Petra verstand recht gut, was sein Blick alles ausdrückte, und errötete, sehr zu ihrem Ärger. Obwohl ansonsten keineswegs auf den Mund gefallen, fand sie jetzt nicht die passenden Worte, den Jugendfreund zu begrüßen. Michael, neun Jahre älter als sie, hatte sich jedoch inzwischen entschlossen, von Anfang an das Heft in der Hand zu halten und Petra seine Überlegenheit zu beweisen. Er erwartete, daß sie sich seinem Willen unterordnete.

»Früher hast du mich immer mit einem Kuß begrüßt, Peterlein«, sagte er lässig und öffnete auffordernd die Arme.

Falls er erwartet hatte, sie würde sich lachend hineinwerfen, so sah er sich enttäuscht. Mit einem energischen Kopfschütteln trat Petra zurück. Michael war kein Schuljunge mehr, der sich aufspielte und furchtbar angab. Er war ein Mann – und Männer küßte man nicht. Noch nicht! Während ihr all dies durch den Kopf ging, verspürte sie ein starkes Bedauern darüber, daß ihre gemeinsame Kindheit nun für immer hinter ihnen lag.

Hatten Petra und Michael früher ausgelassen miteinander getobt und sich unbekümmert herumgebalgt, so schien jetzt ständig eine unsichtbare Schranke zwischen ihnen zu stehen. Eine Schranke, die sie voneinander trennte und doch wiederum auf geheimnisvolle Weise verband. Petra wußte selbst nicht, wie das zu erklären war. Sie erkannte nur, daß ihre gemeinsamen Spaziergänge nun von einem unbestimmbaren Zauber erfüllt waren, von Gesprächen, die voller Bedeutung waren. Als versuche einer, sich an die Seele des anderen heranzutasten, um möglichst viel über sein Denken und Fühlen zu erfahren. Petra wurde urplötzlich klar, daß sie kein Kind mehr war daß sie auf der Schwelle zu etwas Wunderbarem stand. Diese Erkenntnis, das Wissen um ihre zu forderndem Leben erwachten Empfindungen, machte sie befangen und verlieh ihrem reizenden Gesicht einen unbestreitbar sehnsüchtigen Ausdruck, der es Michael erschwerte, das Kind in ihr zu sehen, das sie dem Alter nach immer noch war.

»Ich glaube, ich muß dir etwas gestehen, Tante Jo«, sagte er stockend, als er Petras Mutter einmal beim Aufbinden der Kletterrosen half, die der Sturm der vergangenen Nacht losgerissen hatte. »Du wirst mir zwar gehörig die Leviten lesen, aber ich muß es trotzdem aussprechen. Ich weiß nicht, wann ich wieder nach England kommen kann, denn bei mir fängt jetzt der Ernst des Lebens an. Vater erwartet von mir, daß ich mich gründlich einarbeite. So könnte es leicht geschehen, daß du in der Zwischenzeit für Petra unter den Söhnen des Landes eine gute Partie aussuchst und sie verheiratest, noch ehe ich Gelegenheit hatte, sie mir zu sichern.«

»Petra?« Jo zog verwirrt die Brauen hoch. Sie hatte nichts von ihrer Attraktivität eingebüßt und war in ihrer zweiten Ehe äußerst glücklich. Man sah ihr an, wie zufrieden sie mit ihrem Schicksal war. Daß Petra mit Heiratsgedanken in Verbindung gebracht wurde – viel zu früh, nach ihrem Empfinden –, störte sie ein wenig in ihrer ruhigen Beschaulichkeit. »Worauf willst du hinaus, Michael?«

»Du bist doch sonst nicht so schwer von Begriff, Tante Jo!« Michaels helle Seemannsaugen, die so sehr an Mark erinnerten, blickten amüsiert. »Als ich Petra neulich nach langer Zeit auf dem Bahnhof wiedersah, war mir sofort klar: Sie und

keine andere wird einmal meine Frau! Und das, sobald es irgend geht. Natürlich ist es unmöglich, schon jetzt mit ihr darüber zu sprechen. Es würde sie nur beunruhigen. Ich bilde mir zwar ein, daß sie mich mag, möchte sie aber in keiner Weise beeinflussen. Nur weil wir uns als Kinder liebten, darf sie sich nicht gebunden fühlen. Andererseits ist es auch überflüssig, daß du nach anderen Bewerbern Ausschau hältst. Hebe sie bitte für mich auf, Tante Jo. Sie soll sich während der nächsten Jahre nicht unbedingt in einen anderen verlieben!«
Jos Gesicht hatte sich während Michaels mit männlicher Sicherheit vorgebrachter Argumente aufgehellt.
»Ich glaube behaupten zu dürfen, daß Petra schon jetzt nur an dich denkt, Micha. Seit frühester Kindheit hat sie genau gewußt, was sie wollte. Erinnerst du dich noch an euren Abschied damals, als wir für immer nach England gingen? Da brachte sie dich ganz schön in Verlegenheit, als sie dich an dein ›Heiratsversprechen‹ erinnerte. Ich hätte nie geglaubt, daß eines Tages aus diesen kindlichen Phantasien heiliger Ernst werden würde.«
Jo strich sich mit einer nachdenklichen Bewegung das blonde Haar aus der erhitzten Stirn. Von dem Gewittersturm der Nacht war nichts mehr zu spüren, die Atmosphäre war schwül und drückend. Vielleicht rührte Jos Beklemmung aber auch aus der Erkenntnis, daß Petra längst nicht mehr ihr kleines Mädchen war. Daß ihre Tochter wahrscheinlich bereits den Unterschied zwischen einer harmlosen Kinderfreundschaft und der ersten scheuen Liebe kannte.
»Daß du mir als Schwiegersohn willkommen wärest, Micha, brauche ich wohl nicht extra zu betonen«, setzte sie nach längerer Pause ernst hinzu. »Ich würde mich sogar riesig darüber freuen, wenn aus Petra eine echte Rheinhagen würde. Meine Mutter – du wirst dich noch an sie erinnern – wäre sehr glücklich darüber. Sie und ich durften ja den schönen alten Namen nicht tragen. Dein Vater hat dich bestimmt in unser Familiengeheimnis eingeweiht . . .«

Ein fragender Blick begleitete ihre Worte. Michael nickte lächelnd.

»Natürlich, Tante Jo. Meine Verwandtschaft mit Petra ist ja um einige Ecken, so daß wir keine Nachkommen mit Wasserköpfen zu befürchten brauchen. Mein Vater entstammt einer Seitenlinie, von dieser Richtung droht also keine Gefahr.«

Jo lachte unbekümmert auf. »Das hatte ich auch nicht befürchtet. Also abgemacht, Micha. Ich werde Petra mit Argusaugen bewachen, damit kein anderer sie dir wegschnappt.«

»Es würde natürlich bedeuten, daß sie mir eines Tages nach Deutschland folgen müßte«, wandte Michael warnend ein. »Vergiß das nicht, wenn du mir ein solches Versprechen gibst, Tante Jo. Sie wird dir sehr fehlen.«

»Zweifellos. Aber das ist schließlich das Los jeder Mutter. Andererseits gewinnen wir einen Sohn hinzu. Außerdem werden Stephen und ich ja nicht allein zurückbleiben. Die Zwillinge sorgen schon dafür, daß es bei uns nie langweilig wird.«

Jo hatte vor drei Jahren Zwillingen das Leben geschenkt, und Stephen Ashcroft war der stolzeste Vater, den man sich vorstellen konnte. Seine Söhne John und Axel ähnelten einander auf verblüffende Weise und waren unzertrennlich. Eines Tages würden sie die väterliche Werft übernehmen und den Besitz mehren, wie Stephen schon heute allen, die es hören oder nicht hören wollten, zuversichtlich und beredt zu verstehen gab.

# 14

Michaels Ferientage in England neigten sich ihrem Ende zu. Niemand bedauerte diese Tatsache mehr als er selbst. Am Tag vor seiner Abreise war Petra plötzlich spurlos verschwunden. Stephen glaubte zu wissen, wohin sie sich in ihrem Schmerz geflüchtet haben könnte.

»Du solltest sie unten am Strand suchen, mein Junge«, riet er Michael mit verschwörerischem Zwinkern. Natürlich war er von Jo genauestens in Michaels Zukunftspläne eingeweiht worden. »Wenn sie ein Problem hat, wenn irgend etwas sie bedrückt, versteckt sie sich immer am Felsentor. Als Kind geriet sie dort einmal in echte Lebensgefahr. Inzwischen kennt sie jedoch die Tücken des Meeres und achtet genau auf die Gezeiten.«

Michael drückte dankbar Stephens Hand und schlenderte langsam den abkürzenden Pfad entlang, der von den Klippen steil zum Strand abfiel. Es war Ebbe.

Als er um sich spähte, entdeckte er weit draußen Petras leuchtendrotes Kleid. Sie saß, das Gesicht dem Horizont zugewandt, auf dem Felsentor – an der gleichen Stelle, wohin sie sich einst als kleines Mädchen vor der hereinkommenden Flut gerettet hatte. Der weiche Sand machte Michaels Schritte unhörbar.

»Hallo, Peterlein! Darf man ein wenig nachdenken helfen?« rief er betont unbefangen. Sein Herz begann unruhig zu hämmern, als Petra erschrocken zu ihm herumfuhr. Ihr langes blondes Haar war zu einem lustigen Pferdeschwanz zusammengebunden, dessen Ende in der leichten, vom Meer hereinwehenden Brise flatterte. Michael hatte das unangenehme Gefühl, daß sein Hemdkragen ihm zu eng wurde.

Geschickt erklomm er den bizarr geformten Felsen, um sich neben Petra zu hocken, die ihm dadurch sehr nahe und doch unendlich weit entfernt war. Ein richtiges Gespräch wollte nicht in Gang kommen. Die baldige Trennung warf ihre Schatten. Morgen um diese Zeit würde Michael bereits abgereist sein. Was sollten also Worte – jetzt, da es dafür fast schon zu spät zu sein schien?

»Wirst du mir schreiben, Micha?« fragte Petra endlich, und ihre Stimme klang hoch und dünn vor lauter Kummer. Als Michael nickte, fuhr sie fast heftig fort: »Ich wußte, hoffte, daß du mir hierher folgen würdest. Morgen, wenn du wegfährst, werden alle dabeisein – die Eltern, Großmutter Johanna, Tante Edda und Onkel John. Alle haben dich gern und möchten bis zur letzten Sekunde in deiner Nähe sein. Ich aber wollte allein von dir Abschied nehmen – ohne daß uns jemand dabei zusieht.«

Petras mühsam aufrechterhaltene Selbstbeherrschung ließ sie plötzlich im Stich. Ihre weit aufgerissenen Augen starrten Michael an, als wollten sie sich sein Bild genau einprägen. Dann warf sie unvermutet die Arme um seinen Hals und barg den blonden Kopf an seiner Brust.

»Ich werde dich schrecklich vermissen, Micha«, schluchzte sie verzweifelt. »Früher, wenn du kamst, war es auch schön, aber doch ganz anders als jetzt. Du bist inzwischen erwachsen geworden, ich aber bin noch immer ein Kind, über das du dich im stillen amüsierst ...«

Nein, Petra von Graßmann war kein Kind mehr! Als sie jetzt den Kopf hob und zu ihm aufblickte, sah Michael nur ihre schönen Augen, ihren vollen roten Mund, der sehnsüchtig darauf zu warten schien, von ihm geküßt zu werden.

Michael zögerte. So gern er Petras Wunsch erfüllt hätte – so klar war ihm auch, daß er ebendies nicht tun durfte. Behutsam, aber energisch löste er ihre Hände, die noch immer in

seinem Nacken verschränkt waren und schob Petra von sich. Er dachte nicht daran, diese Situation, mochte sie auch noch so verlockend sein, auszunützen und dadurch das Vertrauen seiner Verwandten zu mißbrauchen.
Um Petras vorwurfsvollem Blick auszuweichen und der Erregung, die nichts mehr mit harmloser Zuneigung zu tun hatte, Herr zu werden, zündete er sich mit bebenden Fingern eine Zigarette an. Diese nüchterne, banale Handlung ließ ihn zu sich selbst zurückfinden.
Petra betrachtete ihn verletzt und zutiefst enttäuscht. Verstand Micha denn nicht, was sie wollte, wonach sie sich sehnte? Es war doch nichts Unrechtes – ein Kuß! Die meisten ihrer Schulfreundinnen besaßen darin schon große Übung und ließen sich von jedem küssen, der nur halbwegs ansehnlich war. Sie dagegen hatte immer nur auf Michael gewartet, kein anderer durfte bisher ihre Lippen berühren. Warum war er nur so schrecklich stur und altmodisch! Ein Kuß war doch nichts Schlimmes ...
»Gehen wir nach Hause«, sagte sie mürrisch. »Hier ist ja doch nichts los. Außerdem wird Mutti mit dem Essen auf uns warten.«
Michael warf die Zigarette weg. Er hatte plötzlich das Gefühl, einen kostbaren, unwiederbringlichen Augenblick verschwendet zu haben. Vom Felsentor herunterspringend, streckte er die Arme aus, um Petra beim Abstieg behilflich zu sein.
War es Zufall oder Absicht? Sie schien das Gleichgewicht zu verlieren, rutschte aus ... Ihr schmaler Mädchenkörper drückte sich sekundenlang an ihn – ganz fest – ihre Hände falteten sich, Halt suchend, in seinem Nacken. Trotz ihrer Jugend wußte Petra doch genau, was sie wollte. Sie war hierhergekommen, um sich von Michael küssen zu lassen und keineswegs gewillt, die zweite und vermutlich letzte Gelegenheit ungenützt vorübergehen zu lassen.
Den Überraschungsmoment ausnützend, hob Petra sich auf

die Zehenspitzen und küßte ihn mit geschlossenen Augen mitten auf den Mund. Noch ehe er zufassen und ihre Zärtlichkeit erwidern konnte, riß sie sich von ihm los und lief, als sei eine Meute wilder Tiere hinter ihr her, über den Strand davon.
Michael stand lange regungslos da. Endlich wandte er sich um und folgte ihr langsam. Dieser unerfahrene und doch seltsam leidenschaftlich fordernde Kuß hatte ihm mächtig eingeheizt. Er wünschte sich, einige Jahre älter zu sein – weil auch Petra dann älter sein würde . . .
Am nächsten Morgen trennten sie sich auf dem Bahnhof mit einem freundschaftlichen Händedruck, der jedoch ein Versprechen für die Zukunft enthielt. In einem kurzen atemlosen Moment waren sie sich beide darüber klargeworden, daß es für sie nur noch eine räumliche, aber nie mehr eine seelische Trennung geben konnte.
Von diesem Tag an wurde die briefliche Verbindung zwischen den beiden jungen Menschen noch enger. Die an sich verschlossene Petra vertraute dem Papier mehr an, als sie Michael je von Auge zu Auge hätte sagen können. Vom leichten Geplauder über das tägliche Geschehen gingen sie zu tiefergehendem Meinungsaustausch über: zu Zwiegesprächen, die das Gefühl widerspiegelten, das sie miteinander verband.
Michael aber waren neben seiner Liebe noch andere Dinge äußerst wichtig. Seit er Petra in seine Zukunftspläne mit einbezog, lag ihm mehr denn je daran, sich eine feste Position in der Reederei zu erarbeiten. Während seines Englandbesuches hatte er die Augen offengehalten, viel von Onkel Stephen gelernt und manche wertvolle Anregung mit auf den Weg genommen.
»Wir sollten uns wirklich von den alten Verlademethoden trennen«, erklärte er eines Tages während einer hitzigen Debatte, in deren Verlauf wieder einmal offenkundig wurde, daß Vater und Sohn sich nicht in jedem Punkt einig waren. »In England und den Staaten ist man längst zu Containern übergegangen, die sich, weil genormt, viel besser und schneller

verstauen lassen. Durch eine Spezialbeladevorrichtung kann man sie mit einem Griff an Bord hieven. Was da an Zeit und Kosten gespart wird, brauche ich wohl nicht näher zu erläutern. Es ist die Verwirklichung eines Traumes schlechthin, falls man in unserem nüchternen Beruf von Träumen sprechen kann.«

Ingrid, die aufmerksam zugehört hatte, entging der abweisende Zug um Marks Mund nicht. Gewiß, er war Neuerungen stets zugänglich – aber es störte sein Autoritätsgefühl, wenn diesbezügliche Vorschläge von Michael kamen.

Noch ehe sich die Auseinandersetzung in der letzthin leider üblich gewordenen Weise zuspitzen konnte, gelang es Ingrid, dem Gespräch eine andere Wendung zu geben. Trotzdem nahm sie sich vor, bei Gelegenheit ein ernstes Wort mit Mark zu sprechen. So ging es einfach nicht weiter! Vater und Sohn mußten an einem Strang ziehen und nicht einer im anderen den Rivalen sehen.

»Der Junge macht sich gut, bald wird er uns beiden über den Kopf gewachsen sein, Mark«, bemerkte sie vor dem Schlafengehen. »Er ist mit Leib und Seele bei der Sache und durch seine Jugend für alles Neue aufnahmebereiter als du. Was er vorschlägt, hat Hand und Fuß. Darüber solltest du dich wirklich freuen. Manche Väter haben es nämlich nicht so leicht, sich einen würdigen Nachfolger heranzuziehen. Die jungen Leute von heute haben ihren eigenen Kopf und gehen am liebsten eigene Wege. Die Firma des Vaters zu übernehmen – mein Gott, wie langweilig kommt ihnen das vor. Ich bin froh, daß Michael anders denkt als seine Altersgenossen.«

Mark reagierte lediglich mit einem mißmutigen Grunzen, das sowohl Zustimmung als auch Ablehnung bedeuten konnte. Ingrid war verwirrt: Freute er sich denn gar nicht über das Interesse seines Sohnes?

Dieser Gedanke bedrückte sie so sehr, daß sie sich entschloß, mit Ivar Lawrence darüber zu sprechen, der nach längerer Abwesenheit wieder einmal in Hamburg Station machte.

»Halten Sie es für möglich, daß Mark auf Michael eifersüchtig ist, Ivar?« fragte sie den Freund, dessen Gesellschaft, das ließ sich nicht leugnen, sie recht vermißt hatte. Neben Marks in letzter Zeit immer häufiger auftretender Gereiztheit wirkte Ivars ruhige Gelassenheit wie Balsam auf ihre manchmal reichlich strapazierten Nerven. »Das wäre doch völlig widersinnig. Es macht mir Kummer, daß die beiden so oft aneinandergeraten. Der kleinste Anlaß genügt, und es gibt eine hitzige Auseinandersetzung. Dabei könnten sie wunderbar Seite an Seite arbeiten.«

Ivars Blick lag versonnen auf Ingrids besorgtem Gesicht. Jede noch so kurze Trennung von ihr bewies ihm aufs neue, wie sinnlos sein Leben ohne sie war. In diese Betrachtungen versunken, fand er nicht gleich eine Antwort.

Sie schien jedoch eine solche auch gar nicht zu erwarten, denn sie sprach sofort weiter: »Mark ist jetzt viel unterwegs. Das gibt Michael die ersehnte Gelegenheit, selbständig entscheiden zu können. Wie Sie wissen, fährt Mark letzthin auf seinen Schiffen mit, um ›die Auslandskontakte zu festigen‹, wie er es nennt. Ach, Ivar, ich fürchte, dies ist nur ein Vorwand«, fügte sie mit einem Seufzer hinzu. »Ich bin eher der Meinung, daß Mark seine alte Leidenschaft für die Seefahrt neu entdeckt hat und sich in seine Tage als Marineoffizier zurückversetzt fühlt. Er ist wie ein kleiner Junge, der sich einen Traum erfüllt, dem er einst, als er Rheinhagen übernahm, entsagen mußte. Wie dem auch immer sei – gerade darum müßte er doppelt froh sein, in Michael hier einen zuverlässigen Vertreter zu haben.«

»Es ist das alte Lied – der Konflikt zwischen den Generationen.« Ivar nickte nachdenklich. »Er besteht seit Jahrhunderten, und es wird ihn immer geben. Der Vater meint, alles besser zu wissen, denn er kann auf eine lange Erfahrung zurückblicken. Der Sohn dagegen stürmt vorwärts, sucht neue Wege und schiebt dadurch das Alte zwangsläufig aufs tote Gleis. Das ist nun mal der Lauf der Welt. Eines Tages

wird Mark freiwillig abtreten, um Michael das Steuer zu überlassen. Ich glaube, Sie sollten sich keine allzu großen Sorgen machen, Ingrid. Im Grunde sind die beiden sich viel zu sehr zugetan, um ernsthaft miteinander in Konflikt zu geraten.«
Ingrid betrachtete ihn nachdenklich. Warum konnte sie mit Mark nie so offen, so eingehend über alltägliche Probleme sprechen? Bei jeder Kleinigkeit geriet er gleich in Oppositionsstellung oder ging in die Luft. Mit Ivar war es anders. Kein Thema war unangenehm genug, um die Harmonie zwischen ihnen zu trüben. Als sie seinem forschenden Blick begegnete, wurde ihr jäh auf erschreckende Weise bewußt, daß sie in Ivar schon lange nicht mehr nur den guten Freund sah. Er war für sie eine Art Ersatz für Mark, den ständig Abwesenden, geworden – Mark, den sie aus den ersten Tagen ihrer Liebe in Erinnerung hatte: fröhlich, ausgeglichen, fair.
Ivar mochte in ihren Augen mehr gelesen haben, als für sie beide gut war, denn er erhob sich plötzlich und trat neben sie. Sein Arm legte sich leicht, aber mit bezwingender Zärtlichkeit um ihre Schultern. »Ingrid.« Mehr sagte er nicht, doch in diesem einen Wort lag alle Sehnsucht, die er empfand: Die Sehnsucht nach der Frau eines anderen, der in ihm seinen Freund sah.
»Es darf nicht sein, Ivar.« Sekundenlang lehnte Ingrid sich an ihn, spürte die Ruhe, die von ihm ausging und ihr die Kraft gab, den eigenen verbotenen Wünschen zu widerstehen. Er war wie ein Fels in der Brandung, die sie mitzureißen drohte. »Das wäre auch unfair gegen Sie. Sie verdienen weit mehr, als nur die undankbare Aufgabe, eine Frau, die sich vernachlässigt fühlt, zu trösten. Ich weiß, daß ich im Augenblick nicht gerade glücklich bin, daß ich mich nach ein wenig Zuneigung und Verständnis sehne. Trotzdem hat es für mich immer nur Mark gegeben – und daran wird sich nie etwas ändern, egal, was er mir jetzt oder in Zukunft antut.«
Ingrid verstummte abrupt. Ihr in letzter Zeit stets ein wenig blasses Gesicht rötete sich unwillig. Sie hörte selbst den fal-

schen Ton heraus, der in ihren Worten mitschwang, das unangebrachte und daher peinliche Pathos.
Auch Ivar mochte diesen Eindruck gewonnen haben; denn sein Griff wurde fester, als habe er vor, sie nie mehr freizugeben. Leicht berührte er ihr Kinn, wodurch sie gezwungen war, ihn anzusehen, und sagte leise: »Du kommst mir wie ein Kind vor, Ingrid, das versucht, sich im Dunkeln Mut zu machen. Aber du bist kein Kind mehr. Du bist eine wunderbare Frau mit ganz normalen, natürlichen Wünschen – noch dazu eine einsame Frau. Du weißt, daß ich dich vom ersten Tag an geliebt habe, du mußt es gespürt haben . . .«
Mit einer verzweifelten, fast heftigen Bewegung löste Ingrid sich von ihm. Sie mußte es tun, um nicht dem Zauber zu unterliegen, der von seiner tiefen, sympathischen Stimme ausging.
»Und wenn es so wäre – wenn ich es wüßte«, wandte sie tonlos ein, »es könnte nichts an den Tatsachen ändern, Ivar. Ich bin Marks Frau, ich habe ihm zwei Kinder geboren. Nicht, weil man das von einer Ehefrau erwartet, sondern weil ich sie mir wünschte, als eine bleibende Erinnerung an unsere Liebe. Ach Gott!« Sie lachte auf; es klang beinahe wie ein Schluchzen. »Ich bin fast schon eine alte Frau, habe einen Sohn im heiratsfähigen Alter, könnte in absehbarer Zeit sogar Großmutter werden . . .«
Michael, der unvermutet und keine Minute zu früh eintrat, beendete das gefährliche Gespräch. Weder Ingrid noch Ivar kamen später noch einmal auf dieses Thema zurück, das ihnen beiden so am Herzen lag. Trotzdem wußten beide, daß nur ein Funke genügte, die mühsam unter Kontrolle gehaltenen Leidenschaften zu entzünden.
Bald darauf kehrte Mark von einer seiner ausgedehnten Fahrten zurück. Begeistert erzählte er von seinen Erlebnissen. Aber seltsam: Gerade als ob er ahnte, in welcher Gefahr seine Ehe schwebte, verzichtete Mark von einem Tag zum anderen auf weitere Auslandsreisen. Er war sehr oft nachdenklich ge-

stimmt und beobachtete Ingrid, als gebe sie ihm Rätsel auf, die zu lösen er nicht imstande war. Manchmal hatte er das Bedürfnis, über die Veränderung zu sprechen, die während seiner langen Abwesenheit mit ihr vorgegangen war. Doch die heimliche Angst, damit etwas aufzurühren, das besser im dunkel blieb, hinderte ihn immer wieder daran.

Statt dessen kümmerte er sich mit verstärkter Intensität um die Reederei, deren Leitung vorübergehend völlig in Michaels Händen gelegen hatte.

So schwer es ihm fiel, er mußte zugeben, daß der Junge ganze Arbeit geleistet hatte.

»Wir können erstmalig einen wirklichen Gewinn verzeichnen«, erklärte Mark nach einer gründlichen Überprüfung der ihm von seinem Sohn vorgelegten Bilanzen und Statistiken. »Das mit den Containern und den genormten Kisten, die man auch an Deck stapeln und so verzurren kann, daß die Ladung selbst bei schwerstem Seegang nicht verrutscht, war ein blendender Vorschlag von dir, mein Junge.«

Michael, der von seinem Vater mit Lob bisher nicht gerade verwöhnt worden war, blickte erfreut auf.

»Danke, Vater. Ich habe ja nur nachgemacht, was andere vor mir bereits erprobt hatten.« Sein hübsches, offenes Gesicht zeigte Verlegenheit. Als er bemerkte, daß seine Mutter ihm ermutigend zunickte, platzte er heraus: »Ich war auch sonst während deiner Abwesenheit nicht untätig und habe Pläne geschmiedet. Nach meinen Berechnungen wären sie durchaus lukrativ. Wir könnten sie verwirklichen, wenn wir auf anderem Gebiet ein wenig zurücksteckten!«

Marks anfängliches Wohlwollen wich dem gewohnten Mißtrauen, das er stets allen von seinem Sohn vorgeschlagenen Neuerungen entgegenzubringen pflegte. Ingrid, die sich bereits über das bessere Verhältnis zwischen den beiden gefreut hatte, begann neue Komplikationen zu befürchten.

»Worum geht es denn diesmal?« erkundigte sich Mark denn auch reichlich sarkastisch. »Hast du vor, einen Flugzeugträger

zu erwerben? Oder gleich mehrere, weil du dann Mengenrabatt bekommst?«
Michael hob trotzig den Kopf. In diesem Augenblick sahen Vater und Sohn sich äußerst ähnlich. Jeder von ihnen wollte auf seinem Standpunkt beharren, und dieser unerschütterliche Durchsetzungswille unterstrich die Ähnlichkeit nur noch.
»Keinesfalls, Vater. Du brauchst nicht gleich so ironisch zu werden. Mir geht es um neue Wege. Wir sind gezwungen mit der Zeit Schritt zu halten, sonst überrundet uns die Konkurrenz! Öl ist jetzt das große Geschäft. Wenn du meinem Vorschlag, ein oder zwei Tanker zu erwerben, zustimmen möchtest, dann . . .«
Mark schnitt seinem Sohn mit einer heftigen Handbewegung das Wort ab. »Kommt nicht in Frage, Michael. Wo denkst du hin! Wir sind bisher ganz gut ohne diese Pötte ausgekommen. Das fehlte noch – unser schwerverdientes Geld für etwas auszugeben, wovon wir beide zu wenig verstehen, um Kapital daraus schlagen zu können. Das Risiko ist mir einfach zu groß. Es gibt genügend Firmen, die uns in dieser Beziehung überlegen sind. Im Mittelmaß steckenzubleiben hat mir noch nie gelegen.«
Ingrid sah Michael an. Dieser hätte am liebsten widersprochen, Mutters warnender Blick bewog ihn jedoch, das Thema vorläufig ad acta zu legen. Irgendwann würde die Zeit dafür reif sein. Dann wollte er noch einmal, und zwar mit besserem Erfolg, darauf zurückkommen.

Anfang des Jahres 1960 reiste Michael von Rheinhagen erneut nach England. Der Anlaß war ein ganz besonderer: Nach vorangegangener Absprache mit seinen Eltern beabsichtigte er, sich mit Petra von Graßmann zu verloben.
Niemand war darüber glücklicher als die Seniorin der Familie, Johanna von Rheinhagen, die mittlerweile bei völliger geistiger und körperlicher Frische achtundsiebzig Jahre alt geworden war.

»Weißt du, Edda«, sagte sie versonnen zu ihrer Tochter, »mir ist, als sei eine Schuld, die ich einst auf mich geladen habe, durch die bevorstehende Verbindung zwischen einem Rheinhagen und Charlotte Wagners Enkelin endlich getilgt. Um meines eigenen Seelenfriedens willen hoffe ich, daß Petra und Michael ebenso glücklich miteinander werden, wie einst mein Sohn Axel und Charlotte. Ihre Liebe war so groß, daß sie dafür auf alle Rechte und sogar auf den ihnen zustehenden Namen verzichtet hatten.«

Für das junge Paar gab es in dieser Beziehung keinerlei Zweifel. Von frühester Kindheit an hatte Michael Petra geliebt und sie beschützt. Als er ihr endlich den Verlobungsring an den Finger stecken konnte, bestätigte diese symbolische Handlung lediglich eine Tatsache, die für sie beide seit Jahren selbstverständlich gewesen war.

Frohgelaunt kehrte Michael nach Hamburg zurück. Jeder, der mit ihm zu tun hatte, gewann den Eindruck, daß er jetzt mit verdoppelter Kraft arbeitete und unermüdlich schaffte.

Obgleich auch Mark mit der Wahl seines Sohnes durchaus einverstanden war, kam es doch immer häufiger zu Reibereien zwischen ihm und Michael.

Ingrid beobachtete dies mit zunehmender Besorgnis. Um keinen Preis durfte es dazu kommen, daß Vater und Sohn sich völlig entzweiten.

Ivar Lawrence, bei dem sie – wie so oft schon – Rat suchte, reagierte auf ihre ängstlichen Überlegungen mit einem nachsichtigen Lächeln.

»Es wundert mich, daß Sie nicht längst die Antwort auf dieses Problem gefunden haben, Ingrid«, sagte er in seiner ruhig-besonnenen Art. »Sie sitzen zu dicht beieinander. Dazu kommt der Generationskonflikt, der in Ihrer Familie besonders kraß ins Gewicht fällt. Die Verhältnisse haben sich durch den letzten Krieg weit drastischer geändert, als dies in Friedensjahren der Fall gewesen wäre. Michael ist verlobt, das Mädchen, das er liebt, ist für ihn unerreichbar. Normalerweise haben Brautleute Gelegenheit, sich oft zu sehen. Leider ist Michael durch seinen Beruf fest an Hamburg gebunden.«

Ivar verstummte. Er schien es Ingrid überlassen zu wollen, von allein die richtige Lösung zu finden. Und da blitzte es auch schon in ihren Augen auf.

»Sie meinen, die beiden sollten baldmöglichst heiraten. Ja, das wäre vermutlich ein Ausweg aus diesem Dilemma. Michael wäre dann abgelenkt. Das hätte zur Folge, daß Vater und Sohn sich nicht mehr so oft in die Haare gerieten. Auf beiden Seiten würde sich automatisch eine Milderung der Gegensätze ergeben, Meinungsverschiedenheiten und hitzige Debatten würden nicht mehr zur Tagesordnung gehören. Außerdem ist Petra eine vernünftige Person. Schon als Kind hat sie es verstanden, Mark zu beeinflussen. Ich glaube, daß sie ihn sehr verehrt. Jeder Mann ist eitel – auch Mark. Er wird Wert darauf legen, einen guten Eindruck auf seine Schwiegertochter zu machen.«

Ingrid verschwendete keine Zeit. Da sie Michaels Zustimmung sicher war, setzte sie sich mit Jo ins Einvernehmen und erreichte, daß diese schließlich einer Vorverlegung der Hochzeit zustimmte.

Im Hochsommer reiste also die gesamte Familie von Hamburg nach Cornwall, wo in Edda Wakefields Haus die Feierlichkeiten stattfanden.

Diesmal gab es weder eine Kriegstrauung noch eine stille Zeremonie – während der letzten Jahrzehnte eine schicksalhafte Fügung in der Familie Rheinhagen –, sondern ein Fest, wie es auf den großen Landsitzen Englands noch immer gang und gäbe war.

»Erinnerst du dich, Micha?« Petra strahlte ihren frisch gebakkenen Ehemann, mit dem sie den Ball eröffnete, an. »Damals, als Omi, Mutter und ich nach England gingen, hatte ich diesen Tag bereits fest eingeplant. Noch auf dem Bahnhof nahm ich dir das Versprechen ab, daß du mich eines Tages heiraten würdest. Ich weiß es wie heute. Du machtest ein grimmiges

Gesicht und warst mächtig wütend auf das dumme kleine Ding, das dir gewissermaßen vor versammelter Belegschaft die Pistole auf die Brust setzte.«
»Es war die reinste Erpressung. Ja, ich erinnere mich genau an die Gefühle, die mich bewegten.« Michael lächelte zärtlich. »Aber daß du es nicht vergessen hast, wundert mich. Du warst doch kaum sieben Jahre alt, scheinst aber damals bereits gewußt zu haben, was du wolltest. Hoffentlich bist du nicht entschlossen, in unserer Ehe ebenso energisch das Kommando zu führen. Sollte dies der Fall sein, dann sehe ich wirklich traurigen Zeiten entgegen.«
Petras Gesichtsausdruck schien seine schlimmsten Erwartungen zu bestätigen.
»Ein Mitspracherecht beanspruche ich natürlich, und es beruhigt mich ungemein, daß du bereits damit gerechnet hast.« Ihre blauen Augen funkelten mutwillig. »Wir leben letzten Endes nicht mehr im Mittelalter, und ich bin völlig für die Gleichberechtigung der Frau – was immer du auch davon halten magst!«
»Du lieber Himmel!« stöhnte Michael in komischer Verzweiflung. »Ich heirate – nein, ich *habe* eine Frauenrechtlerin geheiratet! Die Falle ist zugeschnappt. Warum hast du mir dein tückisches kleines Herz nicht offenbart, solange es für mich noch eine Fluchtmöglichkeit gab?«
»Sollte ich dich etwa nach achtzehnjähriger Wartezeit von der Angel lassen? Wofür hältst du mich eigentlich?« Petra tat entrüstet und zog die feingeschwungenen Brauen hoch. »Von Mutti weiß ich nämlich, daß du bereits an meiner Wiege erklärt hast, ich sei für dich das süßeste Geschöpf von der Welt, und nur mich würdest du eines Tages heiraten. Seitdem habe ich nur für den heutigen Tag gelebt. Nachdem du mich so kompromittiert hattest, hätte kein anderer mich mehr genommen. Nein, Liebling, finde dich mit deinem Schicksal ab. Ich gebe dich nicht mehr her.«
Das übermütige Lachen des Brautpaares ließ Johanna von

Rheinhagen aufhorchen. Ein froher Ausdruck trat auf ihr liebes, noch immer so jung wirkendes Gesicht. Sie, die hochbetagte Seniorin der Familie, freute sich an diesem Tag ganz besonders, noch im Kreise ihrer Lieben weilen zu dürfen. In ihrem Alter war jede Stunde ein kostbares Geschenk, und sie empfand es als eine besondere Freude, daß Ingrid und Mark wieder einmal bei ihr waren. Mit ihnen fühlte sie sich besonders verbunden, weil auch sie gern in Erinnerungen an die alten Zeiten in Rheinhagen schwelgten.
»Iris hätte ich kaum wiedererkannt«, bemerkte sie jetzt lächelnd, als das Nesthäkchen der Rheinhagens im Arme eines flotten Gardeleutnants an ihnen vorbeitanzte. »Sie ist so groß und hübsch geworden. Paßt nur auf, schon sehr bald werden sich bei euch die Bewerber die Klinke in die Hand geben.«
Ingrid seufzte in komischer Resignation auf. »Wem sagst du das, Tante Johanna. Ich fürchte, Iris weiß bereits ganz genau, wie man Männerherzen bricht. Trotzdem erklärt sie mit der Ungerührtheit der heutigen Jugend, sie dächte nicht daran, je zu heiraten. Diese Art der modernen Sklaverei sei nicht nach ihrem Geschmack.«
»Das wird sich ändern, sobald der Richtige in greifbare Nähe gerückt ist«, widersprach Johanna überzeugt. »Alle Rheinhagens, ob männlich oder weiblich, haben es seit jeher verstanden, den Partner zu finden, den sie ein ganzes Leben lang lieben konnten.«
Ingrid nickte stumm. Ihr Blick glitt forschend zu Mark hinüber, der sich angeregt mit John Wakefield unterhielt. Dem betriebsamen Alltag der Reederei für einige Tage entrückt, wirkte er heute ausgeglichener und liebenswürdiger als sonst. Doch Ingrid machte sich nichts vor. Gleich nach ihrer Rückkehr nach Hamburg würde es – falls Petras Anwesenheit nicht dazu beitrug, die Atmosphäre zu lockern – bald wieder zu der gewohnten Hektik und den Kontroversen zwischen Vater und Sohn kommen.
Ingrids Befürchtungen sollten sich jedoch als grundlos her-

ausstellen. Seit Michaels Heirat schien das Verhältnis der beiden sich gebessert zu haben. Petra, die außerordentlich glücklich war in ihrer jungen Ehe, ließ keine Mißstimmungen zu und sorgte stets für gute Laune. Wenn sie mit Iris, ihrer vierzehnjährigen kleinen Schwägerin, etwas ausheckte, glich sie selbst eher einem Teenager als einer verheirateten Frau. Keiner ahnte, daß sie sehr schnell erkannt hatte, daß im Hause Rheinhagen längst nicht alles so in Ordnung war, wie es äußerlich den Anschein haben mochte.

Die unterschwellige Unzufriedenheit ging vor allem von Michael aus, der förmlich darauf brannte, von seinem Vater endlich größere Aufgaben zugeteilt zu bekommen. Er wollte Verantwortung tragen und mit gewissen Vollmachten ausgestattet sein. Jetzt, als verheirateter Mann, fühlte er sich gedemütigt, wenn sich die Angstellten der Reederei in allen wichtigen Angelegenheiten ausschließlich an Mark wandten, während er unbeachtet danebenstand.

Nachdem er sich redlich bemüht hatte, die Selbstbeherrschung zu behalten und mit seiner unangenehmen Lage fertig zu werden, riß ihm schließlich eines Tages der Geduldsfaden.

»Es ist einfach unerträglich, Mama«, rief er aufgebracht aus; Ingrid hatte einige Mühe, seiner raschen Rede zu folgen. »Vater ist doch, zumindest den Jahren nach, ein alter Mann. Warum setzt er sich nicht zur Ruhe? Er könnte es so schön haben – sich endlich einmal dir widmen. Du hattest in letzter Zeit überhaupt nichts von ihm, dauernd hockt er im Hafen. Aber so war es in Familienunternehmen von jeher. Die Alten wollen einfach nicht abtreten, verstehen nicht, wie sehr sich die Welt seit ihrer Jugend verändert hat, daß so manches, was sie tun, keine Gültigkeit mehr hat.«

Ingrids eben noch recht aufgeschlossenes Gesicht wurde kummervoll. Sie verstand natürlich, wie Michael zumute war, worauf er hinauswollte. Dennoch war es ihr nicht möglich, sich ausschließlich auf seine Seite zu schlagen. Dadurch hätte sie Mark zutiefst verletzt.

»Ein Mittsechziger ist heutzutage alles andere als alt, Micha«, wandte sie schließlich ein, nachdem sie ihre Betroffenheit halbwegs überwunden hatte. »Dein Vater hat die Reederei unter großen Schwierigkeiten und nur durch ständigen persönlichen Verzicht zu dem gemacht, was sie heute ist . . .«
»Verzeih, wenn ich dich unterbreche und berichtige, Mama.« Michaels junge Stimme klang ungewohnt hart. »Erstens ist Vater bereits siebenundsechzig, zweitens hätte er es ohne Ivars Hilfe nie geschafft. Es wäre gar keine Ausgangsbasis vorhanden gewesen. Du darfst nicht glauben, daß ich plane, ihn rauszudrängen – aber etwas mehr Mitspracherecht muß er mir schon zubilligen. Er müßte irgendwann selbst erkennen, wie unhaltbar unser Zusammenleben geworden ist. Bei jeder Gelegenheit kriegen wir uns in die Haare. Bis jetzt ist alles gutgegangen, aber irgendwann muß es zu einer Katastrophe führen, wenn man ständig verschiedener Meinung ist.«
»Ich werde versuchen, mit deinem Vater darüber zu sprechen, Micha«, versprach Ingrid ohne große Zuversicht. Das tat sie dann auch – und es gelang ihr überraschenderweise, Mark in diesem Sinne zu beeinflussen. Vielleicht, weil er inzwischen selbst zu der Einsicht gekommen sein mochte, daß es so unmöglich weitergehen konnte. Von diesem Moment an lief alles in gemäßigteren Bahnen.
Als dem jungen Paar nach einjähriger Ehe ein Sohn geboren wurde – er sollte, nach seinem Urgroßonkel väterlicherseits, Wolf heißen – herrschte im Hause Rheinhagen wohltuende Waffenruhe.
Die Taufe des jüngsten Rheinhagensprosses wurde, der greisen Johanna zuliebe, im engsten Familienkreis bei den englischen Verwandten nachgefeiert. Die Geburt der kleinen Charlotte, die vier Jahre später zur Welt kam, erlebte die Seniorin der Familie leider nicht mehr. Edda fand ihre Mutter eines Morgens tot auf.
Es hatte den Anschein, als sei Johanna mit einem Lächeln auf den Lippen eingeschlafen, um nie mehr zu erwachen. Ob sie

in ihrer letzten Stunde an ihren Gatten und die ihr im Tod vorangegangenen Söhne Horst und Axel gedacht hatte? Nur sie allein wußte es.
Mit Johanna, die von ihren Angehörigen aufrichtig betrauert und sehr vermißt wurde, war auch die letzte Verbindung zu dem alten Besitz der Rheinhagens in Pommern dahingegangen. Eine Epoche war abgeschlossen.
Bei den Hamburger Rheinhagens hatte es ebenfalls einige Veränderungen gegeben. Längst war der Villa in Blankenese ein Anbau angefügt worden. Mark hatte erkannt, daß alt und jung auf die Dauer nicht zusammengehörten. Jeder habe ein Anrecht auf ein Leben nach eigenem Geschmack, hatte er seinen Entschluß begründet; denn er wollte nicht offen zugeben, daß er den vielen Lärm und Trubel in dem räumlich beschränkten Haus oft recht anstrengend und ermüdend fand. »Wir leben so zwar unter einem Dach, aber doch jeder für sich«, hatte er seinerzeit erklärt, als er den Bauplan vor Michael ausbreitete. Und er war damit – vielleicht zum erstenmal – bei Michael auf volle Zustimmung gestoßen.
Eines Tages entschloß Mark sich dann auch, sein Testament neu aufzusetzen. Erhebliche Werte waren im Verlauf der Jahre hinzugekommen und mußten auf den Pfennig genau berücksichtigt werden. Da Ingrid ausgegangen war, Mark jedoch alle notwendigen Unterlagen brauchte, sah er sich gezwungen, sie in ihrem Schreibtisch zu suchen. Es hatte nie Geheimnisse zwischen ihnen gegeben, jedes Möbelstück wurde von ihnen gleichermaßen benutzt. Von einem Vertrauensbruch konnte also keine Rede sein. Als Mark eine der Schubladen aufzog, fiel ihm ein flaches Kästchen in die Hände. Da es nichts mit seiner Suche zu tun hatte, wollte er es bereits an seinen Platz zurücklegen. Ein unbestimmtes Gefühl bewog ihn jedoch, es zu öffnen. Seine Augen weiteten sich verblüfft: Vor ihm lag die Perlenkette, die er vor Jahren mit Ingrids Einverständnis verkauft hatte; der Erlös war für den Erwerb der Reederei bestimmt gewesen!

Nachdenklich stellte er das Kästchen zurück und kam mit seinen Vermutungen der Wahrheit wohl ziemlich nahe.

Als Ingrid nach Hause kam und ihn unbefangen begrüßte, enthielt er sich zwar jeden Kommentars, beobachtete seine Frau jedoch sehr aufmerksam. Für Mark gab es nicht den geringsten Zweifel, daß nur ein Mann – ein ganz bestimmter Mann – ihr damals die Perlen wiederbeschafft haben konnte.

»Ich habe heute einen Brief von Ivar aus den Staaten erhalten. Er wird in den nächsten Tagen bei uns eintreffen«, erklärte er beim Abendessen beiläufig. Wenn er auf irgendeine verräterische Reaktion seitens seiner Frau gewartet hatte, so sah er sich enttäuscht. Obgleich sie sich über den in Aussicht gestellten Besuch des Freundes ehrlich zu freuen schien, machte sie doch einen völlig unbefangenen Eindruck.

»Ivar ist diesmal sehr lange fortgeblieben«, entgegnete sie ruhig. »Ich finde, daß er stets einen guten Einfluß auf Michael ausübt. Seine Erfahrung, der Nimbus des schwerreichen Erfolgsmannes, der ihn umgibt – na ja, du weißt gewiß, was ich meine. So was macht Eindruck auf einen jungen Mann und regt zur Nachahmung an.«

»Nur auf einen jungen Mann?« Diese Bemerkung war Mark unwillkürlich herausgerutscht, und jetzt hatte er die Genugtuung, eine leichte Röte in Ingrids Wangen steigen zu sehen. Genugtuung? Wohl kaum. Fast schämte er sich, sie auf diese unfaire Weise überrumpelt zu haben.

»Nein, du hast vollkommen recht«, bestätigte sie dennoch leidlich gefaßt, vermied jedoch dabei, seinem Blick zu begegnen. »Auch Iris ist sehr von ihm eingenommen. Du wirst vielleicht darüber lachen; aber Ivars Foto steht tatsächlich auf ihrem Nachttisch – in einem Goldrahmen! Ich hoffe, daß sie ihm mit ihrer Bewunderung nicht allzusehr auf den Wecker fällt.«

»Ich glaube nicht, daß er der Typ ist, sich für so junges Gemüse zu erwärmen.« Daß Ingrid Iris ins Spiel brachte und ihn dadurch abzulenken versuchte, ärgerte Mark nicht wenig. Er reagierte derart kühl, daß Ingrid ihn befremdet musterte. So viele Jahre war ihr Mann mit Scheuklappen durchs Leben gegangen – begann er endlich zu ahnen, daß Ivar vom ersten Augenblick an Liebe für sie empfunden hatte? Eine Liebe, die immer aussichtslos gewesen war, weil sie nie aufgehört hatte, Mark zu lieben?

Mark von Rheinhagen hielt es für weiser, das Thema nicht weiter auszuspinnen. Er nahm sich jedoch vor, die Augen offenzuhalten, solange Ivar in der Nähe war. Plötzlich wurde ihm bewußt, daß er zum erstenmal, seit er Ingrid kannte, Eifersucht empfand. Daß er fürchtete, der große Altersunterschied zwischen ihnen beiden könne eines Tages Gefahren heraufbeschwören, die er bisher für ausgeschlossen gehalten hatte.

Der Besucher verhielt sich jedoch korrekt wie immer, und Mark kam zu der Erkenntnis, sich geirrt zu haben. Ivar schien sich kaum um Ingrid zu kümmern, im Gegenteil – einen großen Teil seiner knappen und kostbaren Zeit verbrachte er mit Iris, die ihn regelrecht vergötterte.

»Onkel Ivar ist einfach toll!« erklärte sie begeistert, nachdem sie ihren Paten stürmisch begrüßt hatte. »Alle meine Freundinnen beneiden mich um ihn. So einen Mann möchte ich später einmal heiraten . . .«

»Ich dachte, du hättest den Entschluß gefaßt, dich niemals in diese moderne Sklaverei zu begeben – so ähnlich hast du es jedenfalls mal ausgedrückt.« Ingrid schmunzelte über die Begeisterung ihrer Tochter. Dennoch machte sie sich ihre Gedanken, denn sie hatte das untrügliche Gefühl, daß die Anbetung des hübschen Teenagers dem Freund nicht gerade unangenehm war. Wenn Iris ihn mit Beschlag belegte, gab er sich anders – er wirkte lebhafter, jünger. Es kam ziemlich oft vor, daß ein Mann in den besten Jahren einer weit jüngeren Frau Herz und Hand bot . . .

»Ich muß mich bei Ihnen für meine Tochter entschuldigen, Ivar. Iris ist sonst gar nicht so impulsiv«, bemerkte sie bei der

ersten passenden Gelegenheit. »Hoffentlich geht sie Ihnen mit ihrer Schwärmerei nicht zu sehr auf die Nerven. Es wäre mir peinlich, wenn Sie sich dadurch belästigt fühlten . . .«
Ivar lächelte in sich hinein: Ingrid verstand es wahrhaftig schlecht, sich zu verstellen. In ihrer sonst so weichen Stimme klang etwas mit, das nur Eifersucht sein konnte. Spontan beschloß er, der kleinen Iris ein recht hübsches Geschenk zu machen; sie hatte ihm schließlich zu der Erkenntnis verholfen, daß er der Frau, die er seit Jahren hoffnungslos liebte, doch nicht ganz so gleichgültig war, wie er stets befürchtet hatte. Er verriet sich jedoch mit keiner Miene, und seine nächsten Worte ließen Ingrid erleichtert aufatmen.
»Aber ich bitte Sie, liebe Freundin, diese Phase macht wohl jedes junge Mädchen irgendwann durch. Sie schwärmten einst für Filmstars, habe ich recht? Die heutige Generation erwärmt sich mehr für Sportler, Playboys und andere – unerreichbare – Persönlichkeiten. Das gibt sich sofort, sobald der richtige Partner auftaucht. Machen Sie sich also keine Sorgen. Ich bin für Iris nichts weiter als ihr guter Patenonkel, und ich glaube, sie weiß das längst – trotz dieser reizenden Schwärmerei, die sie mir entgegenbringt.«
Er behielt wirklich recht. Iris' Interessen wandelten sich fast über Nacht. Präziser gesagt, von dem Moment an, da Ivar ihr, der mittlerweile Achtzehnjährigen, Peter Williams vorstellte. Dieser vertrat die deutschen Filialen der Firma Lawrence und machte auf Anhieb großen Eindruck auf sie. Mehr noch – sie verliebte sich Hals über Kopf in den gutaussehenden tüchtigen Deutschamerikaner.
Ingrid, der diese Verbindung sehr recht gewesen wäre, schmiedete bereits Pläne für eine festliche Hochzeit – eine, wie man sie früher auf den pommerschen Gütern gefeiert hatte. Doch Iris machte ihr einen gewaltigen Strich durch die Rechnung.
Als Ingrid eine diesbezügliche Anspielung wagte, erwiderte ihr Iris in schöner Offenheit: »Aber wo denkst du hin, Mutti!

Heiraten werden wir natürlich vorläufig nicht. Ich möchte mich nicht zu früh binden. Zum Heimchen am Herd, wie du es bist, fehlt mir außerdem jedes Talent. Ich möchte mitarbeiten und wissen dürfen, was in der Firma passiert. Um mitreden zu können, brauche ich ein Studium, denn Halbheiten mag ich nicht. Später, wenn ich Erfahrungen gesammelt habe, werde ich auch dazu bereit sein, eine Familie zu gründen, Kinder zu haben und alles, was dazugehört. Trotzdem will ich immer die vollwertige Partnerin meines Mannes sein. Ein Leben wie du möchte ich nie führen.«

Iris' blaue Augen zeigten den wachen, aufmerksamen Blick ihrer Generation, die sich nichts vormachen ließ und ganz genau wußte, was sie erreichen wollte.

Für Ingrid ergab sich somit eine Situation, die völlig anders war, als sie es sich gewünscht hätte. Und sie stand ihr einigermaßen hilflos gegenüber. Mit Mark darüber zu sprechen versprach wenig Erfolg. Entweder er regte sich auf, oder er tat die ganze Angelegenheit mit einer Handbewegung ab, indem er erklärte, Iris' Meinung interessiere nicht. Sie habe sich so zu benehmen, wie er – ihr Vater – es von ihr erwarte. In dieser Beziehung ähnelte er stark dem legendären Wolf von Rheinhagen, der auch immer der Ansicht gewesen zu sein schien, seine Kinder müßten sich seinem unbeugsamen Willen unterordnen.

Was lag also näher, als sich wieder einmal an Ivar zu wenden? Er wußte meistens Rat. Man konnte über alles mit ihm sprechen, ohne das Gefühl zu haben, nur aus Höflichkeit angehört zu werden. Auch in diesem Fall lauschte er aufmerksam und mit nachdenklichem Gesichtsausdruck. Doch was Ingrid dann von ihm zu hören bekam, zog ihr buchstäblich den Boden unter den Füßen weg. Alles hatte sie erwartet – nur das nicht!

Er antwortete nämlich, wobei sich Trauer und Resignation in seine Stimme mischten: »Wenn ich Deutschland für immer den Rücken kehre, übernimmt Peter Williams ganz die Leitung der Hamburger Niederlage. Er ist dann sein eigener

Chef. Iris hat also keine schlechte Wahl getroffen, der junge Mann wird seinen Weg machen.«
Bereits bei seinen ersten Worten hatte Ingrid ihre gewohnte Selbstsicherheit verloren. Als Ivar ausgesprochen hatte, starrte sie ihn verstört an.
»Sie wollen uns verlassen, Ivar? Für immer?«
»Nicht heute und nicht morgen, Ingrid«, gab er gelassen zurück. Nur er wußte, wieviel Selbstbeherrschung ihm diese Reaktion abforderte. Wenn es einzig und allein nach seinen Wünschen gegangen wäre, hätte er völlig anders entschieden. Aber die Verhältnisse ließen keine andere Lösung zu.
Nach kurzer Pause sprach er fast überstürzt weiter: »Irgendwann kommt der Tag, da ein Mann damit aufhören muß, einen Narren aus sich zu machen. Wahrscheinlich hatte ich, aller Vernunft zum Trotz, immer gehofft, daß . . .« Ivar fuhr mit der Hand durch die Luft, als wolle er alles Geschehene endgültig aus seinem Leben streichen. »Ich habe Sie vor gar nicht so langer Zeit gefragt – und es war mir sehr ernst mit dieser Frage –, ob Sie sich entschließen könnten, mich nach Amerika zu begleiten, um dort mit mir neu anzufangen. Ich weiß noch heute wortwörtlich, was Sie mir geantwortet haben. Daß Sie Ihre Meinung inzwischen geändert haben könnten, darauf wage ich nicht zu hoffen.«
Ingrid war es, als beginne der Raum sich plötzlich zu drehen. Ihr hilfloser Gesichtsausdruck verriet, in welchem seelischen Dilemma sie sich befand.
»Nein, Ivar, nein. Mir ist das alles unfaßbar. Sehen Sie mich doch einmal genau an. Ich bin zweifache Großmutter, die ersten grauen Haare habe ich auch schon. Sie werden viele Frauen kennen, die jünger sind als ich und die mit Freuden ihr Leben mit Ihnen teilen würden. Damals, vor Jahren, ja, da verstand ich noch, daß Sie glaubten, mich zu lieben. Aber heute . . .«
Ingrid verstummte unglücklich. Zart und tröstend berührte Ivar ihre Hand. Es war nur ein flüchtiger Kontakt, und doch

genügte er bereits, eine beängstigende Erregung in ihr zu entfachen. Hatte Ivar doch recht – daß sie mehr für ihn empfand, als sein durfte?

»Heute, gestern – wo liegt da der Unterschied, Ingrid? Ich jedenfalls sehe keinen. Wenn man einen Menschen so liebt, wie ich Sie stets geliebt habe, dann gilt das nicht nur für jenen Lebensabschnitt, den man die Jugend nennt. Sie sind immer jung geblieben und für mich noch ebenso schön wie damals, als wir uns auf dem Clasenhof kennenlernten.«

Ingrid schwieg, aber sie wich seinem drängenden Blick nicht mehr aus: Ivar verdiente, endlich Klarheit zu gewinnen.

»Übrigens gehört der Hof Ihnen«, fuhr er in seiner gewohnten ruhigen Weise fort. Plötzlich machte er den Eindruck eines guten Freundes, dem es gelungen war, unerlaubte Leidenschaften ein für allemal zu überwinden. »Ich habe ihn neulich auf Ihren Namen überschreiben lassen. Nein, bitte, lehnen Sie nicht ab! Wenn Mark eines Tages aus der Reederei ausscheidet, wenn Michaels Familie wächst und mehr Platz braucht, können Sie beide zurück aufs Land ziehen. Bis dahin sorgt ein zuverlässiger Inspektor dafür, daß alles ordnungsgemäß weiterläuft. Hin und wieder wäre es aber angebracht, nach dem Rechten zu sehen.«

Ingrid fand nicht sofort eine Antwort auf diese erneute Großzügigkeit ihres Freundes. Von Anfang an hatte er den Rheinhagens in allen Lebenslagen geholfen und beigestanden. Hoffentlich würde Mark vernünftig darauf reagieren und keine Schwierigkeiten machen. Schon in Ivars Interesse hätte sie letzteres gern vermieden.

»Ich danke Ihnen, Ivar.« Mit einem unsicheren Lächeln sah Ingrid zu ihm auf, während er ihre Hand, die sie ihm gereicht hatte, höflich an die Lippen hob. Sie wußten beide: Eine Episode war zu Ende gegangen, die aufregend begonnen und doch zu nichts geführt hatte. »Die Überschreibung des Clasenhofes auf mich sollte vorläufig unser Geheimnis bleiben. Noch sind Sie in Deutschland, und der Hof ist nach wie vor

Ihr Zuhause. Sie werden meine Bitte gewiß verstehen. Mark ist in letzter Zeit so reizbar. Wegen jeder Kleinigkeit geht er gleich in die Luft. Er würde einfach nicht begreifen, warum . . .«

»Natürlich.« Ivar nickte ihr verständnisvoll zu. Auch ihm war Marks ständig wechselnde Stimmung aufgefallen. Daß dessen Gereiztheit durch den Fund der ursprünglich verkauften und dann wieder aufgetauchten Perlenkette neue Nahrung bekommen hatte, konnten beide nicht ahnen.

# 15

Mark von Rheinhagen hatte zwar beschlossen, sich allmählich aus dem Geschäftsleben zurückzuziehen, doch betraf dieser Entschluß lediglich Gebiete, die er meinte, anderen anvertrauen zu können. Abgesehen davon behielt er das Heft wie eh und je fest in der Hand. Jeden Tag – und dann immer zu verschiedenen Zeiten – tauchte er unvermutet in den Räumen der Reederei auf. Michael, der in dem Verhalten seines Vaters eine unberechtigte Kontrolle seiner Person sah, reagierte äußerst verärgert darauf.
Im Hafengebiet war Marks noch immer ungebeugte Gestalt fast zu einer Art Legende geworden. Wer ihn festen Schrittes dahinschreiten sah, hätte nie geglaubt, daß der alte Rheinhagen – wie er überall genannt wurde – sich stramm den Achtzig näherte. Seine straffe militärische Haltung, das gebräunte gesund anmutende Gesicht, ließen ihn weit jünger erscheinen, als er tatsächlich war. Daß er sich längst nicht so vital fühlte,wie es den Anschein hatte, wußte nur er allein. Trotz aller Willenskraft gab es doch auch bei ihm, öfter als ihm lieb sein konnte, Stunden der seelischen und körperlichen Erschöpfung. Dadurch entging manches seiner Aufmerksamkeit, was ihm früher auf den ersten Blick aufgefallen wäre. Nur so konnte es auch geschehen, daß Michael sich, von seinem Vater unbemerkt, einen Herzenswunsch erfüllte. Da ihm die Weitsicht und die Erfahrung für solche Maßnahmen fehlten, geschah dies leider zu einem denkbar ungünstigen Zeitpunkt. Als ihm das selbst klar wurde, war es bereits zu spät, das Geschäft rückgängig zu machen.

»Da haben wir die verdammte Geschichte!« Mark hatte, ohne die darin versammelten Familienmitglieder zu begrüßen, wütend das Wohnzimmer betreten. Petra und Michael, die zum Tee herübergekommen waren, musterten ihn nur mäßig interessiert. Es kam ziemlich oft vor, daß er sich wegen der geringfügigsten Anlässe aufregte.
Dennoch verspürte Michael plötzlich ein ungutes Gefühl in der Magengrube. Noch hatte er keine Gelegenheit gefunden – oder auch aus einer gewissen Feigheit heraus gezögert –, dem Vater zu beichten, was er auf eigene Faust unternommen hatte. War der Alte Herr ihm vielleicht auf die Sprünge gekommen und darum so aufgebracht?
»Was ist geschehen, Mark?« erkundigte sich Ingrid besorgt und beunruhigt. Sie kannte Mark besser als die anderen und wußte instinktiv, daß etwas Einschneidendes passiert sein mußte.
»Die Welt steht vor einer Ölkrise, die katastrophale Folgen für unsere Wirtschaft haben könnte. Die arabischen Scheichs haben den Ölhahn zugedreht, und wir müssen ernsthaft damit rechnen, den Verbrauch auf allen Gebieten einzuschränken. Sollten wir dennoch Öl bekommen, wird es auf jeden Fall erheblich teurer als bisher sein. Für uns persönlich, für die Reederei, bedeutet das sinkende Frachtraten bei gleichzeitig ständig steigenden Betriebskosten. Der gesamte Welthandel ist davon betroffen, er wird vorläufig eingeschränkt und kein Tanker mit Öl beladen, solange die Sachlage nicht eindeutig geklärt ist. Jedenfalls werden die Ölpreise nie wieder auf den bisherigen Stand herabsinken.«
Weder der erregte Mark noch die aufmerksam lauschende Ingrid bemerkten den betretenen Blick, den Petra und Michael miteinander tauschten. Als dann die junge Frau während einer Gesprächspause über heftige Kopfschmerzen klagte und zum Aufbruch mahnte, reagierte Mark unwillig, obgleich er Petra sonst sehr gern mochte.
»Schon gut. Im Moment ist es noch zu früh, entsprechende

Entscheidungen zu treffen. Wenn wir diese Hiobsbotschaft mal überschlafen haben, müssen wir morgen im Büro entscheiden, was zu retten ist, Michael«, erklärte er barsch. »Es wird eine gewaltige Umstellung bedeuten, und wir werden dabei höchstwahrscheinlich einen Batzen Geld einbüßen, bis alles wieder in den gewohnten Gleisen läuft. Schade, ich hatte da gewisse Pläne ...«

Mark verstummte jäh, und sein Gesicht wurde düster. Vor seinem geistigen Auge sah er das stolze, schnittige Passagierschiff, das man ihm angeboten hatte. Es befand sich noch im Bau, dennoch war er bereits halb entschlossen gewesen, es zu kaufen und für Kreuzfahrten einzusetzen. Das wäre eine Gelegenheit für ihn und Ingrid, öfter mit von der Partie zu sein: fremde Länder, eine andere Umgebung, Entspannung – ein Lebensabend ganz nach dem Geschmack eines früheren Marineoffiziers.

Ein schwerer Seufzer entrang sich seiner Brust. Er selbst hatte das gar nicht bemerkt, aber Ingrid blickte überrascht hoch. Sie betrachtete voll Besorgnis ihren Mann und stellte fest, daß sein Haar völlig ergraut war und seine Augen längst nicht mehr den gewohnten Glanz zeigten. Nachdem Petra und Michael gegangen waren, stand sie sofort auf und kniete neben Marks Sessel nieder. Sie umarmte ihn und tröstete ihn liebevoll.

»Vielleicht wird es nicht ganz so schlimm, wie du jetzt befürchtest, Mark«, sagte sie leise, und ihre warmen Finger schlossen sich sanft um seine kühle Hand. Erschrocken spürte sie, wie mager sie geworden, wie blutleer. Plötzlich überkam sie eine überwältigende Zärtlichkeit für diesen Mann, der sein ganzes Leben lang gekämpft hatte, um die Zukunft seiner Familie abzusichern.

»Wir haben vieles gemeinsam getragen, Mark, in der langen Zeit unserer Ehe. Wir werden auch diese Klippe umrunden. Damals, als wir im Februar 1945 Rheinhagen seinem Schicksal überlassen mußten, ohne die geringste Hoffnung, es je wiederzusehen – das war schlimm. Etwas Schlimmeres kann uns kaum noch erwarten.«

Mark umkrampfte in einer Anwandlung von Verzweiflung Ingrids schmale Schultern. Sein Gesicht wirkte grau und verfallen.

»Ich habe euch seinerzeit angelogen, Liebling. Als ich mit Ivar noch einmal in der alten Heimat war, fand ich nur Trümmer vor! Das Haus, alles war zerstört. Sogar die Familiengruft hatte man nicht verschont. Kein Stein lag mehr auf dem anderen. Noch heute sehe ich im Traum oft die Brennesseln vor mir, die mannshoch in den Räumen wuchsen, in denen wir einst so glücklich gewesen waren. Mir ist dann immer, als schlügen sie über meinem Kopf zusammen und ich müßte unter ihnen ersticken . . .«

»Mark!« rief Ingrid zutiefst erschüttert. Jetzt glaubte sie zu wissen, was Mark all die Jahre daran gehindert hatte, sich so fröhlich und unbekümmert zu geben wie einst in Rheinhagen. »Du weinst ja – das hast du noch nie in meiner Gegenwart getan. Du hättest mir das alles längst erzählen müssen, es hätte dich bestimmt erleichtert. Trotzdem, irgendwie habe ich die Wahrheit zumindest geahnt. Du bist so verändert aus Rheinhagen zurückgekommen.«

»Mit Jo konnte ich darüber sprechen. So gern ich sie auch hatte, sie stand mir nicht so nahe wie du. Obgleich sie Rheinhagen liebte, war Hohenlinden ihre wirkliche Heimat geworden. Dir wollte ich diesen seelischen Schmerz nicht zufügen, deine Erlebnisse auf der Flucht waren schwer genug gewesen. Ich wollte ihnen keine neuen belastenden Erinnerungen hinzufügen.«

Eng umschlungen, Wange an Wange, saßen Ingrid und Mark da und starrten in das verlöschende Kaminfeuer. Beide waren innerlich zu erschüttert, zu müde, um aufzustehen und Holz nachzulegen. Endlich, nach einem Schweigen, das eine Ewigkeit gewährt zu haben schien, ergriff Mark das Wort. Seine Stimme klang tonlos und voller Resignation.

»Ich war stolz auf die Reederei, auf alles, was ich wieder für uns, die Rheinhagens, geschaffen hatte, Liebling. Ich hatte gewissermaßen mein Ziel erreicht – das, was ich nach menschlichem Ermessen zu erreichen vermochte. Nun könnte es aber möglich sein, daß wir wieder ganz von vorn anfangen müssen.«

»Nein. Wir nicht, Mark. Jetzt sind Petra und Michael an der Reihe. Sie müssen eine Chance bekommen zu beweisen, daß sie uns Alten in nichts nachstehen. Laß Micha schalten und walten, denk einmal nur an mich – nicht mehr in erster Linie an die Reederei. Du hast weit mehr als deine Pflicht getan.«

Mark nickte. Ingrids Rat leuchtete ihm ein, und er war durchaus geneigt, ihn zu befolgen. Es wurde wirklich Zeit, daß er sich ihr mehr als bisher widmete. Die Jahre vergingen, er wollte sie nicht verschwenden, sondern nützen, ehe es zu spät war.

So betrat er auch am nächsten Morgen Michaels Büro mit dem festen Vorsatz, das Steuer endgültig aus der Hand zu geben. Doch das, was sein Sohn ihm stockend eröffnete, war nur dazu angetan, die Kluft zwischen ihnen noch weiter zu vertiefen und all seine Pläne über den Haufen zu werfen.

»Was hast du getan?« fragte er erregt, als Michael geendet hatte und ihn mit der stummen Bitte um Verständnis ansah. Nein – es konnte einfach nicht wahr sein! Er mußte sich verhört haben. »Hast du ganz und gar den Verstand verloren?« schrie er unbeherrscht. »Ich muß dich falsch verstanden haben, mein Junge. Na los, erkläre es mir noch einmal. Falls das ein Scherz sein sollte, so kann ich für deinen Humor kein Verständnis aufbringen.«

»Nein, Vater, du hast mich völlig richtig verstanden.« Im Gegensatz zu Mark war Michael plötzlich ganz ruhig. Mochte seine Handlungsweise im Moment auch einer Katastrophe gleichkommen, irgendwann würde sich alles wieder einrenken und sie rechtfertigen. »Wie ich bereits sagte – ich habe zwei Tanker angezahlt. Zugegeben, es geschah im denkbar

ungünstigsten Augenblick. Doch eine solche Entwicklung konnte niemand voraussehen. Und ich bin nach wie vor fest davon überzeugt, daß wir auch diese Krise überwinden werden.«
»Überwinden kann man viel. Aber um welchen Preis!« Marks Gesicht war purpurrot vor Zorn. »Du kannst die Tanker momentan weder nutzbringend einsetzen noch unter den augenblicklichen Handelsbedingungen bezahlen. Allein die Schuldzinsen werden unseren gesamten Reingewinn auffressen.«
»Nun beruhige dich doch endlich, Vater. Ich nehme die Angelegenheit mit allen Konsequenzen auf meine Kappe. Du wirst davon nicht berührt.« Michael trat neben den Vater, der wie gebrochen am Schreibtisch saß und vor sich hin starrte. »Ich bin vierzig Jahre alt. Und obwohl du anderer Meinung zu sein scheinst, habe ich bisher nicht nur Fehler gemacht. Es liegt wohl daran, daß du – trotz deines hohen Alters – keine Anstalten triffst, endlich abzutreten. Leider kann nur einer von uns Befehle erteilen. Wir arbeiten nämlich nicht miteinander, sondern gegeneinander – und das seit Jahren. So etwas muß auf die Dauer den stärksten Mann um den Verstand bringen. Wäre unser Verhältnis besser gewesen, hätte ich natürlich mit dir über meine Pläne gesprochen.« Er hob mutlos die Schultern. »Es fehlt einfach das rechte Vertrauen.«
Mark erkannte, daß in Michaels Anklage ein Körnchen Wahrheit steckte. Nach einer Weile hob er den Kopf und musterte seinen Sohn forschend.
»Und wie willst du aus deinen Schwierigkeiten herauskommen? Die Tanker sind nun einmal bestellt, sie müssen bezahlt werden. Liegeplätze kosten aber viel Geld, das erst verdient sein will. Allein die Wartung der Pötte würde Unsummen verschlingen . . .«
»Ich habe gestern abend im Anschluß an unsere Unterhaltung umgehend mit Ivar Lawrence telefoniert. Er ist bereit, in die Bresche zu springen und mir auszuhelfen. Dieser Sorge bist du also enthoben. Er ist ja nach wie vor unser Teilhaber, seine

Finanzen erlauben es ihm, auch einmal ein höheres Risiko einzugehen. Übrigens sieht er die Lage nicht ganz so negativ wie du, Vater. Vielleicht beruhigt dich das ein wenig.«
Mark war zu erschöpft, um antworten zu können. Wie bereits häufiger in letzter Zeit, wurde ihm auch jetzt der Atem knapp; sein im Laufe der Jahre überfordertes Herz machte sich auf alarmierende Weise bemerkbar. Indem er die Hand dagegenpreßte, als könne er dadurch den bohrenden Schmerz lindern, dachte er über Michaels letzte Worte nach.
Ivar Lawrence – natürlich. Immer wieder er! Ein Mann, der alles für die Rheinhagens tat und bis an die Grenze des eigenen Ruins gehen würde, weil er ein Mitglied dieser Familie liebte – Ingrid!
»Das mit den Tankern war nicht meine einzige Hiobsbotschaft, Vater.« Jetzt bebte Michaels Stimme deutlich, obgleich er bisher jede Gefühlsregung unterdrückt hatte. »Petra hat sich entschlossen, für einige Zeit nach England zurückzukehren. Es ist das alte Lied. Ich habe zuwenig Zeit für sie und die Kinder, der ewige Streit zwischen dir und mir, der sich natürlich auf meine Laune auswirkt . . . All das zusammen setzt ihr eben zu.« Michael lachte trocken auf. »Komisch – seit ihrer Kindheit liebt sie mich. Trotzdem hat sie seltsamerweise immer für dich Partei ergriffen, und es ist deswegen häufig zu Unstimmigkeiten gekommen. Eine vorübergehende Trennung, so meint sie, könnte die Wogen unter Umständen glätten.«
Mark starrte seinen Sohn verwirrt an. Eine Entwicklung dieser Art – er begriff die Welt nicht mehr! Plötzlich wurde ihm auf schmerzhafte Weise bewußt, daß er tatsächlich ein alter Mann geworden war.
»Und die Kinder?« fragte er schwer. »Was wird aus ihnen? Sie gehören hierher, gehen in Hamburg zur Schule. Wie hat Petra sich das überhaupt gedacht? Auf Wolf und Charlotte müßte doch in erster Linie Rücksicht genommen werden.«
Michaels Rechte legte sich beruhigend auf die Schulter des Va-

ters. In diesem Augenblick der schwersten Entscheidungen fühlte er sich mit ihm enger verbunden als je zuvor.
»Das haben wir alles besprochen. Sie bleiben bei Mutter – bei euch«, erwiderte er leise. »Auch ich werde nämlich eine Zeitlang fortgehen – nach Amerika. Ich muß Abstand gewinnen und mir den Wind ordentlich um die Nase wehen lassen. Vielleicht war es ein Fehler, daß ich mein Praktikum seinerzeit auf deiner Werft absolviert habe. Dadurch blieb mein Horizont zu eng, ich besaß keinerlei Vergleichsmöglichkeiten.«
»Was hast du vor?« Mark schien aus seiner Erstarrung zu erwachen. Unter Umständen war dies tatsächlich der richtige Weg, an allen Fronten Klarheit zu schaffen. Wenn es für Michaels Zukunft wichtig war, würde er selbst noch eine Weile durchhalten. Schon fühlte er, wie neue Kräfte sich in ihm regten.
»Ivar hat vor, mich energisch in die Schule zu nehmen und mir nichts zu ersparen. Vermutlich habe ich alles als viel zu selbstverständlich betrachtet. Weil ich jung war, bildete ich mir ein, aufgeschlossener zu sein als du und somit Neuerungen leichter akzeptieren zu können. Darum machte ich Fehler – viele Fehler. Aber damit stehe ich wohl nicht vereinzelt da. Du wirst in deinen jungen Jahren bestimmt ebenfalls manches Lehrgeld gezahlt haben, Vater. In den Staaten kann ich Erfahrungen sammeln. Und während der momentanen Flaute dürftest du mich ja auch nicht allzusehr vermissen. Haffner, den du genau wie ich als ausgezeichneten Mann schätzt, wird mich während meiner Abwesenheit würdig vertreten.«
Mark nickte nachdenklich. Nach Hause zurückgekehrt berichtete er seiner Frau ausführlich von der Unterredung mit seinem Sohn. Ingrid war sofort mit allem einverstanden.
»Es wird so wirklich am besten sein«, erklärte sie aufatmend. Die Stituation war jetzt geklärt, von nun an konnte es nur noch aufwärtsgehen. »Ich habe mittlerweile mit Petra gesprochen und weiß Bescheid. Meiner Meinung nach ist ein kurzer Eheurlaub für die beiden notwendig, um wieder ganz zuein-

anderzufinden. Du wirst staunen, wie schnell sie begreifen, daß auf die Dauer einer ohne den anderen nicht leben kann.«

»Was habe ich nur falsch gemacht, Ingrid, daß es soweit mit uns kommen konnte?« fragte Mark leise. »Wir waren immer so stolz auf den Zusammenhalt in unserer Familie und glaubten, es müsse ewig so weitergehen. Wie konnte das nur geschehen?«

Ingrid trat auf ihn zu. Sie wußte, daß Mark jetzt ihre Nähe brauchte, ihre Zärtlichkeit, um mit der für ihn unbegreiflichen Situation fertig zu werden.

»Du hast den gleichen Fehler begangen wie jetzt auch Michael, Liebling«, antwortete sie, sich in seine Arme schmiegend. »Man kann nicht nur seiner Arbeit leben, ohne nicht gleichzeitig die Familie zu vernachlässigen. Vielleicht entsinnst du dich, wie oft du mich allein gelassen hast, wenn du mit deinen Frachtern in die weite Welt gefahren bist. Ich mußte der Kinder wegen zu Hause bleiben und geduldig auf dich warten. So ähnlich ist es nun auch Petra ergangen. Doch sie gehört einer neuen Generation an, die sich nicht so leicht in das Gegebene schickt. Sie revoltiert und sucht andere Wege, um sich für eine solche Vernachlässigung zu entschädigen. In ihrer Enttäuschung möchte sie nach England, wo sie vor ihrer Verheiratung froh und unbekümmert war.«

Als Petra und Michael bald darauf Abschied voneinander nahmen, wünschten sich beide plötzlich, sie könnten ihren Entschluß wieder rückgängig machen. Doch weder er noch sie fand das richtige Wort. Die Mißverständnisse der letzten Wochen und Monate hatten eine Mauer zwischen ihnen errichtet, die selbst in diesem Moment der Erkenntnis noch unüberwindlich schien.

So blieb das erlösende Bekenntnis unausgesprochen, das zwei Menschen, die einander seit ihrer Kindheit liebten, erneut hätte zusammenführen können. Sie trennten sich kühl und sachlich, als sei nie zwischen ihnen von Zuneigung oder gar von Liebe die Rede gewesen.

Im Verlauf der nächsten Wochen zeigte es sich jedoch, daß der innere Bruch tiefer ging, als zunächst angenommen – zumindest, was Petra betraf. Auch Michael brauchte mehr Zeit, die Ereignisse, die ihn aus der Heimat vertrieben hatten, ganz zu überwinden.

Als sechs Monate vergangen waren, entschloß er sich jedoch von einem Tag zum anderen, nach Europa zurückzukehren. Plötzlich hielt es ihn nicht mehr in den Staaten. So interessant und arbeitsreich sein Aufenthalt dort auch war, die Sehnsucht nach der Heimat und nach seiner Familie siegte. Vor allem aber wurde ihm bewußt, wie sehr er Petras Nähe entbehrt hatte.

Bei seiner Ankunft in Hamburg mußte Michael allerdings feststellen, daß seine Frau sich noch immer in England aufhielt.

»Ich habe mich sehr bemüht, sie zur Rückkehr zu bewegen. Sie sollte da sein, wenn du kommst«, erklärte Ingrid bekümmert. »Leider vergeblich. Ich weiß nicht genau, was zwischen euch vorgefallen war, ehe ihr euch Hals über Kopf trenntet. Natürlich gibt es in jeder Ehe einmal Entfremdungen, man braucht Zeit, um wieder zueinanderzufinden. Bei Petra scheint die Sache aber besonders tief zu gehen. In dieser Beziehung ist sie eine echte Rheinhagen – es fällt ihr schwer, nachzugeben und den ersten Schritt zu tun.«

Michael küßte seine Mutter lächelnd auf die Wange. »Dann werde ich ihn eben tun müssen, Mama – obgleich auch ich ein echter Rheinhagen bin. Es wäre kindisch, sich so zu benehmen, als hätten wir uns nichts mehr zu sagen. Ich liebe Petra, und daß sie mich liebt, daran zweifle ich nicht, keinen Moment. Du kannst dich also schon mal darauf einrichten, daß wir in den nächsten Tagen zusammen zurückkommen und dir die Kinder wieder abnehmen. Lange genug hast du dich ja mit ihnen plagen müssen.«

»Ich habe es gern getan, Micha. Deinen Entschluß, nach Cornwall zu reisen, um Petra abzuholen, finde ich sehr ver-

nünftig.« Ingrid hielt dies wirklich für die beste Lösung. Daß Petra auch jetzt noch trotzig reagieren könnte – dieser Gedanke kam ihr gar nicht. Michael war, wenn man ihm mit seinem nicht leicht zu behandelnden Vater verglich, ein idealer Ehemann: stets bereit, seine Fehler einzusehen und sich anzupassen. Das mußte Petra mittlerweile doch erkannt haben.
»Die Kinder werden mir fehlen«, fügte sie versonnen hinzu. »Solange sie hier waren, kam ich mir richtig jung vor. Ich gestehe ganz offen, daß ich zuweilen recht unvernünftig mit ihnen herumgetobt habe. Aber natürlich ist es besser für sie, wenn ihre Mutter sich wieder um sie kümmert. Eine Großmutter neigt leicht dazu, manches durchgehen zu lassen, das eigentlich beanstandet werden müßte.«
Voller Vorfreude und Zuversicht trat Michael von Rheinhagen die Reise nach Cornwall an. Im Gegensatz zu seinen Erwartungen wurde er jedoch von Petra alles andere als herzlich begrüßt. Nur die Anwesenheit der Verwandten hinderte Michael daran, entsprechend zu reagieren. Es widerstrebte ihm, die Probleme seiner bis zu diesem Zeitpunkt relativ glücklichen Ehe vor anderen zu erörtern. Erst später, als er mit seiner Frau allein war, kam er auf das zu sprechen, was ihn bewegte. Mit ausgebreiteten Armen ging er auf Petra zu.
»Meinst du nicht auch, Liebling, daß wir lange genug getrennt waren?« Seine Stimme kündete von der Enttäuschung, die er über den kühlen Empfang empfand. »Ich weiß, daß ich in jüngster Vergangenheit manchen Fehler begangen habe. Aber mußt du mir das ewig nachtragen? Die Monate ohne dich haben mir schmerzlich vor Augen geführt, wie fest mein Leben mit dem deinen verbunden ist. Ich hoffte, du würdest ebenso denken!«
Petra trat jedoch einen Schritt zurück und entzog sich so seiner Umarmung. Entmutigt ließ Michael die Arme sinken. Mehr als alle Worte drückte diese resignierte Geste aus, wie ihm zumute war. Trotzdem bemühte er sich, ruhig zu bleiben. Es sollte nie wieder zu Auseinandersetzungen zwischen ihm und

Petra kommen. »Ich bin hier, um dich nach Hause zu holen – nach Hamburg, Liebling«, fuhr er bittend fort. »Ich hoffte, du würdest dich über mein Kommen freuen. Jetzt aber fürchte ich, daß ich mich in diesem Punkt getäuscht habe.«
Petra wich seinem Blick aus. Alles in ihr drängte danach, sich in Michaels Arme zu werfen und endlich einen Schlußstrich unter die Unstimmigkeiten zu ziehen, die sie monatelang getrennt hatten. Dennoch brachte sie es nicht fertig, nachzugeben.
»Ich möchte noch ein wenig in England bleiben.« Ihr hübsches Gesicht zeigte einen störrischen Ausdruck. Michael fiel es schwer, nicht zu verraten, wie sehr ihn ihr Verhalten verletzte.
»Du fühlst dich hier offensichtlich wohler als bei uns«, gab er ernst, aber unvermindert freundlich zurück. »Dabei müßte Hamburg dir in all den Jahren, die wir schon miteinander verheiratet sind, zur zweiten Heimat geworden sein. An die Kinder denkst du anscheinend gar nicht mehr. In ihrem Alter brauchen sie die Mutter ganz besonders.«
»Unsinn – sie vermissen mich kaum«, erwiderte Petra herb. »Deine Mutter verwöhnt sie nach Strich und Faden. Jedenfalls entnehme ich das ihren begeisterten Briefen. Besser könnte es ihnen gar nicht gehen. Wann ich endlich zurückkomme, danach fragen sie überhaupt nicht.«
Michael hob ratlos die Schultern.
»Möglicherweise haben sie es bereits aufgegeben, darauf zu hoffen.« Plötzlich sah Michael bedrückt aus, er wirkte um Jahre gealtert. Wie bitter bereute er inzwischen, vor sechs Monaten darauf bestanden zu haben, in die Staaten zu gehen. Er hätte gar nicht auf Petras Launen eingehen dürfen. Nur im täglichen Zusammensein hätte ihre Liebe eine neue Chance bekommen.
»Außerdem leben die beiden – wie die meisten Kinder – ausschließlich in der Gegenwart. Das Gestern und das Morgen kümmert sie kaum. Ich bilde mir ja auch nicht ein, ihnen son-

derlich gefehlt zu haben. Vielleicht waren sie sogar froh, vorübergehend die endlosen Streitereien zwischen ihren Eltern nicht mehr mit anhören zu müssen. Obgleich du jetzt dazu neigst, alles in den düstersten Farben zu sehen, mußt du zugeben, daß meine Mutter ein ausgesprochen ausgeglichener Mensch ist, in dessen Nähe sich Kinder sehr wohl fühlen.«
Michael blickte seine Frau bittend an. »Ich gelobe feierlich Besserung, Liebling – in jeder Beziehung. Mit allem, was Unfrieden stiften könnte, soll jetzt endgültig Schluß sein, damit wir endlich wieder eine richtige glückliche Familie werden. Wie lange willst du uns noch darauf warten lassen?«
»Gib mir noch etwas Zeit, Michael. Irgendwann kreuze ich dann überraschend bei euch auf.«
Sehr enthusiastisch klangen Petras Worte nicht gerade. Sie genoß das freie Leben in Cornwall aus vollem Herzen. Obgleich sie begann, sich ein wenig im Unrecht zu fühlen, fürchtete sie sich doch vor all dem, was in Hamburg erneut auf sie einstürmen würde. Der Streit und die Meinungsverschiedenheiten zwischen Michael und dem alten Mark würden sich wieder nachteilig auf die Harmonie ihrer Ehe auswirken.
Doch es gab einen weiteren Grund für Petra, ihre Abreise aus Cornwall aufzuschieben. Mehr noch als vor allem Streit fürchtete sie sich vor der Wiederaufnahme der ehelichen Beziehungen. Die Entfremdung ging doch tiefer, als sie ursprünglich angenommen hatte. Kurz – der Gedanke an die Intimitäten des Ehelebens war ihr unangenehm geworden.

Als Michael seiner Mutter eröffnete, Petra habe sich entschlossen, noch länger in England zu bleiben, nahm Ingrid das kommentarlos zur Kenntnis. Ihr trauriger Blick verriet jedoch, wieviel Sorgen sie sich um die Ehe der beiden machte.
Da griff das Schicksal auf drastische Weise ein und führte die Entscheidung herbei. Ohne dieses tragische Geschehnis hätten die beiden Menschen wohl nie mehr ganz zueinandergefunden.

Petras und Michaels Töchterchen, die neunjährige Charlotte, erkrankte lebensgefährlich. Zu einer hartnäckigen Erkältung, die niemand richtig ernst genommen hatte, kam eine doppelseitige Lungenentzündung. Der Zustand des Kindes war besorgniserregend.

Michael sträubte sich zunächst dagegen, seine Frau zu benachrichtigen und zum Kommen zu bewegen. Er verstand Petras Verhalten einfach nicht und war ebenfalls bockig geworden.

»Ich kann die Verantwortung für Charlotte nicht mehr allein tragen, Micha.« Ingrid von Rheinhagen war fest entschlossen, dieser Komödie – etwas anderes war der Streit zwischen den beiden in ihren Augen nicht – ein Ende zu machen. »Das Kind ruft in seinen Fieberträumen ständig nach der Mutter. Ich bestehe darauf, daß du Petra unverzüglich telegrafierst. Es ist mir völlig egal, was ihr miteinander habt und ob du dich durch Petras Benehmen zurückgestoßen fühlst, mein Junge. Was ist bloß in euch gefahren, daß ihr euch derartig wie die Narren aufführt?«

Als Michael wütend protestieren wollte, brachte Ingrid ihn mit einer energischen Handbewegung zum Schweigen.

»Jawohl, wie die Narren«, wiederholte sie mit gehobener Stimme. »Und damit du es gleich weißt: Ich habe bereits bei den Ashcrofts angerufen und nehme an, daß Petra noch im Verlauf dieser Nacht in Hamburg eintreffen wird. Ich erwarte sie zu Hause und bringe sie von dort gleich zur Klinik. Und das so schnell wie möglich. Der Chefarzt ist der Meinung, die Krise stünde unmittelbar bevor. In einem solchen Fall gehört es sich, daß die Eltern zur Stelle sind.«

Die Schreckensnachricht von Charlottes ernster Erkrankung hatte Petra in Angst und Schrecken versetzt. Plötzlich wurde ihr bewußt, wie falsch sie sich verhalten hatte, und die Sorge, zu spät zu kommen, steigerte ihre Nervosität ins Unermeßliche. Jo Ashcroft, ihre Mutter, entschloß sich darum spontan, sie nach Hamburg zu begleiten.

»In deiner momentanen Verfassung bringst du es fertig, statt nach Hamburg nach Timbuktu zu fliegen«, erstickte sie Petras Widerspruch im Keime, und diese gab schließlich nur zu gern nach. Die Nähe der Mutter würde ihr die Kraft geben, die qualvollen Stunden bis zu ihrer Ankunft in der Kinderklinik zu überstehen.

Von einem nahen Kirchturm schlug es in tiefen schwingenden Tönen Mitternacht. Michael von Rheinhagen, der am Bett seiner Tochter wachte und angstvoll ihren mühsamen röchelnden Atemzügen lauschte, erschauerte unwillkürlich.
Ihm war plötzlich, als müsse mit dem letzten Glockenschlag auch die Lebensuhr seines Kindes zum Stillstand kommen, ohne daß er die Macht besaß, etwas dagegen zu unternehmen. Doch die Nachtschwester, die lautlos eintrat, um nach der kleinen Patientin zu sehen, nickte ihm verständnisvoll und beruhigend zu.
»Charlotte ist ansonsten ein gesundes, kräftiges Mädchen. Die Krankheit verläuft durchaus normal«, sagte sie leise. »Sobald sie die Krise überwunden hat, wird es mit ihr schnell bergauf gehen. Das können Sie mir getrost glauben, Herr von Rheinhagen. Ich habe einen guten Blick dafür. Trotzdem werde ich jetzt für alle Fälle dem Chef Bescheid sagen.«
Kaum war die freundliche Schwester aus dem Zimmer, kehrte auch die Angst zurück, die Michael vorübergehend verlassen hatte. Als sich die Tür wenig später wieder öffnete, glaubte Michael, es sei der Chefarzt. Erst als eine weiche Hand sich auf seine Schulter legte, blickte er auf. Seine Augen weiteten sich ungläubig.
Petra bemerkte voller Erschütterung die Spuren der vielen schlaflos verbrachten Nächte auf seinem Gesicht. Sie sah auch, wie sehr er sich seit ihrer letzten Begegnung in Cornwall verändert hatte: Er wirkte müder und älter.
»Daß du gekommen bist, Petra«, sagte er nur. »Daß du nur endlich da bist. Ich hatte so große Angst . . .«

Plötzlich war Petra ganz ruhig und gefaßt. Michael brauchte sie ebenso notwendig wie das Kind, das fiebernd dalag und nicht ahnte, daß seine Eltern sich auf dem besten Wege befanden, wieder uneingeschränkt zueinander zurückzufinden.
»Charlotte?« fragte sie im Flüsterton. »Ist sie außer Gefahr?«
»Die Krise steht noch bevor. Aber jetzt, wo du bei uns bist, wird – muß alles gut werden.«
Michael umarmte Petra, die sich wie in alten Zeiten zärtlich an ihn schmiegte, und hielt sie fest an sich gedrückt. Sie hielten sich umschlungen, als könne auf diese Weise einer vom anderen Kraft schöpfen.
Tatsächlich schien es, als spüre das Kind die Nähe der sehnsüchtig herbeigesehnten Mutter: es wurde ruhiger. Wenige Stunden später erklärte der Chefarzt die Kleine für gerettet und über den Berg.
»Ich schäme mich, daß es erst zu Charlottes Erkrankung kommen mußte, um mich an meine Pflichten zu erinnern«, gestand Petra später offen. Zum erstenmal seit ihrer langen Trennung waren sie allein – allein in dem Haus, das ihre Heimat war. »Es gibt sicher eine Erklärung für mein unverständliches Versagen. Möglicherweise hatte ich zu jung geheiratet und bildete mir nun auf einmal ein, irgend etwas in meinem Leben versäumt zu haben, das unbedingt nachgeholt werden mußte. Zu dieser inneren Unzufriedenheit kamen die Szenen zwischen Vater und dir – ich als Prellbock immer mittendrin. In Cornwall dagegen konnte ich tun und lassen, wonach mir der Sinn stand. Das ist vorbei. Ich bin sehr froh, wieder bei dir zu sein, Micha.«
Petra verstummte abrupt; Michael hatte sie in seine Arme genommen. Sie erwiderte seine Zärtlichkeiten mit der gleichen Inbrunst wie einst, als ihre junge Ehe begonnen hatte.
»Ich habe mich unendlich nach dir gesehnt, mein Liebling«, flüsterte er ergriffen, und seine Lippen bewiesen ihr immer aufs neue, wie ernst es ihm mit dieser Behauptung war. »Du

bist noch schöner und begehrenswerter geworden, und ich lasse dich nie mehr fort. Was die Kinder betrifft, so haben auch sie dich sehr vermißt, obgleich du vorübergehend so töricht gewesen bist, dies zu bezweifeln.«

Ingrid und Mark von Rheinhagen machten der jungen Frau den neuen Anfang leicht. Die Gründe, die Petra bewogen hatten, Hamburg so lange den Rücken zu kehren, wurden nicht mehr erwähnt. Bald war es, als sei sie nie fortgewesen.

»Vielleicht ist dir schon selbst ein Licht aufgegangen, Liebling. Ich meine, daß sich hier vieles geändert hat«, bemerkte Michael eines Tages. Er schien glänzender Laune zu sein. »Es gibt keine Differenzen mehr zwischen Vater und mir. Er hat wohl eingesehen, daß der Zeitpunkt für ihn gekommen ist, sich mehr Ruhe zu gönnen. Wenn er jetzt mal im Büro erscheint, dann besprechen wir alles gemeinsam und arbeiten Seite an Seite – nicht, wie früher, gegeneinander. Was er plant, teilt er mir mit, und umgekehrt ist es nicht anders. Dieses Vertrauensverhältnis ist neu und sehr schön für uns beide.«

Ingrid hatte sich besonders darüber gefreut, daß außer Petra auch Jo nach Hamburg gekommen war.

»Weißt du, Jo, mit dir kann ich von den alten Zeiten in Rheinhagen reden, von den Menschen, die wir damals kannten«, erklärte sie versonnen. »Wenn ich zurückdenke, so meine ich, daß unsere Art zu leben damals unkomplizierter gewesen ist.«

»Wir wuchsen in äußerst schwierigen Zeiten heran – vergiß das nicht«, wandte Jo ein. Sie fand es wunderbar, wieder einmal in Deutschland zu weilen. »Es wurde uns mehr abverlangt. Aus der Notwendigkeit, sich zu bewähren, erwächst auch die Fähigkeit, sich nur mit den wahren Problemen zu beschäftigen.«

»Genau.« Ingrid nickte Jo herzlich zu. »Die heutige Generation, die keine wirkliche Not kennengelernt hat, schafft sich künstliche Schwierigkeiten, wenn keine echten vorhanden sind. Vielleicht bringt ja der übertriebene Wohlstand die Menschen aus dem seelischen Gleichgewicht, so absurd sich das auch anhören mag. Wenn man wirkliche Probleme hat, nicht weiß, was der nächste Tag für einen bereithält, hat man gar keine Zeit, dramatisch zu werden. Erinnerst du dich noch an die Tage vor der Flucht aus Pommern, an die Jahre danach, die wir auf dem Clasenhof verbrachten?«

Jo neigte versonnen den Kopf. Ihr war plötzlich, als sei das alles erst gestern geschehen, so tief hatte es sich in ihre Erinnerung eingegraben: der Abschied von allem, was lieb und teuer gewesen war, der endlose Treck, die Entbehrungen ...

»Denkst du noch manchmal an unseren Hasen mit dem komischen Geweih?« fragte sie, um die deprimierenden Erinnerungen zu verdrängen. »Zuerst wäre ich fast darauf hereingefallen, aber Marks verschmitztes Gesicht ließ mich den Schwindel sehr schnell erkennen. Ich wüßte gern, wie es heute in Hohenlinden aussieht. Ob der herrliche Rosengarten noch vorhanden ist? Damals, als ich von Dirks Tod erfuhr, flüchtete ich mich dorthin. Es war ein sonniger, wunderbarer Tag. Er schien für eine so grausame Wahrheit keinen Raum zu lassen ...«

Jos Stimme versagte. Plötzlich sah sie Dirk vor sich, den sie über alles geliebt hatte. Er war immer auffallend ernst gewesen – als ahnte er, daß das Glück an ihrer Seite nicht ewig währen konnte. Ohne aufzusehen, spürte Jo Ingrids mitfühlenden Blick.

»Es ist merkwürdig«, fuhr sie leise fort. »Damals schien auch für mich alles zu Ende gegangen zu sein, wofür es sich lohnte zu leben. Ich glaubte, nie wieder lachen, geschweige denn je einen anderen Mann lieben zu können. Aber dann kam Stephen. Ich brauchte es nie zu bereuen, seine Frau geworden zu sein. Vielleicht stimmt es, was weise Männer behaupten – daß man auch zweimal im Leben die Fähigkeit aufbringen kann, die ganz große Liebe zu empfinden.«

»Dir wurde dies leichtgemacht, weil du Stephen bereits kanntest, Jo. Er war dir nicht fremd und half auf die wirksamste Art, die Vergangenheit zu überwinden. Ich bin froh, daß er damals im richtigen Moment aufgetaucht ist.«

Jo lächelte schon wieder. »Ich auch, das kannst du dir vorstellen. Die Zwillinge sind eine stete Quelle der Freude für uns beide. Und nun, da Petra zu sich selbst und vor allem zu Michael zurückgefunden hat, bin ich wunschlos glücklich.«

Ingrids Gedanken hatten sich noch nicht von der Vergangenheit gelöst. Während sie Jos Teetasse nachfüllte, erklärte sie mit einer Stimme, der die gewohnte Festigkeit fehlte: »Übrigens hat Mark mir noch nachträglich erzählt, daß es Rheinhagen nicht mehr gibt. Eines Tages war der Moment gekommen, wo er mit dieser Tatsache allein nicht mehr fertig wurde. Du hast es von Anfang an gewußt, nicht wahr, Jo? Ich meine, gleich nach Marks und Ivars Rückkehr aus Pommern.«

»Ja. Ich las es in Marks Augen. Durch meinen Schmerz um Dirk hellsichtig geworden, besaß ich nun auch die Gabe, den Schmerz anderer aufzuspüren. Ich fand es seinerzeit richtig, daß er dir nicht sofort die Wahrheit sagte. Mir ging es vor allem um Großmutter Johanna. Für sie lag bestimmt ein gewisser Trost darin, sich Rheinhagen weiterhin so vorstellen zu dürfen, wie sie es zurückgelassen hatte: schön, harmonisch – eine Heimat für glückliche Menschen.«

Nach einer langen Pause, in der beide Frauen ihren Erinnerungen nachhingen, wandte sich Jo einem, wie sie meinte, erfreulicherem Thema zu. »Und wie geht es Iris? Denkt sie noch immer nicht ans Heiraten?«

»Sie spricht jedenfalls nicht davon, obgleich sie seit ihrem neunzehnten Lebensjahr mit Peter Williams zusammen lebt. Man könne auch ohne Trauring glücklich und zufrieden sein, hat sie mir auf meine Vorhaltungen erwidert und darauf bestanden, erst zu studieren, um eines Tages als gleichberechtigte Partnerin Peter beistehen zu können. Das tut sie nun schon geraume Zeit – aber vom Heiraten ist nach wie vor nicht die Rede.«

»Und wenn Iris nun ein Kind bekommt, was dann? Diese Möglichkeit besteht schließlich, wenn zwei verliebte Menschen Tag und Nacht zusammen sind.«
Ingrids zeitlos schönes Gesicht spiegelte echte Heiterkeit wider. »Diese Frage habe ich meiner Tochter auch schon gestellt. Sie schien daraufhin das dringende Bedürfnis zu verspüren, mich, zwar spät, doch um so gründlicher aufzuklären. Um der Wahrheit die Ehre zu geben – sie tat es auf höchst souveräne und einleuchtende Art und Weise. Na ja, ich konnte jedenfalls feststellen, daß unsere Generation in vielem hinterherhinkt – Gott sei Dank, möchte ich fast hinzusetzen.«
»Und Mark – was meint er dazu?« fragte Jo erheitert.
»Er enthält sich seiner Tochter gegenüber seltsamerweise jeden Kommentars, obgleich er ihre Lebensphilosophie innerlich natürlich zutiefst mißbilligt.«
Iris, die offensichtlich der gleichen Ansicht war, kam eines Tages von selbst darauf zu sprechen.
»Es ist verwunderlich, daß Papa so tolerant ist, was unsere Liebe betrifft, Peter.« Sie betrachtete ihren Lebenskameraden, und das war Peter Williams längst für sie geworden, aufmerksam. »Ich könnte mir vorstellen, daß er aus den Konflikten, die ihn und Micha jahrelang in Trab gehalten haben, gelernt hat. Wir profitieren nun von seiner späten Erkenntnis. Was meinst du, Peter – sollen wir ihm und Mama die Freude bereiten, bei Gelegenheit in den heiligen Ehestand zu treten?«
Peter Williams, ein sympathischer, gutaussehender Mann, der eigentlich von Anfang an für eine feste Bindung gewesen war und sich nur widerwillig Iris' Wunsch nach persönlicher Freiheit gebeugt hatte, blickte überrascht auf.
»Möchtest du das denn, Liebling?« fragte er erfreut. »Und wenn ja – wann soll das große Ereignis über die Bühne gehen? Was hat dich eigentlich bewogen, plötzlich deine Meinung zu ändern und einen so schwerwiegenden Entschluß zu fassen?«
»Das sind viele bedeutungsvolle Fragen auf einmal.« Iris legte

zärtlich die Arme um Peters Hals und sah offen zu ihm auf. »Ja, ich möchte es sehr gern. Weil ich nämlich den Wunsch in mir verspüre, endlich eine eigene Familie zu haben. Mit Mann, Kind und allem Drum und Dran. Aber in der richtigen Reihenfolge. Ich bin zwar modern, halte aber nichts davon, wenn die Kinder die Hochzeit ihrer Eltern miterleben. Also schlage ich vor, daß wir bald heiraten, um die Dinge ordnungsgemäß und nach althergebrachter Sitte in Angriff zu nehmen.«

»Okay.« Peters blaue Augen strahlten. »In diesem Fall werde ich mich gleich morgen in meinen besten Anzug werfen und deinen Alten Herrn ganz ergebenst um deine süße kleine Hand bitten.«

Iris brach in fröhliches Gelächter aus. »Dann laß mich aber solange draußen warten, Pete. Papa wäre bestimmt sehr gekränkt, wenn ich diese feierliche Szene durch unangebrachtes Grinsen stören würde.« Plötzlich wurde sie ernst. »Glaubst du, daß Onkel Ivar zu unserer Hochzeit kommen wird? Ich wäre sehr froh darüber. Ihn habe ich nämlich immer sehr gern gemocht. Damals als Teenager habe ich mir sogar eingebildet, in ihn verliebt zu sein.«

»Ich weiß, er hat es mir selbst erzählt, ehe er mich auf dich ansetzte. Ich machte ihm die Freude, mich unverzüglich in dich zu verlieben. Aber Spaß beiseite – er kommt bestimmt, dafür laß mich nur sorgen, Liebling! Schon, damit du dich noch in letzter Minute entscheiden kannst, ob du nicht doch lieber Mrs. Lawrence werden möchtest.«

Ivar Lawrence blieb jedoch seiner Absicht treu, Hamburg nicht mehr aufzusuchen. Bald nach der Genesung der kleinen Charlotte war Michael mit ausgesprochen schuldbewußtem Gesicht bei seiner Mutter erschienen, um ihr ein kleines Päckchen zu überreichen. »Ich muß dir was gestehen, Mama: Nach meiner Rückkehr aus den Staaten stürmte so viel auf mich ein, daß ich gar nicht dazukam, Ordnung in meine Sachen zu bringen. Erst jetzt fiel mir ein, daß Ivar mir etwas für dich mitgegeben hatte. Kannst du mir noch einmal verzeihen?«

Ingrid nickte lächelnd; aber wie immer, wenn Ivars Name fiel, begann ihr Herz schneller zu schlagen. Als ihr Sohn sie verlassen hatte, öffnete sie mit bebenden Fingern das Päckchen. Noch ehe sie dessen Inhalt näher untersuchte, las sie den beiliegenden Brief.

»Entschuldigen Sie, Ingrid, daß ich nicht den Mut besitze, mich persönlich von Ihnen zu verabschieden«, schrieb Ivar unter anderem. »Auf diese Art fällt es mir leichter, Ihnen für immer Lebewohl zu sagen. Ich kehre nicht mehr nach Deutschland zurück. Da ich meine Firma dort bei Peter Williams in guten Händen weiß, kann ich mich beruhigt zur Ruhe setzen. Möge er mit Iris das Glück finden, das ich mit Ihnen nicht erleben durfte.«

Mit Tränen in den Augen betrachtete Ingrid den beigelegten Ring. Es war der, den Ivar stets getragen hatte. Jetzt gehörte er ihr und würde sie immer an die Augenblicke erinnern, da sie, eine glücklich verheiratete Frau, sich in Träume verloren hatte, die niemals in Erfüllung gehen konnten.

Wieder war eine Episode in ihrem Leben abgeschlossen. Ingrids Hände zitterten leicht, als sie Ring und Brief dem Geheimfach ihres Schreibtischs anvertraute.

Nicht nur Iris und Peter hielten eine Überraschung bereit, als die Familie vollzählig in Marks und Ingrids Wohnzimmer zusammentraf.

»Nun ja, eine Verlobung mit Aussicht auf baldige Hochzeit ist eine recht erfreuliche Neuigkeit«, erklärte Mark in bester Stimmung und zwinkerte Michael, der natürlich Bescheid wußte, verschwörerisch zu. »Trotzdem möchte ich behaupten, daß Micha und ich da noch was Besseres auf Lager haben.«

Diese Bemerkung weckte sofort das Interesse der übrigen Familienangehörigen. Ringsum sah Mark erwartungsvolle, heitere Gesichter.

»Ja – um es kurz zu machen: Michael und ich haben es satt,

nur Handel zu treiben. Darum haben wir uns etwas Neues einfallen lassen. Wir wollen der geplagten Menschheit einen Dienst erweisen und ihr zur verdienten Erholung verhelfen. Mit einem Wort – in unserem Auftrag wird ein kleiner Luxusdampfer gebaut, der für wunderbare Kreuzfahrten eingesetzt werden soll. Mittelmeer oder Skandinavien, Nord oder Süd – der Phantasie sind keine Grenzen gesetzt.«

Der einsetzende Jubel ließ Mark verstummen. Von allen Seiten wurde er mit Fragen bestürmt, und es dauerte geraume Zeit, ehe er weitersprechen konnte.

»Bei der Jungfernfahrt sind eure Mutter und ich natürlich mit von der Partie«, schloß er seinen Bericht und sah Ingrid an, deren Gesicht sich sanft gerötet hatte.

»Ich freue mich«, sagte sie leise, »ich freue mich unendlich. Für mich steht schon jetzt fest, daß unser Schiff ›Rheinhagen‹ heißen wird.«

In die Runde blickend, fügte sie hinzu: »Keine Gegenstimmen? Also ist der Vorschlag angenommen, es bleibt bei diesem ehrwürdigen Namen.«

Am nächsten Morgen wurde das im Bau befindliche Schiff von der Familie gestürmt und begutachtet. Man war der einhelligen Meinung, daß es nach der endgültigen Fertigstellung keinen schöneren und bequemeren Passagierdampfer als die ›Rheinhagen‹ geben würde.

»Kurz vor der Ölkrise hatte ich bereits ein sehr günstiges Objekt angeboten bekommen«, erläuterte Mark ruhig. »Leider war ich damals nicht in der Lage, etwas damit anzufangen. Es wird zwar mit dem Stapellauf noch bis zum Frühjahr dauern, aber dann ist auch die gesamte Finanzierung abgesichert. Wir haben es ja nicht nötig, etwas zu überstürzen.«

Immer wieder mußte er anhand der Pläne Einzelheiten erklären. Und während er dabei über Deck schritt, fiel er unwillkürlich wieder in den alten Seemannsgang, als spüre er schon das Rollen des Meeres. In seine Augen war ein neues Licht getreten, das mehr als alle Worte die Zufriedenheit widerspie-

gelte, die er empfand. Sein Lebenswerk wurde durch dieses Projekt gekrönt und abgeschlossen.
Mark von Rheinhagen war nun bereit, sich zur Ruhe zu setzen und die Zügel jüngeren Händen zu übergeben.

Im Mai war es endlich soweit: Die ›Rheinhagen‹ war fertig und sollte von Stapel laufen. Nach einer kurzen Probefahrt ging es dann auf Kreuzfahrt in den sonnigen Süden. Alle Kabinen waren ausgebucht.
Als Ingrid sich für den feierlichen Anlaß zurechtmachte, trat Mark hinter sie und umfaßte ihre Schultern. Dem sanften Druck nachgebend, lehnte sie sich an ihn, und im Spiegel trafen sich ihre Blicke.
»Solltest du an diesem merkwürdigen Tag nicht wieder einmal deine Perlen umlegen, Ingrid?« fragte er. Ein nachsichtiges Lächeln spielte um seine Lippen, als sie ihn fast erschrocken ansah.
»Du weißt . . .?« erwiderte sie, sich ihm zuwendend. Bevor sie weitersprechen konnte, kam Mark ihr zuvor.
»Natürlich. Ich fand die Perlen rein zufällig in deinem Schreibtisch, und mir wurde sofort klar, daß du es an meiner Seite nicht immer leicht gehabt hast. Ich ließ dich zuviel allein, Ivar war damals dein einziger Freund. Daß er sich in dich verliebte – nein, daß er dich von Herzen geliebt hat, daraus kann ich weder dir noch ihm einen Vorwurf machen. Ich verstehe ihn nur zu gut. Schließlich liebe auch ich dich über alles.«
»Ja, ich war oft allein«, gestand Ingrid offen. »Das war aber noch lange kein Grund für mich, dich zu betrügen. Ich habe nie vergessen, daß ich deine Frau bin und nur dir gehöre!«
Mark strich sanft über ihr schönes, lebensvolles Gesicht. »Ich bin ein alter Mann, Liebling, und hätte dich damals nicht an mich binden dürfen. Mit mir verglichen, bist du noch jung. Sollte ich dich eines Tages für immer verlassen müssen – wer weiß, vielleicht hätte Ivar dann doch noch eine Chance. Die Jahre der großen Leidenschaft wären wohl auch für euch vor-

bei. Aber Sympathie und gute Kameradschaft sind ein guter Ersatz dafür.«
»So etwas darfst du nie wieder sagen, Mark.« Ingrid umarmte ihn impulsiv fester. »Einen Nachfolger für dich kann es nicht geben – auch möchte ich den Namen Rheinhagen um keinen Preis der Welt gegen einen anderen tauschen.«
Marks Lippen berührten zärtlich ihr weiches Haar. Sie spürten beide, daß ihre Herzen im gleichen Takt schlugen. Dieses Bewußtsein machte sie heute noch ebenso glücklich wie einst, in den ersten Tagen ihrer Liebe.
»Übrigens erwartet Petra wieder ein Baby«, bemerkte Ingrid später. »Sie hofft, daß es ein Junge wird, damit unser Name nicht nur in einer Linie weiterlebt. Sie und Micha sind inzwischen wieder so verliebt, daß berechtigte Aussicht auf weiteren Familienzuwachs besteht.«
Für Mark war diese Nachricht ein besonders gutes Omen für diesen großen Tag. Er bedachte seine Schwiegertochter mit einem warmen Lächeln.

Zu dem festlichen Taufakt im Hamburger Hafen waren natürlich auch die englischen Verwandten vollzählig erschienen. Als die Flagge mit dem blau-gelben Wappen der Rheinhagens gehißt wurde, blickten Edda und Mark sich verständnisinnig an. Als die letzten ihrer Generation fühlten sie sich besonders miteinander verbunden: Ihre Gedanken galten Johanna von Rheinhagen, die mit Güte und Klugheit die Geschicke ihrer Angehörigen gelenkt hatte. Sie schien unsichtbar unter ihnen zu weilen, ebenso wie Wolf, ihr gestrenger, aber geliebter Gatte. Er blickte wohl jetzt befriedigt und voller Stolz auf die in der leichten Brise flatternden Flagge, die das Wappen seines Stammes trug.
Während Jo wehmütig ihrer längst verstorbenen Eltern gedachte – Axels von Rheinhagen und seiner Frau Charlotte, die seinen Namen nie hatte tragen dürfen –, berührte Ingrids Hand verstohlen die Perlen, die um ihren Hals lagen: Ivar

Lawrence – ohne ihn hätten die Rheinhagens niemals diesen herrlichen Tag erlebt . . .

Mark blickte zutiefst bewegt auf die Menschen, die er liebte: zuerst Ingrid, dann seine Kinder Michael und Iris; Petra, die ihm die Enkel Charlotte und Wolf geboren hatte und jetzt ein drittes Kind erwartete; Edda und John Wakefield und ihren Adoptivsohn Stephen Ashcroft, der durch seine Heirat mit Jo längst zur Familie gehörte. Auch Peter Williams war kein Fremder mehr, er hatte sich überraschend schnell in ihren Kreis eingelebt.

Marks Gedanken kehrten in die Wirklichkeit zurück. Gerade trat der jüngste Rheinhagen, der mittlerweile vierzehnjährige Wolf, unter den ermunternden Blicken seiner Großmutter vor, um den Taufakt vorzunehmen.

»Ich taufe dich auf den Namen ›Rheinhagen‹«, erklang seine helle, begeisterte Knabenstimme. »Sei treu denen, die dich bauen ließen, und trotze den Stürmen, wie sie sich allzeit den Stürmen des Lebens entgegengeworfen und ihnen standgehalten haben, von Generation zu Generation – sie, die Rheinhagens!«